THE
WIFE
UPSTAIRS
위층의 아내

프리다 맥파든 지음 ― 박지현 옮김

THE
WIFE
UPSTAIRS

위층의 아내

BOOK PLAZA

1

그때 내가 단 1분이라도 망설였더라면, 모든 게 달라졌을 것이다.

그녀의 얼굴은 서서히 푸르게 변하고, 폐는 산소를 찾아 비명을 질렀을 것이다. 그리고 이내 바닥에 쓰러졌겠지. 구급차가 도착했을 때는 이미 늦었을지도 모른다. 그녀는 병원 응급실로 실려 가거나, 어쩌면 곧장 영안실로 향할 것이다. 그리고 한 통의 전화가 남편이나 자식들에게 안타까운 사고 소식을 전했을 것이다.

나는 지금껏 영웅적인 일이라고는 단 한 번도 해본 적이 없었다. 굳이 꼽자면, 내 아파트 건물 옆 골목에서 길고양이에게 먹이를 챙겨준 것 정도인데, 그게 영웅적인 행동인지는 잘 모르겠다. 게다가 그 고양이가 나중에 누군가를 물었다는 걸 보면, 나는 그저 성질 고약한 고양이의 행패를 도운 공범이었을지도 모른다.

하지만 오늘 아침, 손님들이 빠져나가고 한산해진 작은 식당의 칸막이 좌석에 앉아 있던 나는 맞은편 테이블의 노부인이 숨을 헐떡이며 괴로워하는 모습을 봤다. 처음엔 기침을 하다가 곧 멈추더니 말없이 조용해졌다. 그러고는 자기 목을 움켜잡았다. 누군가가 질식했을 때 응급 처치하는 법이 그려진 포스터에서 본 바로 그 자세였다.

나는 혹시라도 이 상황을 해결해 줄 사람이 있는지 허둥지둥 주위를 둘러봤다. 식당 안에 사람이 거의 없는 것을 보고 덜컥 겁이 났다. 뒤쪽 구석 테이블에 정장을 입은 남자 한 명이 앉아 있었지만, 그는 무심히 휴대전화만 내려다보고 있을 뿐이었다. 웨이트리스도 보이지 않았다.

지금 당장 이 노부인을 돕지 않으면, 너무 늦을 것이다. 그녀는 죽게 될 것이다.

나는 13살 때 여름 캠프에서 이런 응급 상황에 사용할 수 있는 하임리히법을 배웠다. 케빈 말론과 짝이 되어 연습했는데, 케빈과 스킨십을 한다는 사실에 너무 들뜬 나머지 도통 집중을 할 수가 없었다. 하지만 그렇게 복잡한 처치법은 아니라서 여전히 잘 기억하고 있었다. 질식할 위험에 처한 사람을 뒤에서 두 팔로 감싸안고, 명치 아래에 주먹을 댄 뒤 위로 세게 밀어 올리면 된다. 아주 세게.

나는 커피잔을 밀어내고 자리에서 벌떡 일어섰다. 왜소한 노부인은 40킬로그램도 안 되어 보였다. 나는 그녀를 단숨에 자리에서 끌어올려 가냘픈 몸을 감싸안고 위쪽으로 힘껏 밀어 올렸다. 한

번. 두 번. 세 번.

케빈 말론과 연습하던 때만큼 재미있지는 않았다.

효과가 없나 싶어 불안해질 즈음, 소시지 한 덩어리가 그녀의 입에서 튀어나와 테이블 위에 놓인 접시 옆으로 '툭'하고 떨어졌다.

내가 그녀의 목숨을 구했다. 내 인생에서 처음으로 영웅이 된 순간이었다.

"이게 대체 무슨 짓이야? 당신 미쳤어?"

나는 노부인이 눈물을 글썽이며 '목숨을 구해줘서 정말 고마워요. 어떻게 보답해야 할지 모르겠네요.'라며 나에게 고마워할 줄 알았다. 하지만 그녀는 고마워하기는커녕, 물기 어린 푸른 눈에 독기를 띠며 나를 노려봤다. 처진 볼살은 분노로 떨리고 있었다.

"당신이 나에게 달려들었잖아!" 그녀는 테이블을 짚고 간신히 몸을 가누며 소리치더니 반쯤 남은 커피잔을 집어 들어 안에 있던 커피를 내 쪽으로 끼얹었다. 다행히 나온 지 한참 된 커피라 뜨겁지는 않았지만, 불행하게도 커피는 여전히 액체였다. 덕분에 난 흠뻑 젖을 수밖에 없었다.

"목이 막혀서 질식할 뻔하셨잖아요." 나는 당황해하며 겨우 입을 열었다.

노부인은 그런 터무니없는 말은 난생처음 들어봤다는 듯 코웃음을 쳤다. "아니, 난 멀쩡했어. 그냥 사레들렸던 것뿐인데 당신이 갑자기 달려들더니 내 몸에 함부로 손을 댔잖아!"

그때서야 중년의 웨이트리스가 주방에서 밖으로 나왔다. 충혈된 갈색 눈에는 피곤함이 가득했다. 막 교대 근무가 끝난 참이라 한시라도 빨리 이곳에서 나가고 싶다는 기색이 역력했다. 그녀는 손에 묻은 물기를 청바지에 닦으며 쉰 목소리로 물었다. "무슨 문제라도 있나요?"

"있다마다요!" 노부인은 불룩한 분홍색 가방을 품에 안으며 외쳤다. "이 젊은 여자가 나를 폭행하고 내 가방을 훔치려고 했어요!"

내가 가방을 훔치려고 했다고? 설마 농담이겠지. "그게 아니라 저는…"

"갈비뼈가 부러진 것 같아요." 그녀는 옆구리를 움켜쥐며 신음했다. "빨리 경찰 좀 불러줘요."

경찰? 맙소사, 일이 어쩌다 이렇게 돼버린 거지?

"이분은 목이 막혀 질식할 뻔했어요…" 나는 힘없이 말했다.

노부인은 나를 노려보며 웨이트리스에게 말했다. "경찰한테 이 여자를 고소하겠다고 전해요." 그리고 저주하듯 내게 쏘아붙였다. "당신, 오랫동안 감옥에서 썩게 될 줄 알아."

이젠 내가 숨이 막힐 것 같았다. 목숨을 구해줬더니 오히려 나를 고소한다고? 난 변호사 비용을 감당할 형편도 못 된다. 내 통장 잔고는 이미 바닥을 보인 지 오래였다.

그때 뒤쪽에서 누군가 헛기침을 했다. 고개를 돌려 보니, 식당 구석 테이블에 앉아 있던 정장 차림의 남자가 서 있었다.

"실례합니다." 남자가 입을 열었다. "제가 상황을 전부 봤습니다."

노부인의 눈이 번쩍였다. "여기 증인이 있네요! 이 끔찍한 여자가 나를 폭행하는 걸 봤죠?"

"목이 막혀 질식하실까 봐 그런 거예요!" 나는 벌써 몇 번이나 같은 말을 반복해서 외치고 있었다.

노부인은 급기야 가슴을 움켜쥐더니 신음했다. "폐에 구멍이라도 난 것 같아요! 구급차를 불러줘요!"

나는 숨을 삼켰다. "구급차요?"

"이봐요, 당신이 증인이 돼줘요." 노부인이 남자에게 말했다. "저 여자가 나를 폭행하는 걸 분명히 봤죠?"

남자는 한쪽 눈썹을 치켜올리며 나를 힐끗 쳐다봤다. 나는 고개를 세차게 저었다. "아뇨, 저는 이분이 당신의 목숨을 구하는 걸 봤습니다." 남자가 말했다. "당신은 목이 막혀 질식할 뻔했고, 이 여자분이 아니었다면 죽었을 겁니다."

그녀의 눈이 휘둥그레졌다. "거짓말하지 말아요!"

"아뇨, 거짓말이 아닙니다." 남자의 목소리는 단호하면서도 차분했다. "이 여자분이 당신 목숨을 구했어요. 이분이 아니었다면 지금쯤 당신은 죽었을 겁니다. 이분께 감사해야 해요."

노부인은 우리 둘을 번갈아 쳐다봤다. 주름진 그녀의 얼굴이 점점 더 어두워졌다. "아, 이제 알겠네. 둘이 한패로군!"

남자가 웨이트리스 쪽으로 몸을 돌리며 말했다. "폭행 같은 건 없었습니다. 경찰 부를 필요 없어요."

그제야 나는 남자를 제대로 봤다. 꽤 잘 생겼다. 단지 내 편을 들어줘서 그런 건 아니다. 짙은 갈색 머리카락, 선명한 초록빛 눈, 그리고 정장도 꽤 잘 어울렸다. 평소엔 그런 걸 눈여겨보지 않지만, 이번만큼은 눈에 안 들어올 수가 없었다.

"저 여자가 날 폭행했다고!" 노부인이 외쳤지만, 이번에는 확신이 없는 듯한 목소리였다.

웨이트리스는 하품을 간신히 참고 있는 것처럼 보였다. 빨리 이

상황을 정리하고 자리를 뜨고 싶다는 표정이었다. "그럼 구급차를 부를까요, 아니면…?"

"됐어요!" 노부인이 날카롭게 쏘아붙였다.

폐에 구멍이 났다던 그녀는 거대한 분홍색 가방을 움켜쥐고 발을 쿵쿵 구르며 식당을 나갔다. 길을 건너다 택시에 치일 뻔했지만, 멈추지 않았다. 그렇게 계산도 하지 않고 사라졌다. 웨이트리스는 한숨을 내쉬며 그녀가 남기고 간 반쯤 비어 있는 접시와, 그녀를 거의 죽일 뻔한 소시지 조각을 들어 올렸다.

"저기요," 남자가 웨이트리스를 불렀다. "저분이 계산할 게 얼마였죠?"

웨이트리스는 접시를 내려다봤다. "세금 포함해서 7달러 정도요."

남자는 20달러짜리 지폐를 건네며 말했다. "잔돈은 됐어요."

웨이트리스는 내가 식당에 들어온 지 20분 만에 처음으로 미소를 지었다. 그녀는 돈을 주머니에 넣으며 나를 힐끗 보더니 말했다. "화장실은 뒤쪽이에요."

화장실?

웨이트리스가 주방으로 사라지자, 나는 내 모습을 내려다봤다. 오늘 아침, 2주 전에 해고된 이후로 처음 잡힌 면접이 있어서 깨끗하게 다림질한 분홍색 블라우스와 회색 펜슬 스커트를 골라 입었었다. 대단한 면접은 아니고 그냥 바텐더 자리였지만, 지금의 나에게는 일자리가 절실했다.

하지만 그 노부인이 내 블라우스에 커피를 끼얹는 바람에 가슴 부분이 진한 갈색 얼룩으로 물들어 버렸다. 이런 몰골로 면접에

갈 수는 없었다. 완전히 엉망이었다. 집에 가서 갈아입는 것밖에 방법이 없었지만, 문제는 면접까지 15분밖에 남지 않았다는 것이다.

사람 목숨을 구하는 일은 보통 이렇게 엉망으로 끝나는 걸까. 별로 놀랍지도 않았다. 예상치 못하게 일이 틀어지는 건 내 인생에서 늘 있는 일이니까.

남자가 미간을 찌푸리며 나를 바라봤다. "괜찮아요?"

"네, 괜찮아요." 나는 엉망이 된 면접 복장을 내려다보며 말했다. "아주 괜찮아요. 정말, 전혀 아무런 문제도 없어요."

그는 나를 가만히 바라봤다. 왜인지 모르겠지만, 그 시선 때문에 마음속 이야기를 다 털어놓고 싶어졌다.

아니면 옷을 다 벗어 던지거나. 솔직히 그런 마음이 조금 들었다. 그는 꽤 섹시했으니까. 그리고 나는 정말 오랫동안 그럴 일이 없었다. 마지막은 꽤 오래전 일이었다. 그땐 대통령도 달랐고, 케빈 스페이시도 여전히 존경받는 배우였고, 브래드 피트랑 안젤리나는 행복한 커플이었다. 그러니까 그 정도로 오래됐다는 말이다.

"저…, 면접이 있어요." 나는 커피에 젖은 블라우스를 만지작거리며 말했다. "아니, 정확히는 면접이 있었다고 해야겠죠. 이 꼴로는 글렀어요. 그냥 취소해야 할 것 같아요."

그는 눈썹을 치켜올렸다. "일자리 구하는 중이에요?"

나는 어깨를 으쓱했다. "네, 뭐… 그런 셈이죠."

사실은 정말 절박한 상황이었다. 바로 어제 집주인이 찾아와 금요일까지 월세를 내지 않으면, 토요일 아침에 퇴거 통지서를 붙이겠다고 했다. 당장 길바닥에 나앉아 종이 박스에서 살아야 할 판이었다.

"어떤 일자리였어요?"

"어… 이번 면접은 바텐더였어요." 최저임금밖에 안 줄 것 같은 허름한 바였다. "뭐, 지금으로선 구할 수 있는 게 그것뿐이라서요…."

나는 말을 멈췄다. 절박한 형편을 들키고 싶지 않았다. 어쨌든 이 남자는 모르는 사람이다. 내 우울한 사정 따위를 듣고 싶어 할 리 없다.

그는 누구라도 반할만한 미소를 지었다. 가지런하고 하얀 치아가 드러났다. 우리 부모님은 교정비를 감당할 형편이 안 돼서, 나는 비뚤게 난 앞니 두 개를 늘 신경 쓰며 살아왔다. 언젠가 돈이 생긴다면 제일 먼저 그걸 고치는 게 내 작은 꿈이었다. 이제 복권에 당첨되지 않는 한 불가능하다. 그리고 지금은 복권 한 장 살 돈도 없다.

"운명을 믿어요?" 그가 물었다.

나는 고개를 갸웃했다. 운명을 믿느냐고? 왜 이런 질문을 하는 걸까? 인생이 순탄했던 사람들에게나 할 법한 질문이었다. 왜냐하면 내게 주어진 패는 전부 꽝이었으니까. 부모님. 그리고 프레디까지. 만약 운명이란 게 존재한다면, 운명은 나를 별로 좋아하지 않는 게 분명했다.

"저도 사실 면접 때문에 시내에 나왔어요." 남자가 내 대답을 기다리지 않고 말을 이었다. "여기서 누군가를 면접 볼 예정이었죠. 그런데 그 사람이 안 왔네요. 그래서…"

나는 그를 바라봤다. 혹시 내가 생각하는 그 얘기를 하려는 걸까? "어떤 일인데요?"

"음, 그건…" 그가 잠시 머뭇거리더니 뒤쪽 구석에 있는 자기 테이블을 턱짓으로 가리키며 말했다. "일단 화장실에 가서 옷 좀 정리하고 제 자리로 와요. 그다음에 이야기하죠. 제가 커피 한 잔 살게요. 지금 딱 필요해 보여요." 그가 씩 웃었다. "제 이름은 아담이에요. 아담 바넷."

"저는 실비아 로빈슨이에요."

"만나서 반가워요, 실비아."

나는 그가 내민 손을 잡았다. 그의 손은 따뜻하고 단단했지만 몇몇 남자들처럼 악수로 내 손뼈를 으스러뜨리려는 느낌은 아니었다. 왜 어떤 남자들은 악수를 그렇게 세게 하려고 할까? 대체 뭘 증명하고 싶은 건지 모르겠다.

그제야 내 손에 커피와 크림이 끈적끈적하게 묻어 있다는 걸 깨달았다. 오늘은 정말 되는 일이 없다. 하지만 아담은 바지에 손을 닦지 않았다. 내 끈적거리는 손 따위는 전혀 신경 쓰지 않는 눈치였다.

"그럼 조금 있다 이야기할까요?" 그가 물었다.

"저, 그게…"

왜 망설이는지 모르겠다. 그냥 일일 뿐인데. 게다가 그는 꽤 괜찮은 사람처럼 보였다. 그 노부인이 경찰을 부르려 했을 때 나를 도와줬고, 웨이트리스가 손해 보지 않게 계산도 대신했다. 나는 절실히 일이 필요했고, 지금 이게 유일한 기회였다. 게다가 이런 아침엔 따뜻한 커피 한 잔이 간절했다.

그런데 이상하게도, 가슴 깊은 곳에서 불길한 느낌이 가시질 않왔다.

어디서 읽었더라. 사람들은 심장마비가 오기 전에 '파멸의 예감'을 느낀다고 했다. 가슴 통증이 시작되기도 전에 세상이 무너지는 듯한 감각이 찾아온다고. 말로 설명할 수는 없지만, 무언가 끔찍한 일이 닥치기 전에 사람은 본능적으로 그것을 알아차린다는 그런 얘기였다.

아담 바넷을 바라보는 순간, 아주 잠깐이었지만 그런 느낌이 들었다. 파멸의 예감.

그를 따라 저 테이블로 가면 무언가 끔찍한 일이 일어날 것만 같은, 막연하지만 확실한 불안감.

하지만 말도 안 되는 소리다. 내 인생은 늘 꼬였으니 뭐든 의심스러울 수밖에. 나는 운명도, 예감도 믿지 않는다. 내가 믿는 건 단 하나뿐이다. 며칠 안에 돈을 구하지 못하면 노숙자가 된다는 사실. 그리고 타임스퀘어에서 몸을 파는 건 내 취향이 아니다.

"좋아요, 옷 좀 정리하고 바로 갈게요."

2

생각했던 것보다 훨씬 더 엉망이었다.

욕실 거울에 비친 내 모습에 속이 울렁거릴 정도였다. 블라우스에 커피가 묻은 건 알고 있었지만, 이렇게 심할 줄은 몰랐다. 대부분은 가슴 앞부분에 집중되어 있었는데, 마치 누군가가 나에게 총으로 커피를 쏜 것 같았다. 게다가 깃과 소매, 심지어 치마에도 점점이 커피 자국이 찍혀 있었다. 재앙이나 다름없었다.

더 자세히 보니, 목과 턱에도 작은 갈색 얼룩들이 몇 개 있었다. 게다가 유튜브 영상을 보며 프렌치 트위스트 스타일로 묶었던 머리는 하임리히법을 시도하면서 반쯤 풀려 버렸다. 나는 머리핀을 전부 빼고 머리를 풀어 헤쳤다. 그 유튜브 영상도 없이 프렌치 트위스트 스타일로 다시 머리를 묶는 건 불가능했다.

세면대 수도꼭지를 틀자, 얼음장같이 차가운 물이 쏟아졌다. 잠시 기다려 봤지만 따뜻해 질 기미가 없었다. 결국 얼굴에 찬물을 그대로 끼얹었다. 불행히도 내 싸구려 마스카라가 스모키 화장을 한 것처럼 번지는 바람에 결국 전부 닦아내야 했다. 화장을 지우고 나니 얼굴이 창백하고 밋밋해 보였지만, 가방 안에 화장품이 아무것도 없어서 달리 방법이 없었다.

나는 더럽혀진 분홍색 블라우스를 물로 닦아냈다. 지난주에 온라인 할인몰에서 산 건데, 상품 설명에는 분명 '연어색'이라고 적혀 있었다. 하지만 솔직히 이건 연어색이라기보다는 '형광 핑크'에 가까웠다. 튀는 색에 눈이 아플 지경이다. 거울 속 내 모습은 마치 80년대 뮤직비디오에서 튀어나온 사람 같았다. 레그 워머랑 곱창 밴드, 어깨 패드만 있었으면 완벽했을 것이다.

갈색 얼룩은 대부분 지웠지만, 대신 여기저기 진한 물 자국이 남아 버렸다. 게다가 젖은 천은 속이 은근히 비쳐 보였다.

하지만 어쩌겠는가. 가방 속에 여벌 셔츠가 있는 것도 아니고. 자리로 가는 동안 조금이라도 마르길 바랄 뿐이었다. 그리고 지금 상황에서는 옷이 비쳐 보이는 게 꼭 나쁜 건 아닐지도 모른다.

나가기 전에 가방에서 빨간 립스틱을 꺼내 입술에 발랐다. 창백하던 얼굴에 그나마 생기가 돌았다.

그래, 이 정도면 됐다.

식당은 어느새 사람들로 가득했다. 아담은 2인용 칸막이 좌석에 앉아 있었고, 미리 주문한 커피가 내 자리에도 놓여 있었다. 그는 나를 보자 환하게 미소 지으며 손짓했다.

"커피 한 잔 시켰어요. 괜찮죠? 테이블에 크림이랑 설탕도 있어요."

나는 자리에 미끄러지듯 앉았다. "저는 블랙으로 마셔요."

아무것도 섞지 않은 쓴맛 그대로의 블랙. 나는 늘 그렇게 마신다.

"저도 그래요." 아담은 잔을 들어 길게 한 모금 마시더니 몸을 한 번 부르르 떨었다.

"오늘 참 대단한 하루였죠?"

나는 고개를 끄덕였다. 내 하루가 형편없었다는 건 확실하지만, 그가 어떤 하루를 보냈는지는 알 수 없었다. 면접 보기로 했던 사람이 나타나지 않아서 그런 걸까? 그의 표정을 보니 더 큰 일이 있었던 듯했다. 하지만 괜히 캐묻는 건 실례일지 모른다. 무례하게 굴면 안 된다. 이 남자가 나를 길바닥에 나앉지 않게 해 줄지도 모르니까.

"뭐 좀 먹을래요?" 그가 물었다. "제가 살게요."

요즘 나는 '가난 다이어트' 중이라 배가 고파 죽을 지경이었다. 오늘 아침에 먹은 거라고는 바나나 한 개뿐이었다. 지난주에는 저녁마다 스파게티로 버텼다. 스파게티면 한 상자와 토마토소스 한 캔, 합쳐서 5달러 39센트. 그걸로 일주일을 버텼다. 그렇다고 나를 고용해 줄지도 모를 꽤 잘생긴 남자 앞에서 허겁지겁 음식을 먹고 싶진 않았다. 커피면 충분하다. "아니요, 괜찮아요."

그는 크림도 설탕도 넣지 않은 커피를 티스푼으로 천천히 저었다. 그리고 다른 손으로는 답답한 듯 넥타이를 만지작거렸다. 일자리를 제안하는 쪽은 분명 그인데도 왠지 긴장한 것처럼 보였다. 요즘 같은 불경기에 누군가를 고용할 수 있다는 건 꽤 여유가 있다는 거 아닌가? 지금 집을 잃게 생긴 쪽은 나였다.

물론, 아직 그 일이 어떤 일인지는 모른다. 어쩌면 끔찍한 일일지도 모른다. 아무리 돈을 많이 준다고 해도 절대 못 할 일들이 있다. 변기를 닦거나, 한겨울에 눈을 치우거나, 쓰레기를 버리는 일이라면 얼마든지 할 수 있지만, 쓰레기를 먹으라고 한다면 그런 일은 절대 할 수 없다. 아무리 급해도 그건 선을 넘는 일이다.

"자, 그럼 어떤 일인지 듣고 싶겠죠?" 그가 마침내 입을 열었다. "본론으로 들어가 볼까요?"

"네…"

그는 입꼬리를 살짝 올리며 웃었다. "당신은 저를 위해 일하게 될 거예요, 저희 집에서요. 정확히는…, 제 아내를 돕는 일이죠."

"아…." 입으로는 이 소리 밖에 나오지 않았지만, 속으로는 '그럼 그렇지'라고 생각했다.

당연히 아내가 있겠지. 정장 차림에 세련된 30대 남자라면 더더욱. 그런 남자가 혼자일 리가 없다. 손가락에 반지가 있는지는 미처 보지 못했다. 사실 그런 걸 살필 여유도 없었다. 차라리 잘된 걸지도 모른다. 그가 정말 나에게 일자리를 제안하는 거라면, 쓸데없는 플러팅 따위로 기회를 놓쳐서는 안 된다. 애초에 나는 그런 것엔 소질도 없었다. 게다가 그가 행복한 유부남이라면, 그런 생각은 애초에 할 필요도 없을 것이다. 일에만 집중하면 된다. 내 삶을 바로잡는 데에만.

슬쩍 그의 왼손을 봤다. 역시나, 심플한 화이트 골드 반지를 끼고 있었다. 대체 왜 그걸 못 봤을까?

나는 커피를 한 모금 마셨다. 그가 그랬듯, 몸이 저절로 부르르 떨렸다. 세상에, 이거 진짜 독하다. "아내분이요?"

"그래요." 그는 반지를 만지작거리며 네 번째 손가락에서 천천히 돌렸다. "빅토리아는… 몸이 아파요."

심장이 쿵 하고 내려앉았다. "저는 간호 일은 배워본 적이 없는데요…."

"아, 그건 걱정 마세요." 그가 커피를 한 모금 더 들이켰다. "아침에는 아내를 도와주는 간호사가 와요. 그리고 밤에는 내가 돌보고요. 하지만 내가 일할 때 그녀 곁에 함께 있어 줄 사람이 필요해요."

매일 간호사가 온다고? 그렇다면 그의 아내는 꽤 심하게 아픈 게 틀림없다. 무슨 병인지 묻고 싶었지만, 그건 예의가 아닐 것 같았다. 그가 굳이 말하지 않는 걸 보면 내게 알려주고 싶지 않은 게 분명했다. 이 일을 맡게 된다면 그때 자연스레 알게 되겠지.

"그녀는 하루 종일 혼자예요." 그가 말했다. "내가 집에서 일하긴 하지만 늘 곁에 있을 순 없거든요. 그저 누군가가 시간을 함께 보내줬으면 해요. 책을 읽어주거나, 식사 시간에 같이 앉아 있거나, 그냥 친구처럼 있어 주는 식으로요."

"그러니까 저를… 아내분의 친구로 고용하겠다는 건가요?" 나도 모르게 툭 내뱉었다.

아담의 귀가 살짝 붉어졌다. "음, 그렇게 말하니까 좀 이상하네요…"

"죄송해요." 내가 황급히 말했다. "그런 뜻은 아니었어요. 아내분을 위해 그렇게까지 한다는 게… 멋지네요. 외롭지 않게 해 주고 싶다는 거잖아요."

그 말은 진심이었다. 그의 아내에게 무슨 일이 있는지는 모르지만, 그가 그녀를 얼마나 아끼는지는 느껴졌다. 자신이 일하는 동안 그녀가 혼자 있지 않도록 곁에 있어 줄 사람을 찾고 있는 거니까. 만약 나에게 그런 일이 생긴다면 요양원 같은 곳에 버려질지도 모른다.

"집에서 일하신다고 하셨죠?" 내가 물었다. "어떤 일 하세요?"

나는 그가 컴퓨터 관련 일을 한다고 말할 줄 알았다. 요즘 집에서 일하는 사람들은 대부분 그러니까. 하지만 그의 대답은 뜻밖이었다. "작가예요."

"정말요?" 나는 커피를 한 모금 마시며 웃었다. "제가 들어봤을 만한 작품도 있나요?"

그는 어깨를 으쓱했다. "어쩌면요."

솔직히 나는 독서를 즐기는 편이 아니다. 그가 베스트셀러 작가라 해도 몰랐을 것이다. 어쨌든 아내의 '친구'를 고용할 정도면 꽤 여유가 있는 건 분명했다. 아니면 유산이라도 물려받았거나. 혹은 아내 빅토리아가 돈이 많거나.

"어쨌든…" 그는 어두운 머리카락을 손으로 쓸어 넘기며 말을 이었다. "일에 대해 한 가지 더 말씀드릴 게 있어요…"

자, 이제 나온다. 분명 무언가 이상한 조건이 있겠지. 예를 들어, 완전히 벌거벗은 채로 일해야 한다든가.

"네?"

"여기 근처가 아니에요."

"근처가… 아니라고요?"

"우린 롱아일랜드에 살아요."

나는 얼굴을 찌푸렸다. "롱아일랜드 어디요?"

"끝자락이에요."

"혹시 햄프턴 쪽인가요?"

"몬토크요."

나는 속으로 신음을 삼켰다. 몬토크는 롱아일랜드의 맨 끝자락에 있다. 그 너머는 대서양이다. 브루클린의 내 원룸에서 거기까지 운전해 간다면 두 시간은 걸릴 것이다. 그것도 차가 있을 때 얘기다. 하지만 나는 차가 없다. 아마 롱아일랜드 철도를 타야 할 것이다. 얼마나 긴 여정이 될지 상상만 해도 피곤했다.

"꽤 머네요." 내가 말했다. "게다가 저는 차도 없어요."

"그렇죠." 그는 다시 커피를 저었다. "그래서… 만약 일을 맡게 된다면 우리 집에서 지내도 돼요. 당연히 월세는 없고요. 그리고 필요하면 빅토리아의 차를 써도 됩니다."

나는 깜짝 놀라 입이 벌어졌다. 그런 제안을 할 거라고는 예상하지 못했다. 하지만 생각해 보면 당연한 일이다. 몬토크 같은 외진 곳에 산다면 숙소를 제공하지 않고서는 사람을 구하기 힘들 테니까.

"정말 배려가 깊으시네요." 내가 말했다.

그는 다시 입꼬리 한쪽을 살짝 올리며 미소를 지었다. "요즘 일이 너무 바빠서요. 빅토리아가 하루 종일 혼자 있을 걸 생각하면 마음이 편치 않아요. 그리고 겨울이 오기 전에 사람을 구해야 하거든요. 눈이 오면 면접 보기도 힘들 테니까."

이 일을 맡는다면 모든 문제가 해결될 것이다. 돈도 들어오고, 살 곳도 생긴다. 의료비 때문에 진 빚더미에서 조금씩 벗어날 수도 있다. 새로 시작할 기회가 될 수도 있다. 그렇게만 된다면 정말 완벽할 것이다.

하지만 이상하게도 내 몸 구석구석이 이 일을 거절하라고 소리 치는 듯했다. 아까 밖에서 느꼈던 불길한 예감이 다시 밀려왔다. 이 일을 맡아 몬토크로 가면, 뭔가 끔찍한 일이 일어날 것만 같았 다.

아니, 단순히 '끔찍한' 정도가 아니라 더 나쁜 무언가가.

그래, 이 일은 하지 말아야 한다.

"급여 이야기를 해야겠죠." 그가 말했다.

나는 헛기침을 했다. 더 이상 이 대화를 이어갈 이유가 없다. 분 명히 거절해야 한다. "저기, 아담…"

"주당 천오백 달러면 괜찮을까요?"

입이 떡 벌어졌다. 진심일까? 그럴 리가 없다. 아내와 함께 시간 을 보내는 대가로, 무료 숙식에 주당 천오백 달러를 주겠다니. 도 대체 그만한 돈을 어디서 마련한다는 걸까? 너무 좋아서 믿기 어 려울 지경이다.

하지만 만약 진짜라면? 그 돈이면 내 인생을 완전히 바꿀 수 있 다.

"그리고 건강보험도 해 드릴 수 있어요." 그가 재빨리 덧붙였다. "일요일은 쉬는 날로 하고요. 휴가는… 2주 정도면 충분할까요?" 그가 내 표정을 보더니 급히 말을 고쳤다. "3주요. 휴가는 3주로 하죠."

가슴이 벅차올라 숨이 막힐 것 같았다. 이 일을 거절할 이유가 없었다. 물론 직감은 계속 거절하라고 말하고 있었지만, 그런 건 그냥 무시하기로 했다. 프레디는 늘 내게 말하곤 했다. "넌 항상 나쁜 일이 일어날 거라고 생각하잖아." 솔직히 말해 그 말이 틀린 것도 아니었다. 실제로 나쁜 일이 자주 일어났으니까. 그래서 이렇게 완벽해 보이는 기회가 오면 늘 의심부터 했다.

하지만 이번만큼은 다를지도 모른다. 이번엔 정말로 내 삶을 되돌릴 기회일지도 모른다.

"언제부터 시작하면 될까요?" 내가 물었다.

3

몬토크로 향하는 열차는 끝없이 달렸다.

아담은 직접 차로 데리러 오겠다고 했지만 왕복 6시간이나 되는 거리를 운전하게 할 수는 없었다. 게다가 나를 다시 집으로 데려다주려면 또 6시간이다. 그렇게까지 해 준다면 차마 이 일을 거절할 수 없을 것 같았다. 마치 데이트 자리에서 남자가 비싼 랍스터 요리를 사주면 괜히 빚진 기분이 드는 것처럼.

물론 요즘은 데이트 같은 건 하지 않는다. 적어도 앞으로 10년 동안은 그럴 생각이 없었다.

그래서 지금 롱아일랜드 철도를 달리는 열차에 타고 있었다. 아담은 왕복 기차 요금을 주겠다고 했다. 사람들 출근 방향과 반대로 가고 있어서 창가 자리를 쉽게 차지할 수 있었다. 솔직히 누가 이런 먼 곳까지 매일 출퇴근하겠는가. 이어폰을 끼고는 있었지만 음악에 집중하지 못한 채 창밖으로 스쳐 지나가는 풍경만 멍하니 바라봤다. 처음엔 집과 건물이 빼곡했지만, 이내 나무와 초록빛 들판만 남았다.

그런데도 아직 한 시간이나 더 가야 했다.

시간을 때우려고 휴대폰을 꺼낸 순간, 잠금 화면에 문자 메시지가 떴다. 프레디였다.

번호를 바꿨는데도 내 번호를 또 알아냈다. 아마 친구 중에 누군가가 알려줬겠지. 그는 예전 번호를 그대로 쓰고 있어서, 이름이 안 떠도 번호만 보면 바로 알 수 있었다.

'다시 한번만 기회를 줘. 제발, 실비.'

나는 코웃음을 치며 휴대폰을 내려다봤다. 이제는 프레디도 내가 다시는 기회를 주지 않을 거라는 걸 알아야 한다. 내가 지금 길거리에 나앉지 않으려고 몬토크까지 가게 된 것도 결국 프레디 때문이었다. 내 인생이 이렇게 된 것 자체가 다 프레디 탓이었다. 번호를 차단하려는 순간, 또 메시지가 도착했다.

'제발. 사랑해. 네가 시키는 건 뭐든 할게.'

바로 번호를 차단했지만 프레디는 어떻게 해서든 또 연락할 방법을 찾을 것이다.

아담은 역에서 나를 기다리겠다고 했다. 기차가 종착역에 도착할 즈음, 목이 판자처럼 뻣뻣하게 굳어 있었다. 나는 몸을 쭉 펴며 숨을 고르고 마음을 다잡았다. 섬 끝까지 이어지는 긴 여정 내내, 불길한 느낌은 점점 더 짙어졌다. 하지만 그건 단지 낯선 곳에 대한 긴장감이라고 스스로를 다독였다. 뉴욕 밖으로 나온 지가 너무 오래됐으니까.

얇은 재킷 하나만 걸치고 나온 게 실수였다. 생각보다 훨씬 춥고 바람이 매서웠다. 기차에서 내리자마자 찬바람이 종이처럼 얇은 천을 뚫고 파고들었다. 살이 빠질 대로 빠져서 날씨가 따뜻해도 늘 추웠지만, 오늘은 유난히 뼛속까지 시렸다. 스웨터라도 하나 더 입고 나올걸.

"실비아!"

익숙한 목소리가 내 이름을 불렀다. 플랫폼 끝 쪽에서 아담이 손을 흔들고 있었다. 그는 두툼한 파란색 재킷에 머플러, 검은 모자까지 완벽하게 차려입고 있었다. 이곳 날씨에 익숙한 사람처럼 보였다.

그는 입꼬리를 살짝 올리며 웃더니 내 쪽으로 달려왔다. 지난 일주일 사이 나는 그가 얼마나 잘생겼는지 잠시 잊고 있었다. 두꺼운 검은색 울 모자를 쓰고 있어도 그는 꽤 매력적이었다.

하지만 그냥 잘생긴 것만이 아니었다. 처음 만난 날 집에 돌아와 '아담 바넷'을 검색해 보니, 그가 자신을 단순히 '작가'라고 소개한 건 겸손 그 자체나 다름없었다. 그는 뉴욕타임스 베스트셀러 1위를 세 번이나 기록한 작가였다. 온라인 기사에서는 그를 '우리 시대 최고의 현대 작가 중 한 명'이라고 불렀다. '차세대 스티븐 킹'이라는 별명까지 있을 정도였다. 그는 유명했지만 세상과는 약간 거리를 두는 은둔형 인물 같았다.

'빅토리아 바넷'도 검색해 봤지만 아무것도 나오지 않았다. 정말 열심히 찾아봤는데도.

"잘 왔어요?" 그가 걱정스러운 얼굴로 물었다. "오는 길은 어땠어요?"

"너무 멀었어요." 나는 팔짱을 끼며 몸을 떨었다. "뉴욕보다 기온이 10도는 더 낮은 것 같네요."

그가 웃었다. "그러게요, 오늘은 유난히 춥네요. 제 머플러 드릴
까요?"

대답할 틈도 없이 그는 목에 두른 어두운 녹색 머플러를 나에게
건넸다. 나는 정말 추웠기 때문에 감사히 받았다. 자연스럽고 신사
다운 행동이었다. 게다가 머플러에서 풍기는 고급스러운 애프터셰
이브 향이 코끝을 은근히 스쳤다.

그런데 나 지금 그의 머플러 냄새를 맡고 있는 건가? 아, 이제
정말 정신 차려야겠다.

아담은 나를 주차장으로 안내했다. 그가 스마트키 버튼을 누
르자 BMW의 헤드라이트가 깜빡였다. 순간 가슴이 두근거렸다.
BMW라니. 나는 그런 차를 몰아본 적도, 그런 차를 가진 사람을
만나본 적도 없었다. 프레디의 차는 긁힌 자국투성이인 중고 포드
피에스타였다. 다시 칠할 돈도 없어서 그냥 그대로 몰았고, 시동이
잘 안 걸릴 때는 내가 내려서 밀어야 했다. 아담은 내 시선을 눈
치챘는지 쑥스러운 듯한 표정을 지었다.

"말 안 해도 알아요." 그가 웃으며 말했다.

"뭘요?"

"이거요. 부자들이 잘난 척할 때 타는 차잖아요." 그가 운전석에
앉자, 나도 옆자리에 탔다. 가죽 시트였다. 나는 손끝으로 시트를
쓸어보며 감탄했다. "그래도 눈길에서는 정말 잘 나가요. 빅토리아
가 참 좋아했었죠."

나는 그가 아내 이야기를 과거형으로 한 게 신경 쓰였다. 그사
이 그와 몇 번 전화 통화를 했지만, 아내의 상태에 대해서는 늘 말

을 아꼈다. 왜 굳이 나에게 말해 주지 않는 건지 이해가 안 갔다. 어차피 내가 그녀를 돌보게 될 사람인데 어디가 아픈지는 알아야 하지 않을까? 관절염? 자가면역질환? 아니면 심각한 음식 알레르기? 감이 잡히지 않았다.

아담은 내 표정을 읽은 듯 큰길로 차를 몰며 조용히 입을 열었다. "아내는 머리를 다쳤어요."

"아…"

"계단에서 굴렀어요. 9개월쯤 전에요." 그가 얼굴이 살짝 일그러졌다. "우리 집 계단이 말도 안 되게 꼬불꼬불한데… 그날 나는 출판사 미팅 때문에 시내에 있었고요. 그래서 나중에야 발견했죠. 그때 내가 그 자리에 있었더라면…"

그는 말끝을 흐렸다. 그의 말에 마음이 아팠다. 아내가 아픈 것만으로도 힘들 텐데, 그걸 자신의 탓으로 여긴다면 얼마나 고통스러울까. 문득 그런 생각이 들었다. 빅토리아도 그를 원망하고 있을까?

약 20분쯤 더 달린 끝에 도시 한 블록만큼이나 긴 철제 울타리와 대문이 모습을 드러냈다. 아담이 차 안에서 버튼을 누르자 커다란 문이 부드럽게 열렸다. 여기가 그의 집이라는 걸 그제야 깨달았다. 철제 울타리로 둘러싸인 거대한 저택이었다. 해자나 용이 있다고 해도 놀랍지 않을 만큼 웅장했다.

아담은 내 놀란 표정을 보고 미소 지었다. "이 근처는 부동산이 싸요. 헐값으로 이런 큰 집을 살 수 있죠. 그래서 여기로 이사 왔어요. 물론 위치가 편하지는 않지만요."

"그렇군요." 나는 그렇게 중얼거렸지만 속으로는 내가 백 살까지 산다 해도 이런 집은 살 수 없을 거라고 생각했다.

웅장한 집에 비해 정원은 의외로 관리가 되지 않은 모습이었다. 잔디가 무성하게 자라 있었고 마당은 낙엽으로 뒤덮여 있었다. 차고로 이어지는 길에는 나뭇가지들이 축 늘어져 있었다. 어딘가 버려진 집 같은 느낌이 들었다. 아무도 살지 않는다고 해도 믿을 법했다. 아담은 아내가 안에 있다고 했지만, 2층짜리 집 안에는 불 하나 켜져 있지 않았다.

"예전엔 정원사가 있었어요." 그가 설명했다. "하지만 이제는… 없죠."

그의 표정이 잠시 어두워졌다. 잘생기고 성공한 남자임에도 불구하고, 아담의 얼굴에는 피로와 슬픔이 깊게 배어 있었다. 적어도 지난 몇 달 동안은 그에게 특히 힘든 시간이었을 것이다. 이상하게도 그런 모습 때문에 그에게 더 끌렸다.

집 안은 겉모습보다 훨씬 화려했다. 마치 오페라 극장에 들어선 기분이었다. 거실은 엄청나게 넓어서 나를 삼켜버릴 것만 같았다. 내가 사는 원룸 다섯 개쯤은 거뜬히 들어갈 크기였다.

진짜로 불을 피울 수 있는 벽난로 옆으로 거대한 '기역' 자 모양 소파가 놓여 있었고, 그 맞은편에는 벽만 한 크기의 TV가 걸려 있었다. 집 안의 모든 것이 새것처럼 반짝였고 값비싸 보였다.

아담은 내 반응을 지켜보고 있었다. 뭔가 말을 해야 할 것 같아 간신히 입을 열었다. "와… 여긴 정말…"

그가 웃었다. "크죠?" 그의 표정이 환해졌다. 그는 이 집을 진심으로 사랑하고 있었다. "그래서 여기로 이사 왔어요. 전엔 맨해튼에 살았는데 아파트가 너무 좁았거든요. 빅토리아가 처음 이곳에

왔을 때 두 팔을 벌리고 빙글빙글 돌았죠."

그녀의 마음이 이해됐다. 나라도 그랬을 것이다. 이 집은 두 팔을 벌리고 빙글빙글 돌기에 딱 알맞은 집이다.

벽난로 위 선반에 놓인 사진 한 장이 눈에 들어왔다. 아담이 금발의 젊은 여자에게 팔을 두르고 있었다. "저… 저분이 빅토리아인가요?"

그가 고개를 끄덕였다. "네…"

나는 조심스럽게 다가가 사진을 들여다봤다. 무례하다고 생각하지 않길 바라면서. 빅토리아는 너무 아름다웠다. 길게 늘어뜨린 금빛 머리카락이 얼굴을 감쌌고, 검은 드레스는 그녀에게 완벽하게 어울렸다.

하지만 그녀의 얼굴에는 단순한 미모를 넘어선 무언가가 있었다. 솔직함, 순수함, 그리고 따뜻함. 그녀의 미소에는 햇살 같은 온기가 묻어 있었다. 나는 늘 화장을 진하게 하는 편이지만, 빅토리아는 거의 하지 않았다. 그런데 오히려 그게 완벽하게 어울렸다. 누구라도 그녀를 보면 단번에 호감이 갈 것 같았다. 사진 속 그녀는 너무나 행복해 보였다.

아직 자신의 인생에 어떤 일이 닥칠지 모른 채.

"정말 아름다워요." 내가 조용히 말했다.

"네." 그의 시선이 아래로 떨어졌다. "…아름답죠."

그의 슬픈 표정을 보자 괜히 말을 꺼냈나 싶었다.

그가 헛기침을 했다. "위층에 있어요. 만나볼래요?"

2층으로 올라가는 계단은 아담이 말한 대로 길고 꼬불꼬불했다. 경사가 아주 가팔랐고, 발을 디딜 공간도 몹시 좁았다. 이 계단에서 굴러떨어진다면 멀쩡하긴 어려울 것이다. 나는 계단 아래를 내려다보며 사진 속 금발의 여자가 그곳에 쓰러져 있는 모습을 떠올렸다.

이번에도 몸이 떨렸다. 이 집에 바람이라도 새는 걸까?

나는 거의 매달리다시피 난간을 붙잡고 아담을 따라 조심스럽게 계단을 올랐다. 여기서 굴러떨어져 머리를 다치기라도 하면 큰일이었다. 나에게는 나를 돌봐줄 사람을 고용해 줄 남편이 없었다. 그러니 이 계단에서는 정말, 조심 또 조심해야 한다.

"빅토리아를 혼자 두진 않아요." 그가 계단을 오르며 말했다. "지금은 간호사 에바가 그녀와 함께 있어요. 제가 당신한테 기대하는 건 바로 그 부분이에요. 에바가 쉴 수 있도록, 그리고… 저도요."

그는 아내에게서 잠시 벗어나고 싶다는 사실을 부끄러워하는 듯했다. 하지만 충분히 이해할 수 있었다. "문제없어요." 나는 고개를 끄덕이며 대답했다.

우리는 긴 복도를 따라 걸었다. 방이 다섯 개, 아니 여섯 개는 되는 듯했다. 그는 복도 맨 끝, 오른쪽 문 앞에서 멈춰 섰다. "여기가 빅토리아의 방이에요."

"방을 같이 안 쓰시나요?" 그 말을 하자마자 후회가 밀려왔다.

아담의 초록빛 눈이 살짝 커졌다. 왜 그런 말을 한 걸까. 왜 나는 자꾸 쓸데없는 말을 하는 걸까. 부부 사이 일에 내가 끼어들 자격은 없었다.

"네." 그가 짧게 대답했다. "그녀는 장비가 많이 필요해서요. 그리고… 그냥… 지금은 함께 자지 않아요."

"그렇군요." 나는 급히 말했다. "이해해요."

아담이 문을 두드렸다. 나는 숨을 죽인 채 기다렸다.

"들어오세요!" 안에서 억양이 섞인 목소리가 들려왔다.

아담이 문을 열자, 나는 그제야 숨을 내쉬었다. 가장 먼저 눈에 들어온 건 덩치가 큰 여자였다. 짧은 검은 머리에 밝은 갈색 피부, 그리고 내 허벅지만큼 굵은 팔뚝. 나를 번쩍 들어 어깨에 메고 집 안을 뛰어다닐 수도 있을 것 같았다. 서른인지 예순인지 도저히 나이를 짐작하기 어려웠다.

"아담 씨." 그녀가 묵직한 억양으로 말했다. "돌아오셨네요."

"그래요." 아담이 어색하게 미소 지었다. "에바, 이쪽은 실비아예요. 빅토리아를 돌보는 일을 도와줄 거예요. 아마도요." 그가 내게 장난스럽게 윙크했다. "실비아, 여긴 에바예요."

그녀는 눈을 가늘게 뜨고 나를 훑어보았다. "안녕하세요."

나는 그녀와 친해질 일은 없겠다는 예감이 들었다. "만나서 반가워요." 목을 가다듬고 말을 이었다. "빅토리아를 뵙게 되길 정말 기다렸어요."

에바가 창 쪽으로 고개를 돌리자 나도 자연스럽게 그 시선을 따라갔다. 그제야 창가 쪽으로 놓인 휠체어가 눈에 들어왔다. 머리 받침 위로 금빛 머리카락이 부드럽게 흘러내리고 있었다.

"저분이 빅토리아인가요?" 물어볼 필요도 없는 질문이었다.

"그래요." 아담이 어색하게 웃었다. "가서 인사해요."

나는 조심스럽게 다가갔다. 침대 옆에는 환자가 오르내릴 때 쓰는 리프트 장치가 놓여 있었다. 발이 걸리지 않도록 주의하며 천천히 걸음을 옮겼다. 아담은 내가 휠체어 가까이 갈 수 있도록 옆으로 비켜섰다. 휠체어가 약간 뒤로 젖혀져 있었고, 그 덕분에 나는 그녀의 얼굴을 볼 수 있었다.

그리고, 나도 모르게 숨이 턱 막히는 소리가 입에서 새어 나왔다.

4

이 여자는 아래층 사진 속 여자와는 달랐다.

겉모습은 분명 같았지만 동시에 다른 사람 같았다. 한때는 사진 속 그 여자였을지 몰라도 지금은 아니었다. 지금 그녀는 예전 그 여자의 껍데기일 뿐이었다.

그녀의 머리카락은 여전히 똑같은 금발이었지만, 사진 속처럼 빛나지 않고 생기 없이 축 늘어져 있었다. 왼쪽 머리선 아래로는 흉터가 뱀처럼 길게 뻗어 있었다. 공허한 눈동자는 서로 다른 곳을 향하고 있었다. 왼쪽 볼은 움푹 패어 있었고, 얼굴 한쪽 전체를 따라 울퉁불퉁한 흉터가 남아 있었다. 그렇게 돈이 많은데 왜 성형수술을 하지 않았을까 생각했지만, 곧 이유를 알았다. 그녀는 더 이상 자신의 외모 따위엔 관심이 없었다.

"비키." 아담의 목소리가 부드럽고 다정하게 변했다. "이쪽은 실비아야. 정말 좋은 사람이야. 앞으로 네 곁에서 함께 지낼 거야."

빅토리아가 고개를 들어 나를 바라봤다. 오른쪽 눈은 내 얼굴을 똑바로 보았지만, 왼쪽 눈은 여전히 창문 쪽을 향해 있었다. 나를 인식하고 있는지조차 알 수 없었다. 그녀는 아무 말도 하지 않았다.

"말은 거의 안 해요." 그가 낮은 목소리로 말했다. 바로 옆에 있는 빅토리아가 못 듣길 바라는 눈치였다. "머리를 다치면서 언어 중추가 손상됐어요. 말은 거의 못 해도, 알아듣기는 해요… 아마도요. 가끔 '안녕'이나 '그래' 같은 말을 할 때도 있지만, 대부분은 자기 이름조차 말하지 못해요."

그의 마지막 말에는 살짝 떨림이 묻어났다. 이런 일을 다른 사람에게 설명하는 게 얼마나 고통스러울지 짐작이 갔다. 결혼한 배우자가 누군지도 모르고, 자기 이름조차 말하지 못하는 사람과 함께 살아야 한다는 건 상상조차 할 수 없었다.

"안녕, 빅토리아." 내가 말했다. 그런데 내가 너무 크게, 그리고 너무 느리게 말하고 있다는 걸 깨달았다. 마치 청각 장애가 있는 아이에게 말하는 것처럼. 만약 그녀가 내 말을 알아듣고 있다면, 모욕적이라고 느꼈을지도 모른다. "전 실비아예요. 만나서 반가워요."

그러고는 나도 모르게 오른손을 내밀었다.

너무 익숙한, 몸에 밴 행동이었다. 누구나 예의를 지키기 위해 악수하는 법을 배우니까. 하지만 빅토리아의 오른팔은 휠체어 팔걸이에 고정되어 있었다. 그녀는 왼손으로 무릎 위를 만지작거릴 뿐, 오른손은 꿈쩍도 하지 않았다. 내가 내민 손을 마치 처음 보는 물건처럼 낯설게 내려다봤다. 에바는 그런 나를 멍청하다는 듯 바라봤다.

"그녀는 오른쪽을 전혀 움직일 수 없어요." 아담이 말했다.

"아…" 얼굴이 화끈거렸다. 이 일을 맡게 되면 처음에는 이렇게 어색해질 일도 많을 것이다. 하지만 일주일만 지나면 요령도 생기고 이런 부끄러운 실수를 할 일은 없을 거라고 스스로를 다독였다. "죄송해요."

"비키는 규칙적인 루틴을 지킬 때 가장 안정적이에요." 아담이 말을 이었다. "아침엔 에바가 그녀를 깨워서 도와줄 거예요. 밤에는 우리 중 한 명이 돌보고요. 당신은 낮 동안만 도와주면 돼요. 식사를 챙기고 필요한 걸 가져다주고 곁에 있어 주면 됩니다." 그는 아내의 얼굴을 내려다보며 미간을 찌푸렸다. "난 그녀가 외로워질까 봐 걱정돼요. 하루 종일 창밖을 내다보거나 TV만 보거든요."

나는 빅토리아의 시선을 따라 창밖을 바라봤다. 잡초가 무성한 잔디밭, 마른나무들, 그리고 작은 창고 하나. 멀리 대문이 희미하게 보였다.

"밖에 나가서 산책을 하는 건 어때요?" 내가 조심스럽게 제안했다. 아담이 준 머플러를 두르고 있으니, 옷만 잘 챙겨 입으면 생각보다 춥지 않겠다는 생각이 들었다. 본격적인 추위가 찾아오기까지는 아직 한 달 정도는 더 남아 있었다.

그가 고개를 끄덕였다. "옷을 단단히 입혀야겠지만, 원한다면 내가 비키를 안고 아래층으로 옮길 수 있어요."

그제야 그가 무슨 말을 하는지 깨달았다. 빅토리아는 스스로 계단을 내려올 수 없는 것이다. 그렇다면 왜 그녀를 2층에 두는 걸까? "아래층에서 지내는 게 더 낫지 않을까요?" 내가 조심스레 물었다.

그는 고개를 저었다. "아래층엔 간이 욕실밖에 없어요. 휠체어가 들어가기엔 너무 좁죠. 그리고 2층 창문에서 보는 풍경이 훨씬 좋아요. 그녀는 여길 좋아해요."

그는 다시 아내를 내려다보며 다정한 눈빛을 보냈다. 하지만 그녀가 무엇을 좋아하고 싫어하는지를 어떻게 표현하는지는 도무지 알 수 없었다. 그녀의 얼굴은 완전히 무표정했다. 가끔 눈을 깜빡이거나 왼손으로 티셔츠의 헐거운 실밥을 만지작거리는 걸 제외하면, 생기라고는 느껴지지 않았다.

나는 아랫입술을 깨물었다. 이 일을 제대로 해내려면 어떻게든 빅토리아와 통할 방법을 찾아야 했다. 적어도 당분간은 마음을 터놓는 대화 같은 건 기대할 수 없을 테니까. 나는 그녀의 헐렁한 티셔츠와 트레이닝 바지를 바라봤다. 벽난로 위 사진 속에서 본 그녀의 세련된 모습이 떠올랐다. 매일 이런 차림으로 지내는 걸 좋아했을 사람은 아니었을 것이다.

그때 그녀의 목에 걸린 금빛 목걸이가 눈에 들어왔다. 다이아몬드 눈송이 장식이 달려 있었다. 섬세하고 값비싸 보였다.

그 목걸이를 보는 순간, 잠시나마 예전의 그녀 모습이 떠올랐다. "예쁜 목걸이네요, 빅토리아." 내가 말했다. 내 말을 알아듣지 못하더라도 여자라면 누구나 칭찬을 좋아하니까.

빅토리아가 고개를 들어 나를 바라봤다. "고마워요."

그녀의 쉰 목소리를 듣는 순간, 심장이 멎는 줄 알았다. 그녀가 말을 할 거라곤 전혀 예상하지 못했다. 발음이 조금 어눌했지만 분명하게 들렸다. 나는 놀라서 아담을 바라봤다. 그는 활짝 웃고 있었다.

"당신한테 말을 했네요? 정말 대단해요. 원래 말을 거의 안 하거든요. 당신이 꽤 마음에 들었나 봐요." 그는 빅토리아의 어깨에 손을 얹으며 말했다. "실비아, 괜찮은 사람 같지?"

빅토리아는 아무 대답 없이 시선을 다시 창밖으로 돌렸다.

"그녀가 말을 많이 하길 기대하진 마세요." 그가 말했다. "이렇게 한마디 하는 것도 정말 놀라운 일이에요." 그는 고개를 저으며 말을 이었다. "어쨌든 당신이 묵게 될 방을 보여드릴게요."

나는 빅토리아의 방을 나서며 한 번 더 뒤돌아봤다. 그녀는 여전히 창밖을 바라보고 있었고, 우리가 방 안에 있었는지조차 모르는 듯했다. 하지만 에바의 시선이 내 뒤를 따라왔다. 그녀의 표정에는 설명하기 힘든 무언가가 섞여 있었다. 그 시선이 내 등을 간질였다.

"만나서 반가웠어요, 에바." 내가 인사했지만 그녀는 아무 대답이 없었다. 그저 말없이 나를 바라볼 뿐이었다. 그 시선이 묘하게 불편했다. 이 여자와는 자주 마주치지 않기를 바랐다. 아담의 말로는 그녀는 아침에만 있다고 했으니까.

아담이 안내한 침실은 정말 멋졌다. 브루클린의 내 좁은 원룸보다 훨씬 넓었다. 침대와 서랍장, 그리고 작은 책장까지 이미 준비돼 있었고, 침대에는 시트와 포근한 담요까지 깔려 있었다. 베개 위에 민트나 초콜릿만 올려두면 딱 호텔 방 같았다.

"마음에 들었으면 좋겠네요." 그가 두 손을 모으며 말했다. "원한다면 트럭을 불러서 당신 가구를 옮겨 줄 수도 있어요. 물론 이 가구를 그냥 사용해도 되고요."

"제 가구는 가져올 필요 없어요." 내 아파트에 있는 가구들은 기적적으로 겨우 버티고 있는 수준이었다. 잘 때마다 침대가 무너질까 봐 걱정될 정도였다. "이 정도면 충분해요."

"방이 너무 작은 것 같으면 다른 방도 있어요." 그가 문 쪽을 힐끗 보며 말했다. "맨 끝 방은 제 방이지만, 다른 방은 아무거나 써도 돼요. 다락방도 있긴 한데 거긴 제가 일하는 곳이에요."

"아니에요, 정말 완벽해요." 나는 침대에 앉으며 감탄을 삼켰다. 손끝에 닿는 이불의 감촉이 놀랄 만큼 부드러웠다. 도대체 얼마짜리인지 짐작조차 가지 않았다. 빅토리아가 골랐던 건 아닐까, 하는 생각이 스쳤다. "집이 정말 크네요."

아담의 얼굴에 다시 슬픈 그림자가 드리워졌다. "우린 원래… 이집을 아이들 웃음소리로 가득 채우려고 했거든요."

세상에. 이 남자의 인생이 너무나 안타까웠다. 그는 평생 꿈꾸던 여자와 결혼했고, 그 사랑은 진심이었다. 하지만 그녀는 끔찍한 사고를 당했고, 이제는 거의 말을 못 하고 그가 누군지도 알아보지 못하는 듯했다. 그런데도 그는 그녀를 요양원 같은 곳에 보내는 대신 집으로 데려와, 그녀의 삶을 조금이라도 나아지게 하려고 막대한 돈을 쏟아붓고 있었다.

빅토리아는 운이 좋은 사람은 아닐지 몰라도, 남편만큼은 정말 복권에 당첨된 셈이었다.

"그래서… 어떻게 생각하세요?" 아담이 어색한 듯 발끝을 움직이며 말했다. "부담 주려는 건 아니에요. 하지만 시내에서 사람 구하기가 얼마나 어려운지 보셨잖아요. 겨울 오기 전에 이 일을 마무리하고 싶어서요."

"저는…"

입이 떨어지지 않았다. '네'라고 말해야 한다는 건 알고 있었다. 나는 이 일이 꼭 필요했다. 집주인이 이번 주까지 월세를 내라고 했지만, 통장엔 잔액이 한 푼도 없었다. 그런데 이 남자는 숙식 제공에다, 믿기 어려울 만큼 훌륭한 급여까지 제안했다. 심지어 건강보험도 포함되어 있었다. 거절하는 게 오히려 미친 짓이었다.

그런데 왜 망설여지는 걸까? 내 인생의 다른 모든 게 엉망이 됐다고 해서, 이 일까지 그렇게 되라는 법은 없는데 말이다.

"혹시 돈 때문인가요?" 그가 조심스럽게 물었다. "더 필요한 건가요?"

"아뇨, 그런 건 아니에요." 빌어먹을, 왜 그렇게 말한 걸까? 지금이야말로 월급을 더 올려달라고 말할 기회였는데. "그냥… 여기가 좀 외진 것 같아서요."

그가 고개를 끄덕이며 잠시 생각에 잠겼다. "무슨 말인지 알아요. 나도 처음엔 그랬거든요. 하지만 생각보다 괜찮을 거예요. 차로 5분 거리에 맥도날드도 있고, 빅토리아의 차를 사용해도 돼요. 갇혀 있다는 느낌은 들지 않을 거예요. 내가 있을 땐 저녁에 외출해도 되고요."

"그렇군요…"

"여기 생활은 금방 익숙해질 거예요." 그가 살짝 몸을 앞으로 기울였다. 그의 머플러에서 은은하게 풍겨오는 애프터셰이브 향이 코끝을 스쳤다. 나는 그 향기에 알 수 없는 안도감을 느꼈다. 그는 매력적인 남자였다. 그 사실이 오히려 더 위험했다. "정말 조용하고, 쇼핑몰도 근처에 있어요. 빅토리아는 이곳을 정말 좋아했어요.

그러니까… 그 일이 있기 전까지는.”

그에게 내 진심을 털어놓을 수는 없었다. 이 집은 나를 불안하게 만든다고. 빅토리아는 여길 사랑했을지 몰라도 나는 아니었다. 그리고 솔직히 말하면, 그녀조차 나를 불편하게 했다. 그녀의 텅 빈 표정에는 묘한 섬뜩함이 있었다. 그녀가 겪은 일을 생각하면 이런 생각이 잔인하다는 걸 알면서도, 이상하게 그 느낌을 떨칠 수가 없었다.

하지만 이대로 거리에 나앉을 순 없었다.

“좋아요.” 내가 말했다. “이 일을 맡을게요.”

5

집에 돌아와 낡고 울퉁불퉁한 매트리스 위에 누워 몬토크 저택의 침대를 떠올렸다. 부드러운 실크 시트와 포근한 담요의 감촉을. 그곳에서는 적어도 밤마다 세 번씩 사이렌 소리에 깨는 일은 없을 것이다. 지난주엔 심지어 총소리에 깼었다. 여기 오래 있다간 언젠가 길 잃은 총알에 맞을지도 모른다.

하루라도 빨리 이곳을 벗어나고 싶다. 하지만 동시에, 그 커다란 저택에서 살아야 한다는 생각이 이루 말할 수 없이 두려웠다.

무엇이 더 두려운 걸까. 그 집일까, 아니면 빅토리아일까. 눈을 감으면 그녀의 무표정한 얼굴이 떠올랐다. 한때는 그렇게 건강하고 행복했는데, 지금은 마치 껍데기만 남은 것 같았다.

나에게 다른 선택지가 있어서 이 일을 하지 않아도 된다면 얼마나 좋을까.

그때, 침대 옆 협탁 위에 올려둔 휴대폰이 요란하게 진동했다.

화면에 짧은 메시지가 떠 있었다.

'창가로 와.'

모르는 번호였다. 그렇지만 모르는 번호라고 해서 모르는 사람이라는 뜻은 아니다. 나한테 차단당한 사람이 문자를 보내려고 대포폰을 샀을지도 모르니까. 프레디라면 그러고도 남았다.

나는 짧게 답장을 보냈다.

'꺼져.'

곧바로 답이 왔다.

'네가 창가로 올 때까지는 안 꺼질 거야.'

내 원룸은 너무 좁아서 침대에서 창문까지 몇 걸음 되지 않았다. 나는 두어 걸음 만에 창가로 다가갔다. 예상대로 프레디가 그곳에 서 있었다. 그의 짙은 머리카락이 부슬부슬 내리는 비에 젖어 이마에 달라붙어 있었다. 그는 눈을 깜빡이며 내 창문을 올려다봤다.

나는 한숨을 내쉬며 창문을 벌컥 열었다. "그만 가, 프레디. 진심이야."

"실비…" 그가 헐렁한 청바지 주머니를 뒤적이며 말했다. "한 번만 더 기회를 줘. 널 사랑해."

"헛소리 그만해."

그는 주머니에서 휴대폰을 꺼내 들더니, 머리 위로 높이 들어 올렸다. 순식간에 피터 가브리엘의 〈인 유어 아이즈In Your Eye〉가 울려 퍼졌다. 이웃들이 잠에서 깰 만큼 큰 소리였다. "실비, 제발 용서해 줘!"

나는 눈을 굴렸다. 프레디는 영화 〈금지된 사랑〉의 유명한 장면을 흉내 내고 있었다. 존 쿠삭이 이온 스카이의 마음을 되돌리려고 붐박스를 머리 위로 들어 올리고 피터 가브리엘의 노래를 틀던 바로 그 장면 말이다. 영화에서는 통했다. 그건 영화니까. 그리고 존 쿠삭과 이온 스카이는 프레디와 나 사이에 있었던 일 같은 건 겪어본 적 없는 순진하고 어린 연인이었으니까.

프레디는 〈금지된 사랑〉이 내가 제일 좋아하는 영화 중 하나라는 걸 알고 있었다. 내가 그 붐박스 장면에서 울컥하던 걸 늘 놀리곤 했다. 그러니 이런 짓을 시도했다는 게 놀랍지는 않았다. 하지만 소용없다. 진짜 붐박스를 들고 왔더라도 내 마음은 변하지 않았을 것이다.

"잘 자, 프레디." 나는 그렇게 말하고 창문을 닫아버렸다.

그가 내 이름을 부르며 외치는 소리가 들렸지만, 더 이상 듣지 않았다. 다시는 프레디에게 돌아가지 않을 것이다. 그가 정말 나를 원했다면 내가 가장 힘들었을 때 날 버리지 말았어야 했다. 브루클린을 떠나며 위로가 되는 건 딱 하나였다. 프레디가 이제 다시는 나를 찾아오지 못할 거라는 것.

6

"정말 이게 다예요? 진짜로요?"

아담은 굳이 시내까지 와서 내가 롱아일랜드로 이사하는 걸 도와주겠다고 했다. 이삿짐 트럭을 빌리겠다는 제안도 했지만, 그럴 필요 없다고 거절했다. 말 그대로, 내가 가진 건 큰 여행 가방 두 개와 배낭 하나뿐이었다. 그는 그 가방들을 BMW 트렁크에 던져 넣더니 이게 전부냐는 듯 믿기지 않는 표정으로 주위를 둘러봤다.

나는 열일곱 살 때부터 입고 다닌 낡은 가을 코트 주머니에 손을 찔러 넣었다. 소매는 해지고, 지퍼는 다섯 번 중 한 번은 꼭 걸렸다. 첫 월급을 받으면 제일 먼저 새 코트를 살 거다. 요즘은 그 상상만으로도 행복했다. "네, 그게 다예요."

"하지만…" 아담이 턱을 긁으며 가방을 힐끗 봤다. "짐이 너무 적네요. 빅토리아였으면 저거 두 개로는 구두도 다 못 넣었을걸요."

"그럴 수도 있죠." 나는 짧게 웃었다. 진짜 이유는 말하고 싶지 않았다. 옷을 많이 가질 수 없었던 건, 단순히 옷을 살 돈이 없었기 때문이었다.

"이제 출발하죠."

아담의 BMW를 타고 가는 건 롱아일랜드 철도를 타는 것과는 전혀 달랐다. 마치 완전히 다른 세상에 들어선 기분이었다. 이렇게 편한 시트는 태어나서 처음이었다. 그는 정말 인생을 누릴 줄 아는 사람 같았다.

차 안은 고요했다. 그는 라디오를 켜지도 않았고, 어색한 정적만 흘렀다. 왠지 무슨 말이라도 꺼내야 할 것만 같았다.

"그래서… 빅토리아는 어떤 사람이었어요?" 질문을 하고 나서야 깨달았다. 아직 살아 있는 사람을 '과거형'으로 말했다는 걸. "그러니까, 그 일 전에요…"

그는 내 말실수를 대수롭지 않게 넘겼다. "그녀는 정말 똑똑했어요. 진짜로요. 간호사 실무자였고, 응급실에서 일했죠. 우린 거기서 처음 만났어요."

"와, 그렇군요." 침대에 앉아 창밖만 멍하니 바라보던 그녀가 북적이는 응급실에서 환자들을 돌보는 모습은 도무지 상상이 가지 않았다. "대단하네요. 어느 병원이었어요?"

"머시 병원이요. 맨해튼에 있는." 그가 잠시 말을 멈췄다. "이사 오고 나서는 잠시 쉬고 있었어요. 늘 쉬고 싶다고 했거든요. 그래서 그렇게 해 주고 싶었어요. 충분히 그럴 자격이 있는 사람이었으니까."

"그럼 아담 씨도 그때 응급실에서 일하신 거예요?" 그는 놀란 눈으로 나를 쳐다봤다.

"설마요. 저는 환자였어요. 몇 시간이나 대기하느라 짜증이 나 있었는데, 그녀가 방으로 들어오자마자…, 그냥 모든 걸 잊었어요. 그건…."

나는 눈썹을 치켜올렸다. "그건 뭐였는데요?"

"첫눈에 반한 거였죠. 큐피드의 화살에 맞은 것처럼. 천사들이 하프를 연주하는 것 같은, 그런 느낌이요." 그의 귀가 붉어졌다. "바보처럼 들릴지 모르겠지만 정말 그랬어요. 그녀를 보는 순간 알았어요. 이 여자와 결혼하게 될 거라고."

그는 잠시 말을 멈추고 생각에 잠겼다. 그 마음을 이해할 수 있었다. 나도 한때는 평생 함께할 사람을 만났다고 믿었던 적이 있으니까. 하지만 그 끝은 처참했다. 적어도 빅토리아는 남편 집 앞에서 피터 가브리엘 노래를 틀어 놓고 서성이지는 않았다.

"음악 좀 틀까요?" 아담이 롱아일랜드 고속도로로 들어서며 물었다.

"좋아요." 세 시간 동안 어색하게 대화하는 것보단 낫다. 이제 빅토리아 얘기는 정말 그만하고 싶었다.

그가 좌석 사이의 수납함을 뒤적였다. "운전할 때 듣는 믹스 CD 가 있어요. 그걸 틀죠."

"CD가 뭐예요?"

아담이 나를 힐끗 보았다. "설마, 진짜 몰라요?"

"농담이에요." 내가 웃으며 말했다. "CD가 뭔지는 알아요… 실제로 본 적은 없지만요."

"이런, 갑자기 늙은이가 된 기분이네요." 아담은 서른 중반쯤 되어 보였다. 나보다 열 살쯤 많을까. 하지만 그에게는 묘하게 젊은 기운이 있었다. 그와 함께 있으면 나이 차가 전혀 느껴지지 않았다. 여자들이 남자보다 빨리 성숙한다는 말이 어쩌면 진짜일지도 모르겠다. 적어도 프레디의 경우엔 그랬다 ─ 그는 나와 동갑이었으니까.

"아무튼, 기대해도 좋아요." 그가 수납함에서 CD 한 장을 꺼내 들며 말했다. "짜잔!"

"우와!" 나는 일부러 감탄사를 내뱉으며 그것을 받아 들었다. CD를 실제로 본 적이 없다는 말은 농담이었다. 부모님 집에는 아직도 CD가 한가득 있었으니까. "작은 레코드판 같네요. 귀여워요."

아담이 웃음을 터뜨렸다. "내가 어릴 땐 이런 게 최신 기술이었어요. 카세트테이프도 있긴 했지만요."

"테이프요? 스카치테이프 같은 건가요?"

내가 장난스럽게 말하자, 그는 짐짓 불쾌하다는 표정을 지었다. "이 CD는 아마 당신이 유치원 다닐 때쯤 만들었을 걸요. 최고의 드라이브 믹스예요. 이걸 듣고 싶어서 일부러 CD 플레이어가 있는 차를 샀다니까요."

"괜히 기대되네요." 내가 CD를 플레이어에 넣으며 말했다. "지금까지 들어본 음악 중 최고가 아니면 실망할지도 몰라요."

"걱정 마요. 살면서 들어본 음악 중 최고일 거예요."

잠시 후, 첫 곡으로 〈라이프 이즈 어 하이웨이Life is a Highway〉가 흘러나왔다. 아담은 볼륨을 높이더니 완전히 틀린 음정으로 노래를 따라 부르기 시작했다. 그 엉뚱한 모습이 너무 웃겨서 오히려 귀엽게 느껴졌다. 나는 웃음을 터뜨렸고, 어느새 함께 노래를 부르고 있었다. 나는 롱아일랜드 고속도로를 BMW를 타고 달리며 컨트리 송을 따라 부르는 타입의 여자는 전혀 아니다. 그건 절대 내 스타일이 아니었다.

그런데 이상하게 지금은 정말 즐거웠다.

열 번째 곡쯤 지나 목이 쉬어갈 즈음, 문득 이런 생각이 들었다. '이렇게 신나게 웃은 게 도대체 몇 년 만이지?' 그런데 그 상대가 결혼한 남자라는 게 문제였다. 게다가 그는 내가 앞으로 돌봐야 할, 심각한 병을 앓고 있는 여자의 남편이기도 했다. 만약 그와 나 사이에 무슨 일이 생긴다면 나는 세상에서 가장 끔찍한 인간이 될 것이다. 그 사실을 되새겼다. 반복해서, 끊임없이.

'아담은 결혼했다. 결혼한 사람이다. 제발 정신 차려, 실비아.'

우리는 몬토크에 도착할 때까지 그 '드라이브 믹스 CD'를 세 번이나 들었다. 집 앞에 차를 세울 즈음엔 여정이 조금 더 길었으면 좋겠다는 아쉬움이 들 정도였다. 그래도 차에서 내려 몸을 쭉 펼 수 있어서 좋았다. 고개를 들어 커다란 집을 바라보자 여전히 알 수 없는 불안감이 밀려왔지만 첫날만큼 강하지는 않았다.

짐을 꺼내려 트렁크 쪽으로 갔지만, 아담이 더 빨랐다. 그는 내 가방 두 개를 번쩍 들고 앞문 쪽으로 성큼성큼 걸어갔다.

"저기요," 내가 말했다. "제가 하나 들게요."

"괜찮아요. 당신은 배낭이 있잖아요."

순간 그에게 말하고 싶었다. '전 당신 직원이에요. 나를 위해 그렇게 서둘러 짐을 나를 필요는 없어요.' 하지만 그는 이미 내 가방 두 개를 들고 현관 앞에 서 있었다. 신사처럼 굴고 싶다면 굳이 말리고 싶지는 않았다.

"당신을 데리러 나간 사이에 집 청소를 도와주는 매기가 빅토리아를 봐주고 있었어요." 아담이 열쇠를 뒤적이며 말했다. "가끔 도와주긴 하지만, 사실 그게 본업은 아니에요. 그래서 당신이 와줘서 정말 다행이에요."

그가 문을 열고 책장 위에 있던 다른 열쇠 묶음을 집어 들었다. 그는 그것을 나에게 던졌고, 나는 능숙하게 받았다. "당신 열쇠예요."

맙소사, 열쇠고리에 열쇠가 무려 열세 개나 달려 있었다. 도대체 이 집엔 문이 몇 개나 되는 걸까?

아담이 내 짐을 들고 2층 내 방으로 올라가는 동안, 나는 어색하게 거실에 남아 있었다. 그를 따라 올라갔어야 했다는 걸 뒤늦게 깨달았다. 나는 바닥에 놓인 배낭을 집어 들고 계단 쪽으로 향했다. 그때 부엌에서 한 여자가 걸어 나왔다. 스키니진에 탱크톱 차림. 나이는 나보다 몇 살 많아 보였고, 얼굴에는 주근깨가 가득했다. 강렬한 붉은 머리가 한눈에 띄었다.

그녀는 나를 보자 눈을 가늘게 뜨고 한 걸음 뒤로 물러났다.

"안녕하세요!" 나는 어색하게 인사하며 속으로는 나 자신을 탓했다. 좀 더 활발하게 굴 수 있으면 좋을 텐데. 나는 빅토리아처럼 첫인상부터 사람들에게 호감을 주는 타입이 아니었다. "저는 실비아예요. 저… 음, 오늘부터 여기서 일하게 됐어요. 빅토리아를 도와드리기로 했고요."

에바에게 받았던 '냉담한 반응'을 떠올리며 큰 기대는 하지 않았다. 그런데 놀랍게도, 그녀는 나에게 달려와 두 팔로 꽉 껴안았다. "실비아!" 그녀가 외쳤다. "만나서 정말 반가워!"

그녀의 과하게 열정적인 인사에 어쩐지 기분이 좋아졌다. "음… 고마워."

그녀가 웃으며 나를 놓아주었다. "미안해, 좀 이상했지? 난 매기라고 해. 여기서 청소 일을 하고 있어."

"응, 아담이 얘기해줬어."

그녀는 포니테일에서 흘러내린 붉은 머리카락 몇 가닥을 귀 뒤로 넘겼다. 천연색이라고 믿기 힘들 만큼 선명한 빨강이었다. 뿌리가 자란 흔적은 보이지 않았다. "그냥… 여긴 너무 조용하고 외로워서. 그래서 내 또래가 생겨서 너무 좋아. 솔직히 이름이 '실비아'라길래 나이 많은 분일 줄 알고 좀 걱정했거든."

나는 웃음을 터뜨렸다. 그 말은 예전에도 들어본 적이 있었다. "실비아라는 이름이 다시 유행 중이야. 다들 '실비'라고 불러."

그녀가 반갑게 고개를 끄덕였다. "정말 잘 됐다. 이 집에 드디어 젊고 정상적인 사람이 생겼다니."

그녀가 말한 '나이 많고 이상한 사람'이 누구인지 금세 짐작이 갔다. 아마 에바겠지. 솔직히 이해가 되기도 했다. "혹시 여기서 같이 살아?"

매기가 고개를 저었다. "아니, 차로 10분 거리에 살아. 남자친구랑 같이. 그가 이 근처에서 일해서, 나도 근처에서 일하고 싶었거든. 원래 잠깐만 하려고 했는데, 벌써 1년 반이나 됐네."

"그럼… 빅토리아가 사고 나기 전부터 여기 있었겠네?"

그녀는 시선을 떨구며 부엌 조리대 위의 행주를 집어 들었다. "응, 처음부터 있었어."

나는 위층으로 이어진 긴 나선형 계단을 올려다봤다. 빅토리아를 거의 죽음으로 몰고 갔던 바로 그 계단이었다. "그녀는 어떤 사람이었어?"

매기가 얼굴을 찌푸렸다. "무슨 뜻이야?"

"빅토리아 말이야. 어떤 사람이었어?"

매기는 대답 대신 행주를 쥔 손을 바쁘게 움직였다. 시선은 여전히 조리대 위에 고정돼 있었다. "좋은 분이었어. 예뻤고… 뭐, 그랬지."

그녀가 빅토리아에 대해서는 말을 아끼고 있다는 게 느껴졌다. 답답했다. 이 집에서 진짜 이야기를 해 줄 수 있는 사람은 어쩌면 매기뿐일지도 모르는데.

그때, 위층에서 아담이 나를 부르는 소리가 들렸다. 새 방에서 짐을 풀 시간이 된 것이다. 그리고 매기는 더 이상 아무 말도 할 생각이 없어 보였다. 적어도 지금은.

7

내가 맡은 일 중 하나는 빅토리아의 식사를 돕는 것이었다.

나는 식단을 상의하기 위해 부엌에서 아담을 만났다. 요리를 잘 하는 편은 아니지만 기본적인 건 한다. 스파게티, 맥앤치즈, 샌드위 치 정도는 문제없다. 그리 어려운 일도 아니니까. 하지만 아담의 설 명을 들어보니 그렇게 간단한 문제가 아니었다.

"비키는 일반 음식을 제대로 삼키지 못해요. 그래서 전부 잘게 갈아 줘야 해요." 그는 조리대 위에 놓인 값비싸 보이는 기계를 가 리켰다. "이건 푸드 프로세서예요. 모든 음식을 퓌레로 만들 수 있 죠. 비키가 먹는 건 전부 이걸 거쳐야 해요."

나는 온갖 음식이 갈려 나오는 모습을 상상하며 몸서리를 쳤다. 스테이크 퓌레라니, 몇 번이면 질릴 게 뻔했다.

"급할 땐⋯" 그가 싱크대 위 찬장을 열었다. "이걸 줄 수도 있어 요."

찬장 안에는 유아용 이유식 병이 가득 줄지어 있었다. 간 당근과 고구마, 으깬 완두콩. 그 어떤 것도 어른이 먹을 만한 건 아니었다.

"이유식을 먹어야 한다니… 좀 마음이 아프네요."

아담의 볼이 살짝 붉어졌다. "자주 그런 건 아니에요. 다만 가끔은 제대로 조리할 시간이 없을 때가 있거든요. 그럴 땐 이게 도움이 되죠." 그가 찬장을 닫으며 덧붙였다. "물은 마셔도 되지만, 아주 천천히 마시게 해야 해요. 항상 지켜봐야 하고요."

나는 고개를 끄덕였다. "그녀가 먹기 싫어하면요?"

그가 어깨를 으쓱했다. "배 쪽에 위장으로 연결된 튜브가 있어요. 먹은 양만 알면 부족한 영양은 환자용 영양식을 튜브로 넣어서 보충해 줄 수 있어요."

가엾은 빅토리아. 벽난로 위 사진 속 그녀는 그렇게 젊고 아름답고 생기 넘쳤는데, 이제는 으깬 음식과 배에 꽂힌 관으로 연명하고 있다니. "아담?"

그가 고개를 들었다. 초록빛 눈이 내 얼굴을 비췄다. 하지만 마음은 여전히 빅토리아의 식사 준비 이야기에 머물러 있는 듯했다.

"혹시… 빅토리아가 나아질 가능성은 없을까요?"

지금까지 그에게 했던 질문 중 가장 어려운 질문이었다. 그는 잠시 숨을 고르더니 손으로 머리를 쓸어 올렸다. 질문을 취소하고 싶었지만, 동시에 정말 알고 싶었다. 그리고 그가 이렇게 말해 주길 바랐다. 지금은 힘들어 보여도 언젠가는 다시 나아질 거라고. 언젠가 다시 사진 속 그 예쁜 모습으로 돌아올 거라고.

"의사 말로는…" 그가 목을 가다듬었다. "이제 회복 가능성은 없다고 했어요." 그의 시선이 바닥으로 떨어졌다. "한동안 재활치료도 받았는데, 진전이 거의 없었어요. 석 달이 지나도 여전히 모든 걸 다른 사람에게 의지해야 했죠. 오른쪽은 전혀 움직이지 않았고, 그게 계속 회복을 방해했어요. 언어도 나아지지 않았고요. 그래서 집으로 데려왔어요. 익숙한 환경이라면 조금은 나아질 거라 믿었거든요. 하지만…" 그는 잠시 눈을 꼭 감았다. "…이게 끝인 것 같아요. 그녀가 나아질 수 있는 것도… 여기까지예요."

아, 결국 그런 거구나.

손을 뻗어 위로해 주고 싶었지만, 그건 왠지 선을 넘는 행동처럼 느껴졌다. "정말… 안 됐네요." 내가 조심스럽게 말했다.

그는 길게 숨을 내쉬었다. "그래요. 그래도 난 끝까지 돌볼 겁니다. 서약했으니까요. 요양원에는 절대 보내지 않을 거예요. 절대."

이 남자를 존경하지 않을 수 없었다. 아담은 젊고 매력적이다. 마음만 먹으면 누구든 만날 수 있을 거다. 그런데 그는 여전히 결혼 서약을 지키고 있었다. 자기 존재조차 인식하지 못하는 아내 곁을 묵묵히 지키고 있었다. '아플 때나 건강할 때나 함께하겠다' 는 그 약속을 그는 정말로 지키고 있었다.

그런데 문득, 이 남자가 평생 다시는 섹스를 못 할 수도 있다는 생각이 들었다. 이런 생각이나 하는 스스로가 한심하게 느껴졌지만, 사실이긴 했다. 그건 아직 젊은 아담에게는 가혹한 일이다.

지금의 빅토리아는 그에게 어떤 의미로도 아담의 '동반자'가 될 수는 없었다. 아이를 낳아 줄 수도 없었다. 그런데도 그는 자신에게 아무것도 해 줄 수 없는 여자를 위해 남은 생을 바치려는 걸까?

물론 이런 생각을 입 밖에 꺼낼 수는 없다. 그를 제대로 아는 것도 아니고, 그는 내 고용주이기도 하니까. 그래서 그냥 미소를 지으며 말했다. "정말 로맨틱한 이야기네요."

완전히 거짓말은 아니었다.

그는 어색한 듯 목덜미를 문지르며 말했다. "그럼 그녀가 좋아하는 방식으로 으깬 감자 만드는 법을 보여 줄게요."

결국 빅토리아의 저녁 식사는 버터와 소금으로 간을 한 으깬 감자 한 접시 그리고 고기 퓌레로 완성됐다.

"자극적인 건 안 돼요. 속이 안 좋아지거든요."

그래도 다행이었다. 랍스터 퓌레 따위보다는 나을 테니까. 하지만 접시 위의 음식은 도무지 맛있어 보이지 않았다. 솔직히 나라도 저건 먹기 싫다.

하지만 빅토리아는 먹어야 한다.

나는 한 손으로 접시를 들고, 다른 손으로 난간을 꽉 붙잡은 채 조심스럽게 계단을 올랐다. 이 계단은 볼 때마다 섬뜩했다. 한 걸음 한 걸음 옮길 때마다 생각했다. 혹시 이 계단이 빅토리아가 굴러떨어져 인생이 송두리째 무너져 버린 그 계단일까.

빅토리아의 방에 들어서자 그녀는 처음 봤던 모습 그대로였다. 휠체어에 앉아 창밖을 멍하니 바라보고 있었다. 문을 두드려도 아무런 반응이 없었다. 그녀가 대답하지 않을 걸 알면서도, 나는 습관처럼 노크를 했다.

"안녕, 빅토리아!" 나는 밝은 목소리로 말했다. "저녁 시간이에요."

그녀는 여전히 눈길 한 번 주지 않았다. 좋아, 어쩔 수 없지.

나는 방을 가로질러 아담이 휠체어에 부착해 둔 식사용 쟁반 위에 접시를 올려두었다. 서랍장 위에 있던 물컵도 함께 올려놓고, 그녀 옆에 의자를 끌어다 앉았다.

"빅토리아, 식사 좀 해볼래요?" 조심스럽게 물었다.

그녀는 여전히 고개를 돌리지 않았다. 왼손이 불안하게 움직이더니 얼굴 쪽으로 올라가 뺨에 난 흉터를 따라 천천히 움직였다.

나는 헛기침을 했다. 문득 아담이 그녀를 부를 때 쓰던 애칭이 떠올랐다. "비키?"

그제야 그녀가 창문에서 시선을 거두었다. 하지만 표정에는 어딘가 불쾌함이 서려 있었다. 그녀는 미간을 살짝 찌푸렸다. '비키'라고 부른 건 실수였을지도 모른다. 아직 그렇게 부를 만큼 가까운 사이가 아닌데. 처음부터 다시 시작해야겠다.

"제 이름은 실비아예요." 아담이 이미 소개한 적이 있었지만, 다시 한번 제대로 이름을 알려줬다. "보통은 실비라고 불러요. 괜찮으시면 그렇게 불러주셔도 돼요."

빅토리아는 아무런 반응이 없었다.

"제 이름 한 번 말해 볼 수 있겠어요? 실비요."

나는 대체 무슨 생각이었을까. 빅토리아가 내 이름을 따라 말하게 할 수 있을 거라고? 이 불쌍한 여인에게 기적 같은 일이 일어나길 바랐던 걸까? 물론 그런 일은 일어나지 않았다. 그녀는 여전히 한쪽 눈은 창밖을, 다른 눈은 나를 향한 채 멍하니 앉아 있었다.

나는 접시에서 숟가락을 집어 들어 그녀에게 내밀었다. "한 입 먹어볼래요? 꽤 맛있어요."

적어도 으깬 감자는 꽤 괜찮았다. 고기 퓌레는 솔직히 보기만 해도 속이 울렁거렸다.

빅토리아는 왼손으로 순순히 숟가락을 받았다. 오른손은 여전히 팔걸이 위에서 꼼짝도 하지 않았다. 하지만 그녀는 감자에 손을 대려는 시도조차 하지 않았다. 먹을 생각이 전혀 없어 보였다.

아담이 대부분 직접 먹여야 한다고 했으니, 오늘도 그래야만 할 것 같았다.

"제가 먹여드릴까요?" 나는 조심스럽게 물었다. "아니면… 다른 걸 드시고 싶으세요?"

그 순간, 빅토리아의 속눈썹이 미세하게 떨렸다. 그녀의 눈에 지금껏 보지 못한 의식의 빛이 반짝였다. 무표정이 사라지고 사진 속 빛나던 그녀의 모습이 잠깐 스쳤다.

"여…여허."

그녀가 나지막이 말했다.

여허? 무슨 말이지?

나는 주위를 둘러보며 뜻을 짐작하려 애썼다. "열어요? 방문을 열어드릴까요?"

"아니. 아니." 빅토리아가 고개를 세차게 저었다. 그녀의 입 오른쪽 끝에서 침 한 줄기가 흘러내렸다. 그제야 나는 그녀의 오른쪽 얼굴 전체가 축 늘어져 있다는 걸 알아차렸다. 입술도 왼쪽만 간신히 움직였다. 지금껏 알아차리지 못했던 건 그녀의 얼굴이 늘 표정 없이 굳어 있었기 때문이다. "여허. 그거… 여허."

그녀는 점점 초조해했다. 숟가락을 쟁반 위에 던지더니 왼손으로 격렬하게 손짓하기 시작했다. "여허! 안에… 여허!"

세상에. 그녀가 점점 격앙되고 있었다. "잠깐만요…" 나는 서둘러 자리에서 일어났다.

"아담을 불러올게요. 그가 알지도…"

"아니!" 그녀의 표정이 일그러졌다. "여기서! 차…차자!"

왼손이 심하게 떨렸지만, 그녀는 간신히 검지를 뻗어 무언가를 가리켰다. 나는 시선을 돌렸다. 그녀는 서랍장을 가리키고 있었다. "서랍을 열라는 말이에요?"

빅토리아의 어깨가 마침내 축 늘어졌다. 그녀는 천천히 고개를 끄덕였다.

서랍이 맞았다.

나는 그녀가 가리킨 서랍장으로 다가가 서랍을 열었다. 안에는 트레이닝 바지가 잔뜩 들어 있었다.

나는 바지 한 벌을 꺼내 들었다. "새 바지로 갈아입고 싶으세요?"

빅토리아는 세상에서 제일 멍청한 사람을 보는 듯한 표정으로 나를 노려봤다. 그리고 고개를 세차게 저으며 한숨을 내쉬었다. 그녀는 덜덜 떨리는 왼손으로 더 강하게 가리켰다. "안에…차자."

나는 어찌할 바를 몰라 서랍 속의 바지를 하나씩 꺼내 그녀에게 보여 주기 시작했다.

하나같이 비슷해 보였다. 그녀가 얼마나 답답할지 짐작이 갔지만, 나도 마찬가지였다. 분명 무언가 아주 구체적인 걸 찾고 있었지만, 그게 뭔지는 전혀 알 수 없었다.

회색 트레이닝 바지를 꺼내는 순간, 노트 한 권이 바닥으로 툭 떨어졌다.

그제야 빅토리아의 긴장된 어깨가 풀렸다. 그녀가 낮은 목소리로 말했다. "그거, 너…"

나는 그 노트를 집어 들었다. 두께가 2센티미터쯤 되는 가죽 표지 노트였다. 책장을 넘기자 빽빽하게 손글씨로 채워진 페이지가 보였다. 섬세하고 작은 글씨체는 분명 여자의 필체였다. 도저히 남자 글씨로는 보이지 않았다. 첫 장을 펼치자 페이지 맨 위에 날짜가 보였다. 3년 전이었다.

'오늘 나는 내 남편이 될 사람을 만났다.'

그제야 내가 뭘 보고 있는지 알아차렸다. 일기였다.

고개를 들어 시선을 들었다. 빅토리아가 나를 바라보고 있었다. 한쪽 눈은 또렷했지만, 다른 한쪽은 여전히 엇나간 방향을 향하고 있었다. 하지만 지금 그녀의 눈빛은 지금까지 본 것 중 가장 맑게 빛나고 있었다.

"너." 그녀가 다시 말했다.

그때 문밖에서 발소리가 요란하게 들려왔다. 나는 반사적으로 노트를 서랍 안에 밀어 넣고, 손가락 끝을 간신히 피하며 서랍을 쾅 닫았다. 문간에 아담이 서 있었다. 손에는 칠면조에 양념을 주입할 때나 쓸 법한 커다란 주사기가 들려 있었다.

"빅토리아 약을 줘야 해서요. 지금 괜찮아요?" 그가 말했다.

세상에. 그걸로 약을 준다고? 저건 코끼리한테나 쓸 만한 크기 아닌가.

"그걸로 주사하려는 거예요?"

그가 아래를 내려다보더니 입가에 미소를 띠었다. "아뇨, 설마요. 이건 아래쪽 튜브에 넣는 약이에요."

그가 전에 말했었다. 나에게 튜브로 약을 넣는 법을 가르쳐주겠다고. 하지만 실제로 보는 건 처음이었다. 아담이 그녀의 티셔츠 밑단을 들어 올리자, 배에서 튀어나온 튜브가 드러났다. 그가 튜브 끝을 잡고 마개를 열려고 하자, 빅토리아가 왼손으로 그의 손목을 붙잡았다. 잠시 후에야 나는 그녀가 약을 맞지 않으려고 그의 손목을 막고 있다는 걸 알아차렸다. 그녀는 손끝으로 그의 팔을 밀치고 긁으려 했지만, 아담은 아랑곳하지 않았다.

그는 주사기를 관 끝에 꽂고 약물을 밀어 넣었다.

"별로 좋아하지 않는 것 같네요." 내가 조심스럽게 말했다.

"그래요, 좋아할 리 없죠." 그가 고개를 끄덕였다. 그는 관의 마개를 다시 닫고, 그녀의 옷을 내려주었다. "약물이 들어갈 때 기분이 좋을 리가 없어요. 그래도 꼭 필요하니까요. 아, 맞다…" 그가 그녀의 오른손을 톡톡 두드렸다. "손톱은 항상 짧게 깎아주세요. 약을 넣을 때 긁히면 곤란하거든요. 욕실에 손톱깎이가 있을 거예요."

그 말을 듣자 어릴 적 우리 집 고양이 발톱을 깎아주던 기억이 떠올랐다. 가구를 긁지 않게 하려고 억지로 붙잡고 다듬어 주곤 했었다. "알겠어요." 내가 대답했다.

약을 맞고 나자 빅토리아는 완전히 기운이 빠진 것처럼 보였다. 휠체어에 축 늘어진 채 푸른 눈이 흐릿해졌다. 아담이 그녀의 뺨을 살짝 어루만졌다. "미안해, 비키. 하지만 어쩔 수 없었어." 그가 낮게 속삭였다.

그녀는 아무 말도 하지 않았다. 그를 쳐다보지도 않았다.

나는 아담에게 노트 이야기를 해야 할지 잠시 망설였다. 하지만 그 순간, 빅토리아가 천천히 고개를 저었다. 이유는 알 수 없었지만, 그녀가 아담에게 노트를 보여 주고 싶어 하지 않는 건 분명했다. 그녀는 분명 '너'라고 했다. 그녀는 그 노트를 나에게 맡기고 싶어 했다.

아담은 한숨을 쉬며 먹지 않은 접시를 내려다보았다. "실비아, 뭐라도 좀 먹게 해줘요. 30분 뒤에 다시 올게요. 그때도 안 먹으면 튜브로 넣어 줘야 해요."

"평소에도 식사를 잘 안 하나요?"

그가 고개를 저었다. "네, 거의 안 먹어요."

아담이 방을 나가자마자, 나는 재빨리 서랍에서 노트를 꺼내 내 스웨터 속에 조심스레 숨겼다.

8

나는 방에 돌아올 때까지 스웨터 속에 숨겨둔 일기를 꺼내지 않았다.

머릿속에 수많은 생각이 뒤엉켰다. 그 일기는 얼마나 오랫동안 서랍 속에 있었던 걸까? 왜 하필 내가 그걸 처음 발견하게 된 걸까? 무엇보다 빅토리아는 왜 내가 그걸 찾길 바랐을까? 나를 잘 알지도 못하는데.

나는 노트를 손에 쥐고 무게를 가늠해 봤다. 책장을 넘기자 빅토리아가 검은 잉크로 정성껏 써 내려간 글씨가 빽빽하게 채워져 있었다. 날짜를 보니 지난 2년에 걸쳐 기록한 듯했다. 곳곳에 '아담'이라는 이름이 반복적으로 눈에 띄었다. 그럴 만도 했다. 빅토리아가 일기를 썼다면 남편 이야기가 빠질 리 없었을 테니까.

한 가지 분명한 건 빅토리아가 내가 이 노트를 갖길 원했다는 사실이다. 그리고 그걸 읽어주길 바라고 있었다.

나는 빅토리아에 대해 더 알고 싶었다. 지금 그녀의 상태로는 스스로 자기 이야기를 들려줄 수 없다는 건 확실했다. 이 노트만이 그녀를 이해할 수 있는 유일한 방법이었다.

나는 침대에 누워 노트를 펼치고 읽기 시작했다.

9
빅토리아의 일기

2016년 6월 20일

오늘 나는 내 남편이 될 사람을 만났다.

이 말이 얼마나 철없는 10대 소녀처럼 들리는지 나도 안다. 멋진 남자를 보자마자 눈이 하트가 되어 버린 철부지 소녀처럼 들릴 테니까. 하지만 맹세컨대, 나는 평소에 이런 사람이 아니다. 나는 아주 현실적이고, 어쩌면 답답할 만큼 신중한 사람이다. 매년 1월에 미리 세금 신고를 끝내고, 진짜 꿈은 작가였지만 안정적인 직업을 위해 간호학교에 진학했다. 작가를 택하면 가난해질 게 뻔했고, 그에 비해 간호사는 훨씬 확실하고 안정적인 직업이니까.

그런데 남자 문제만큼은 조금 앞서 나가는 경향이 있었다. 주변 사람들도 늘 그렇게 말했다. 솔직히 '이 사람이다' 싶었던 남자들도 그동안 몇 명 있었다. 대학 시절의 브래들리, 졸업 직후에 만난 노아, 그리고 에반. 지금 생각해도 왜 그렇게 착각했는지 모르겠다.

하지만 이번엔 완전히 다르다. 이번엔 진짜다. 그러니까 그 말은, '진짜 남편이 될 사람'을 만났다는 뜻이다.

그래서 집에 돌아오자마자 제일 먼저 이걸 글로 남기고 싶었다. 나는 작가가 아닌 평범한 간호사가 되었지만, 그래도 글 쓰는 재능은 남아 있으니까. 내가 기억하는 걸 아름답게 남겨두고 싶었다. 언젠가 내 아이들이 "엄마는 아빠를 어떻게 만났어?"하고 묻는다면, 이 일기를 건네며 이렇게 말할 수 있도록. "자, 여기 다 쓰여 있단다!"

그러니까 이건 너희를 위한 기록이야, 미래의 내 아이들아.

그날은 정말 평범하게 시작됐다. 아니, 평범했으면 차라리 나았을지도 모른다. 그 일이 일어나기 바로 전에, 맥이 술에 잔뜩 취한 남학생 두 명을 응급실로 데려왔다. 한 명은 알코올 중독이 의심될 정도로 완전히 의식을 잃었고, 다른 한 명은 이마가 피투성이였다. 고작 밤 8시였는데. 대체 그 동아리에선 무슨 일이 있었던 걸까?

"참 자랑스러운 청춘들이네." 그는 취한 대학생들에 대한 보고를 마치며 비꼬듯 말했다.

맥은 밤마다 몇 번씩 환자들을 이곳으로 데려오는 구급대원이다. 이 글을 읽을 때쯤이면 이미 내 인생에서 사라진 사람일지도 모르겠지만. 그래도 지난 2년 동안 자주 얼굴을 보다 보니 꽤 친해졌다. 가끔 근무가 끝난 후에 같이 커피를 마시거나 술 한잔을 하기도 했다.

맥은 좋은 사람이었다. 말도 잘 통하고 머리도 좋았다. 간호사들에게 전하는 보고서만 봐도 느껴졌다. 위급한 상황에서도 늘 침착했고, 90킬로짜리 취객쯤은 가볍게 들어 옮길 만큼 힘도 셌다. 게다가 솔직히 말해 꽤 잘생겼다. 미안해, 미래의 아이들아. 하지만 사실이야. 키가 크고, 하루 종일 헬스장에서만 사는 사람처럼 과하지 않게 적당히 근육질이고, 살짝 헝클어진 검은 머리카락도 제법 잘 어울렸다. 한때는 '혹시 이 사람이 내 미래의 남편일지도?'라고 생각했지만, 진지하게 만나고 있는 여자친구가 있다는 걸 알고 몹시 실망했다.

물론 이제는 아무렇지도 않다. 어제까지만 해도 좀 속상했지만.

"오늘 밤도 바쁘지?" 맥이 물었다. 나에게라기보다 응급실 전체 상황을 묻는 말이었다. 그리고 대답은 당연히 '그렇다'였다.

이른 저녁부터 술에 취해 사고 친 사람들과, 일주일 내내 복통을 참고 버티다 금요일 오후 퇴근 후에야 병원에 온 사람들로 가득했다. 오늘은 유난히 심했다. 대기실은 만석이었고, 곧 서로의 무릎 위에 앉아야 할 판이었다. 진료실도 모두 차 있었고, 복도에는 들것에 실린 환자들까지 줄지어 있었다. 좋은 징조는 아니었다.

"완전 난리야." 내가 어깨를 으쓱하며 말했다. "보름달이라 그런가?"

맥이 나를 향해 장난스럽게 윙크했다. "그럼 환자들을 다른 병원으로 좀 돌려 볼게."

"그래 주면 정말 고맙지."

그때 이마가 피투성이였던 남학생이 갑자기 들것 옆으로 구토를 했다. 순간 나도 속이 울렁거렸다.

"아, 이런…" 나는 나지막하게 중얼거렸다. 사실 그걸 치우는 건 내 일이 아니었지만, 결국 내가 하게 될 거란 걸 알고 있었다. 복도 한가운데에 토사물을 그냥 둘 수는 없으니까.

"그러게." 맥이 말했다. "완전히 맛이 갔네."

맥은 씩 웃으며 나를 바라봤다. 그는 내가 욕을 하지 않는 걸 늘 신기해했다. 응급실 사람들 대부분은 선원처럼 욕을 입에 달고 사니까. 부모님은 늘 말씀하셨다. '나쁜 말을 하지 말아라', '주님의 이름을 헛되이 부르지 말아라.' 두 분이 돌아가신 뒤부터는 그 가르침을 더 지키려 노력했다. 이젠 일요일에 교회에 나가지는 않지만, 그 습관만큼은 버릴 수가 없다.

환자 대기 명단은 끝이 없었다. 모니터 화면에 떠 있는 엑셀 파일에는 중증도와 대기 시간 순서로 정렬된 환자 목록이 세 페이지나 이어져 있었다. 아마 해가 뜰 때까지도 끝나지 않을 것 같았다. 그래도 다행히 내 근무는 밤 10시까지였다. 그때까지만 버티면 된다.

나는 대기 명단에서 다음 환자를 선택했다.

응급 상태를 분류한 간호사의 기록에 따르면 환자 이름은 아담 바넷. 32세의 남성으로, 저녁 식사를 준비하다가 노란 양파를 썰던 중 손가락을 베었다고 되어 있었다. 굳이 노란 양파라고 쓸데없이 자세히 적어 놓은 게 좀 웃겼다. 어쨌든 그 남자는 봉합이 필요했다.

나는 상처를 봉합하는 걸 좋아한다. 응급실에 오는 환자는 명확하고 간단한 해결책이 없는 게 대부분이다. 가슴 통증이 있고 심전도 검사에서 큰 ST 분절 상승이 보이는 환자의 경우에는 심장 내과로 보내야 하는데, 금방 해결될 수 있는 일이 아니다. 고열에

녹색 가래를 토하는 환자도 마찬가지다. 퇴원 길에도 여전히 기침하고 있을 가능성이 높다. 하지만 상처가 찢어져서 왔다면 얘기가 다르다. 내가 직접 봉합한 다음 집으로 돌려보낼 수 있다.

그래서 나는 아담 바넷이 기다리고 있는 진료실로 들어갔다. 봉합해 주고 퇴원시키면 끝. 그렇게 생각했다. 하지만 실제로는 그렇게 끝나지 않았다.

나는 4년째 간호사로 일하고 있고, 그중 3년을 이 응급실에서 보냈다. 그동안 수많은 환자를 봐왔고, 그중에는 꽤 괜찮게 생긴 남자들도 있었다. 그저 확률의 문제였다. 물론 대부분은 고령에 가래나 피를 흘리는 사람들이지만 가끔, 아주 가끔은 '응급실의 신'이 나를 불쌍히 여긴 건지, 잘생긴 환자를 하나쯤 보내줄 때도 있었다. 그럴 때도 나는 담담했다. 환자와 데이트하는 건 금기니까. 그들은 그저 잠깐 스쳐 가는 '보기 좋은 풍경'일 뿐이었다.

하지만 이 남자. 아담 바넷은 완전히 달랐다.

설명하기가 어렵다. 나는 로맨틱 코미디라면 거의 빠짐없이 보는 편이다. 그런 영화에서 여자 주인공이 "그를 처음 봤을 때, 마치 번개에 맞은 것 같았어요"라고 말할 때마다, 속으로 '또 저런 클리셰야?'하고 눈을 굴리곤 했다. 그런데 정말 그런 느낌이었다. 마치 번개를 맞은 것 같은 느낌.

이걸 이렇게 글로 써놓으려니 좀 우습긴 하지만, 사실이다. 정말 그랬다! 그 진료실에 문을 열고 들어가 그를 보는 순간, 뭔가가 나를 세게 때린 것 같았다. 얼굴을 한 대 얻어맞은 듯한 충격, 아니면 암모니아 냄새를 들이마신 듯한 느낌. 참고로, 암모니아 냄새는 꽤 고약하니까 절대 들이마시지 않는 게 좋단다, 미래의 내 아이들아.

왜 그런지 정확히 모르겠다. 물론 그는 잘생겼다. 하지만 잘생긴 환자는 예전에도 있었다. 한 번은 아프가니스탄 참전 군인을 치료한 적이 있는데, 셔츠를 벗는 순간 근육에서 눈을 뗄 수 없었다. 하지만 그 사람조차도 아담처럼 '번개에 맞은 듯한' 느낌을 주진 못했다.

어쩌면 그의 초록빛 눈 때문이었을지도 모른다. 갓 깎은 잔디처럼 선명한 초록빛 눈동자.

그래서 나는 평소처럼 "저는 빅토리아 벤슨입니다. 담당 간호사예요."라고 말하지 못했다. 그저 멍하니 입만 벌린 채 서 있었다. 어쩌면 침을 흘렸을지도 모른다.

다행인 건, 그도 마찬가지였다. 피 묻은 거즈로 손을 감싼 채 진료대에 앉아 있었지만, 똑같이 멍한 표정으로 나를 바라봤다. 우리는 완전히 얼빠진 얼굴로 서로를 바라봤고, 그 순간 정말 배경 어딘가에서 하프 연주가 흐르는 것만 같았다.

아, 이게 바로 사랑이라는 거구나.

"안녕하세요." 결국 내가 먼저 침묵을 깼다. 어쨌든 여기서는 내가 전문가니까. "저는… 저는 빅토리아예요. 그… 당신에게 봉합을 드리러 왔어요."

그가 살짝 얼굴을 찡그리며 나를 바라봤다.

"아, 그러니까," 나는 허둥지둥 말을 바로잡았다. "당신 손을 봉합해 드리려고 왔어요."

이 말을 하는 게 이렇게 어려울 줄이야. 네 아버지가 그 정도로 내 정신을 쏙 빼놨단다, 얘들아.

"그렇군요." 그가 대답하며 천천히 미소를 지었다. 세상에, 웃으니까 더 잘생겨 보였다. 말로 표현하기 어려운 섹시한 매력이 있었다. 음, '섹시하다'는 단어는 너희들한텐 조금 그렇겠네. 이건 너희가 적어도 스무 살은 됐을 때 읽게 해야겠다. 어차피 아직 태어나지도 않았으니까 미리 걱정할 필요는 없겠지만.

"괜찮으세요?" 내가 묻자 그가 고개를 끄덕였다. "네. 어… 그럼 시작하시죠."

나는 그의 왼손을 감싸고 있던 피 묻은 거즈를 조심스럽게 풀었다. 그러다 그의 네 번째 손가락에 반지가 없다는 걸 알아챘다.

오… 흥미롭군. 아주 흥미로워.

상처는 검지에 있었고 약 3센티미터 정도였다. 조직 손상도 없어 보여서 담당 의사를 부를 필요 없이 내 선에서 처리하면 될 수준이었다. 그러고 나서 우리는 약간의 플러팅이 섞인 대화를 나눴다. 기억나는 대로 적어 보자면 이렇다.

"어쩌다 손을 다치셨어요, 바넷 씨?" 바넷, 내 성이 벤슨이니까 이니셜이 같다. 결혼해도 이니셜은 그대로겠네!

"그냥 아담이라고 부르세요." 그가 잠시 목을 가다듬었다. "그러니까…, 요리를 배워보려고 했거든요. 줄리아 차일드의 요리책을 하나 샀는데…, 생각보다 어렵네요. 칼이 너무 잘 드는 건지, 안 드는 건지. 아니면 제가 그냥 요리에 소질이 없는 걸 수도 있고요."

나는 웃음을 터뜨렸고, 그는 따라서 미소를 지었다. "왜 갑자기 요리를 배우고 싶으셨어요?" 잠깐 뜸을 들이다가 장난스럽게 덧붙였다. "여자친구한테 점수 따려고요?" 너희 엄마가 은근슬쩍 떠보는 데는 꽤 능숙했단다.

그는 고개를 저었다. "아니요, 여자친구 없어요. 그냥… 요리는 기본 소양 같아서요. 근데 아무래도 제겐 안 맞는 것 같아요. 그냥 잘하는 일이나 계속해야겠어요."

여자친구는 없군. 점점 더 흥미로워지는데?

"잘하는 일이 뭔데요?"

"음…, 글 쓰는 거요."

그 순간, 머릿속에서 무언가가 '딱' 하고 맞아떨어졌다.

아담 바넷. 그 이름이 처음부터 낯설지 않았던 이유를 이제야 알았다. 그는 그냥 평범한 남자가 아니었다. 뉴욕타임스 베스트셀러 작가, 그러니까 진짜 유명인이었다. 몇 달 전에 서점에서 그의 신작을 사서 하루 만에 다 읽었었다. 그런데 그 사람이 지금 내 눈 앞에 앉아 있는 것이다!

물론 이 글을 읽는 너희는 이미 네 아빠가 유명 작가라는 걸 알고 있겠지. 지금쯤이면 아마 베스트셀러를 열 권쯤은 더 냈을 거야. 하지만 그 당시 나에게는 정말 놀라운 일이었어. 나도 대학 때 글쓰기를 좋아했지만 결국 현실적인 길을 택했잖아. 그래서인지 자기가 하고 싶은 걸 끝까지 밀어붙인 그가 내 눈엔 존경스러웠어. 게다가 그는 성공했고, 타고난 재능이 넘쳐났지.

"세상에!" 나는 이미 '쿨한 척'은 포기하고 완전히 철없는 팬 모드로 진입했다. 내 입에서 나오는 말마다 느낌표가 폭죽처럼 터져 나왔다. "당신이 바로 그 아담 바넷이라고요?! 저 당신 책 다 읽었어요! 완전 팬이에요!!!"

그는 살짝 당황한 듯, 귀가 붉어졌다. "어…고마워요."

"책이 정말 스릴 넘치고 긴장감도 엄청났어요." 나는 완전히 흥분해서 떠들고 있었다. 입이 멈추질 않았다. "그런 아이디어는 어떻게 떠올리세요? 그냥… 그러니까, 《마을의 경계》는 올해 제가 읽은 책 중 진짜 최고였거든요. 그래서 그런 책을 쓴 사람은 좀 더… 음… 그럴 줄 알았어요."

아담 바넷의 책에는 작가 사진이 실려 있지 않았다. 그건 분명히 기억한다. 나는 그런 걸 항상 확인하는 편이니까. 이야기를 읽을 때 '누가 그 이야기를 들려주는지' 알고 싶어 하는 편이다. 그래서 상상했다. 은빛 머리에 정장을 입은 품위 있고 점잖은 중년 남자. 하지만 지금 내 앞에 있는 남자는 완전히 달랐다. 청바지에 티셔츠, 짙은 갈색 머리, 웃을 때만 살짝 잡히는 눈가의 잔주름.

그의 입꼬리가 살짝 올라갔다. "좀 더 그럴 줄 알았다는 게… 무슨 뜻이에요?"

"음…" 나는 최대한 무례하지 않은 단어를 찾았다. "조금… 더 나이가 많을 줄 알았어요."

"그래서… 내 책이 올드하다는 말씀이신가요?"

나는 황급히 말을 바꾸려고 했지만 그가 웃고 있다는 걸 알아챘다. 그는 장난스럽게 나를 놀리고 있었다. 이 섹시한 남자, 내가 올해 가장 감명 깊게 읽은 책의 작가가 지금 나와 썸을 타고 있었다. 심장이 두근거리고 머리가 어질어질했다.

"금방 봉합해 드릴게요." 내가 말했다.

솔직히 말하면, 그 말을 하고 방을 나서자마자 봉합 도구를 가지러 간 게 아니라 곧장 화장실로 달려가 외모부터 점검했다. 다행히 오늘은 헐렁하지 않고 몸에 잘 맞는 간호사복을 입고 있었다. 생리 때문에 붓거나, 취객들이 치근덕대는 게 싫을 때 입던 헐렁한 간호사복이 아니라서 정말 다행이었다. 금발 머리는 대충 틀어 올린 상태였는데, 거울을 보며 이게 '섹시하게 흐트러진 건지' 아니면 '지저분하게 망가진 건지' 한참 고민했다. 결국 머리는 그대로 두고 마스카라와 립스틱만 살짝 수정했다.

아담의 태도는 정말 감탄스러웠다. 그는 봉합하는 내내 놀라울 정도로 침착했다. 한 시간 뒤 다른 대학생을 치료할 땐 그 애가 아기처럼 울었는데, 그는 달랐다. 리도카인 주사를 놓을 때도 얼굴 한 번 찡그리지 않았다. 나는 일부러 천천히 봉합하면서 그와 농담을 주고받았다. 사실 응급실이 바쁜 상황이면 빨리 끝내야 하지만, 그 순간만큼은 솔직히 나도 좀 이기적이었다. 그가 조금이라도 더 내 곁에 있었으면 했다.

"오늘 밤새 근무하는 건 아니죠?" 그가 봉합 부위를 붕대로 감싸는 나에게 물었다.

"네, 10시에 끝나요." 내가 대답했다.

완벽한 타이밍이었다. 나는 그가 술 한잔하자고 하길, 아니면 산책을 하자고 하길, 늦은 저녁이라도 같이 먹자고 하길 기다렸다. 물론 규정상 환자와 데이트하는 건 금지되어 있지만, 이번만큼은 규칙을 어길 각오가 되어 있었다. 이런 '번개 맞은 순간'이 매일 오는 건 아니니까.

하지만 그는 아무 말도 하지 않았다. 술 한잔하자는 말도, 잠깐 산책이라도 하자는 말도, 늦은 저녁이라도 함께 먹자는 말도.

물론 자기 집으로 가자는 위험한 말은 더더욱 하지 않았다. 그랬다고 해도 내가 단호히 거절했을 테지만. 이건 아주 중요한 얘기다. 아무리 잘생기고 섹시하고 '이 사람은 내 운명이다' 싶더라도,

낯선 남자의 집에는 절대 따라가면 안 되는 법이다.

아담의 퇴원 서류를 마무리해서 그를 보내고 나자 기분이 완전히 엉망이었다. 나는 직감이 좋은 편이다. 남자가 나에게 관심이 있는지 없는지 꽤 잘 알아차리는 편이다. 그런데, 도대체 어떻게 그런 '번개'를 느끼고도 아무 일도 일어나지 않을 수 있을까?

답은 간단했다. 그 '번개'를 느낀 건 나 혼자뿐이었다. 그에게는 아무 일도 없었던 거다.

남은 근무 시간은 끝없이 길게 늘어졌다. 집에 가서 뜨거운 샤워로 응급실의 온갖 냄새를 씻어내고, 와인을 한 잔 마시며 아담 바넷을 머릿속에서 지워버리고 싶었다. 일주일쯤 지나면 그는 그저 희미한 기억으로 남겠지.

근무가 거의 끝나갈 무렵 가슴 속 욱신거림도 조금은 가라앉았다. 그때, 맥이 또 다른 환자를 응급실로 데려왔다. 나는 억지로 미소를 지어보였다.

"비키." 맥이 서류에 서명하며 내 어깨를 툭 쳤다. "완전 지쳐 보이네. 거의 다 끝났지?"

나는 얼굴을 찡그렸다. "응. 근데 아직 정리할 서류가 산더미야."

맥도 나만큼 녹초였다. 검은 머리는 평소보다 더 헝클어져 있었고, 조금 전 덩치 큰 환자를 들것에서 침대로 옮기느라 이마에는 땀이 맺혀 있었다. 그는 요즘 다시 공부를 하고 있었다. 허리가 망가지기 전에 다른 일을 찾아야겠다며 의대 진학을 고민 중이라고 했다. 그는 나이가 많다고 걱정했지만, 나는 늘 그에게 도전해 보라고 말했다. 아직 서른도 안 됐으니까 그렇게 나이가 많은 것도 아니었다.

맥은 제복 소매 사이로 드러난 시계를 흘끗 내려다보며 말했다. "난 자정에 끝나는데… 그때까지 남아 있으면 같이 한잔할래?"

나는 어깨를 으쓱했다. "좋아, 그러지 뭐."

물론 맥에게는 여자친구가 있으니까, 그냥 동료끼리 하루 고생담을 나누며 맥주 한잔하는 정도일 것이다. 그래도 아담 생각을 지우기엔 뜨거운 샤워보다 훨씬 효과적일 것 같았다. 게다가 술은 가장 확실한 마취제니까.

음, 이런 말은 하면 안 되겠네. 얘들아, 술은 마시면 안 돼! 결혼식이나 새해 전야에 샴페인 한 잔 정도는 괜찮지만.

그런데 웬일인지 그날은 남은 일을 빨리 끝냈다. 11시가 되기도 전에 모든 서류를 마무리했다. 그리고 이미 여자친구가 있는 남자와 술 한잔하자고 기다릴 기분도 아니었다. 맥이라면 이해해 줄 거다.

응급실 대기실은 여전히 사람들로 가득했다. 몇 시간 전만 해도 그 광경을 보면 머리가 지끈거렸겠지만, 지금은 그냥 '끝났다'는 사실에 안도감이 밀려왔다. 나는 내 일을 사랑한다. 하지만 12시간 근무가 끝날 무렵엔 진이 다 빠진다. 그래도 교대 근무의 장점이 있다면, 끝나면 진짜 끝이라는 거다. 이제 집에 가서 오늘 있었던 일은 전부 잊을 수 있다. 그럴 줄 알았다.

응급실 문을 나서는 순간 그가 보였다. 응급실 문 바로 밖, 벤치에 아담이 앉아 있었다.

그리고 그의 손에는 장미 한 송이가 들려 있었다.

"빅토리아?" 그가 급히 일어서며 말했다. "안녕하세요…"

"안녕하세요." 나도 똑같이 말했다.

나중에 들었지만, 그는 내가 퇴근할 때까지 거의 한 시간을 그 자리에서 기다리고 있었다고 했다. 마취가 다 풀려 손이 욱신거리는데도 문을 연 꽃집을 찾느라 한참을 거리를 헤맸다고 했다.

"내가 미쳤다고 생각하진 말아요." 그가 조심스레 말을 이었다. "응급실을 나서는 순간부터 계속… 당신 생각이 머릿속에서 떠나질 않았어요. 환자와 데이트하면 안 된다는 규정이 있는 건 알지만… 그래도 시도라도 해보지 않으면 평생 후회할 것 같아서요."

"음…" 나는 목을 가다듬었다. "그건 규정이라기보단… 그냥 '권장 사항'에 가까워요."

그가 미소 지었다. "그럼… 나랑 술 한잔할래요?"

그렇단다, 미래의 내 아이들아. 고된 응급실 근무가 끝난 밤, 너희 아빠는 나를 기다리고 있었고 내게 장미 한 송이를 건넸단다. 우린 함께 술을 마셨고, 그건 늦은 저녁으로 이어졌어. 그리고 결국 해가 뜰 때까지 맨해튼 거리를 걸으며 이야기를 나누었단다.

아담은 대학을 졸업한 다음 해에 유럽에서 배낭여행을 하며 돌아다녔던 이야기를 해 줬다. 유스호스텔을 전전하며 지내다가 돈이 바닥나면 길바닥에서 잤다고 한다. 고등학생 때는 컨트리 음악 아카펠라 그룹에서 노래를 부르기도 했는데 음정이 안 맞아서 쫓겨난 적도 있다고 했다. 가장 좋아하는 영화 얘기도 했는데 그는 〈펄프 픽션〉이 인생 영화로 꼽았다. 내가 〈스위트 알라바마〉를 가장 좋아한다고 하자 그는 웃으면서 꼭 보겠다고 약속했다. 그는 추위를 잘 안 타서 한겨울에도 반팔을 입고 싶지만 사람들이 이상하게 볼까 봐 어쩔 수 없이 코트를 입는다고 했다. 나는 추위를 많이 탄다고 했더니 자기가 따뜻하게 해 주겠다며 나를 꼭 끌어안았다.

그리고 해가 수평선 위로 살짝 떠오르려는 순간, 그는 나에게 다가와 첫 키스를 했다.

그 순간 나는 알았다. 이런 사람은 세상에 단 한 명뿐이라는 걸. 만난 지 24시간도 채 되지 않았지만, 그걸로 충분했다. 나는 사랑에 빠졌다. 이 사람이다. 바로 이 사람.

얘들아, 엄마는 너희 아빠를 만나기 전까지 '첫눈에 반한다'는 말을 믿지 않았단다.

10

너무 달콤해서 노트에서 단내가 날 지경이었다.

빅토리아는 아담의 상처 난 손가락을 꿰매 주었고, 아담은 장미 한 송이를 사려고 맨해튼을 헤매고 다녔다. 둘은 밤새 이야기를 나눴고, 첫 키스를 했다. 마치 빅토리아가 좋아한다던 진부한 로맨스 영화 속의 한 장면 같았다. 솔직히 몇 번은 눈을 굴리고 싶었다.

빅토리아가 이 노트를 나에게 맡기고 싶어 했다는 건 알지만, 이걸 얼마나 더 읽을 수 있을지는 모르겠다. 지금의 그녀를 알고 있기 때문에 예전의 행복했던 순간들을 읽는 게 생각보다 훨씬 고통스럽다. 계속 읽긴 하겠지만 오늘 밤은 여기까지가 한계다. 속이 아릴 지경이다.

마침 배에서 민망할 정도로 크게 꼬르륵 소리가 났다. 빅토리아의 저녁만 챙기다 보니, 정작 나는 아무것도 먹지 못했다. 아담은

냉장고에 있는 건 아무거나 먹으라고 했지만, 제대로 요리할 기운
은 없었다. 간단히 샌드위치나 만들어 먹어야겠다.

방에서 나왔을 때, 아담이 빅토리아의 방에서 막 나오고 있었
다. 갈색 머리카락은 흐트러져 있고 눈 밑에는 옅은 보랏빛 다크서
클이 내려와 있었다. 그는 하품을 하다가 나를 보고 황급히 입을
가렸다.

"미안해요, 하품이 자꾸 나오네요."

"빅토리아는 괜찮아요?"

그가 고개를 끄덕였다. "네, 막 재우고 나오는 길이에요. 챙길 게
좀 많아서…."

그는 다시 하품을 했다. "미안해요. 사실 피곤하다기보다… 배
가 고프네요."

마침 내 배에서도 작게 꼬르륵 소리가 났다. "저도요. 배고파 죽
겠어요…"

그가 지친 얼굴로 미소를 지었다. "크림파스타 어때요?"

"와, 좋죠." 진심으로 기대됐다. 아담을 따라 부엌으로 내려갔지
만, 그가 냉장고에서 전자레인지용 냉동 파스타 두 개를 꺼내 드
는 순간 기대감이 순식간에 사라졌다. 그는 그중 하나를 전자레인
지에 넣고 버튼을 눌렀다.

그는 내 표정을 보더니 한쪽 눈썹을 치켜올렸다. "실망한 얼굴이
네요."

"직접 요리하시는 줄 알았어요." 내가 솔직히 인정했다.

그가 웃었다. "예전엔 가끔 했는데, 요즘은 거의 안 해요."

나는 고개를 갸웃했다. "그냥… 좀 의외라서요. 이렇게 큰 집에

살고, BMW도 타시길래 당연히 개인 셰프라도 있을 줄 알았거든
요."

그가 웃음을 터뜨렸다. "저 그렇게 속물은 아니에요." 그러면서
찬장을 열어 레드 와인 한 병을 꺼냈다. 속물은 아니라더니 와인
은 꽤 고급스러워 보였다. "한잔할래요?"

"좋아요." 오늘 같은 날은 한잔이 절실했다. "전부터 궁금했거든
요. 천 달러짜리 와인은 어떤 맛일까."

"천 달러요?"

"솔직히 말해 봐요. 최소 그 정도는 하잖아요."

아담은 라벨을 살펴보며 말했다. "사실 얼마인지 몰라요. 빅토리
아가 샀거든요."

역시 그럴 줄 알았다. 이 집은 철저히 빅토리아의 세계였다. 와인
도, 와인 오프너도, 우리의 '근사한' 냉동 파스타를 데우는 전자레
인지까지도 전부 그녀가 골랐을 것이다. 빅토리아는 취향 하나만
큼은 고급이었다.

"돈 좀 쓴다고 나쁠 건 없죠." 그가 건넨 와인 잔을 받았다. 절
반이 아니라 가득 따라준 게 마음에 들었다. "어쨌든 당신은 유명
인이잖아요."

그가 코웃음을 치며 잔을 내려다봤다. 그의 잔도 거의 넘칠 만
큼 가득했다. "그렇진 않아요. 그냥 운 좋게 몇 권이 좀 잘 된 거
죠."

"조금이라니요. 그 이상이죠."

"좋아요, 아주 잘됐다고 칩시다. 그렇다고 내가 휴 잭맨만큼 유
명한 건 아니잖아요."

솔직히 한 때 울버린 팬이었던 내가 보기에도 그는 휴 잭맨보다 훨씬 잘생겼다. "당신 책을 하나도 안 읽어봐서 좀 미안하네요. 사실 책 읽는 걸 별로 안 좋아해서요."

나는 입술을 깨물었다. '늘 C 정도나 받던 학생이었다'라는 말은 꾹 삼켰다. 그나마 잘 나왔을 때가 그 정도였다. 고등학교도 중퇴하고 검정고시에 겨우 합격했다. 대학은 생각조차 해본 적 없었다. 반면, 아담은 딱 봐도 대학 진학이 당연했을 타입이었고 빅토리아도 마찬가지였다.

"안 읽어봤다니 전 그게 더 좋아요." 전자레인지가 '딩' 하며 울리자 그가 두 번째 냉동 파스타를 넣었다. "믿기 어렵겠지만, 사람들이 내 책 얘기하면서 과하게 반응하는 게 좀 불편하거든요."

"정말 믿기 어렵네요."

그의 입꼬리가 살짝 올라갔다. "물론 가끔은 좋죠. 근데 그게 진심인지, 예의인지… 구분이 안 되니까."

나는 부엌 벽에 기대었다가 등에 뭔가 딱딱한 게 닿는 걸 느꼈다. 돌아보니 벽에 크게 팬 자국이 있었다. 손가락으로 그 자국을 쓸었다.

"냉장고 옮기다가 그렇게 됐어요." 아담은 남은 와인을 단숨에 들이켰다. "고치려고 했는데…" 말끝을 흐렸지만 무슨 뜻인지 짐작할 수 있었다.

그는 자기 잔에 와인을 다시 가득 채우고 병을 내 쪽으로 기울였다. "한 잔 더 할래요?"

내 잔은 거의 비어 있었다. 언제 다 마신 거지? 와인병과 잘생긴 그의 얼굴을 번갈아 보니 마음이 살짝 흔들렸다. '좋아요'라고 말하고 싶었다. 하지만 이 집 분위기 때문인지 취하면 안 될 것 같은 느낌이 들었다.

"아뇨, 괜찮아요."

아담은 고개를 끄덕이며 병에 코르크를 다시 꽂았다. "저도 이 게 마지막 잔이에요." 그는 계단 위, 빅토리아의 침실 쪽을 올려다 보았다. "그냥… 올해는 좀 힘들었어요."

"그럴 것 같아요."

그의 눈이 희미하게 흐려졌다. 빅토리아가 창밖을 바라볼 때와 똑같은 눈빛이었다. 그는 와인 잔 가장자리를 천천히 손가락으로 쓸었다. "그녀는… 임신했었어요."

순간, 숨이 턱 막혔다. "빅토리아가요?"

그가 시선을 바닥으로 내렸다. "아주 초기였어요. 아직 아무한 테도 말하지 않았었죠. 그리고 사고가 났을 때 아기는…"

나는 입을 손으로 가렸다. 두 사람의 이야기가 이미 충분히 비 극적이라고 생각했는데, 그는 또 다른 상처까지 꺼내놓았다. "정말 유감이에요, 아담. 얼마나 힘드셨을지… 상상도 못 하겠어요."

아담은 말없이 고개를 끄덕였다. 그가 왜 그렇게 늘 지쳐 보였는 지 이제야 알 것 같았다. 그는 한순간에 아내와 뱃속의 아이를 잃 었다.

나는 프레디가 우는 모습을 딱 한 번 봤다. 의사들이 내 유산 소식을 전했던 그날, 그는 내 병상 옆에 앉아 울고 있었다. 그래도 우리에게는 서로가 있었다.

아담에게 그 얘기를 꺼낼까 하다가 결국 입을 다물었다. 고통 을 비교하는 건 아무 의미도 없다. 내가 겪은 일도 충분히 끔찍했지만, 그의 상실감은 그보다 더 컸다. 그는 아기만 잃은 게 아니라 앞으로 부모가 될 가능성마저 잃었다. 빅토리아가 다시 임신할 수 있다고 해도, 그건 윤리적으로 복잡한 문제일 것이다. 아담은 이제 아버지가 될 기회를 영원히 잃었다. 반면 나는 다시 시작할 수 있다. 물론, 프레디와는 절대 아니지만.

아담은 두 번째 잔을 절반 가까이 단숨에 들이켰다. "괜찮아요." 그가 나지막하게 말했다. "그냥 인연이 아니었던 거예요."

나는 무슨 말을 해야 할지 몰라 고개만 끄덕였다.

그가 미소를 지어 보였다. 작지만 진심이 담긴 미소였다. "실비아, 당신이 있어서 정말 다행이에요. 혼자 버티기엔… 솔직히 너무 힘들었어요. 도와줘서 고맙고…" 그는 잠시 넓은 거실과 부엌을 둘러보더니 조용히 덧붙였다. "…이렇게 같이 있어 줘서 정말 좋아요."

나도 따라 미소 지었다. "저도 도움이 될 수 있어서 기뻐요."

우리는 잠시 말없이 서로를 바라봤다. 그러다 전자레인지가 '딩' 소리를 내자 나는 깜짝 놀라 몸을 움찔했다. 솔직히 아담이 이 거대한 집에서 어떻게 혼자 버텼는지 이해가 되지 않았다. 이곳은 너무 외롭고, 고립되어 있다. 지금 그와 함께 있지 않았다면 무서웠을 것 같다. 아니, 지금 이렇게 함께 있는데도 이 집은 어딘가 서늘한 기운이 감돌았다.

"이렇게 하죠." 그가 전자레인지에서 파스타를 조심스럽게 꺼내며 말했다. "이 맛…있는 저녁을 거실로 가져가서 TV 보면서 먹는 거예요."

나는 반가워서 고개를 끄덕였다. "좋아요, 냉동식품은 그 맛에 먹는 거죠."

그가 웃으며 말했다. "바로 그 말이에요."

그래서 우리는 TV 앞에서 냉동 파스타를 먹었다. 별다른 대화도 없이 그저 의미 없는 재방송을 틀어 놓고, 같은 장면에서 동시에 웃었다. 하지만 웃고 있으면서도 내 생각은 점점 다른 곳으로 흘러갔다.

빅토리아와 아담도 이 소파에 나란히 앉아 TV를 보며 저녁을 먹었을까? 빅토리아는 자신에게 닥쳐올 그 끔찍한 미래를 조금이라도 예감했을까?

그리고 만약 지금 자기 남편 옆에 다른 여자가 이렇게 앉아 있는 걸 알게 된다면, 어떤 기분일까?

그 마지막 질문에 대해서는 굳이 상상할 필요조차 없었다. 이미 답을 알고 있었으니까.

11

아담이 빅토리아는 항상 아침 일찍 깬다고 해서 나는 알람을 일곱 시로 맞춰 두었다. 브루클린의 그 형편없는 동네였다면 경찰차 사이렌이나 폭음 소리가 알람보다 먼저 나를 깨웠겠지만, 이곳은 완전히 조용했다. 덕분에 인생 최고의 숙면을 했다. 고급 매트리스에서 잠을 자니 잠시나마 호화로운 삶을 사는 기분이었다.

나는 재빨리 샤워를 하고 청바지에 티셔츠를 걸쳐 입었다. 머리를 하나로 질끈 묶고 빅토리아의 방으로 향했다. 그런데 문턱에 다다르자 에바가 슬링 같은 장치에 빅토리아를 태우고 있는 모습이 보였다. 빅토리아의 표정은 저 상황이면 누구라도 지을 법한, 조금도 즐겁지 않은 얼굴이었다.

"나중에 와." 에바가 딱딱하게 말했다. "내가 빅토리아를 침대에서 내리고 나면 그때 다시 와."

"네, 알겠어요." 나는 괜히 청바지 주머니를 만지작거리며 물었다. "그럼… 아침은 제가 챙기면 될까요?"

에바가 장치에서 고개를 돌려 나를 노려봤다. "그거 하라고 아담 씨가 월급 주는 거잖아."

맞는 말이었다.

무슨 음식을 해줘야 할지 물어보고 싶었지만, 또 한 소리 들을까 봐 입을 다물었다.

에바는 나를 싫어한다. 왜인지는 모르겠지만 싫어한다는 건 확실하다. 앞으로 그녀와 최대한 부딪히지 않도록 조심해야겠다. 일단 아래층으로 내려가 빅토리아의 아침부터 준비하기로 했다.

1층으로 내려가자 빨간 곱슬머리를 뒤로 묶은 매기가 이어폰을 끼고 카펫 위를 청소기로 밀며 신나게 흥얼거리고 있었다.

그녀는 나를 보지 못한 채 열정적으로 따라 부르다가, 눈이 마주치자 노래를 멈추고 이어폰을 뺐다. 나 같으면 얼굴이 화끈거렸을 텐데 그녀는 전혀 부끄러워하지 않았다. 대신 특유의 해맑고 환한 미소를 지어 보였다.

"실비! 안녕!"

나도 모르게 웃음이 났다. "신디 로퍼 좋아해?"

"당연하지. 싫어하는 사람도 있어?" 그녀가 청소기 전원을 끄며 말했다. "근데 무슨 일로 내려왔어?"

"음…" 나는 부엌 쪽을 흘끗 바라봤다. "빅토리아 아침을 만들려고 했는데…"

매기는 바로 상황을 파악했다. "오트밀이 좋아. 아침엔 그게 제일 무난해. 어디 있는지 알려 줄게."

"정말 고마워." 어깨의 긴장이 스르륵 풀리며 안도감이 밀려왔다. 그래, 적어도 나를 도와주는 사람이 한 명은 있다. "에바한테 물어보려고 했는데, 그분은…"

매기가 눈을 찡긋했다. "좀 무섭지?"

"맞아! 세상에, 진짜 무서워. 도대체 왜 그러는 거야?"

"글쎄." 그녀가 어깨를 으쓱했다. "좋게 말하면 빅토리아를 보호하려는 거겠지. 나쁘게 말하면…" 입꼬리가 장난스럽게 말려 올라갔다. "…언젠가 우리를 부엌칼로 해치울지도 모르고."

그녀는 농담처럼 웃었지만 나는 진심으로 소름이 돋았다. 에바는 정말 그런 짓을 저지를 사람처럼 보였다. 자기만의 '정의'를 실현해야 하는 타입. 그리고 만약 그런 일이 벌어진다면, 첫 번째 희생자는 아마 나일 것이다.

찬장 안에는 상상할 수 있는 거의 모든 맛의 인스턴트 오트밀이 줄지어 있었다. 빅토리아는 아침마다 오트밀을 먹는 모양이었다. 나는 사과 맛 오트밀 하나를 꺼내 전자레인지용 그릇에 부었다.

"이 정도면 되겠지?" 내 질문에 매기는 아기 음식이 가득한 또 다른 찬장을 열어 사과 퓌레 한 병을 꺼냈다. "이거랑 같이 주면 돼."

나는 병을 받으려다 잠시 망설였다. 빅토리아에게 아기용 음식을 먹이는 게 왠지 망설여졌다.

"이게 딱 좋아. 질감도 그렇고, 맛도 괜찮거든. 나도 먹어봤어." 매기가 태연하게 말했다.

"정말?"

"응, 밍밍한 사과 소스 같은 맛이야. 나쁘지 않아."

'딩' 전자레인지가 울렸다. 나는 오트밀을 꺼내 한 번 저어준 다음 다시 1분쯤 더 데웠다. 냄새는 괜찮았지만, 질감은 끈적였다. 맛이 어떨지는 잘 모르겠지만, 어차피 빅토리아는 많이 먹지 않는다. 어제도 힘들게 감자 퓌레를 만들어줬는데 4분의 1밖에 먹지 않았다.

그때 현관문이 쾅 닫히는 소리가 나더니 아담이 부엌으로 들어왔다. 티셔츠와 반바지, 러닝화 차림이었고 가슴팍에는 땀이 브이 자 모양으로 번져 있었다. 그는 이어폰을 빼며 우리에게 손을 흔들었다. 땀에 젖은 티셔츠가 근육질 가슴에 살짝 달라붙어 있었고 솔직히 말해 꽤 섹시했다. 빅토리아가 응급실에서 그에게 반했던 이유가 이제야 이해됐다.

"별문제 없어요, 실비아?" 그가 카운터에 몸을 기울이며 물었다. 초록빛 눈이 내 얼굴을 똑바로 바라봤다. "궁금한 건 없나요?"

"매기가 도와줬어요." 나는 그녀에게 고맙다는 미소를 보냈다. 매기는 여전히 장난스럽고 여유로운 표정이었다. "빅토리아 아침으로 오트밀을 만들고 있었어요."

"좋아요." 그가 엄지를 치켜세웠다. "잘했어요, 실비아. 매기도 고마워요." 그가 카운터에서 물러나며 말했다. "전 샤워 좀 해야겠어요. 완전 땀범벅이라서. 필요한 게 있으면 언제든 불러요. 다락방에서 일하고 있을게요."

나는 잠시 오트밀을 잊고, 계단을 올라가는 아담의 뒷모습을 바라봤다. 탄탄한 가슴뿐 아니라 엉덩이도 꽤 괜찮았다. 매기가 보기 전에 눈을 돌리는 게 좋겠다.

"우리 사장님, 진짜 멋지지?" 매기의 목소리에 바로 옆에서 들려와 깜짝 놀라 돌아봤다. 그녀는 팔짱을 낀 채 재미있다는 듯 웃고 있었다. "뭐라고?"

"잘 생겼잖아." 그녀가 히죽 웃었다. "그 마음 이해해. 나도 남자친구는 있지만, 보는 눈은 있으니까."

나는 머리카락 한 가닥을 손가락에 감으며 말했다. "뭐 그냥… 괜찮은 편이지."

"괜찮은 편?"

"알았어." 나는 눈을 굴렸다. "잘생겼어. 인정. 누가 봐도 잘생겼지. 하지만…" 내 시선이 계단 쪽으로 향했다. "그렇다고 내가 뭘 어떻게 하겠어. 유부남이잖아. 그리고 나는…" 나는 잠시 말을 멈췄다. 차마 금욕 중이라는 말은 입에 올릴 수 없었다. "나는 그 사람 밑에서 일하잖아. 아니, 정확히는 그의 아내를 위해 일하는 거고." 나는 매기의 시선을 피하며 덧붙였다. "그리고 내가 뭘 한다고 해도 그는 관심 없을 거야. 지금도 아내밖에 모르니까."

"그건 그렇지." 매기가 팬트리에서 커다란 쓰레기봉투를 꺼내며 말했다. "하지만… 아직 젊잖아. 꽤 외로울 거야. 아무리 착하고 헌신적이어도 말이야. 이런 상황이 영원히 갈 순 없을 거야. 언젠가는… 결국 누군가 새로 나타나겠지."

"그렇겠지." 나는 전자레인지에서 오트밀을 꺼냈다. 보기만 해도 맛이 없어 보였다. "어쨌든 나랑은 절대 아무 일도 없을 거야."

매기가 피식 웃었다. "다행이네."

그녀는 장난스럽게 윙크하더니 다시 이어폰을 꽂았다. 잠시 후엔 또 신디 로퍼 노래를 따라 부르며 청소를 계속했다.

나는 오트밀 그릇과 사과 퓌레를 들고 빅토리아 방으로 올라갔다. 마침 에바가 막 방에서 나오고 있었다. 그녀는 내가 들고 있던 음식을 흘끗 내려다보더니 노골적으로 역겹다는 표정을 지었다. 전자레인지용 인스턴트 오트밀과 아기용 사과 퓌레라니. 뭐, 멋진 조합은 아니긴 하다. 다음엔 좀 더 제대로 된 걸 만들어봐야겠다. 삶은 계란을 잘게 다지거나 아예 푸드 프로세서에 갈아서 주는 것도 괜찮겠지. 어쨌든 오늘 목표는 빅토리아가 어제처럼 세 입만 먹고 끝내는 게 아니라 한 끼를 온전히 먹게 하는 것이다.

하지만 빅토리아를 보자마자 그 목표가 얼마나 터무니없이 어려운 일인지 금세 깨달았다.

그녀는 완전히 넋이 나간 상태였다. 어젯밤보다 훨씬 심했다. 머리는 의자 머리받이에 기대어 있었고 입가에는 침이 흘러 있었다. 이름을 크게 부르자 잠깐 눈을 떴지만 금방 다시 감아버렸다.

"빅토리아!" 나는 거의 소리치듯 외쳤다. "저예요! 실비예요! 실비!"

그녀의 눈은 흐리고 초점이 없었다. 집 곳곳에 걸린 사진 속에서 보이던 반짝이는 푸른 눈과는 완전히 딴판이었다. 그녀는 간신히 눈을 뜨더니 다시 감아버렸다. 숟가락을 쥐기는커녕, 고개를 들 힘도 없어 보였다. 괜히 근사한 아침을 준비하지 않아서 차라리 다행이었다. 이 상태라면 한 입이라도 삼키면 다행일 정도였다.

그래도 나는 포기하지 않았다. 숟가락으로 오트밀을 떠서 그녀의 입가에 댔다. "자, 한 입만요. 딱 한 입만." 거의 애원하듯 말했다.

그녀의 입술이 살짝 벌어지는 순간, 나는 재빨리 숟가락을 넣었다. 하지만 그녀는 씹지도, 삼키지도 않았다. 오트밀은 거의 그대로 흘러나왔고 냅킨으로 닦아내야 했다.

젠장.

"아침엔 늘 이래요." 고개를 들자 아담이 문가에 서 있었다. 샤워를 마치고 청바지에 티셔츠 차림이었다. 깨끗하고 여전히 멋졌다. 이렇게 계속 같이 있다간 나야말로 냉수 샤워를 해야 할지도 모르겠다.

"아무리 깨워도 정신을 못 차리네요." 내가 작게 말했다.

아담은 젖은 머리를 손으로 쓸어 넘기며 천천히 입을 열었다. "원래 그래요. 아침엔 늘 멍하거든요. 점심쯤은 되어야 눈을 제대로 뜰 거예요. 보통 아침을 먹이고 나면 다시 낮잠을 재우고요."

"그렇군요." 나는 빅토리아를 바라보았다. 그녀의 머리는 의자 머리받이에 기대어 왼쪽으로 축 처져 있다. "낮잠이 필요해 보이네요."

사실 이미 거의 잠들어 있는 상태였다.

아담은 휠체어의 등받이를 완전히 뒤로 젖혀 빅토리아를 편히 눕혀 주었다. 그녀의 입술 사이로 잔잔한 숨소리가 새어 나왔다. 어느새 깊이 잠들어 있었다.

"몇 시간은 푹 잘 거예요." 그가 말했다. "점심쯤이면 깰 겁니다." 그가 창밖을 가리켰다. "러닝이라도 다녀오지 그래요? 날씨가 정말 좋아요."

나는 괜찮은 운동화가 없다는 말을 차마 못 하고 그저 미소만 지었다. "네, 봐서요."

달릴 생각은 전혀 없었다. 하지만 이제 시간이 생겼다. 빅토리아의 일기를 좀 더 읽을 수 있는 시간.

12
빅토리아의 일기

솔직히 말할게. 네 아빠를 만나기 전에도 나는 몇몇 남자들을 만났어. 그렇지만 돌아보면 그 누구도 내게 진짜 의미 있는 사람은 아니었어. 그땐 매번 '이번이 진짜 사랑이야'라고 믿었지만, 지금 생각해 보면 그건 다 연습이었던 것 같아. 진짜 사랑을 만날 준비 같은 것 말이야.

언젠가 너희도 그런 사랑을 하게 될 거야. 세상에 크게 외치고 싶을 만큼 벅찬 그런 사랑 말이야. #행복해, #세상에서제일좋은남친 같은 오글거리는 해시태그를 달고 싶어질지도 몰라. 너희가 이걸 읽을 때쯤엔 해시태그 같은 건 이미 없어졌으려나?

어젯밤 아담이 나를 〈해밀턴〉이라는 뮤지컬에 데려갔다. 요즘 제일 핫한 브로드웨이 공연인데, 미국 초대 재무장관 알렉산더 해밀턴의 인생을 다룬 뮤지컬이다. 주제만 들으면 흥행한다는 게 믿기 힘들겠지만 정말 대단한 공연이다. 티켓값도 엄청 비싸다. 물론 아담은 뉴욕타임스 1위 작가라 돈 걱정은 없겠지만, 가끔은 나에게 너무 많이 쓰는 게 아닐까 불안할 때도 있다.

왜냐하면 나는 그동안 나처럼 학자금 대출이 있거나 힘든 일을 하는 남자들만 만났으니까.

그래서 누군가에게 이렇게 아낌없이 사랑받는 기분은 처음이다. 그리고 솔직히 말하면 이런 기분, 나쁘지 않다.

비싼 프랑스 레스토랑에서 저녁을 먹고, 만날 때마다 꽃을 선물받고, 요즘 제일 인기 있는 브로드웨이 공연을 보러 가는 데, 그런 걸 싫어할 여자가 있을까?

하지만 난 그런 게 없어도 괜찮다. 아담이 매일 밤 나를 맥도날드에 데려가도 난 그를 똑같이 사랑할 거다. 그와 함께라면 빅맥 하나에 감자튀김만으로도 충분히 행복하니까.

아담은 늘 집까지 나를 데리러 온다. 그의 집이 공연장과 훨씬 가까운데도 말이다. 정말 신사답다. 그는 문을 열어주고 의자를 빼주는 그런 사람이었다. 솔직히 그런 남자는 만나본 적이 없었다. 그런 건 그저 옛날이야기 같았다. 턱시도를 입은 남자들이 커다란 치마를 입은 여자들과 춤추던 그런 시절 말이다.

오늘 밤, 나를 데리러 온 아담의 손에는 장미 한 다발이 들려 있었다. "너를 위해 준비했어."

꽃을 싫어하는 여자는 없을 거다. 향기롭고, 예쁘고, 색깔도 다양하니까. 데이지 한 줌만 받아도 충분히 행복할 텐데 아담은 늘 장미를 사 온다. 정말 다정한 사람이다.

"매번 장미를 가져올 필요는 없는데…"

내 말에 그는 미소를 지으며 말했다. "네가 좋아하잖아. 안 가져올 이유가 없지."

나에게 꽃을 주고 싶다는데 굳이 말릴 이유는 없었다. 가끔 이런 상상을 한다. 언젠가 너희가 이 글을 읽을 때쯤에도 네 아빠가 여전히 장미를 사 오고 있을 거라고. 매일은 아니라도 일주일에 한 번, 금요일 저녁마다. 그렇게 40년 동안이나.

"그리고," 그가 말했다. "하나 더 있어." 그는 코트 주머니에서 작은 상자를 꺼냈다. 뚜껑을 여는 순간, 나는 숨이 멎을 뻔했다. 하얀 금빛 체인, 그 끝에 달린 반짝이는 눈송이 모양의 다이아몬드 펜던트. 너무 아름다워서 눈물이 날 것 같았다. "엄청 비쌌겠네…" 내가 중얼거리자 "넌 그럴 만한 사람이니까." 그가 속삭였다.

순간 나는 그를 끌어안았다. 정말이지 우린 서로에게서 손을 뗄 수가 없었다. 너희가 읽기엔 조금 민망할 수도 있겠지만 그땐 정말 그랬단다. 다만 어젯밤엔 조금 아쉬웠다. 해밀턴 공연 티켓이 있었으니까.

"사랑해, 비키," 그가 내 귀에 속삭였다.

"나도 사랑해."

그리고 그건 진심이었다. 만난 지 몇 달밖에 되지 않았지만 그걸로 충분했다. 나는 완전히, 미치도록 그에게 빠졌다. '사랑'이라는 말만으로는 부족할 만큼.

"해밀턴은…"하고 말하려는 순간, 그의 손이 내 등을 타고 올라왔고 그는 내 목에 입을 맞췄다.

"너만 괜찮다면 공연은 포기해도 돼."

"티켓값만 천 달러는 들었잖아?"

"상관없어."

그게 네 아빠란다, 애들아. 돈이나 공연보다 나를 더 소중히 여기던 사람.

물론 우린 이성을 되찾았고 공연이 끝난 뒤에 다시 이어가기로 했다. 아담은 살짝 아쉬워했지만 고개를 끄덕였다. 나는 눈송이 목걸이를 하고 공연장에 갔고, 그 목걸이는 내 드레스와 완벽하게 어울렸다.

공연은 말할 것도 없이 최고였다. 해밀턴이니까. 다만, 아담이 공연 내내 내 무릎이나 다른 곳에 손을 얹고 있어서 혹시 쫓겨나는 건 아닐까 하고 살짝 걱정됐을 뿐이다. 물론 진짜 쫓겨났다면 평생 두고두고 얘기할 만한 사건이 되었겠지. 하지만 그 얘기를 너희들한테 할 생각은 없어. 부모에 대해 굳이 몰라도 되는 정보라는 게 세상엔 존재하거든.

공연이 끝난 뒤 우리는 누구 집으로 갈지를 두고 약간 실랑이를 벌였다. '실랑이'라기보다 그냥 신나는 티키타카에 가까웠지만. 아담은 내 집에서 자는 걸 별로 좋아하지 않았다. 그건 충분히 이해했다, 그의 집이 내 작은 원룸보다 훨씬 좋았으니까. 아담은 창밖으로 맨해튼의 스카이라인이 펼쳐지는 멋진 방 두 개짜리 아파트에 살았고, 나는 창문 너머로 벽돌담밖에 안 보이는 작은 원룸에 살고 있었다. 게다가 아무리 살충제를 뿌려도 사라지지 않는 바퀴벌레 문제도 있었다.

"내일 근무라서 그래," 내가 말했다. "당신 집에 갔다 오면 샤워하고 준비할 시간이 없어."

"흠." 그가 턱을 만지작거리며 잠시 생각했다. 그날따라 수염이 살짝 자라 있어서 더 멋져 보였다. "그럼 아예 네 물건을 내 집으로 조금씩 옮겨 두면 되겠네. 그럼 거기서 바로 출근하면 되잖아."

"그것도… 괜찮은 생각이네." 말하면서 나도 모르게 미소가 번졌다.

"아니면… 그냥 나랑 같이 살아도 되고."

순간 숨이 멎을 뻔했다. 그의 초록빛 눈을 마주 보는 순간, 심장이 미친 듯이 뛰었다. 그의 입가에 미소가 떠올랐지만, 장난기가 아닌 진심이 담긴 얼굴이었다.

"진심이야?"

"안 될 이유가 없잖아." 그가 손을 뻗어 내 금발 머리를 부드럽게 만지작거렸다. 그는 내 머리를 참 좋아했다. 황금빛 밀짚 같다고 말하곤 했다. 그럴 때마다 나는 동화 속 공주가 된 것 같은 기분이 들었다. "난 너한테 완전히 빠졌어. 네가 곁에 없으면 밤마다 미칠 것 같아."

나는 망설임 없이 고개를 끄덕였다. 그를 처음 봤을 때부터 이 사람과 함께할 거라는 걸 확신했으니까. '같이 산다'는 건 그저 우리 미래로 향하는 자연스러운 다음 단계였다. 내 머릿속에는 그와 함께하는 모든 장면이 그려졌다. 결혼식, 아이들, 그리고 세월이 흘러 함께 흔들의자에 앉아 손을 잡고 있는 모습까지.

물론 세 달 사귄 남자와 바로 동거하라고 권하는 건 아니다. 그건 위험할 수도 있다. 하지만 우리에겐 달랐다. 결국 옳은 선택이었으니까.

그날은 정말 마법 같은 밤이었다. 해밀턴을 보고, 함께 살기로 결심하고. 평생 잊지 못할 밤이 될 거라고 생각했다.

그런데 아주 사소한 일이 그 마법 같은 분위기를 살짝 흐트러뜨렸다.

택시를 잡으려고 서둘러 길을 걷고 있는데, 한 남자가 내 어깨를 세게 치고 지나갔다.

뉴욕에 오래 살다 보면 그런 일은 흔하다. 부딪치고, 밀치고, 심지어 한 번은 개가 내 신발에 오줌 싼 적도 있었으니까. 아담도 뉴욕 생활에는 익숙했다. 그런데 그 사소한 사고에 그렇게까지 화를 낼 줄은 몰랐다. 조금 의외였다.

"이봐!" 아담이 그 남자에게 소리쳤다. 50대 중반쯤 되어 보이는 통통한 남자였다. "앞 좀 보고 다니지 그래?"

남자가 들고 있던 지팡이를 흔들며 말했다. "이봐, 젊은이. 당신네 둘이 길을 다 가로막고 있었잖아. 난 그냥 지나가려던 거라고."

아담이 한 발 앞으로 다가가는 순간, 눈빛이 순식간에 변했다. 낯설고, 솔직히 말해 조금 무서웠다. "그래서 일부러 부딪힌 거야? 내 여자 몸에 손 한번 대보려고?"

나는 정신이 번쩍 들었다. 출퇴근 시간 지하철에서 낯선 사람과 스치거나 손이 닿는 건 흔한 일이지만, 이 남자는 그런 의도가 전혀 없었다. 그냥 부딪힌 것뿐이었다.

"아담…" 나는 조심스럽게 그를 불렀다.

"오해야. 난 그냥—" 남자의 얼굴이 순식간에 하얗게 질렸다. 그는 나와 아담을 번갈아 보더니 지팡이를 들고 있지 않은 손을 천천히 들어 올렸다. "싸우고 싶지 않아. 난 아무 짓도 안 했다고."

"그래도 사과는 해야지."

남자가 나를 바라봤다. 그의 얼굴엔 당황과 분노, 그리고 두려움이 뒤섞인 표정이 스쳤다. "미안합니다." 그는 지팡이를 짚고 절뚝거리며 골목 모퉁이로 사라졌다.

몸이 떨렸다. 누군가와 그렇게 정면으로 맞선 건 처음이었다. 그 남자가 일부러 그런 게 아니라는 건 분명했지만, 아담이 내 편을 들어준 건 왠지 뭉클했다. 정말 '신사' 같다고 느껴졌다. 이 사람이라면 좋은 남편, 든든한 가장이 될 거라는 확신이 들었다.

"네가 그렇게 짧은 치마를 입지 않았으면 이런 일은 안 일어났을 거야."

순간 귀를 의심했다. 오늘 내가 입은 치마는 전혀 짧지 않았다. 나는 살면서 딱히 짧은 치마를 입은 적도 없었다. 오늘 입은 건 무릎 바로 위까지 오는, 누가 봐도 단정한 치마였다.

"당신, 이 치마 마음에 든다고 했잖아." 내가 말했다.

"마음에 들지." 그가 윙크하며 웃었다. "근데 말이야, 그런 치마는 괜히 남자들을 자극한다고."

완전히 틀린 말은 아닐지도 모른다. 세상엔 아직도 여자가 조금만 짧은 치마를 입고 다녀도 휘파람을 불거나 함부로 건드리는 사람들이 있으니까. 너희들이 이걸 읽을 때쯤엔 세상이 지금보다 조금 더 나아져 있기를 바라. 여자를 지켜줄 수 있는 너희 아빠 같은 남자가 있다는 건 참 다행스러운 일이야.

13

빅토리아의 일기를 읽다 보니 한 시간이 훌쩍 지났다.

그녀는 아담과의 첫 만남을 자세히 기록해 두고 있었다. 그가 얼마나 다정했는지, 두 사람이 얼마나 빠르게 서로에게 빠져들었는지. 눈송이 모양의 목걸이를 선물 받고 함께 살기로 결정한 부분까지 읽었을 때, 나는 끝내 노트를 덮었다. 결말이 비극이라는 걸 이미 알고 있으니까. 그 행복한 장면들을 더 읽어 내려가는 게 너무 괴로웠다.

잠시 현실로 돌아와 숨을 돌릴 필요가 있었다.

때마침 빅토리아가 잠에서 깼고, 내가 준비한 점심을 조금 먹을 의지를 보였다. 하지만 삼키는 건 여전히 힘들었는지 입에 넣은 음식의 절반이 옷에 흘러내렸다. 결국 나는 냅킨을 그녀의 셔츠에 끼워주었다.

"오늘 오후엔 뭐 하고 싶어요?" 턱에 묻은 음식을 닦아주며 물었다. 대답은 없었지만, 그녀는 눈을 뜨고 내 얼굴을 바라보고 있었다.

"머리 좀 손질해 드릴까요?" 예전 사진 속 반짝이던 금빛 머리카락이 떠올랐다. 지금의 생기 없이 축 처진 머리와는 전혀 달랐다. "머리 빗어드리고 프렌치 브레이드로 땋아드릴게요. 어때요?"

그녀가 눈을 한 번 깜빡였다. '좋아요'라는 뜻 같았다.

욕실 서랍에서 먼지 쌓인 헤어 케어 제품들을 꺼냈다. 그녀의 머리카락이 왜 그렇게 상했는지 알 것 같았다. 아르간 오일과 아마씨 추출물이 들어간 비싼 모로코 오일이 눈에 띄었다. 향도 좋았다. 여러 종류의 브러시와 빗, 고급스러운 헤어 케어 제품들. 정말 많았다. 나는 빗 하나와 '샴푸 겸 린스' 한 병으로 지내는데, 그녀가 쓰는 온갖 제품들 앞에서 괜히 주눅이 들었다.

침실로 돌아오자 빅토리아는 여느 때처럼 창문이 아니라 문 쪽을 바라보고 있었다.

마치 내가 돌아오기를 기다린 것처럼.

혹시 이제 조금은 나를 신뢰하기 시작한 걸까?

"저 왔어요!" 나는 모로코 오일 병을 살짝 흔들어 보였다. "이거 정말 좋아요. 머리가 예전처럼 반짝일 거예요."

나는 조심스레 그녀의 표정을 살폈다. 혹시나 미소라도 지을까 싶었지만 아무 변화가 없었다. 그래도 언젠가는 그녀의 웃는 모습을 보게 되겠지. 스스로에게 그렇게 다짐했다.

나는 한 시간 동안 그녀의 머리에 오일을 바르고 천천히 빗겨주었다. 누군가 가끔은 손질해 주긴 했던 모양이지만, 군데군데 엉킨 부분이 많아 하나씩 풀어야 했다. 마지막으로 그녀의 머리를 자른 사람은 정말 대충했구나 하는 생각이 들었다. 끝이 고르지 않아 욕실에서 가위를 가져와 살짝 다듬었다. 가볍게 층을 내긴 했지만 너무 욕심내지 않았다. 나는 전문가가 아니니까.

"아담이 정말 좋아할 거예요." 그녀는 여전히 아무 반응도 없었지만, 나는 듣고 있을 거라 믿으며 계속 말을 이어갔다. "남자들은 머리에 약하잖아요. 물론 몸매도 보지만 예쁜 헤어스타일도 절대 무시 못 하죠." 그러다 문득, 오래전 기억이 떠올랐다. "내 첫 남자친구였던 프레디도 내 머리를 정말 좋아했어요."

앞머리를 다듬으려고 그녀 앞으로 돌아선 순간, 빅토리아가 놀라울 정도로 집중해서

나를 바라보고 있다는 걸 느꼈다. 반응은 없었지만 분명 듣고 있었다. 그리고 이상하게도, 나 역시 그 시간을 통해 위로받고 있었다. 프레디에 대해 누군가에게 이렇게 이야기해 본 건 처음이었다.

"고등학교 때 만났던 사람이에요." 나는 천천히 말을 이었다. "나보다 한 학년 위였어요. 그 사람은 3학년, 나는 2학년. 그땐 그가 세상에서 제일 멋지고 어른스러워 보였어요. 그리고… 잘생겼었죠." 나는 미소를 지었다. 학교 뒤편에서 친구들과 담배를 피우던 프레디를 몰래 훔쳐보던 순간들이 떠올랐다. 그 앞을 지날 때면 내가 쳐다보는 걸 눈치챌까 봐 부끄러워서 괜히 머리카락으로 얼굴을 가리곤 했다. "아담만큼 잘생기진 않았지만… 프레디는 정말 매력적이었어요. 검은색 머리카락, 짙은 눈, 그리고 턱에 있는 조그만 보조개도요. 밤마다 그를 떠올리곤 했어요. 그러다 그가 나를 좋아한다고 했을 때 진짜 믿기지 않았어요. 나 같은 애를 말

이에요."

고등학교 때 나는 인기와는 거리가 멀었다. 조용하고 존재감 없고 공부도 운동도 딱히 잘하는 게 없었다. 엄마는 눈 화장이 너무 진하다고 늘 잔소리했는데, 지금 생각해 보면 그 말이 맞았다. 프레디는 나와 정반대였다. 누구에게나 인기 있고 유머러스하고 자연스럽게 주목받는 아이였다. 그가 처음 내게 말을 걸었을 때, 나는 긴장해서 말도 제대로 못 했다. 그때는 몰랐었다. 그 역시 나만큼 어색해하고 있었다는 걸.

"그래서 결국 우린 사귀게 됐어요." 나는 빅토리아의 오른쪽 머리카락 한 가닥을 다듬으며 말을 이었다. "지금 생각해도 신기해요. 그는 정말 좋은 남자친구였어요. 물론 비교 대상은 거의 없긴 했지만요. 그 전엔 키스도 한 번밖에 안 해봤거든요. 어쨌든 그는 늘 다정했어요. 밤마다 전화해서 몇 시간씩 얘기했죠. 별것 아닌 이야기부터 사소한 고민까지 전부 다 나눴어요. 친구들은 그가 결국 나랑 자고 싶어서 그런 거라고 했지만 그건 아니었어요. 우린 정말 잘 통했어요. 난 그가…"

그땐 프레디가 평생 함께할 사람이라고 믿었다. 지금 생각하면 좀 우습지만. '평생 함께할 사람'이라니 그런 게 정말 있긴 할까? "그냥, 그를 정말 좋아했어요." 나는 나지막하게 말했다.

빅토리아의 머리를 프렌치 브레이드 스타일로 땋기 시작했다. 어릴 때 인형 머리로 연습하던 기억이 났다. 친구들 머리도 종종 해줬었다. 오랜만인데도 손끝이 익숙하게 움직였다. 그런데 다 땋고 보니 두피에 있는 흉터가 더 도드라져 보였다. 그래서 조심스럽게 다시 풀고 빗기 시작했다.

"프레디는 내 머리를 만지는 걸 정말 좋아했어요." 나는 부드러워진 빅토리아의 머리카락을 쓰다듬으며 말했다. "둘이 나란히 누워서 몇 시간이고 머리를 쓰다듬곤 했죠."

빅토리아가 내 눈을 바라봤다. 그 눈빛에는 질문이 담겨 있었다. '그다음엔?'

그다음은, 당연히 우린 단순히 머리만 쓰다듬고 있지는 않았다. 혈기 왕성한 십대였으니까. 나는 프레디의 아이를 임신했다.

하지만 그 이야기는 군이 하지 않아도 되겠지. 행복한 이야기만 해 주는 게 나을 것 같았다. 문제는 행복했던 기억이 그리 많지 않다는 거지만. 어차피 그녀는 모를 테니까.

"정말 예뻐요." 나는 완성된 머리를 바라보며 속삭였다. "거울 보여드릴게요."

욕실에서 손거울을 가져와 그녀의 얼굴을 비춰주었다. 빅토리아는 오랫동안 자신의 모습을 바라봤다. 정확히는 오른쪽 눈으로만. 왼쪽 눈은 여전히 초점 없이 먼 곳을 향하고 있었다.

"정말 예뻐요." 내가 말했다. "아담이 보면 정말 좋아할 거예요."

하지만 빅토리아는 거울 속 모습을 보며 찡그렸다. 그리고 왼쪽 뺨의 흉터를 손끝으로 천천히 더듬었다. 그녀는 고개를 천천히 저었다.

"있잖아요," 내가 조심스레 말을 이었다. "화장으로 가리면 눈에 덜 띄게 할 수 있을 것 같아요."

물론 완전히 가릴 순 없다. 그 흉터는 너무 깊으니까. 그래도 조금이나마 나아 보일 수 있지 않을까 싶었다.

그러자 그녀가 다시 고개를 저었다. "아니."

그 말 한마디가 방 안에 무겁게 울렸다. 그 순간 웃음이 새어 나왔다. "오늘… 처음으로 말을 했네요."

빅토리아는 다시 조용해졌다. 그녀의 눈동자가 잠시 내 얼굴을 비추었다가 다시 멀어졌다. 오늘은 여기까지인가 보다.

"좋아요, 그럼 다른 거 해봐요." 나는 손뼉을 가볍게 치며 분위기를 바꿨다. "매니큐어 어때요?"

그녀는 아무 반응도 없었다. 그래도 나는 욕실을 뒤져 매니큐어와 손톱깎이, 네일 파일을 꺼내왔다. 그리고 '빅 애플 레드'라고 적힌 선명한 빨간색을 골랐다.

빅토리아의 손톱을 다듬으며 나는 프레디 이야기를 계속했다. 우리가 사귀던 시절, 가족과 친구들이 지켜보는 가운데 아름다운 교회에서 결혼했던 날, 그가 대학을 졸업하고 영업사원으로 취직한 이야기. 아이를 갖고 싶어 했지만 조금 더 여유가 생길 때까지 기다렸던 날들. 그런 이야기들을 천천히 늘어놓았다. 그녀가 듣고 있는지조차 확신할 수 없었지만.

하지만 사실 내가 방금 한 이야기는 전부 지어낸 것이었다. 프레디와의 미래를 상상하며 만들어 낸, 내 상상 속에만 존재하는 행복한 결말일 뿐이었다.

빅토리아의 손톱은 살을 파고들 만큼 짧았다. 손톱깎이를 가져왔지만 한참 망설였다.

이렇게 짧게 깎아서는 예쁘게 손질할 수가 없으니까.

하지만 아담이 말했다. 그녀가 약을 넣으려고 하면 할퀴기 때문에 손톱은 항상 짧게 유지해야 한다고. 나는 어쩔 수 없이 그녀의 오른손부터 조심스럽게 다듬기 시작했다. 빅토리아는 그 과정을 뚫어져라 바라봤다. 왼손으로 옮기자 그녀가 움찔하며 손을 빼려 했다.

"가만히 계세요," 내가 말했다. "거의 다 됐어요. 금방 예뻐질 거예요. 아담이 좋아하겠죠."

그러자 그녀가 고개를 저었다. "좀." 그녀가 말했다.

나는 순간 피식 웃음이 났다. 이렇게 말을 하니 괜히 반가웠다. "너무 짧지 않아요. 조금만 다듬은 거예요."

"아니." 그녀가 내 손을 꽉 잡았다. "좀. 아담…, 좀."

나는 그녀의 얼굴을 살피며 물었다. "아담이 손톱을 잘라줬으면 좋겠어요?"

그녀는 다시 고개를 저었다. 눈빛에는 말로 표현하기 힘든 답답함과 불안이 뒤섞여 있었다. 하고 싶은 말을 제대로 못 한다는 게 얼마나 괴로운 일인지 상상조차 어려웠다. "아니. 아니. 아담… 좀. 안에…, 좀."

그게 무슨 뜻이지?

"미안해요," 나는 천천히 말했다. "무슨 말인지… 잘 모르겠어요."

그때 문 쪽에서 인기척이 났다. 아담이 서 있었다. 그가 틈틈이 방에 들러 빅토리아를 돌보는 모습이 다정해 보였다. 아마 내가 이 일에 완전히 익숙해지면 굳이 그럴 필요도 없어지겠지. 그는 살짝 미소 지으며 물었다. "별문제 없어요?"

나는 빅토리아를 바라봤다. 그녀는 더 이상 말하려 하지 않았다. 무언가를 포기한 사람처럼 다시 창밖을 멍하니 바라보기만 했다.

"자꾸 뭔가 말하려고 하더라고요." 내가 말했다. "그런데 알아 듣질 못하겠어요. 계속 '좀'이라고만 해요. 혹시 무슨 뜻인지 아세요?"

아담이 고개를 살짝 갸웃했다. "글쎄요. 처음 들어보네요."

"아… 그렇군요." 나는 어색하게 웃었다. "어쨌든 머리랑 손톱은 다 해드렸어요. 예쁘지 않아요?"

"예쁘네요." 아담의 대답은 짧고 건조했다. 아이가 낙서한 그림을 보고 형식적으로 "잘했네"라고 말할 때 같은 말투였다. "머리도 잘라주셨네요. 좋아 보여요."

"네, 전에 너무 엉망으로 잘라놔서요. 그분은 다시 안 부르시는 게 좋겠어요."

"그건… 그녀가 머리 수술 받기 전에 외과 의사가 자른 걸 거예요."

"아, 그럼 그분은 머리 말고 수술에만 집중하시는 게 좋겠네요."

아담이 피식 웃으며 말했다. "그렇게 전하죠." 그는 방을 가로질러 와 빅토리아의 옆에 섰다. 그리고 그녀의 오른손을 들어 올리며 물었다. "손톱 자른 거예요?"

"네, 근데 싫어하더라고요."

"그건 그녀가 결정할 일이 아니죠."

순간 방 안의 공기가 얼어붙었다. 빅토리아는 여전히 그의 얼굴을 보지 않았다. 그가 들어오자 그녀의 눈빛은 차갑게 식어버렸다. 둘은 한때 부부였고, 그는 지금도 그녀에게 헌신하고 있다. 그런데도 그녀가 그를 이렇게 철저하게 외면한다는 게 이상했다. 이상하고, 마음 아팠다.

"실비아, 잠깐 쉬어요." 아담이 부드럽게 말했다. "빅토리아를 좀 도와줘야 하거든요. 개인적인 일이에요."

"개인적인 일…?" 내가 되묻자 그의 시선이 아래로 향했다.

"기저귀를 갈아야 해서요."

순간 얼굴이 달아올랐다. 그럴 수밖에 없다는 걸 이해하면서도, 한때 그렇게 아름답고 지적이었던 여자가 지금은 가장 기본적인 일조차 타인의 손에 의존해야 한다는 사실이 가슴 아팠다.

'좀.' 빅토리아가 하려던 말은 대체 뭐였을까. 그 단어가 머릿속에서 떠나지 않았다.

그녀를 더 이해하고 싶었다. 왜 그런 말을 했는지, 무엇을 전하고 싶었는지 알고 싶었다. 지금으로선 방법은 하나뿐이었다. 그녀의 일기를 계속 읽는 것. 어쨌든 그녀가 내게 그걸 준 이유가 있을 테니까. 그리고 지금 나는 그것 말고는 달리 할 수 있는 게 없으니까.

14
빅토리아의 일기

2016년 10월 10일

인생에서 가장 속상한 순간은 내가 행복할 때 함께 기뻐해 줄 사람이 없다는 걸 깨닫는 순간이다.

오늘 응급실 근무가 거의 끝나갈 무렵, 캐럴이 "퇴근하고 한잔할래?"하고 물었다. 그녀는 내 직장 동료이자 제일 친한 친구다. 거의 매일 근무를 같이하니까 요즘은 사실상 유일한 친구나 다름없다. 게다가 캐럴은 늘 퇴근 후 한잔하며 스트레스를 푸는 타입이다. 그때 구급팀 근무를 막 마친 맥이 다가왔다. 우리 얘기를 듣더니 "나도 같이 가도 돼?"라고 물었다.

캐럴은 물론 흔쾌히 허락했다. 맥은 누구에게나 인기 있는 사람이니까. 그가 내 쪽으로 돌아보며 물었다. "같이 갈 거지?"

"미안, 오늘은 짐을 싸야 해서." 내가 대답하자 맥이 코를 찡그렸다. 아담을 만나기 전엔 그 표정이 참 귀엽게 느껴졌는데.

"짐을 싼다고? 어디 가?"

캐럴이 웃음을 터뜨렸다. "몰랐어요? 비키가 '완벽남'이랑 같이 살기로 했잖아요!"

'완벽남.' 그건 캐럴이 아담에게 붙인 별명이었다. 사실 꽤 잘 어울렸다.

맥의 표정이 순간 굳어졌다. "그 유명한 작가 말이야? 그 사람이랑 같이 살기로 했다고?" 평소 내 사생활에는 관심도 없던 그가 왜 그렇게 불편해하는지 이해할 수 없었다. "그 사람 이름은 아담이야." 나는 웃으며 말했다. "그리고 맞아. 우리 같이 살기로 했어."

그 말을 할 때마다 나도 모르게 웃음이 새어 나왔다.

맥은 얼굴을 더 찌푸렸다. "근데 너 아직 임대 계약 기간 남았잖아."

"그렇긴 한데… 아담이 대신 정리해 주겠대."

"와, 부럽다." 캐럴이 머리를 쓸어 넘기며 말했다. "나도 그런 부자 남친 있었으면."

"그 사람 그렇게 부자는 아니야."

그렇게 말했지만, 사실 나도 잘 몰랐다. 그는 돈을 꽤 자유롭게 쓰는 편이긴 했다.

하지만 부자든 아니든, 그건 내게 정말 중요하지 않았다. 나는 그냥 그 사람이 좋았다.

이상하게도 맥은 근무가 끝났는데도 캐럴과 함께 술을 마시러 가지 않았다. 대신 간호실 근처를 서성이며 내 쪽을 힐끔거렸다. 뭔가 할 말이 있는 눈치였다. 결국 내가 먼저 물었다.

"무슨 일이야?"

그가 이마를 찌푸리며 말했다. "잠깐 얘기 좀 할 수 있을까?"

"그래, 무슨 얘긴데?"

"여기선 안 돼."

그는 갑자기 내 팔을 잡아끌었다. 놀랄 틈도 없이 나를 복도 끝으로 데려가더니, 린넨실 문을 열고 그대로 안으로 밀어 넣었다. 수건과 시트, 담요 더미가 가득한 좁은 공간이었다. 폐소공포증이 없는 게 그나마 다행이었다.

"잠깐만! 지금 뭐 하는 거야?" 내가 소리치자 맥이 귀를 만지작거리며 말했다. "비키, 너랑 그 남자… 너무 빠른 거 아니야?"

친구 사이에는 말하지 않아도 아는 규칙이 있다. 친구의 연인에 대해서 함부로 말하지 않는다는 것. 헤어지고 나면 얼마든지 욕해도 되지만 연애 중일 땐 그냥 입 다물고 있는 게 예의다. 물론 상대가 진짜 끔찍한 짓이라도 하지 않는 이상.

하지만 맥은 그 규칙을 깼다.

"솔직히, 맥…" 나는 그를 똑바로 바라봤다. "그건 네가 상관할 일이 아니야."

그가 시선을 피했다. 스스로도 선을 넘었다는 걸 느낀 듯했다.

"미안." 그가 검은 머리를 헝클며 말했다. "그냥… 그 남자, 뭔가 느낌이 안 좋아. 넌 아직 그 사람을 잘 모르잖아."

그래서 아담을 친구들에게 소개하고 싶지 않았다. 사람들은 늘 자기 기준대로 남을 판단하려 든다. 그나마 캐럴은 '완벽남'이라며 웃어넘겼지만, 맥은 뜬금없이 '느낌이 안 좋다'고 했다. 대체 그게 무슨 소린지 모르겠다. 아담은 성공한 작가이고 잘생겼고 똑똑하다. 배려심도 많고 로맨틱하기까지 하다. 이보다 더 완벽할 수 있을까?

느낌이 안 좋다니. 말도 안 되는 소리였다.

"있잖아," 내가 말했다. "아담은 정말 좋은 사람이야. 넌 그 사람 한 번밖에 못 봤잖아."

"한 번이면 충분해."

"그래? 난 그 사람을 3개월이나 만났어. 그 정도면 너보단 훨씬 잘 알지."

맥은 수건 더미가 쌓인 카트에 몸을 기대며 한숨을 내쉬었다. 덩치가 커서 살짝만 움직여도 선반이 무너질 것 같았다. "제발, 비키. 그냥… 한 번만 다시 생각해봐. 너, 너무 서두르는 것 같아. 실수할 수도 있어."

나는 코웃음을 쳤다. "좀 웃기다, 맥. 내가 케이틀린에 대해 뭐라고 한 적 있어? 너희 연애에 한 번도 끼어든 적 없잖아."

잠시 침묵이 흘렀다. "케이틀린이랑… 헤어졌어."

순간 말문이 막혔다.

케이틀린은 눈부시게 예쁘고 유머러스하고 게다가 친절하기까지 해서 질투조차 허락하지 않는, 그런 여자였다. 그녀와 처음 만났을 때 나는 이미 알았다. '아, 맥이랑 나는 절대 그런 사이가 안 되겠구나.'

"미안…" 나는 작게 말했다.

그는 어깨를 으쓱하며 피식 웃었다.

"왜 헤어졌는데?"

"말하자면 길어." 그가 문 쪽을 힐끗 바라봤다. "나중에 말해 줄게."

남자들은 늘 이런 식이다. 남의 연애엔 이래라저래라 참견하면서 정작 자기 얘기는 한마디도 안 하려 한다.

"비키." 그의 목소리가 낮아졌다. "그냥… 정말로 다시 한번만 생각해봐. 약속해, 결정하기 전에 한 번만 더 진지하게 생각해 본다고."

"그래, 약속할게." 나는 그렇게 대답했지만 솔직히 전혀 그럴 생각은 없었다. 생각해 볼 게 뭐가 있지? 나는 지금 바퀴벌레가 나오는 좁은 원룸에서 혼자 살고 있다. 그런데 내가 꿈꾸던 남자가 같이 살자고 한다. 대체 뭐가 문제란 말인가? 맥이 걱정해 주는 건 고맙지만 굳이 그럴 필요 없다. 캐럴 말이 맞다. 아담은 정말 '완벽남'이다.

2016년 10월 18일

오늘은 드디어 이사 날이다! 나는 지금 새 아파트에서 이 글을 쓰고 있다.

그리고 이 집은 내가 사랑하는, 멋지고 잘생기고, 게다가 능력까지 있는 남자친구와 '함께 사는 집'이다!!!

아침부터 정신이 하나도 없었다. 짐은 이미 상자에 다 싸놨고, 아담은 이삿짐센터까지 불렀다. 이삿짐센터라니! 왠지 상류층이라도 된 기분이었다. 지금까지 이사할 때마다 친구들을 불러 피자와 맥주를 사주며 도와달라고 했었는데, 이번엔 그런 수고조차 필요 없었다. 짐도 얼마 없는데 업체까지 부르는 건 조금 과한 것 같았지만 아담은 완강했다.

그는 항상 나를 아껴준다. 그게 참 사랑스럽다.

이삿짐센터 사람들이 도착하기 한 시간쯤 전, 마지막 짐을 정리하던 중 휴대폰이 울렸다. 화면에는 '맥'이라는 이름이 떠 있었다. 손가락이 통화 버튼에서 멈췄다. 받아야 할까, 말아야 할까.

며칠 전 그가 했던 말이 떠올라 가슴이 답답해졌다. 그가 생각을 바꿨을 리는 없었다. 또 '넌 큰 실수하고 있어' 같은 말은 듣고 싶지 않았다. 그는 그냥 내가 지금 얼마나 행복한지 모를 뿐이다.

결국 참지 못하고 전화를 받았다.

"비키." 맥의 목소리는 의외로 밝았다. 잔소리할 기색은 없었다. "오늘 이사한다며."

나도 모르게 웃음이 났다. "어떻게 알았어?"

"캐럴이 말해줬어."

나는 휴대폰을 꼭 쥐며 물었다. "혹시… 이사 말리려고 전화한 거야?"

그는 잠시 말을 고르더니 조용히 말했다. "아니. 사실은… 사과하려고 전화했어. 그날은 내가 좀 심했어. 미안해."

순간 눈썹이 절로 올라갔다. 살면서 하나 깨달은 게 있다면, 사람들은 좀처럼 사과하지 않는다는 거다. 자기가 틀렸다는 걸 알아도 대부분 그냥 모르는 척 넘어간다.

"음, 맞아. 좀 그랬지."

"미안." 그가 헛기침을 했다. "그리고 네 말대로라면 아담은 좋은 사람이겠지."

"정말 좋은 사람이야, 맥."

"그럼 됐어. 그거면 충분해." 그가 전화기 너머에서 숨을 길게 내쉬었다. "그리고 사죄의 의미로 이삿짐 옮기는 거라도 도와줄게. 박스 나르는 건 자신 있거든. 환자들 옮기는 느낌으로 하면 되니까."

나도 모르게 웃음이 터졌다. "고마워. 근데 괜찮아. 아담이 이삿짐센터를 불렀거든."

"이삿짐센터? 와, 내 월급으론 꿈도 못 꾸는데."

'나도 마찬가지야'라고 말하고 싶었지만, 차마 그 말은 나오지 않았다. 남자친구가 모든 걸 처리해 줬다는 걸 말하기가 민망했다.

"아무튼," 맥이 말했다. "그냥 도와주고 싶었어. 그리고 사과도 하고 싶었고. 그럼… 행운을 빌게. 이사 잘하고."

"그래, 고마워."

잠시 정적이 흘렀다. 그는 더 하고 싶은 말이 있는 것 같았지만, 결국 입을 다물었다. 그리고 그가 무슨 말을 하려 했든 내가 듣지 않는 편이 나을 것 같았다.

이삿짐 팀은 정말 대단했다. 무거운 가구들을 아무것도 아닌 듯 가볍게 들어 옮겼다. 침대는 두고 가기로 했다. 직장 동료 간호사가 가져가기로 했으니 이제 그녀도 바닥에서 잘 필요가 없을 것이다. 서랍장도 두고 왔다. 아담 집에는 수납공간이 충분하다고 했으니까. 짐을 다 실은 뒤 나는 택시를 타고 그의 아파트로 향했다.

아직 열쇠를 받지 못했기 때문에 도착하자마자 초인종을 눌렀다. 그런데 문이 한참이나 열리지 않았다. 초조함이 밀려왔다. 그가 집에 없으면 어쩌지? 이삿짐이 도착하면 어떻게 하지? 그때, 문이 열렸다. 아담이 속옷 차림으로 서 있었다. 나를 안으로 들이긴 했지만 표정은 차갑게 굳어 있었다. 이제 막 함께 살기 시작한 연인이라고 보기엔 너무 냉담했다.

"왜 이렇게 일찍 왔어?" 그가 퉁명스럽게 물었다.

나는 당황해서 말했다. "이삿짐센터가 9시에 온다고 했잖아. 지금은 10시고…"

그가 고개를 저었다. "내가 정오 전엔 오지 말라고 분명히 말했잖아. 나 지금 글 써야 돼, 빅토리아."

"분명히 9시라고 했는데…"

"아니, 그런 말 한 적 없어." 그는 짜증 섞인 한숨을 내쉬며 헝클어진 머리를 거칠게 쓸어 넘겼다. 면도도 안 한 얼굴에는 하루치 수염이 거칠게 올라와 있었다. "그랬으면 내가 뭐라고 했겠어? '그렇게 빌어먹을 이른 시간엔 절대 안 된다'고 했겠지."

아담은 내가 평소 지키는 '욕하지 않기' 원칙 따위엔 전혀 신경 쓰지 않았다. 그렇다고 입이 아주 거친 건 아니었지만, 가끔 이렇게 신경질적으로 변할 때가 있었다.

하지만 내 앞에서 욕을 한 건 이번이 처음이었다. 엄밀히 말하자면 나에게 한 건 아니었지만 그 순간엔 그 짜증이 모두 나에게 쏟아지는 것처럼 느껴졌다. 마치 모든 게 내 탓인 것처럼.

나는 눈을 깜빡이며 한 발 뒤로 물러났다. "아담…"

그는 입술을 꾹 다물었다. "마감이 코앞이야, 빅토리아. 망할 인부들이 아침부터 쿵쾅대면 내가 어떻게 집중하겠어?"

또 욕이었다.

"그럼…" 나는 두 손을 꼭 쥐었다. "조용히 하라고 말해 볼게."

"이삿짐센터 사람들한테? 조용히 하라고?" 그가 길게 한숨을 내쉬었다. "그게 말이 된다고 생각해? 정말 배려가 없네. 나 금요일까지 원고 마감해야 하는 거 알고 있었잖아."

나는 원래 실수를 잘 하지 않는 편이다. 항상 신중하고 책임감 있게 행동한다. 그리고 분명히 그에게 말했었다. 이삿짐센터에서 9시에 온다고. 그건 확실했다. 휴대폰을 확인해 보면 그에게 보낸 메시지도 남아 있을 것이다. 솔직히 '봐, 내 말이 맞잖아'라고 말하고 싶었다. 하지만 그는 이미 충분히 예민해져 있었다. 나도 스트레스 많은 일을 하지만, 그가 느끼는 압박은 또 다른 종류일 거라고 생각했다. 창의력을 억지로 짜내야 한다는 게 얼마나 고통스러울까.

'성숙한 관계에서는 굳이 옳다는 걸 증명할 필요는 없다.' 나는 그렇게 생각했다. 이 상황에서 그가 틀렸다고 밝혀봐야 아무 의미도 없었다.

"미안해." 내가 먼저 말했다. "내 잘못이야. 금방 끝낼게. 최대한 방해 안 되게 조용히 할게."

그 한마디에 분위기가 누그러졌다. 아담의 어깨가 천천히 내려앉았다. 그리고 그는 나를 품에 끌어안았다. "고마워, 비키." 그의 품은 따뜻했다. "내가 미안해. 괜히 화냈어. 마감 때문에 너무 예민해져서 그래. 이것만 끝나면 다 괜찮아질 거야."

"알아." 나는 그의 어깨에 머리를 기대며 말했다. "당신 작품은 늘 멋지잖아."

"압박이 너무 심해." 그가 고개를 저으며 말했다. "이번이 세 번째 책이라… 사람들이 기대가 너무 커. 전작만큼 좋지 않으면 어쩌나 싶고…"

"잘될 거야." 나는 부드럽게 말했다.

"오해하진 마, 비키." 그가 내게서 살짝 몸을 떼며 관자놀이를 문질렀다. "넌 글 쓰는 게 어떤 건지 잘 모르잖아."

대학 시절에 잠깐이나마 작가가 되는 걸 고민한 적이 있었다고 아담에게 털어놓은 적이 있었다. 그때 내가 썼던 단편 하나를 보내기도 했고, 그는 그 글을 꽤나 칭찬해 주었다. 하지만 '계속 써야 한다'거나 '재능이 있다' 같은 말은 하지 않았다. 지금 생각해 보면 그게 그의 대답이었는지도 모른다. 내 글이 기대한 만큼 좋지는 않았던 거겠지.

사실 그의 말이 맞았다. 나는 글 쓰는 걸 좋아했지만, 소설을 완성하는 과정이 얼마나 고되고 복잡한지에 대해서는 제대로 알지 못했다. 그래도 아담이 쓰는 건 뭐든 훌륭할 거라고 믿었다.

이삿짐 팀은 한 시간도 되지 않아 도착했고, 내 짐을 전부 아담의 넓은 아파트로 옮겨줬다. 대부분 책이나 옷이 들어 있는 상자들이었다. 가구라고 해봤자 조명 몇 개와 몇 년 전에 맨해튼에 처음 왔을 때 샀던 동그란 모양의 파파산 의자 하나뿐이었다. 그 의자는 정말 천국처럼 편하다. 불면증 치료율 99%를 자랑한다. 가끔은 침대에 누워 있어도 그 의자 생각이 날 정도다.

내가 죽으면 그 의자는 너희들 거야. 분명 고마워하게 될 거야.

아담은 나를 데리고 다니며 내가 쓸 공간을 자랑스럽게 보여줬다. 서랍 세 칸, 옷장 반 칸. 나는 서랍을 열고 나뭇결을 쓰다듬으며 웃었다.

"여자랑 같이 살아본 적 없지?"

그가 웃으며 되물었다. "왜 그렇게 생각해?"

"여자가 얼마나 많은 서랍이 필요한지 전혀 모르는 것 같아서."

그가 웃음을 터뜨렸다. "미안. 내 물건은 이 두 칸이면 충분하거든."

"그럼 내 예전 서랍장이라도 가져와야겠다."

그는 얼굴을 찡그렸다. "세상에, 절대 안 돼. 새로 사면 되잖아."

내 서랍장은 멀쩡했다. 하지만 말을 꺼내려다 말았다. 그는 집 분위기랑 안 맞는다느니 너무 싸 보인다느니 하는 말을 덧붙였고, 나는 그냥 입을 다물었다. 어차피 본인이 새로 사겠다는데 굳이 말릴 이유도 없었다.

이번엔 부엌으로 갔다. 아담이 냉장고 문을 열며 말했다. "맨 아래 칸은 당신 거, 위는 내 거. 가운데는 같이 쓰면 돼."

나는 한참 그 빈칸을 바라봤다. "굳이 냉장고 칸까지 나눠야 해?"

그가 어깨를 으쓱했다. "그게 더 깔끔하지 않아?"

그때 중간 칸에 있던 음료수가 눈에 들어왔다. 검은색 마커로 큼지막하게 'ADAM'이라고 적혀 있었다.

나는 뭐라고 말하려다 입을 다물었다. 아담이 이미 신경이 곤두서 있는 게 느껴졌다.

냉장고 같은 사소한 일로 또 불편해지고 싶지 않아서 그냥 나중으로 미루기로 했다.

거실로 돌아오자마자 그의 시선이 내 파파산 의자를 향했다. 표정이 단단히 굳었다. 마치 내가 썩은 달걀로 가득 찬 쓰레기봉투라도 끌고 들어오기라도 한 것처럼.

"저게 뭐야?"

"내 파파산 의자야."

그가 얼굴을 찡그렸다. "길에서 주워 온 것처럼 생겼네."

"좀 오래되긴 했어. 근데 진짜 편해." 내가 말했다. "한 번 앉아 봐. 앉으면 사랑하게 될걸?"

그는 마치 내가 하수구에서 뒹굴어 보라고 한 것처럼 뒤로 한 걸음 물러섰다. "바퀴벌레라도 나오면 어떡해?"

"안 나와!" 아마 안 나올 거다. 솔직히, 확신은 없다.

"그냥 버리면 안 돼?" 그가 나를 보며 말했다. "집에 오천 달러 짜리 가죽 소파가 있잖아. 굳이 저런 걸 둘 필요가 있어?"

순간, 잠시 흔들렸다. 아침부터 이삿짐 일정도 미안하다고 사과 했고 냉장고 칸 나눈 것도 그냥 넘어갔다. 굳이 의자 하나 때문에 또 말다툼할 필요가 있을까?

하지만 그건 그냥 의자가 아니었다. 내가 제일 좋아하는, 세상에 서 제일 편하고 대체 불가능한 내 파파산 의자였다. 거의 모든 걸 양보했는데 이것마저 포기할 수는 없었다.

"이건 꼭 두고 싶어." 나는 조용하지만 단호하게 말했다. "나한텐 중요한 거야."

아담이 입을 떼려다 멈추고 표정이 조금 누그러졌다. "그래. 너한 테 중요하다면… 그 바퀴벌레 의자는 그냥 두자."

그게 바로 '타협'이라고 나는 믿었다. 서로 한 발씩 물러나는 것. 나는 내게 중요하지 않은 걸 양보했고, 그는 내가 중요하게 여기는 걸 받아들였다. 맥에게는 아담과 같이 사는 게 옳은 선택이라고 큰소리쳤지만, 사실 마음 한구석엔 '너무 빠른 거 아닐까'하는 불 안감이 있었다. 하지만 그 순간 나는 확신했다. 이건 옳은 선택이라고.

그리고 지금 아담은 욕실에서 이를 닦고 있다. 이제 우리는 한 침대에서 잘 거다. 나는 너무 행복하다.

#행복해

15

'좀'이 혹시 빅토리아의 파파산 의자를 말하는 걸까?

아니, 아마 아닐 거다. 그래도 그녀가 그 의자를 정말 좋아했다는 건 확실했다. 혹시 그걸 찾아서 위층으로 가져다주면 어떨까? 지금은 스스로 고개도 제대로 못 가누니 오래 앉아 있긴 힘들겠지만, 그래도 그녀가 그 의자를 얼마나 좋아했는지 생각하면 시도해 볼 만한 일이었다. 자기 의자를 다시 본다면 얼마나 놀라고 기뻐할까? 그거면 충분했다.

먼저 파파산 의자가 무엇인지부터 알아봐야 했다. 검색해 보니 넓은 접시처럼 생긴 둥근 의자였다. 솔직히 별로 편해 보이진 않았다. 하지만 빅토리아가 그토록 좋아했다면 분명 이유가 있을 거다. 나는 아래층을 떠올려 봤다. 그런 의자를 본 기억은 없었다. 그땐 제대로 둘러보지도 않았으니까.

거실로 내려가니 매기가 소파에서 빨래를 개고 있었다. 그녀는 나를 보자 환하게 웃었다. "일은 잘돼가?"

나는 대답 대신 거실을 빠르게 둘러봤다. 커다란 소파, 라운지체어, 대형 TV, 책장들 하지만 그릇처럼 생긴 의자는 보이지 않았다. "혹시 빅토리아의 파파산 의자 어디 있는지 알아?"

매기가 눈을 깜빡였다. "뭐라고?"

"파파산 의자."

"그게 뭔데?"

나만 모르는 게 아니라는 사실에 살짝 안도했다. "그릇처럼 생긴 동그란 의자 말이야. 앉는 거."

매기는 아담의 카키색 바지를 개며 말했다. "그런 의자는 본 적 없는데. 미안."

"혹시 가구 따로 보관하는 데는 없어?"

"음… 다락방? 잘 모르겠네. 아담한테 물어봐."

솔직히 지금 아담을 방해하고 싶지 않았다. 빅토리아를 돌보는 중일 테니까. 하지만 시간이 꽤 지났으니 끝났을지도 몰랐다. 나는 조심스럽게 계단을 올라 빅토리아의 방 앞에 섰다. 아담은 그녀를 휠체어에 다시 앉히는 중이었다.

내가 들어서자 그가 환하게 웃었다. "타이밍 좋네요."

"물어볼 게 있어요."

"그래요, 말해 봐요."

"혹시 파파산 의자 있어요?"

"파파… 뭐라고요?"

나는 숨을 삼켰다. 아무래도 그 의자를 찾긴 글렀다는 생각이 들었다. "그릇처럼 생긴 의자요."

그는 눈을 몇 번 깜빡였다. "혹시 방에 둘 의자가 필요해요?"

"아니요, 그게 아니라…" 더 설명해도 소용없었다. 그는 내가 무슨 말을 하는지 전혀 모르고 있었다. 아마 빅토리아가 이미 버린 모양이었다. "됐어요, 신경 쓰지 마세요."

아담이 라텍스 장갑을 벗으며 말했다. "필요한 가구가 있으면 언제든 말해요. 뭐든 사줄게요."

그는 정말 빅토리아가 묘사했던 그대로였다. 자상하고, 원하는 건 뭐든 사주고, 늘 다정하고 '완벽한 남자.' 이런 일이 그에게 일어나선 안 됐다. 물론, 그녀에게도.

세상은 참 불공평하다.

16

빅토리아를 돌본 지도 어느덧 2주가 지났다. 이제야 조금 익숙해지는 기분이었다. 빅토리아의 하루 세 끼는 모두 내가 챙긴다. 요즘은 저녁의 절반 정도는 먹게 하는 데 성공했지만, 아침은 여전히 거의 손도 대지 않는다. 아담이 튜브로 영양식을 넣어 주는 방법을 알려줘서 식사를 절반 이상 못 먹으면 영양식을 넣어 주고 있다. 빅토리아는 그걸 극도로 싫어하기 때문에 그 말만 꺼내도 억지로 한두 입은 더 먹었다.

우리 둘은 조금씩 가까워지고 있었다. 그녀는 말을 거의 하지 않고 하루 대부분을 창밖만 멍하니 내다보고 있지만, 내가 머리를 손질해 주거나 식사를 도와줄 때면 내 말에 귀를 기울이는 것 같았다. 아직 그녀의 웃는 얼굴은 못 봤지만.

그런데 에바는 여전히 나를 싫어했다. 오늘 아침 빅토리아의 식사를 준비하다가 부엌에서 마주쳤는데, 그녀는 노골적으로 얼굴을 찌푸렸다. 모두에게 사랑받을 필요는 없지만 이유도 모른 채 미움받는 건 역시 적응이 쉽지 않다.

"빅토리아가 기다리고 있어." 에바가 말했다.

나는 억지로 미소를 지었다. "거의 다 됐어요."

그녀는 외투를 챙겨 입으며 쏘아붙였다. "넌 맨날 그녀를 기다리게 하잖아. 이젠 익숙해졌겠지."

"저는…" 변명을 하려다가 입을 다물었다. 에바는 나를 싫어한다. 이유는 모르겠지만 앞으로도 변할 것 같지 않았다. 그래서 다른 방법을 시도했다. "모자 예쁘네요, 에바."

칭찬은 빅토리아에게는 통했지만 에바에게는 전혀 통하지 않았다. 그녀는 나를 노려보더니 고맙다는 말도 없이 나가버렸다. 괜찮다, 사실 나도 그 모자가 별로라고 생각했으니까.

그녀가 나가자마자, 아담이 조깅을 마치고 집으로 들어왔다. 에바는 그에게도 인사 한마디 하지 않았다. 아무래도 이 집에서 그녀가 싫어하는 사람이 나만은 아닌 모양이다. 그런데도 아담은 왜 그녀를 계속 두는 걸까?

아담은 온몸이 땀에 젖어 있었다. 머리카락은 헝클어져 있었지만 그 모습이 오히려 더 매력적이었다. 나는 냉장고에서 뭘 꺼내려던 건지도 잊은 채 멍하니 서 있었다. 그가 다가와 부드럽게 말했다. "실비아, 잠깐 비켜줄래요?"

"아…네, 죄송해요." 나는 급히 몸을 옆으로 뺐다.

그가 물병을 꺼내 한참을 들이켰다. 그리고 손등으로 입술을 닦았다. 얼마나 달렸을까 문득 궁금해졌다. 그의 다리 근육이 움직이는 모습이 눈앞에 그려졌다.

정신 차려, 실비아. 이 남자는 네 고용주야. 감정 낭비하지 마.

나는 헛기침을 하며 말했다. "오늘 날씨 좋죠?"

그가 고개를 끄덕였다. "정말 좋아요. 눈 오기 전까지는 계속 뛰려고요."

나는 계단 쪽을 힐끗 바라봤다. 빅토리아가 나를 기다리고 있다지만, 아침에 가보면 늘 휠체어에서 깊이 잠든 상태였다. 왜 이렇게 아침마다 지쳐 있는 걸까.

"오늘은 빅토리아를 산책시켜 드리면 어떨까요?" 내가 말했다. "날씨도 좋으니까요. 집 안에만 있는 것보다 훨씬 기분 전환될 거예요."

"좋은 생각이에요." 그가 물을 한 모금 더 마시며 말했다. "점심 먹고 나서 비키를 아래층으로 옮기는 거 도와줄게요. 근데 조심해야 돼요." 그는 창밖을 내다봤다. "한동안 정원사를 못 불러서 길 상태가 엉망이에요."

"괜찮아요."

"원래 신경 썼어야 하는데…" 그가 멋쩍은 듯 고개를 숙였다. "전에 일하던 정원사 이리나가… 뭐, 하여튼 일이 좀 있었어요. 비키가 다친 뒤로는 정신이 하나도 없어서 집 정리 같은 건 신경 쓸 겨를이 없었네요."

"이해해요. 걱정하지 마세요. 별일 없을 거예요."

오후 두 시쯤, 그는 나와 함께 빅토리아를 아래층으로 옮겨 주기로 했다. 나는 그 소식을 전해 주려고 서둘러 위층으로 올라갔다. 조금이라도 알아듣고, 조금이라도 기뻐해 주길 바라면서.

문을 열자 빅토리아는 휠체어에서 고개를 한쪽으로 떨군 채 깊이 잠들어 있었다.

에바가 나가기 전에 TV를 켜둔 모양이었다. TV쇼 〈거래를 합시다〉의 요란한 소음이 방 안을 가득 채웠지만, 그녀는 꿈쩍도 하지 않았다. 입술은 반쯤 벌어져 있었고, 숨을 가늘게 내쉴 때마다 오른쪽 입가에 침이 천천히 흘러내렸다.

나는 그녀 옆에 앉아 에바가 미리 준비해 둔 식판 위에 접시를 내려놓고 조심스레 그녀의 어깨를 흔들었다. "빅토리아, 일어나요."

그녀의 눈이 아주 잠깐 떠졌다가 곧 다시 감겼다.

"제발요, 조금만 먹어요." 나는 부드럽게 말했다. "그러면 튜브로 넣지 않아도 되잖아요."

빅토리아는 튜브로 영양식을 넣는 걸 끔찍하게도 싫어했다. 입으로 먹지 못할 때 대신 넣는 액상 영양제도 마찬가지였다. 하지만 그녀가 가장 싫어하는 건 아담이 매일 밤 놓는 주사였다. 그녀는 그걸 피하려고 필사적으로 몸부림쳤지만, 결국 매번 주사를 맞을 수밖에 없었다.

나는 오트밀을 한 숟갈 떠서 그녀의 입 가까이 가져갔다. "한 입만 먹어요, 제발."

그녀의 푸른 눈동자가 잠깐 반짝였지만, 곧 다시 감겼다.

"배고프지 않아요?"

그녀는 낮게 신음하며 고개를 돌렸다. 입술을 꽉 다문 채였다. 나는 숟가락을 내려놓았다. 지난 일주일 내내 똑같았다. 결국 튜브로 영양식을 넣어 주는, 의미 없는 아침 식사였다.

나는 욕실에 보관해 둔 영양식을 하나 꺼냈다. 입으로 먹으면 끔찍한 맛일 테지만 어차피 직접 삼키는 게 아니니 상관없었다.

연한 회갈색 내용물은 보기만 해도 속이 울렁거렸다. 새 주사기와 영양식을 넣을 때 필요한 물컵을 챙겨 방으로 돌아왔다.

빅토리아의 티셔츠를 들어 올려 튜브를 확인하려 하자 그녀가 눈을 살짝 떴다. 빅토리아는 나를 잠시 바라보더니 왼손을 천천히 자신의 배 위에 올렸다.

"아아…그." 그녀가 말했다.

나는 고개를 들어 그녀를 바라봤다. 그녀는 이상하리만큼 슬픈 표정을 짓고 있었다. 무슨 말을 하려는 건지, 무슨 생각을 하고 있는 건지 도무지 알 수 없었다. 이해하지 못한다는 사실이 너무 답답했다.

…아. 설마….

"아기? 아기 말하는 거예요?" 내가 말했다.

그녀의 배는 약간 불룩했지만 임신한 사람처럼 보이지는 않았다. 그냥 복부가 부드럽게 나온 정도였다. 그녀는 여전히 배 위에 손을 올린 채 얼굴을 찌푸렸다. "아아…그…."

나는 조심스레 입을 열었다. "임신했었다고… 들었어요."

그녀는 배에서 시선을 떼고 나를 바라봤다. 여전히 깊은 슬픔이 어린 눈이었다.

"나도… 예전에 임신한 적이 있어요." 왜 그런 말을 꺼냈는지 모르겠다. 이 얘기를 누군가에게 털어놓는 건 정말 오랜만이었다. 하지만 빅토리아라면 괜찮을 것 같았다. 그녀는 더 묻지도 위로하지도, 누구에게 말하지도 않을 테니까.

"너." 그녀가 내 배를 가리켰다. "아…그…"

"…사고였어요." 나는 조용히 말했다. 지금까지는 일부러 밝은 이야기들만 들려줬지만, 이건 왠지 말해야 할 것 같았다. 비록 아프더라도. "당신은 아이를 원했겠지만… 우리는 아니었어요. 너무 어렸거든요. 나는 열일곱, 프레디는 열여덟. 아직 고등학교도 졸업하기 전이었어요…" 나는 천천히 눈을 감았다. "그래도 우리는… 그 아이를 원했어요. 가난했지만, 진심으로요."

임신 사실을 말했을 때, 나는 프레디가 기겁할 줄 알았다. 그런데 그는 오히려 빙글빙글 돌며 춤을 췄다. "나 아빠 되는 거야!" 그는 계속 그렇게 외쳤고 그 모습이 너무 귀여웠다. 둘 다 겁에 잔뜩 질려 있었지만 그의 들뜬 기분이 내게도 고스란히 전해졌다. 돈이 없을 거란 건 알았지만 그래도 괜찮았다. 가난해도 행복할 거라 믿었고, 서로만 있으면 충분하다고 생각했다.

빅토리아가 나를 똑바로 바라봤다. 그 눈빛에는 '그다음은?'이라는 질문이 담겨 있었다.

"사고가 있었어요. 그래서… 아이를 잃었죠." 내가 말했다. "당신처럼요."

하지만 그건 사실이 아니었다. 내게 일어난 일은 '사고'가 아니었다.

그날 프레디는 학교에서 집까지 나를 바래다줬다. 늘 그랬듯 그의 손이 내 손을 꼭 잡고 있었다. 내 작은 손이 그의 손안에 꼭 들어맞았다. 집 근처에 이르렀을 때 그는 손을 놓고 내 어깨를 감쌌다.

"오늘 부모님께 말씀드릴 거야?"

나는 고개를 끄덕였다. "응. 저녁 먹고 나서. 아빠는 배가 부르면 조금 덜 무섭거든."

프레디가 걸음을 멈추며 심각한 표정으로 나를 봤다. "나도 같이 있을게."

"아니, 그러지 마."

"아니야, 있어야 해. 네 아버지께 내가 책임감 있다는 걸 보여드려야지."

"별로 좋은 생각이 아니야."

그는 불안한 듯 아랫입술을 깨물었다. "만약… 아버님이 너무 화내시면 어떡해?"

"그건 내가 감당할 수 있어." 그렇게 말하긴 했지만, 속마음은 끝내 말하지 않았다.

사실은 알고 있었다. 아빠가 분노할 거라는 걸. 아빠는 프레디를 싫어했고, 내가 대학에 가면 자연스럽게 그와 헤어질 거라 믿고 있었다. 하지만 이제 그럴 일은 없을 테니까 아빠가 어떻게 나올지 두려웠다. 아빠는 프레디보다 훨씬 체구가 컸다. 아빠가 주먹을 휘둘러 프레디를 피투성이로 만드는 장면이 눈앞에 그려졌다.

프레디는 끝까지 같이 가겠다고 우겼지만 나는 혼자 말하겠다고 고집했다. 결국 내 결정이었다. 그날 밤, 아빠가 엄마의 라자냐를 두 접시나 비워냈을 때 '지금이 아니면 안 된다'는 생각이 들었다. 내가 먼저 말해야 한다. 배가 불러오기 전에, 눈치채기 전에.

아빠는 손등으로 입가의 소스를 훔치고 허리띠를 느슨하게 풀었다. 그 모습이 아직도 생생하다. 건설 현장에서 일하며 단련된 몸이라 여전히 단단했다.

엄마는 맞은편에서 와인 잔을 비우고 있었다. 내가 본 건 두 번째 잔이었지만 실제로는 네 번째쯤 됐을 거다. 나는 엄마가 술을 너무 자주 마시는 게 걱정됐지만 엄마는 늘 "별거 아냐" 하고 웃어넘겼다.

"엄마, 아빠." 내가 입을 열었다. "드릴 말씀이 있어요."

아빠가 고개를 들었다. 푸른 눈이 반짝였다. 그가 행복해 보인 건 그때가 마지막이었다. "시험 점수 나왔냐?"

"아니요." 나는 땀이 난 손바닥을 청바지에 문질렀다. 저녁 내내 라자냐는 두 입도 넘기지 못했다. 너무 긴장돼서 아무것도 삼킬 수가 없었다. "다른 얘기예요."

"그래?"

나는 한참 숨을 고르고 말했다. "프레디에 대한 거예요."

아빠의 얼굴에서 웃음이 순식간에 사라졌다. "뭐? 드디어 헤어지기라도 한 거냐?"

"데일…" 엄마가 조심스레 아빠를 불렀다. 그건 '진정해'라는 신호였지만, 엄마가 아빠를 진정시킨 적은 한 번도 없었다. 왜 매번 시도하는지 알 수가 없었다.

"헤어졌냐고 묻잖아." 아빠의 목소리가 높아졌다. "그 양아치 같은 놈이랑 드디어 정리한 거야?"

나는 무릎 위에서 손을 꼭 쥐며 말했다. "그게… 꼭 그런 건 아니에요."

"뭐가 그런 게 아니야?"

나는 차마 고개를 들 수 없었다. "사실… 우리 결혼하기로 했어요."

그 순간, 아빠의 귀에서 김이 솟는 소리가 들리는 것 같았다. "결혼? 제정신이냐? 넌 열여섯 살이야! 결혼을 왜 해? 설마…"

그제야 아빠가 눈치를 챘다.

아빠는 천천히 의자에서 일어섰다. 얼굴이 점점 보라색으로 변해갔다. 엄마가 아빠의 이름을 부르고 또 불렀지만, 아빠의 눈에는 이미 이성이 사라진 뒤였다. 그렇게까지 분노한 모습은 처음이었다. 전에도 화내는 걸 본 적은 있었지만, 이번에는 완전히 달랐다. 마치 다른 무언가가 아빠를 지배하는 것 같았다.

"이 더러운 년…" 아빠는 이를 악물고 말했다. "그놈한테 몸을 내준 거냐? 그따위 쓰레기 새끼한테?"

나는 아무 말도 할 수 없었다. 그건 계획된 일도, 계산된 일도 아니었으니까.

"그럴 일은 절대 없다." 아빠가 탁자를 주먹으로 내리쳤다. "넌 그 자식이랑 결혼도 안 할 거고, 그 애를 낳지도 않을 거다. 내 딸이 그렇게 인생을 망치는 꼴은 못 본다."

나는 두근거리는 가슴을 붙잡고 물었다. "무슨… 말이에요?"

아빠의 관자놀이가 불끈거렸다. 금방이라도 터질 것처럼 세차게 뛰고 있었다. "내일 병원에 갈 테니 그렇게 알아."

"안 돼요!" 이번엔 내가 벌떡 일어섰다. "싫어요. 전 아이를 낳을 거예요!"

"넌 아직 애야. 네가 뭘 안다고."

"제 인생이에요." 나는 한걸음 뒤로 물러섰다. "아빠가 대신 결정할 수 없어요!"

그 순간, 아빠의 손이 내 손목을 거칠게 움켜잡았다. 평생 단 한 번도 나를 때린 적 없었는데 그날은 달랐다. 아빠의 눈빛 속에서 불길이 치솟고 있었다. 그때 깨달았다. 프레디를 데려오지 않은 게 얼마나 큰 실수였는지.

"놔요!" 눈물이 고였지만 울지 않았다. 아빠에게 지고 싶지 않았다.

"내가 시키는 대로 해." 아빠의 목소리는 낮고 단단했다. "평생 너 하나 보고 살았는데, 결국 이런 식으로 보답하는 거냐? 그 쓰레기 같은 프레디 놈한테 몸을 줘?"

나는 아빠를 뿌리치려 했지만 소용없었다. 아빠의 손아귀는 내 손목을 더 세게 조여 왔다. 손끝이 저려 오고, 뼈가 부서질 것 같았다. 그리고 갑자기, 아빠가 나를 내던졌다. 나는 의자에 부딪히고 바닥에 굴러떨어졌다. 오른손으로 바닥을 짚는 순간, 뼈가 '뚝' 하고 부러지는 소리가 들렸다.

"감히 어디서!" 그의 외침이 귀를 때렸다. 그리고 내 옆구리를 세게 걷어찼다. 나중에야 알았다, 그때 갈비뼈가 부러졌다는 걸. "내 집에 있는 한, 내 규칙대로 사는 거야, 이 배은망덕한 년아!" 아빠는 한 번 더 나를 발로 찼다.

나는 어떻게든 몸을 일으켰다. 붙잡혔던 손목은 시뻘겋게 부어 있었고, 넘어질 때 짚었던 오른쪽 손목은 불에 덴 듯 아팠다. 갈비뼈는 숨을 쉴 수 없을 만큼 쑤셨다. 그래도 나는 도망쳤다. 현관문을 박차고 나와 프레디의 집까지 쉬지 않고 달렸다.

그게 마지막이었다. 그날 이후로 부모님을 본 적이 없다. 이상하게도 보고 싶지도 않다.

…하지만 프레디는, 가끔 그리웠다.

17

다행히 날씨가 좋아서 우리는 예정대로 밖으로 나갈 수 있었다.

문제는 계단이었다. 휠체어를 통째로 아래층으로 내릴 방법이 마땅치 않아서 결국 아담이 그녀를 안고 내려가야 했다. 다행히 빅토리아는 체구가 작고 가벼운 편이라 그는 땀 한 방울 흘리지 않고 거뜬히 내려왔다. 아래층에 미리 다른 휠체어가 준비되어 있어서 위층에서 쓰던 휠체어를 들고 내려올 필요도 없었다.

"빅토리아가 추울까 봐 걱정돼요." 나는 빅토리아가 입고 있는 얇은 후드 스웨터의 지퍼를 올리며 말했다. 날씨는 좋았지만 공기에는 아직 싸늘한 기운이 남아 있었다. 나는 코트를 걸쳤지만, 그녀에게는 코트가 불편할 것 같았다. 조금 더 두툼한 스웨터면 충분할 것 같았다.

"우리 침실 드레스룸을 한번 봐요." 아담이 말했다. "비키 옷이 꽤 있을 거예요."

아담의 침실에 들어가서 옷장을 뒤지는 건 왠지 망설여졌다. 내가 망설이는 걸 눈치챈 그는 손짓하며 말했다. "괜찮아요. 제가 같이 갈게요."

아담의 침실, 그러니까 예전엔 아담과 빅토리아의 침실이었을 그 방은 다른 방보다 훨씬 넓었다. 큰 더블 침대가 놓여 있었고 오늘은 매기가 오지 않았는지 이불이 흐트러져 있었다. 빅토리아는 매일 아침 침대를 가지런히 정리하는 사람이었을까? 내 엄마가 그랬다. 그 습관이 몸에 배어서, 8년째 서로 말도 섞지 않고 지내는데도 나는 여전히 매일 아침 침대를 정돈한다.

침실 안쪽에는 아담의 옷장으로 보이는 작은 옷장이 하나 더 있었다. 문은 굳게 닫혀 있었다. 그가 큰 옷장 문을 활짝 열자 나는 숨이 막힐 정도로 놀랐다.

"비키는 옷을 정말 좋아했어요." 그가 멋쩍게 웃으며 어깨를 으쓱했다. "여기 뭐가 있는지는 저도 잘 몰라요. 사고 이후로 한 번도 손을 안 댔거든요."

나는 거대한 옷장 안으로 들어섰다. 정말 어마어마했다. 옷이 끝도 없이 걸려 있었다. 거의 작은 백화점이나 다름없었다. 라벨을 보니 전부 유명 브랜드였다. 저렴한 건 하나도 없었다.

그렇게 멋진 옷들을 잔뜩 가지고 있던 여자가 지금은 늘 트레이닝 바지에 티셔츠, 후드티만 입고 있다니. 빅토리아는 분명 스타일을 중요하게 여기던 사람이었다. 그녀의 일기만 봐도 외모에 얼마나 신경을 썼는지 알 수 있었다. 지금처럼 하루 종일 운동복 차림으로 지내야 한다는 게 얼마나 괴로울까.

그리고 그녀가 그 사실을 모를 리 없었다. 그녀는 다 알고 있다.

내 표정을 읽기라도 한 듯 아담이 말했다. "비키가 이런 옷들을 다시 입을 수 있으면 얼마나 좋겠어요. 하지만 지금은 거의 하루 종일 앉아 있거나 누워 있으니까요. 몸에 닿아도 피부에 자극이 안 가는 헐렁하고 부드러운 옷을 입혀야 해요." 그는 디자이너 브랜드의 스키니진을 만지작거리며 말했다. "이건 뒷주머니 때문에 욕창이 생길 수도 있어요. 게다가 몸이 너무 굳어서 이런 바지는 입히기도 힘들고요."

맞는 말이긴 했지만, 마음 한구석이 무거웠다. 나는 옷들을 살펴보다가 그중 가장 예쁜 스웨터 하나를 골랐다. 그녀의 눈동자를 닮은 파란색 랄프 로렌 캐시미어 스웨터였다.

"입히는 거 도와드릴까요?" 아담이 물었다.

나는 고개를 저었다. 그냥 스웨터일 뿐이었다. 이 정도는 혼자 할 수 있을 것 같았다. "아뇨, 괜찮아요. 제가 해볼게요."

나는 스웨터를 보여 주며 빅토리아의 얼굴에서 반가움의 빛을 기대했다. '세상에, 실비! 그건 내가 제일 좋아하던 스웨터야!' 그런 대답이 돌아올 리 없다는 걸 알면서도 조금은 기대했다. 하지만 그녀는 아무 반응도 보이지 않았다.

옷을 입히는 건 생각보다 훨씬 어려웠다. 아담의 도움을 거절한 게 진심으로 후회가 됐다. 그녀의 오른팔은 딱딱하게 굳어 있었고, 왼팔은 내 손길을 완강히 거부했다. 움직이는 쪽인 왼팔부터 스웨터에 끼워 넣었지만, 오른팔은 억지로 꺾다시피 해야 겨우 들어갔다. 에바가 이 모습을 봤다면 잔소리가 쏟아졌을 게 뻔했다.

아담은 마치 예상이라도 한 듯 거실로 내려왔다. 그는 엉켜버린 스웨터를 능숙하게 벗기더니, 마치 오래전부터 해온 일처럼 차근 차근 다시 입혔다. 힘없이 축 늘어진 오른팔부터 넣고, 그다음 왼팔, 마지막으로 머리를 통과시켰다.

"괜히 미안해하지 말아요." 그가 옷을 다 입히고 나서 말했다. "나도 처음엔 한참 걸렸어요. 금방 익숙해질 거예요." 그가 빅토리아의 어깨에 손을 얹었지만, 그녀는 늘 그랬듯 고개를 돌려버렸다.

밖은 산책하기에 완벽한 날씨였다. 햇살은 따뜻했고 산들바람이 부드럽게 스쳤다. 나는 머리를 하나로 묶었고, 빅토리아의 머리카락은 바람에 흩날리며 얼굴을 스쳤다. 그 순간, 잠시나마 예전의 아름다웠던 그녀의 모습을 본 것 같았다.

집 주변으로 포장된 길이 있긴 했지만, 아담 말대로 풀이 무성했다. 잔디는 제멋대로 자라 있었고 덤불이 길을 반쯤 덮고 있었다. 정원을 정리할 사람을 따로 고용해야 할 것 같았다. 혼자 걷기엔 괜찮았지만, 휠체어를 밀기엔 버거운 상태였다. 아담은 이런 길에서 어떻게 그녀와 산책을 했을까?

집을 한 바퀴 돌았을 뿐인데 벌써 다리가 무거워졌다. 빅토리아가 괜찮은지 확인하려고 돌아보니, 그녀는 눈을 크게 뜨고 있었다.

"괜찮아요?" 내가 물었다. "이제 안으로 들어갈까요, 아니면 조금 더 있을래요?"

그녀의 턱이 천천히 움직였지만 목소리는 나오지 않았다. 뭔가 말하고 싶은 듯 입술이 떨렸지만 소리는 따라오지 않았다. 나는 아담이 했던 것처럼 그녀의 어깨에 손을 올렸다. 이번에는 그녀가 고개를 돌리지 않았다. "무슨 일이에요, 빅토리아?"

"그건…" 흐릿했지만, 그녀는 애써 말을 꺼냈다. "안…"

"뭐라고요?"

"글렌 헤드." 그녀가 말했다. "글렌 헤드 안…"

나는 걸음을 멈췄다. 롱아일랜드 지도를 봤던 기억이 떠올랐다. 글렌 헤드는 오이스터 베이에 속한 작은 마을이었다. 여기서 한참 떨어진 곳인데 왜 그곳을 말한 걸까?

"글렌 헤드에 뭐가 있어요?"

"아니." 그녀가 고개를 들자 입가에서 침 한 방울이 떨어졌다. 그녀는 그것조차 알아차리지 못했다. "아니…, 아니야…" 그녀는 고개를 저으며 되풀이했다. "아니."

속이 타들어 갔다.

요즘 빅토리아의 일기를 계속 읽고 있지만, 사실 제대로 읽은 건 얼마 안 된다. 그녀가 남편을 얼마나 사랑했는지는 충분히 알겠다. 하지만 페이지를 넘길수록 남편이 얼마나 멋진 사람인지, 얼마나 키스를 잘하는지, 그런 얘기들뿐이라 솔직히 좀 지겨웠다. 더 솔직히 말하면, 아담에게 끌릴수록 그녀의 일기를 읽는 게 점점 더 불편해졌다.

그래도 너무 빨리 포기한 걸지도 모른다. 요즘 들어 빅토리아가 무언가를 나에게 전하려는 느낌이 점점 강해진다. 그 답은 분명 일기 안에 있을 것이다.

오늘 밤엔 더 읽어봐야겠다.

그녀가 불안해 보여서 집을 한 바퀴 더 돌았다. 꽤 힘들었지만, 이렇게 좋은 날씨가 오래가진 않을 테니 지금이라도 즐기는 게 낫다고 생각했다. 한겨울이 되어 하루 종일 실내에 갇혀 있게 되면, 오늘을 떠올리며 다행이라고 느낄지도 모른다.

"실비!"

그녀가 내 이름을 부르는 소리에 나는 그대로 멈춰 섰다. 매일 아침 "안녕! 전 실비예요!"라고 말하긴 했지만, 그녀가 그걸 알아듣는다고는 한 번도 생각해 본 적이 없었다. 하지만 그녀는 분명히 알고 있었다.

"맞아요!" 나는 들뜬 목소리로 말했다. 괜히 호들갑 떨지 않으려 했지만, 가슴이 벅차올랐다. 그녀는 자기 이름조차 제대로 말하지 못하는 사람이다. 입에서 나오는 건 늘 '아담'뿐이었다. "맞아요, 실비가 제 이름이에요."

"실비." 그녀가 다시 내 이름을 불렀다. 그리고 떨리는 왼손을 들어 무언가를 가리켰다.

나는 그 손끝을 따라 시선을 옮겼다. 스무 걸음쯤 떨어진 곳에 정원 도구를 보관하는 창고 옆으로 나무 하나가 있었다. 붉고 노란 잎들이 우수수 떨어져 창고 지붕 위에 부드럽게 쌓여 있었고, 그 모습이 눈부시게 아름다웠다.

"그래요." 나는 미소 지었다. "정말 예쁘네요."

그런데 정말 믿기 어렵게도 그녀가 나를 향해 눈을 굴렸다. "아니." 목소리에는 짜증이 묻어 있었다. "실비. 그거… 좀이야."

나는 속으로 비명을 지를 뻔했다. 또 '좀'이다. 그녀는 하루에도 몇 번씩 그 단어를 말했지만, 무슨 뜻인지 전혀 알 수가 없었다. 처음엔 내가 손톱을 잘못 깎아서 지적하는 줄 알았다. 하지만 지금은 전혀 감이 오지 않았다. 아담에게도 물어봤지만 그 역시 고개를 저을 뿐이었다.

이상한 건, 그녀가 늘 그 단어를 아담과 함께 언급한다는 것이었다.

"좀!" 그녀가 다급하게 다시 외쳤다. 왼손은 나무를 가리키며 떨리고 있었다.

혹시 저 나무가 '좀'이라는 걸까? 그걸 말하고 싶은 걸까?

도대체 뭘 원하는 걸까? 나무에 올라가고 싶다는 뜻일까? 아니면 내가 올라가 보길 바라는 건가?

"그럼… 제가 저쪽으로 가볼까요?" 내가 묻자, 그녀는 세차게 고개를 끄덕였다.

나는 한숨을 쉬며 휠체어를 길가에 세워두고, 무성하게 자란 풀을 헤치며 나무쪽으로 걸어갔다. 혹시 나무에 이니셜이라도 새겨져 있는 걸까? 그걸 보여 주려는 건지도 모른다. 아니면 다른 단서라도 숨겨둔 걸까?

하지만 그 나무는 정말 평범해 보였다. 혹시나 해서 나무를 한 바퀴 돌아봤지만, 아무것도 없었다. 딱 하나, 앞쪽에 나뭇결이 살짝 갈라진 곳이 눈에 띄었다. 나는 그 상처 난 표면을 손끝으로 살짝 만져보았다.

"좀!" 빅토리아가 외쳤다. 지금까지 들어본 적 없는 분명하고 큰 목소리였다.

하지만 여전히 무슨 뜻인지는 알 수 없었다. 이건 그냥 금이 간 나무일 뿐인데.

그 순간, 그것이 보였다. 나무 속 깊숙이 박혀 있는 무언가가.

총알이었다.

"좀…" 바람결에 실려 오는 듯한 그녀의 낮은 목소리가 들렸다.
"아담… 좀."

그제야 깨달았다. '좀'이 무엇을 의미하는지.

나는 천천히 빅토리아에게 걸어갔다. 그녀는 한쪽 눈으로 나를 따라보며, 내 얼굴을 조심스럽게 살폈다.

"총?" 내가 물었다.

그녀는 아주 천천히 고개를 끄덕였다.

18
빅토리아의 일기

이 일기를 쓰기 시작한 이유는, 언젠가 내 아이들에게 아빠를 어떻게 만났는지 들려주고 싶어서였다. 그만큼 나는 이 사람이 '운명'이라고 확신했고, 오늘 그 믿음이 틀리지 않았다는 걸 다시 한 번 느꼈다.

아담이 어제 드디어 책 초고를 완성했다. 나는 읽게 해달라고 애타게 졸랐지만, 그는 고개를 저었다. "당신 의견이 너무 중요해서… 오히려 긴장될 것 같아." 그래서 그는 편집자에게 원고를 먼저 보냈고, 지금은 그들의 피드백을 기다리고 있다. 나로선 속이 타들어 갔지만, 그의 뜻을 존중하기로 했다. 심지어 책 내용도, 제목도 철저히 비밀이었다.

어쨌든, 오늘은 초고 완성 기념으로 조촐하게 저녁 식사를 하기로 했다. 아담은 교대를 부탁할 사람이 없냐고 물었지만 그건 말도 안 되는 일이었다. 응급실 간호사가 갑자기 근무를 빠지는 건 웬만큼 아프지 않다면 거의 불가능하다. 그는 못마땅해했지만, 의료 현장은 그런 식으로 돌아가지 않는다. 남자친구와 데이트하겠다고 근무를 빠질 수는 없다.

결국 오늘 저녁, 나는 평소보다 훨씬 붐비는 응급실 한복판에 서 있다. 게다가 다중 외상 교통사고 환자들이 들어왔다. 세 대의 차량이 추돌한 사고였다. 한 명은 현장에서 사망했고, 또 한 명은 계속 혈압이 떨어져 비장 출혈이 의심돼 바로 수술실로 옮겨졌다. 가슴 통증을 호소하던 환자 두 명은 심근경색으로 진단되어 카테터 시술실로 올라갔고, 세 번째 흉통 환자는 진료실 문턱을 넘자마자 심정지에 빠졌다. 그리고 끝내 숨을 거뒀다.

그 일이 있고 응급실 전체가 무겁게 가라앉았다. 누군가 죽고 나면 분위기가 바뀐다. 말수가 줄고, 발소리마저 조심스러워진다. 게다가 이미 업무가 한참 밀려 있었기에 위급한 환자가 아니라면 진료 대기 시간이 길어질 수밖에 없었다. 시간이 한참 지나서야 비응급 환자들을 보기 시작했을 때, 그들의 표정이 좋을 리가 없었다.

나는 복도를 지나던 중이었다. 그때 한 남자가 진료실 문을 벌컥 열고 나와 내 앞을 막아섰다. 남자는 덩치가 큰 편은 아니었지만 그래도 나보다는 훨씬 컸다. 그가 팔짱을 낀 채 불만 가득한 눈빛으로 나를 노려보았다.

"아내가 저 방에서 여섯 시간을 기다렸어요." 그가 거칠게 말했다. "이게 말이 됩니까? 의사는 대체 언제 오는 거죠?"

순간, 나도 모르게 울컥했다. 방금도 한 환자가 죽었다. 가족이 아직 살아 있다는 것만으로도 감사해야 한다고 말하고 싶었다. 사망 소식을 전한다는 게 얼마나 끔찍한 일인지 그는 모를 것이다. 하지만 그런 말을 할 순 없었다. 나는 숨을 고르고, 최대한 차분하게 미소 지었다. "죄송합니다. 긴급 환자들이 연달아 들어와서요. 가능한 한 빨리 아내분을 보겠습니다." 그냥 물러나 주길 바랐지만, 그는 얼굴을 일그러뜨리며 말했다. "말 같지도 않은 소리네. 또 여섯 시간 기다리라는 거예요?"

나는 한 번 더 깊게 숨을 들이켰다. "여긴 응급실이에요. 가장 위급한 환자부터 봐야 합니다." 그의 아내가 대기 중인 방 쪽을 바라보며 문에 걸린 차트를 확인했다. 이틀째 열. 최고 38.6도, 현재 37.6도. 응급이라 보기엔 애매했다.

"죄송하지만 저희도 최선을 다하고 있습니다."

"아니요." 그가 내 얼굴 바로 앞으로 다가와 손가락을 들이밀었다. "지금 당장 가서 봐줘요. 더는 못 기다리겠어요. 내 아내도 사람이라고요."

순간 심장이 철렁 내려앉았다. 어떻게 대응해야 할지 고민하던 찰나, 뒤에서 낮고 단단한 목소리가 들려왔다. "여기 무슨 문제라도 있습니까?"

나는 고개를 홱 돌렸다. 그리고 안도의 숨을 내쉬었다. 구급대원 유니폼을 입은 맥이었다. 평소에도 체격이 커서 거친 환자를 상대하는 데 능숙했지만, 지금 이 순간엔 그의 존재만으로도 든든했다. 그가 커다란 몸을 세우고 팔짱을 낀 채, 짙은 눈썹을 살짝 들어 올리자 남자는 순식간에 주눅이 들어 한 걸음 뒤로 물러났다.

"아… 아니요. 문제없습니다. 죄송합니다." 그는 고개를 푹 숙인 채 진료실로 들어갔다.

나는 참지 못하고 웃음을 터뜨렸다. "저 남자 완전히 쫄았잖아!"

맥은 으쓱하며 웃었다. 그 미소에는 약간의 자부심, 그리고 내가 '쫄았다'는 표현을 쓴 게 재미있다는 기색이 섞여 있었다. "그러게."

"넌 가끔 진짜 무서울 때가 있어, 알아?"

그가 웃으며 말했다. "고등학교 때 미식축구팀에서 날 '맥 트럭'이라고 불렀거든."

"그럴 만해."

근무가 끝날 즈음에는 완전히 녹초가 되었다. 아담과 저녁을 먹으러 나갈 기운조차 없었다. 집에 가자마자 그대로 쓰러질 것 같다고 메시지를 보냈다. 미안했지만, 눈꺼풀이 버티질 않았다.

'괜찮아. 조심히 와.' 그의 짧은 답장이 돌아왔다.

아담의 아파트는 병원에서 꽤 멀었다. 그래서 그는 야간 근무를 마치고 퇴근할 땐 꼭 우버를 타라고 당부하곤 했다. 처음엔 굳이 그럴 필요가 있냐며 고집을 부렸지만, 결국 그가 옳았다. 화요일 자정 무렵 지하철을 타고 이동하는 건 정말 위험했다.

맥도 예전에 같은 말을 했었다. 자정쯤 퇴근하는 나를 보고는 굳이 집 앞까지 데려다주겠다고 했다. 그래서 그가 아담과 내 관계에 대해 참견할 때도 미워할 수만은 없었다. 그가 진심으로 날 걱정한다는 걸 아니까.

밤 12시 15분쯤 문을 열고 들어서자 거실은 어두웠다. 기다리다 먼저 잠들었겠지, 생각했다. 하지만 아니었다. 그는 깨어 있었다. 그리고 방은 어둡지 않았다. 촛불이 타오르고 있었다.

미래의 내 아이들아, 난 이 순간을 평생 기억하고 싶단다. 작은 디테일 하나도 놓치고 싶지 않을 만큼, 내 인생에서 가장 아름다운 순간이었으니까. 방 안 곳곳을 밝히던 열두 개의 촛불, 거실까지 이어진 장미꽃잎 길, 그리고 그 끝에는 무릎을 꿇고 있는 아담이 있었다. 초록빛 눈으로 나를 올려다보던 그 모습. 그 순간 너희 아빠는 세상에서 가장 멋졌단다.

"빅토리아." 그가 내 이름을 불렀다.

나는 이미 울고 있었다. 평소엔 눈물이 많은 편이 아니었는데, 이때만큼은 어쩔 수 없었다.

"빅토리아." 그가 파란 벨벳 상자를 열었다. 그리고⋯ 세상에, 반지를 보는 순간 숨이 멎는 줄 알았다. 너희도 그 반지를 알고 있겠지? 지금쯤 금고 안에 안전하게 들어 있을 거야. 다이아몬드가 너무 커서 이걸 끼고 지하철이라도 타면 누가 손가락째 잘라 가도 이상하지 않을 정도였으니까. "사랑해, 빅토리아."

"나도 사랑해." 나는 눈물에 젖은 목소리로 겨우 대답했다.

"내 남은 인생을 너와 함께하고 싶어." 그가 내 손을 잡았다. "나랑 결혼해 줄래?"

물론, 대답은 예스였다.

이게 바로, 내가 평생을 함께하고 싶던 남자에게 청혼을 받고, 그와 행복하게 살다가 너희를 낳게 되는 그런 이야기의 시작이야. 물론 너희는 아직 태어나지 않았지만, 그날이 오기 전까지 우리의 모든 순간을 전부 기록해 두려고 해. 특별한 일이 없는 한, 아담과 나는 분명 멋진 인생을 함께할 테니까.

"이 반지…" 나는 손가락 위의 반지를 내려다보며 한동안 말을 잇지 못했다. 이렇게 큰 반지가 실제로 존재한다는 게 믿기지 않았다. "이거… 엄청 비쌌을 것 같아."

"넌 그럴 만한 가치가 있어." 아담이 대답했다.

나는 차마 가격을 묻지 못했다. 내 대학 등록금보다 비쌀지도 모르니까. 하지만 한 가지는 확실해, 얘들아. 혹시 살면서 돈 문제가 생기면, 이 반지를 팔면 그날로 해결될 거야.

프러포즈의 감격이 너무 커서 온몸이 떨렸다. 정말로 다리에 힘이 풀려 주저앉을 뻔했다. 아담은 그런 내 모습이 귀엽다고 했다. "이럴 줄 알았으면 진작 프러포즈했지." 그가 말했다.

나는 웃으며 방구석에 있던 파파산 의자를 더듬어 찾았다. 그런데 손끝에 아무것도 닿지 않았다. 일렁이는 촛불에 시야가 어질어질했다. 나는 눈을 깜빡이며 주변을 살폈다.

"내 의자 어디 갔어?"

아담이 미간을 찌푸렸다. "뭐라고?"

"내 파파산 의자 말이야." 조금 전까지의 행복이 스르르 무너지는 기분이었다. "그거 어디 갔어?"

"그 낡은 의자 말이야? 네 예전 아파트에 있던 거?" 그가 아무렇지도 않다는 듯 말했다. "버렸어. 오늘 아침에 길가에 내놨거든. 지금쯤 누가 가져갔을 거야."

나는 멍하니 입을 벌렸다. 이 로맨틱한 분위기 속에서, 불현듯 분노가 치밀었다. 그건 내 의자였다. 그에게서 유일하게 지켜낸 내 과거의 흔적이었다. 그걸 내 허락도 없이 버렸다고?

"그건 버리지 말자고 했잖아." 나는 이를 악물고 말했다.

"그건 그냥 쓰레기였어, 비키." 그가 손가락 마디를 꺾으며 말했다. "그 의자 때문에 집 전체가 싸구려처럼 보였다고. 그런 걸 둔 채로 사람들을 초대할 수는 없잖아."

"누굴 초대하겠다는 건데?" 내가 쏘아붙였다. "당신, 친구도 없잖아."

이번엔 아담이 놀랄 차례였다. 솔직히 말하면, 나도 내가 한 말에 놀랐다. 왜 그런 말을 했을까? 나는 그런 식으로 남한테 상처 주는 사람이 아닌데.

하지만 사실이긴 했다. 아담에게는 친구가 없었다. 그의 곁에는 에이전트와 편집자뿐이었다. 부모님과도 연락하지 않았고, 그의 삶에는 나 말고는 아무도 없었다.

그렇다고 해도, 그 말을 입 밖에 낸 건 분명 잘못이었다.

"미안해." 나는 두 손으로 눈을 비비며 말했다. "그냥… 너무 피곤해서. 오늘 응급실에서 환자 한 명이 죽었어. 그게 좀… 힘들었나 봐."

그의 눈에는 상처받은 기색이 가득했다. 순간, 그가 프러포즈를 취소할지도 모른다는 생각이 스쳤다. 하지만 그러지 않았다. 그는 나를 끌어안고 부드럽게 입을 맞췄다.

"난 친구 같은 거 필요 없어." 그가 속삭였다. "네가 있으니까." 그리고 나를 더 꽉 안았다. "의자 일은 미안해. 새로 사자. 네가 원하는 거 아무거나."

솔직히 말해서 그건 내가 들어본 말 중 가장 달콤한 말이었다. 그리고 그는 그냥 아무 남자가 아니라 내 미래의 남편이자 내 아이들의 아빠가 될 사람이었다.

19

침대에 누워 빅토리아의 일기장을 덮자 서서히 눈이 감겼다. 예상했던 대로 그녀는 꿈에 그리던 낭만적인 청혼을 받았다.

그러고 나서 아담은 그녀가 아끼던 파파산 의자를 버렸다. 아이들에게 물려줄 거라던, 그 소중한 의자를.

정말 너무했다. 그가 그런 짓을 했다는 게 믿기지 않았다. 늘 다정했고 그녀를 진심으로 사랑하던 남자였는데. 물론 내가 그 자리에 있었던 건 아니다. 어쩌면 그 의자가 정말 보기 흉하고 더러웠을지도 모른다. 예전에 프레디랑 살던 시절이 떠올랐다. 그가 길가에 버려진 책장을 주워 왔는데, 아무리 가진 게 없어도 그런 물건을 도저히 집에 둘 수 없었다. 나무는 다 갈라져 있었고 냄새도 끔찍했다.

빅토리아의 파파산 의자도 어쩌면 그 정도로 엉망이었을지도 모른다.

어쨌든 그 일만 빼면 아담은 완벽했다. 빅토리아의 일기에 따르면 그는 이상적인 남자친구였다. 정말 축복받은 인생이었다. 결말을 모르는 채 그 일기만 봤다면, 나는 그녀를 질투하고 미워했을지도 모른다. 자신의 직업에 만족했고, 사랑하는 남자와 약혼했고, 곧 운명 같은 그 사람과 결혼을 앞두고 있었으니까.

그런데 나무에 남은 총알 자국이 머릿속에서 떠나지 않는다. 빅토리아가 말한 '좀'은 총이었다. 그렇다면 아담에게 총이 있었다는 뜻일까? 나무를 향해 총을 쐈다고 해서 법적으로 문제가 되는 걸까?

적어도 한 가지는 확실했다. 이제 더 이상 그 파파산 의자를 찾아 헤맬 필요는 없었다.

20

오늘 밤, 이곳에 첫 폭풍이 온다고 했다.

그동안은 날씨 운이 좋았지만, 예보에 따르면 폭우와 강풍이 몰아칠 예정이었다. 시속 80킬로미터라니, 제법 거센 바람이다. 솔직히 말해 그게 뭐 대수인가 싶었다. 비 좀 오면 어때. 그 정도는 견딜 수 있다.

"문제는 말이야," 매기가 말했다. 내가 빅토리아의 아침을 준비하고 있을 때였다. "여긴 전기가 자주 나간다는 거야."

나는 어깨를 으쓱했다. 예전 아파트에서도 전기 끊기는 건 일상이었다. 물론 전기요금을 못 내서였지만.

"있잖아," 매기가 말했다. "폭풍이 심하면 우리 집으로 와도 돼. 아파트라서 전기가 잘 안 나가거든. 눈이 와도 금방 치우니까 고립될 일도 없고."

"고마워." 나는 전자레인지에서 즉석 오트밀을 꺼내며 말했다.

"그냥 여기 있어도 괜찮을 것 같아." 걸쭉한 오트밀을 휘저으며 생각했다. 맛없어 보였지만 어차피 빅토리아는 한 입도 안 먹을 테니 상관없다. "그나저나, 뭐 하나 물어봐도 돼?"

매기가 붉은 머리카락을 귀 뒤로 넘겼다. 청소할 의지는 없어 보였다. 그녀는 종종 이렇게 핑계를 만들어 나와 수다를 떨곤 했다. "그래. 뭔데?"

"혹시 글렌 헤드라는 데 들어봤어?"

매기가 잠시 말을 멈췄다. "글렌 헤드?"

"응, 오이스터 베이 근처 아니야?"

매기의 눈빛이 순간 반짝였다. 그 이름을 알고 있는 게 분명했지만, 선뜻 입을 열지 않았다. 그 마을엔 뭔가 사연이 있는 듯했다. 아니면 빅토리아가 왜 그런 말을 했겠는가? 빅토리아는 말 한마디 내뱉는 것조차 버거운 사람이다. 입 밖으로 꺼내는 단어마다 분명히 이유가 있다. '좀'처럼.

"요리사 겸 정원사였던 이리나가 그쪽에 살았어." 매기가 결국 입을 열었다. "여기서 일하기 시작하면서 이 근처로 이사 왔는데, 그전에는 거기 살았던 걸로 알아." 그녀가 잠시 머뭇거렸다. "아마… 그랬을 거야."

아담은 앞마당 얘기만 나오면 늘 이상한 표정을 지었다. 지난번에도 이리나 이름을 꺼내자 금세 말을 돌렸다. 빅토리아는 왜 이리나를 언급한 걸까? 이리나는 지금 어디에 있는 걸까? 혹시 일을 그만둔 걸까?

"그런데 나도 뭐 하나 물어봐도 돼?" 매기가 물었다.

"물론이지."

"프레디가 누구야?"

심장이 철렁 내려앉았다. 무슨 말이냐고 되물으려던 순간 조리대 위에 놓인 내 휴대폰이 눈에 들어왔다. 매기가 화면을 들여다보고 있었다. 이런.

나는 재빨리 폰을 낚아챘다. 프레디, 대체 왜 아직도 나한테 집착하는 거야? 왜 그냥 잊지 못하는데? 나는 이미 다 잊었는데.

'제발 얘기 좀 하자. 네 생각이 머릿속에서 떠나질 않아.' 프레디였다.

"그냥, 아무도 아니야." 내가 중얼거렸다.

매기가 눈썹을 치켜올리며 웃었다. "'아무도 아닌 사람'이 아직도 널 잊지 못하는 거야? 재밌네."

"그런 거 아니야."

'잘못했어. 제발 용서해 줘.'

나는 '제발 그만 연락해.'라고 메시지를 보내고 번호를 차단했다. 물론 차단해 봤자 아무런 소용이 없었다. 그는 늘 새 번호를 만들어 다시 연락했다. 멀리 이사까지 왔으니, 이제는 포기할 줄 알았는데, 아직도 내 삶에 발을 들이려고 한다.

"그런 게 뭔데?" 매기가 호기심 어린 표정으로 나를 바라봤다.

이런 관심은 피하고 싶었다. 그저 조용히, 아무도 내 과거에 대해 묻지 않길 바랐다. 그 이야기를 꺼내는 건 여전히 고통스러웠다.

하지만 매기의 얼굴을 보자 마음이 약해졌다. 주근깨가 점점이 박힌 진심 어린 얼굴. 그녀와 있으면 왠지 모르게 속 얘기를 털어놓고 싶어진다. 게다가 사실 나도 이 이야기를 더는 혼자 짊어지고 싫지 않았다. 아담처럼, 나도 친구가 거의 없으니까.

"남자친구였어." 내가 말했다. "오래전에."

"잘 생겼어?"

나도 모르게 웃음이 났다. "정말 잘 생겼지. 근데 그게 문제가 아니었어."

"무슨 일이 있었는데?"

"임신했었어." 그 말은 여전히 가슴을 찔렀다. 이 고통이 사라질 날이 오긴 할까. "근데 사고가 났어. 아기를 잃었고… 나도 크게 다쳤지. 그 와중에 건강보험까지 잃었고."

아빠가 건강보험 명단에서 내 이름을 빼버린 걸 알았을 때의 충격이 아직도 생생했다. 최악의 타이밍이었다. 결국 아빠의 잘못으로 인해 생긴 치료비를 전부 내가 떠안았다. 부러진 손목, 몇 달씩 계속된 출혈, 응급실, 수혈, 그리고 멈추지 않는 출혈을 잡기 위한 시술까지.

"프레디랑 나는 병원비도, 집세도 감당할 수가 없었어. 겨우 물 위에 머리만 내놓고 숨만 쉬는 수준이었지." 그때를 떠올리자 얼굴이 굳어졌다. "파산 신청을 하거나 프레디 부모님께 도움을 청하고 싶었는데, 그는 절대 안 된다고 했어. 결국 매일 싸우기만 했지. 서로 너무 지쳐 있었거든. 그래서… 떠나라고 했어. 그리고 그는… 정말 순식간에 떠나버렸어."

"근데 지금은 너랑 다시 만나고 싶다는 거야?" 매기가 묻자 나는 고개를 끄덕였다.

"자기가 엄청난 실수를 했대. 절대 떠나지 말았어야 했다고. 하지만 이미 떠났잖아. 이젠 끝이야. 난 그냥 다 잊고 새로 시작하고 싶어."

지난 1년 내내 나는 다시 일어서려고 발버둥 쳤다. 그런데 이제 와서 아무 일도 없던 것처럼 돌아오겠다고? 말도 안 되는 일이다.

"이해해." 매기가 한숨을 내쉬었다. "나라도 다시 받아들이긴 힘들었을 것 같아. 가끔은 새 출발이 답이야."

"그렇지." 내가 중얼거렸다.

매기가 턱을 손가락으로 두드리며 말했다. "스티브한테 물어봐야겠다. 소개해 줄 만한 괜찮은 남자 있는지."

"됐어. 지금은 누굴 만날 생각 없어."

그녀가 혀를 찼다. "그래도 언젠간 다시 시작해야지, 안 그래?"

나는 잠시 눈을 감고 그 끔찍했던 밤을 떠올렸다.

프레디는 새벽 2시가 돼서야 돌아왔다. 그의 잘못은 아니었다. 도심 사무실 건물에서 야간 청소 일을 하고 있었으니까. 그전에는 보안요원으로 일했는데, 회사에서 물건이 사라지는 일이 생기면서 해고당했다. 그는 결백하다고 맹세했지만, 나는 끝내 확신하지 못했다. 우리 형편을 생각하면 그가 그랬다고 해도 이해할 수 있을 것 같았다. 솔직히 나도 유혹을 느낀 적이 있었으니까.

술집에서 놀다 온 것도 아니었다. 그저 야간 근무를 마치고 돌아온 거였다. 문제는, 내가 자야 한다는 거였다. 아침 여섯 시에 일어나 아이들 몇 명을 학교에 데려다주는 최저임금 아르바이트가 있었으니까. 프레디는 옷을 벗고 삐걱거리는 침대에서 몇 번이나 뒤척이며 편한 자세를 찾느라 시끄럽게 굴었다. 그리고 결정적으로, 그가 내 허리에 팔을 두르는 순간 더는 참을 수가 없었다.

나는 몸을 휙 돌려 그를 노려봤다. "정말 왜 이래? 나 못 자게 일부러 이러는 거야?"

방 안은 어두웠지만, 눈이 어둠에 적응해서 그의 놀란 표정이 보였다. "아니, 그냥… 안아주고 싶어서 그랬어."

"덕분에 잠 다 깼어. 나 내일 새벽부터 일해야 하는 거 몰라?"

"미안. 방금 와서… 생각을 못 했어."

"나 완전히 녹초야. 좀 자야 돼. 그게 그렇게 이해하기 어려워?"

그가 팔꿈치를 짚고 몸을 일으켰다. "난 안 피곤한 줄 알아, 실비아? 여덟 시간 동안 쓰레기를 치우다 왔어. 넌 애들 몇 명 학교에 데려다주는 게 다잖아."

"그럼 더 나은 일을 알아봐."

"그래, 말이야 쉽지." 그는 다시 베개 위로 몸을 털썩 눕히며 말했다. "아주 이게 내 꿈의 직장이거든. 바닥 닦고 쓰레기 치우는 거. 끝내줘. 더 나은 일을 찾을 수가 없더라고."

"재수 없게 굴지 마."

그가 주먹으로 침대를 쾅 내리쳤다. "도대체 내가 뭘 어떻게 해야 되는데? 지금 상황에선 이게 최선이라고!"

그 말이 가슴에 박혔다. 사실이었다. 그는 최선을 다하고 있었다. 고등학생 때 나는 프레디를 사랑했다. 그때의 프레디는 빛나 보였다. 하지만 지금 우리의 삶에는 그 어떤 반짝임도 남아 있지 않았다. 우리는 빠져나올 수 없는 구멍 속에 갇혀 있었다. 내 병원비를 갚느라 여전히 허덕였으며 둘 다 제대로 된 일자리 하나 없었다.

나는 불행했고, 그도 불행했다. 무엇보다도 우리는 서로를 갉아 먹고 있었다.

"우리…, 그만하자." 내가 말했다.

그는 신음하듯 한숨을 내쉬었다. "미안해. 내일 다시 얘기하자."

"더 할 얘기 없어. 이제 끝이야."

"뭐라고?" 그가 손을 뻗었지만, 나는 몸을 피했다. "실비, 제발⋯ 내가 얼마나 널 사랑하는지 알잖아."

"네가 아직도 날 떠나지 못하는 건⋯ 내가 집에서 쫓겨나고 아기를 잃은 게 네 잘못이라고 생각해서야." 나는 목이 메는 걸 애써 삼켰다. "그건 네 잘못이 아니야. 그러니까 이제 떠나. 죄책감은 내려놓고."

"실비⋯"

"그만 가줘."

나는 어둠 속에서 그를 바라봤다. 그가 내 말에 반박하길 바랐다. '널 사랑해. 절대 못 떠나.' 그렇게 말해 주길 바랐다. 하지만 그는 새벽 2시에 일어나 말없이 옷을 입기 시작했다. 짐을 대충 가방에 쑤셔 넣고 작별 인사 한마디 없이 문을 나섰다. 잠시 후, 현관문이 쾅 닫히는 소리가 어둠 속에 울려 퍼졌다.

창가로 다가가 밖을 내다보니, 그의 포드 피에스타가 어둠 속에 조용히 서 있었다. 몇 달 전 새벽 퇴근길에 지하철에서 폭행을 당한 뒤 중고로 산 차였다. 싸게 샀지만 수리비로만 이미 천 달러 넘게 들었다. 우리는 점점 더 깊은 구덩이로 빠져들고 있었다.

그가 가방을 차에 던지고 운전석에 올라타 가로등 불빛 속으로 사라지는 모습을 나는 그저 조용히 지켜봤다.

그가 떠나면 홀가분할 줄 알았다. 하지만 전혀 그렇지 않았다. 세상에서 유일하게 사랑했던 남자가 나를 버리고 떠났다는 슬픔과, 그가 그렇게 쉽게 떠났다는 분노가 뒤섞여 가슴 깊숙한 곳을 짓눌렀다. 어쩌면 그는 내가 먼저 떠나라고 말해 주기만을 기다리고 있었던 건지도 모른다. 다음 날이면 다시 올 줄 알았다. 조금 진정되면 돌아올 거라 믿었다. 하지만 그는 돌아오지 않았다.

나는 여전히 그를 향한 분노를 놓지 못했다. 내가 허락하자마자 그는 떠나버렸다. 그럼에도 마음 한켠에서는, 그를 보내야 했다는 걸 알고 있었다. 한때는 잘 맞았던 우리였지만 이제는 아니었다. 서로를 위해서라도 각자 다른 길을 가야 했다.

그리고 1년 뒤, 그가 돌아왔다. 아직도 나를 사랑한다며 다시 시작하고 싶다고 한다. 하지만 이미 너무 늦었다. 나는 이미 깨달아버렸다. 프레디 루지에로 없는 삶이 훨씬 낫다는 걸 말이다.

21

빅토리아의 저녁을 챙길 때쯤, 밖에는 비가 이미 세차게 퍼붓고 있었다. 창밖의 나무들은 휘청거렸고 가지들은 바람에 채찍질 당하듯 마구 흔들렸다. 두 시간 전 매기가 집을 나서며 다시 한번 자기네 집으로 오라고 권했지만, 나는 거절했다. 전기가 나갈지도 모르는 이런 밤에 빅토리아를 혼자 둘 수는 없었다. 어쨌든 그녀는 내 책임이니까.

고구마를 입에 가져가려는 빅토리아를 도와주다 보니, 그녀는 한쪽 눈으로 숟가락을 좇고 다른 쪽 눈으로는 창밖의 거센 빗줄기를 보고 있었다. 유리창에는 빗방울이 쉴 새 없이 부딪혔고, 바람에 흔들리는 나뭇가지가 집 벽을 긁어댔다. 그녀는 이 상황을 얼마나 이해하고 있을까? 나는 비가 오는 거라고 설명했지만, 그녀는 평소처럼 그저 나를 바라볼 뿐이었다. 아무런 반응도 없었다. 이상한 일도 아니다. 나는 아직까지 그녀가 웃는 모습을 단 한 번도 본 적이 없었다.

그래도 내 이름은 기억한다. 그 건 확실했다. 집 앞 나무에 누군가가 총을 쐈던 것도.

잠시 후 아담이 약이 든 주사기를 들고 방으로 들어왔다. 빅토리아는 그를 보자마자 온몸이 굳었고, 나는 오늘 식사는 여기까지겠구나 했다.

"오늘은 일찍 재워야겠어요," 그가 말했다. "정전될 수도 있으니까요."

그가 튜브를 조작할 수 있도록 나는 자리를 비켰다. 빅토리아는 손을 휘저으며 발버둥 쳤지만, 짧게 깎인 손톱으로는 그의 살을 긁지 못했다. 그래도 안 되자 그의 손목을 붙잡으려 했지만 힘이 모자랐다. 결국 그는 어렵지 않게 약을 주입했다.

"빅토리아는 그걸 정말 싫어하는 것 같아요." 내가 말했다.

"튜브로 뭔가 들어오는 건 아무래도 불편할 거예요." 아담이 말했다.

"알아요, 그런데…" 나는 목소리를 조금 낮췄다. 물론 빅토리아는 다 듣고 있을 테지만. "약을 넣는 걸 더 싫어하는 것 같아요. 영양식을 넣는 것보다도요." 나는 아랫입술을 깨물었다. "그 약이 꼭 필요한 건가요? 맞고 나면 기운이 너무 없어 보이던데요."

요즘 나는 빅토리아가 아침마다 축 늘어져 있는 게 혹시 밤에 맞는 약 때문이 아닌지 걱정됐다. 약을 맞은 지 한 시간도 안 돼 눈도 제대로 못 뜨는 모습이 늘 마음에 걸렸다.

아담은 콧잔등을 문지르며 말했다. "네, 꼭 필요해요. 발작을 막아주는 약이거든요."

"그렇군요. 미안해요. 의심하려던 건 아니에요."

그의 어깨가 축 내려갔다. "괜찮아요. 약이 워낙 세서 나도 이렇게까지 재우고 싶진 않아요. 하지만 병원에서 발작했을 때… 정말 무서웠어요. 그래서 어쩔 수 없어요."

아직 약기운이 돌기도 전인데, 빅토리아는 이미 싸움을 포기한 듯 어깨가 늘어지고 고개가 옆으로 기울었다. 더 이상 식사는 불가능했다.

"여기만 마무리하면 나 좀 불러줄래요?" 아담이 시계를 내려다보며 말했다. "빅토리아 재워 놓고 같이 저녁 먹죠."

"좋아요."

요즘 아담과 나는 일주일에 몇 번씩 함께 저녁을 먹곤 했다. 그가 간단히 음식을 하거나 내가 가볍게 준비해서 TV 앞에 나란히 앉아 먹었다. 누군가 곁에 있다는 게 위안이 됐다. 게다가 정전이라도 되면 이 큰 집에 혼자 있고 싶지는 않았다. 아마 그도 같은 마음이었을 것이다.

하지만 마음 한구석이 늘 걸렸다. 빅토리아라면 남편이 다른 여자와 매일같이 저녁을 먹는 걸 달가워했을 리 없으니까. 한 번은 아담에게 빅토리아를 식탁으로 데려오자고 제안했지만, 그는 계단 오르내리는 게 번거롭다며 고개를 저었다. 더 말하면 부담을 줄 것 같아 그만뒀지만 그래도 마음이 불편했다. 빅토리아가 매 끼니를 위층 방에서 혼자 먹어야 한다는 건 아무리 봐도 불공평해 보였다.

아담이 방을 나간 뒤 나는 고구마를 조금 더 떠서 빅토리아의 입가에 가져갔다. 그녀의 눈꺼풀은 점점 무겁게 내려앉았고, 나를 거의 알아보지 못하는 듯했다.

"미안해요, 빅토리아."

그녀가 눈을 몇 번 깜박이더니 이내 눈가에 눈물이 맺혔다. "실비…" 흐릿한 목소리가 새어 나왔다.

나는 침대 옆에서 휴지를 한 장 뽑아 건넸지만, 그녀는 받지 않았다. "무슨 일이에요, 빅토리아?"

"글렌 헤드…" 그녀가 속삭였다. "거기… 글렌 헤드에…"

나는 잠시 미간을 찌푸렸다. 그녀가 처음 글렌 헤드 이야기를 꺼냈을 때 궁금해서 검색을 해봤었다. 도시라기보다 오이스터 베이 안에 있는 작은 마을이었다. 여기서 차로 꼬박 두 시간쯤 걸리는 거리라 단순한 호기심만으로 쉽게 다녀올 곳은 아니었다.

"으으음…" 그녀가 고개를 떨구며 웅얼거렸다.

"글렌 헤드에 뭐가 있어요?" 내가 물었다.

그녀는 희미하게 고개를 저으며 "아니… 그 사람…" 하고 중얼거렸다.

빅토리아는 뭔가 더 말하려는 것 같았지만 그다음 말은 알아들을 수 없었다. 잠시 후, 그녀의 눈꺼풀이 완전히 내려앉았다.

22

빅토리아를 재워 놓고 아래층으로 내려오자 아담이 부엌에서
스파게티 면을 삶으며 통화를 하고 있었다. 그는 끓는 냄비 속 면
을 저어가며 상대방 말에 웃음을 터뜨렸다.

"걱정 마, 우린 괜찮을 거야." 잠시 귀를 기울이더니 덧붙였다.
"응, 콘센트 근처엔 가지 마. 정전돼도 아침이면 다시 들어올 거야."

몇 마디 더 나눈 뒤 그는 전화를 끊었다. "우리 엄마예요." 그가
미안한 듯 웃었다.

"엄마도 이 섬에 살거든요. 큰 폭풍 예보만 뜨면 걱정부터 하세
요. 그래서 그런 날엔 제가 꼭 전화해서 괜찮은지 확인해요."

"정말 다정하시네요."

그가 피식 웃었다. "제가 원래 좀 다정한 남자예요."

그 말에 반박할 수 없었다. 움직이지도, 반응하지도 못하는 아
내를 그렇게 정성껏 돌보는 사람이라면 노부모에게도 당연히 그럴

것이다. 하지만 한편으론 마음이 쓰였다. 그가 너무 많은 걸 짊어지고 있는 건 아닐까, 언젠가 완전히 지쳐버리는 건 아닐까 하는 생각이 들었다.

아담이 위층으로 올라가 빅토리아를 재우는 동안, 나는 스파게티를 접시에 나눠 담았다. 그가 내려올 즈음엔 토마토소스를 얹은 스파게티 두 접시와 물 두 잔이 준비돼 있었다. 그가 접시를 집으려는 순간, 머리 위 불빛이 몇 번 깜박이더니 툭 꺼져버렸다.

"와…" 내가 숨을 내쉬듯 말했다. 순간 번개가 하얗게 번쩍이며 방 안을 비췄고, 곧이어 천둥이 요란하게 울려 퍼졌다. 불이 꺼지자 눈앞의 접시조차 희미하게 보였다. "정말 깜깜하네요."

"여기저기 초를 놔뒀어요. 라이터만 찾으면 돼요." 아담이 부엌으로 가서 서랍을 뒤적이더니, 잠시 후 불꽃이 번쩍였다. "이제 켤게요."

그는 초에 하나씩 불을 붙였다. 방 안은 금세 은은한 빛으로 물들었다. 내 앞의 스파게티와 아담의 부드러운 얼굴선이 어둠 속에서 드러났다. 우리는 평소처럼 접시를 들고 소파로 갔지만, 오늘은 TV를 켤 수 없었다. 어쩔 수 없이 이야기를 나눌 수밖에 없었다.

"와인 마실래요?" 그가 부엌으로 향하며 물었다. 머릿속 어딘가에서 작은 경고음이 울렸다. 정전된 집, 폭풍 속, 매력적인 고용주와 단둘이 마시는 와인. 좋은 생각은 아닐지도 모른다. 하지만 이 집에 온 첫날 이후로 한 잔도 마시지 않았고, 폭풍 때문에 마음이 불안했다.

"좋아요." 내가 대답했다.

그가 화이트 와인 두 잔을 들고 돌아왔다. 잔을 테이블 위에 내려놓고 자기 접시를 들며 웃었다. "아침에 미리 조깅해 두길 잘한 것 같아요. 내일은 길이 엉망일 테니까."

"낙엽죽이 여기저기 가득하겠죠." 내가 말했다.

"낙엽죽이요?"

"그거 있잖아요, 젖은 낙엽이랑 흙이 섞여서 질퍽거리는 거요."

그가 웃음을 터뜨렸다. "딱 그거네요."

나는 와인을 한 모금 삼켰다. 분명 내가 평소 마시는 10달러짜리 와인보다 훨씬 비쌀 텐데 입 안에 맴도는 맛은 크게 다르지 않았다. "그래도 꾸준히 달린다니 정말 대단하네요. 언제부터 시작했어요?"

"솔직히 말하면… 빅토리아가 집에 돌아온 뒤부터요."

"정말요?" 대부분의 남자들은 아내가 다쳤다고 운동을 시작하진 않을 텐데. "왜요?"

그는 손가락 끝으로 와인 잔 가장자리를 천천히 쓸었다. "요즘은… 뭐랄까, 좀 쌓인 게 많거든요. 무슨 말인지 알죠?"

나는 숨을 들이켰다. 아담은 시선을 바닥으로 떨궜다. 불빛이 있었다면 그의 뺨이 은은하게 붉어진 게 보였을지도 모른다는 생각이 들었다. "아…"

"그렇게 들리면 안 되는데." 그는 잠시 계단 쪽으로 눈길을 돌렸다. "그런 뜻이 아니에요. 빅토리아에게 끔찍한 일이 있었고 난 평생 그녀를 돌볼 거예요. 그렇게 맹세했으니까요. 다만… 가끔은…"

"알아요." 내가 조용히 끼어들었다. "이해해요."

그는 고개를 뒤로 젖히며 길게 숨을 내쉬었다. "끝까지 버텨내고 싶어요. 빅토리아를 위해서요. 긴 달리기랑 찬물 샤워에 의지해야 할지도 모르지만요." 그가 씁쓸하게 웃었다. "그래도 혹시 모르죠. 언젠가 나아질 수도 있고…"

하지만 이 집에 온 첫날 그는 내게 분명히 말했다. 의사들이 모두 회복은 어렵다고 했다고. 빅토리아는 나아지지 않을 것이다. 남은 생을 이 상태로 살아야 한다.

그때 천둥이 또 한 번 크게 울렸고, 나는 본능적으로 몸을 움츠렸다. 아담이 나를 보며 물었다. "추워요, 실비아?"

"조금요." 그제야 방 안이 싸늘하게 식어 있다는 걸 깨달았다. "난방은 켜져 있나요?"

그가 고개를 저었다. "꺼진 것 같아요. 벽난로에 불을 붙일 테니까 당신은 스웨터 하나 더 꺼내 입어요."

나는 티셔츠 위에 입고 있던 후드티를 잡아당기며 말했다. "입을 만한 게 없을 것 같아요."

그는 잠시 머뭇거리다 말했다. "빅토리아 옷장을 한번 찾아봐요. 옷이 워낙 많으니까. 그냥 두기 아깝잖아요. 사이즈도 당신이랑 비슷해 보이고요."

빅토리아의 옷장을 뒤져 그녀의 남편 앞에서 입을 옷을 고른다는 건 뭔가 부적절했다. "괜찮아요."

"그래요? 곧 더 추워질 거예요. 불 피워도 금방 따뜻해지진 않을 텐데."

몸이 또 한 번 떨렸다. 이미 꽤 추웠다. 불을 피우면 좀 나아지겠지만, 이 상태로는 식사에 집중할 수 없었다. 그래, 괜히 신경 쓸 필요 있나. 빅토리아가 알 리도 없고.

결국 그렇게 하기로 마음을 정했다. 아담이 벽난로를 손보는 동안 나는 부엌에서 손전등을 챙겨 계단을 올랐다. 어둠 속에서 계단은 평소보다 더 가파르게 느껴졌다. 난간을 꽉 붙잡고 조심조심 올라갔다. 빅토리아처럼 굴러떨어지고 싶지는 않았다.

그녀의 넓은 드레스룸은 손전등 불빛 아래서 더 거대해 보였다. 어떻게 한 사람이 이렇게 많은 옷을 가질 수 있을까? 그녀는 정말 행운아였다. 적어도, 한때는.

비싼 캐시미어 스웨터가 줄지어 걸려 있었지만, 하나씩 만져보다가 결국 오래된 회색 울 스웨터 하나를 골랐다. 투박하지만 따뜻해 보였다. 아마 부유한 남편을 만나기 전부터 입던 옷일 것이다. 오늘 같은 날엔 예뻐 보일 필요는 없었다. 따뜻하기만 하면 충분했다.

아래층으로 내려오자 벽난로 안에서 주황빛 불꽃이 피어오르고 있었다. 하지만 방 안은 여전히 추웠다. 아담은 불만 붙인 게 아니라 소파 위에 담요 두 장까지 꺼내 두었고, 나는 망설임 없이 그중 하나를 집어 몸에 둘렀다. 그가 나를 보며 살짝 웃었다.

"이제 좀 낫죠?" 그는 내 옆에 앉아 남은 담요를 무릎 위에 덮었다.

"조금요." 나는 와인을 한 모금 더 마셨다. 몸속까지 따뜻해지길 바라면서. "그래도 아직 좀 추워요."

"담요 하나 더 쓸래요?" 그는 자기 무릎 위의 담요를 들어 내 쪽으로 내밀었다. 그 순간, 기차역에서 내게 목도리를 건네던 첫날이 떠올랐다.

"아니요." 나는 고개를 저었다. "몸은 괜찮은데 얼굴이 시려요."

"얼굴이요?"

"네. 코랑 볼, 그리고… 눈도요."

그가 웃음을 터뜨렸다.

"눈이 시리다고요?"

"진짜예요. 눈이 얼 것 같아요."

그는 웃으며 어깨를 으쓱했다. "그건 나도 방법이 없네요."

나는 짧게 숨을 내쉬었다. 어둡지만 않았다면 내 입김이 보였을지도 모른다. "굳이 도와주지 않아도 돼요. 당신은 늘 누군가의 영웅이 되려고 하잖아요."

"영웅이라고요?"

"그냥…" 나는 담요 끝의 실밥을 만지작거리며 말을 이었다. "늘 뭔가를 하잖아요. 빅토리아를 위해서도 그렇고, 부모님을 위해서도 그렇고. 당신은 정말 좋은 사람이에요. 그런데… 혼자 그렇게 다 떠안고 있으면 힘들 수밖에 없죠."

"그래요…" 희미한 불빛 속에서 아담의 얼굴이 일렁였다. "솔직히 말하면… 쉽지 않았어요."

나도 모르게 그의 팔에 손이 닿았다. "알아요. 얼마나 힘들었을지…"

"그냥… 모든 게 예전처럼 돌아갔으면 좋겠어요."

그때 다시 천둥이 쾅 하고 울렸다. 나는 담요를 꽉 끌어안았다. 테이블 위 음식은 이미 차갑게 굳었을 것이다. 문득 깨달았다. 그와 너무 가까이 앉아 있었다. 떨어져야 한다는 걸 알면서도, 그의 체온이 닿는 이 거리를 벗어나고 싶지 않았다. 추운 밤엔 서로 기대는 게 자연스럽다고, 나는 그렇게 스스로를 합리화했다.

하지만 우린 조금, 아니 많이 가까웠다.

"실비아." 그가 낮게 속삭였다.

나는 눈을 감았다. 그를 보지 않으면 유혹을 이겨낼 수 있을지도 몰랐다. 하지만 어둠과 번개, 천둥, 그리고 그의 온기까지 마치 모든 게 우리를 시험하는 듯했다. 그리고 나는 알고 있었다. 그가 얼마나 외로웠는지.

'떨어져, 실비.'

물러나야 한다. 정말 그래야 한다. 하지만 나도 오랫동안 혼자였다. 프레디와 헤어진 이후로 누구와도 키스한 적이 없다. 너무 오래 전 일이었다. 우리 둘 다 너무 오랫동안 혼자였다.

우린 아무 말도 하지 않았다. 담요 속에서 서로의 온기를 느끼며 소파에 앉아 있었다. 심장이 미친 듯 뛰었다. 그의 입술과 내 입술은 겨우 한 뼘 정도 떨어져 있었다. 금방이라도 닿을 것 같았다.

쾅!

우리는 동시에 소리 나는 쪽으로 고개를 돌렸다. 소리는 위층 빅토리아의 방 쪽에서 났다. 그녀가 소리를 낼 리는 없다. 지금쯤이면 깊이 잠들어 있을 테니까. 하지만 이 집엔 우리 셋뿐이었다.

아담이 소파에서 벌떡 일어섰다. "내가 가볼게요."

나도 자리에서 일어났다. 담요가 바닥에 툭 떨어졌다. "제가 갈게요. 마저 식사하세요."

"괜찮아요. 내가 갈게요."

"저도 괜찮아요."

그가 망설이자 내가 덧붙였다. "제 일이잖아요."

그는 턱수염을 긁적이며 고개를 끄덕였다. "알았어요. 혹시 무슨 일 있으면 바로 불러요."

계단을 오르자 삐걱거리는 소리가 길게 울려 퍼졌다. 그 순간, 괜히 나서겠다고 한 건 아닐까 후회가 밀려왔다. 계단 끝에 다다랐을 때 손전등을 아래층에 두고 왔다는 걸 깨달았다. 아래층은 초와 벽난로 덕분에 밝았지만, 위층은 칠흑 같은 어둠뿐이었다. 몇 번이나 눈을 깜빡이며 어둠에 익숙해지려 했지만 소용이 없었다.

다시 내려가 손전등을 가져올까 고민했지만, 불빛 하나 없는 계단을 내려가는 게 더 무서웠다. 그때 문득 빅토리아 방 서랍 맨 위 칸에 손전등이 있다는 게 생각났다. 그 방만 찾으면 된다. 하지만 어둠 속에서 그마저도 쉽지 않았다. 나는 벽에 손을 대고 울퉁불퉁한 벽면을 더듬으며 앞으로 나아갔다. 빅토리아의 방은 오른쪽 끝이었다. 첫 번째 문, 두 번째, 그리고 세 번째 ― 그녀의 방이었다. 손끝으로 문손잡이를 더듬어 잡았다. 숨을 한 번 고른 뒤 문을 밀어 열었다.

빅토리아의 방은 칠흑같이 어두웠다. 창문을 세차게 두드리는 빗소리만 방안을 채우고 있었다. "빅토리아?" 내 목소리가 어둠 속으로 가라앉았다.

아무 대답도 없었다. 그녀는 자고 있는 게 분명했다.

그럼… 방금 그 소리는 뭐였지?

나는 손끝으로 벽을 더듬어 서랍장을 찾았다. 첫 번째 서랍을 열어 종이와 잡동사니를 헤집던 끝에 원통형 물체가 잡혔다. 손전등이었다. 엄지로 스위치를 눌렀다.

순간 방 안이 빛으로 가득 찼다. 눈이 부셔 잠시 깜빡였고, 이내 시야가 또렷해졌다. 나는 그녀가 잘 자고 있는지 확인하려 손전등을 들어 침대 쪽을 비췄다.

하지만 불빛이 닿는 순간, 숨이 멎을 뻔했다. 빅토리아는 자고 있지 않았다. 한쪽 눈을 또렷이 뜬 채 나를 똑바로 바라보고 있었다.

가슴이 쿵 하고 뛰었다. 몇 시간 전만 해도 의식조차 흐릿했던 그녀가, 지금은 맑은 눈으로 나를 응시하고 있었다.

"빅토리아…" 나는 가까스로 입을 열었다. "깜짝 놀랐어요. 자고 있는 줄 알았는데."

그녀는 아무 말 없이 눈을 한 번 깜빡였다.

"괜찮아요? 위층에서 소리가 나서 올라왔어요."

나는 손전등으로 바닥을 비춰보고 이유를 알 수 있었다. 침대 옆 협탁에 올려두었던 컵이 바닥에 떨어져 있었다. 바닥에 물이 흥건했다. 아마 이 소리에 놀라 빅토리아가 깬 건 같았다.

그녀가 아니라면, 대체 누가 컵을 떨어뜨린 걸까? 컵이 저절로 굴러떨어질 리는 없다. 설마 그녀가 깨어나 손을 뻗은 걸까? 하지만 지금까지 빅토리아가 그런 행동을 한 적은 한 번도 없었다.

"제가 치울게요." 나는 작은 목소리로 말했다.

손전등을 들고 욕실로 가 휴지를 챙겼다. 물은 얼마 되지 않아 금방 닦을 수 있을 것 같았다. 다시 돌아오자 빅토리아는 여전히 눈을 뜬 채 나를 똑바로 보고 있었다. 그녀의 시선이 내 등 뒤에 달라붙은 듯 따라왔다. 다행히 컵은 플라스틱이라 깨지진 않았다.

"내에에에…" 그녀가 낮게 소리를 냈다.

나는 고개를 들었다. "뭐라고요?"

그녀의 입술이 느릿하게 움직였다. 무언가를 말하려 애쓰고 있었다. 소리가 잘 나오지 않는 듯했다.

"내…, 거."

내 거?

나는 빅토리아의 시선을 따라 아래를 내려다봤다. 그녀는 내가 입고 있는 스웨터, 정확히 말하면 그녀의 스웨터를 보고 있었다. 그녀는 그걸 알아챈 거였다.

"정말 죄송해요." 나는 서둘러 변명하듯 말했다. "아담이 괜찮다고 해서… 난방이 안 돼서 너무 추웠어요. 지금 벗을게요." 나는 스웨터를 급히 벗어 내려놓았다. 한기가 몸을 파고들었지만, 그래야 할 것만 같았다. "다시는 안 입을게요. 미안해요."

그녀의 표정은 미동조차 없었다. "내 거." 이번엔 훨씬 또렷했다.

나는 서둘러 스웨터를 서랍 안에 밀어 넣었다. 이젠 누가 백만 달러를 준다 해도 그 옷은 입지 않을 것이다. 담요만 있어도 충분하다. 나는 조심스레 빅토리아를 다시 바라봤다. 이상하게 굳어 있는 강박적인 표정이 풀렸기를 바랐지만, 여전히 그대로였다.

"내 거." 그녀가 또 말했다.

심장이 세차게 뛰었다. 그녀는 그 말에 사로잡힌 듯했다. 하지만 난 이미 옷을 돌려줬다. 그녀는 대체 뭘 말하고 있는 걸까.

"괜찮으면… 전 이만 가볼게요." 나는 문 쪽으로 한 발씩 물러섰다. "아침에 다시 올게요."

방을 나선 뒤에야 그녀가 '내 거'라고 한 말이 스웨터를 가리킨 게 아닐 수도 있다는 생각이 들었다. 아담과 마주치지 않는 게 좋을 것 같아서 아래층으로 내려가지 않고 그대로 내 방으로 돌아왔다. 그리고 손전등 불빛에 의지해 책을 읽다 그대로 잠들었다.

23
빅토리아의 일기

오늘 밤 내가 겪은 이 말도 안 되는 일을 대체 어디서부터 꺼내야 할까.

처음엔 모든 게 완벽했다. 우리는 저녁을 먹으며 어떤 결혼식을 꿈꿔왔는지 즐겁게 이야기하고 있었다. 결혼식 준비라니. 이런 말하긴 좀 부끄럽지만 정말 설렜다. 아담은 가능한 한 빨리 결혼하자고 했다. 한껏 들뜬 그의 모습이 사랑스러울 정도였다. 캐럴은 늘남자친구 제프가 결혼을 두려워한다고 했었는데, 아담은 그와 정반대였다.

우리는 작고 조용한 결혼식을 하기로 의견을 모았다. 사실 나는아담이 돈을 아낌없이 쓰는 성격이라 화려한 결혼식을 원할까 봐걱정했는데, 그도 나처럼 단출하고 소박한 예식을 버라고 있었다.

그는 촛불이 흔들리는 테이블 너머로 내 손을 잡았다. "우리 둘만 있어도 괜찮아. 법원에서 해도 좋고, 아니면 라스베이거스에서 해도 좋아."

"가족은 초대 안 해도 괜찮아?"

그의 얼굴이 잠시 어두워지더니 내 손을 천천히 놓았다. 세 번째 데이트에서 그는 부모님과 연락을 끊은 지 오래라고 털어놨다. 그땐 그 말이 조금 이상하게 느껴졌었다. 나는 중학교 때 엄마를 암으로 잃었고, 대학 시절엔 아빠를 심장마비로 떠나보냈다. 부모님 두 분 모두 형제가 없었기 때문에, 외동이었던 내겐 '가족'이라 부를 사람이 남아 있지 않았다.

조금 유치하게 들릴지도 모르지만, 나는 늘 대가족을 가진 남자와 결혼하는 걸 꿈꿨다. 그러면 나도 진짜 '가족'이라는 걸 느껴볼 수 있을 것 같았다. 잃어버린 부모님을 대신해 줄 시어머니와 시아버지, 그리고 한 번도 가져본 적 없는 형제자매 같은 시누이나 시동생들, 그런 따뜻한 관계를. 하지만 아담은 그런 가족을 줄 수 없다. 그는 거의 10년 동안 부모님과 말을 섞지 않았고, 형과는 원수처럼 지낸다.

"그들에게 화가 난 건 알지만," 내가 조심스레 말을 꺼냈다. "이젠 시간이 꽤 지났잖아. 우리도 새출발하는 거니까… 한번 화해해보는 건 어때?"

아담은 와인 잔을 들어 붉은 액체를 천천히 돌렸다. "아니, 그럴 생각 없어."

"왜?"

"넌 이해 못 해."

"그럼 설명해 줘." 그를 이해하고 싶었다. 아니, 설득하고 싶었다.

그는 여전히 와인 잔만 바라봤다. "내가 작가가 되겠다고 했을 때 부모님은 날 비웃었어. 시간 낭비고 인생 낭비라고 했지."

그 말에 가슴이 한순간 아릿해졌다. 작가가 된다는 건 용기가 필요한 일이다. 가족의 지지 없이 버틴다는 게 얼마나 외로울까. "그래도 이제는 자신들이 틀렸다는 걸 알지 않을까? 당신이 얼마나 성공했는지 보면."

그는 대답 대신 와인 잔을 기울여 단숨에 비웠다. "그럴 것 같지?" 그의 목소리는 낮고 차가웠다. "하지만 아니야. 게다가 그들은 내 첫 소설도 싫어했어."

"《가족의 비밀》 말이야?" 아담을 만나기 몇 년 전에 읽었던 책이었다. 줄거리는 잘 기억나지 않았지만, 손에서 놓지 못할 만큼 재미있었다는 건 확실했다. 섬뜩하면서도 매혹적인 이야기였다. "뭐가 마음에 안 들었대?"

"소설 속 인물들이 자기들 이야기라고 생각했대." 아담이 어깨를 으쓱했다. "내가 그들을 나쁘게 묘사했다고 본 거지."

"정말 그랬어? 그들을 모델로 쓴 거야?"

그는 또다시 어깨를 으쓱했다. "글을 쓰다 보면 자기 경험이 섞일 수밖에 없어. 그러니까 어느 정도는 맞을지도."

나는 속으로 《가족의 비밀》을 다시 읽어야겠다고 생각했다. 거실 책장에 그 책이 여러 권 꽂혀 있으니 하나쯤 꺼내 읽으면 된다. 다시 읽는다고 해도 지루할 리 없다. 아담은 정말 뛰어난 작가니까.

"비키, 네가 대가족에 대한 판타지가 있는 건 알지만," 아담이 의자에 등을 기대며 말했다. "내 부모는 정말 엉망인 사람들이야. 그냥 다 잊고 싶어. 어차피 우린 우리 가족을 만들면 되잖아. 안 그래?"

그 말에 가슴이 두근거렸다. 그가 그런 말을 한 건 처음이었다. "무슨 뜻이야?"

"그러니까 내 말은…" 그가 웃었다. "우리 빨리 아기 갖자. 어때?"

순간 나도 모르게 바보처럼 웃음이 터졌다. 아담을 만나기 전에는 아이를 생각해 본 적이 없었다. 그건 내 인생에서 너무 먼 이야기였다. 그런데 그를 만나자마자 가장 먼저 떠오른 생각은 '이 사람이 내 아이의 아빠가 됐으면 좋겠다'는 거였다. 그리고 지금 내가 이 글을 쓰는 이유도 사실 그 때문이다.

"글쎄, 설득당할 수도 있을 것 같은데?" 나는 장난스럽게 미소 지었다. 그 덕분에 부모님 이야기가 머릿속에서 싹 사라졌다.

아담은 잔을 다시 채우며 윙크했다. "아이는 몇 명쯤 낳고 싶어?"

배 속이 따뜻해지는 느낌이 들었다. 갑자기 빨리 아이를 갖고 싶어졌다. "세 명?"

그의 얼굴이 환해졌다. "나도 그렇게 생각했어. 아들 둘, 딸 하나."

나는 웃음을 터뜨렸다. "그건 우리가 결정할 수 있는 게 아니잖아."

"그럼 아들 셋이라도 괜찮아."

우리는 식사 내내 미래의 아이들에 대해 이런저런 상상을 나눴다. 조금 유치했지만 정말 즐거웠다. 결혼식 얘기는 별로 진전이 없었지만 상관없었다. 아직 시간도 있었고 어차피 작고 단순하게 할 예정이었으니까.

모든 게 완벽했다. 집에 돌아오기 전까지는.

엘리베이터 안에서도 우리는 서로에게서 손을 뗄 수 없었다. 그래서 당연히 침실로 향할 줄 알았다. 그런데 아담이 욕실로 들어갔고, 그 순간부터 모든 게 어긋나기 시작했다.

아담은 치약을 손에 쥔 채 욕실에서 나왔다. 정확히 말하면, 자기 치약을. 같이 산 지 몇 달이 됐는데도 아담은 여전히 물건을 구분해서 써야 한다고 고집했다. 냉장고 맨 아래 칸은 내 것, 맨 위 칸은 자기 것, 그리고 중간 칸에 들어갈 물건은 전부 이름표를 붙여야 했다. 지난주엔 내가 자기 우유로 시리얼을 만들어 먹었다는 이유로 완전히 폭발했었다. 정말 이해할 수가 없다. 굳이 우유를 따로 써야 하는 걸까?

맞다. 우리는 치약도 따로 쓴다. 왜 같이 쓰면 안 된다는 건지 나는 아직도 모르겠다. 하지만 아담은 끝까지 고집을 꺾지 않았고, 그런 사소한 문제로 싸우는 게 한심하게 느껴져서 그냥 넘어가기로 했다. 아담은 조금 강박적인 면이 있다. 내가 익숙해져야 할 부분이라고 생각했다. 가끔은 그런 모습이 귀엽게 보이기도 했으니까.

그는 치약을 한 손에 꽉 쥐고 있었다. 검은 매직으로 큼직하게 '아담'이라고 적혀 있었다. 이젠 그 글씨만 봐도 속이 뒤틀릴 지경이었다. 그의 얼굴은 벌겋게 달아올라 있었다.

"내 치약 썼어?"

"그게…" 솔직히 오늘 아침에 실수로 썼을 수도 있다. 잠이 덜 깬 채 눈에 보이는 걸 그냥 집었을 뿐인데, 그게 이렇게 큰일일 줄은 몰랐다. "…잘 모르겠어."

"그럼 누가 썼다는 거야?" 그가 한 걸음 다가와 치약을 내 눈앞에서 흔들었다. "도둑이라도 들어와서 썼나? 누가 치약 한가운데를 눌렀다고!"

그래, 그게 치약을 같이 못 쓰는 이유다. 나는 치약을 가운데 아무 곳이나 눌러 짜고, 그는 끝에서부터 말아 올리듯 짜야 한다. 그 사소한 차이가 그의 눈에는 마치 큰 잘못처럼 보이는 모양이다.

예전에 그의 우유를 실수로 썼을 땐 바로 사과했다. 하지만 이번엔 도무지 납득이 안 됐다. 우리는 곧 결혼할 사이고 아이도 가질 텐데. 아이들은 치약을 어디서 짜든 신경도 안 쓴다. 아담도 이제 좀 느긋해질 때가 됐다.

"치약 하나 같이 쓰는 게 뭐가 그렇게 문제야?" 내가 말했다. "그냥 치약일 뿐이잖아, 아담."

그의 눈빛이 순식간에 차갑게 식었다. "결론은 네가 내 물건을 존중할 줄 모른다는 거야. 내가 월세도 안 받고 이 집에서 살게 해주는데."

"월세도 안 받고? 우린 약혼했잖아."

그는 비웃듯 입꼬리를 올렸다. "그래도 네가 월세를 내는 건 아니잖아. 그러니까 공짜로 사는 건 맞지." 그가 들고 있던 치약이 미세하게 흔들렸다. "이 집, 너 혼자서는 절대 감당 못 하잖아."

얼굴이 확 달아올랐다. 그 말은 사실이었다. "그래, 나 혼자선 감당 못 해. 그래도 치약 하나쯤은 같이 쓸 수 있잖아."

그는 손에 든 치약을 잠시 내려다보더니, 힘껏 쓰레기통에 내던졌다. '쾅' 하는 소리에 심장이 덜컥 내려앉았다. "새 치약 사 올게."

그는 코트를 집어 들고 문을 박차고 나갔다. 문이 쾅 닫히는 소리에 아파트 전체가 울렸다.

그게 두 시간 전 일이다. 그 사이 몇 번이나 전화했지만 받지 않았다. 무슨 일이 일어난 건지도 모르겠다. 고작 치약 하나 때문에 그렇게 화가 나다니. 이런 일로 싸웠다는 게 아직도 믿기지 않는다.

하지만 다들 그렇게 말했다. 오래된 커플은 사소한 일 싸운다고. 화장지 방향이 틀렸다거나, 변기 뚜껑을 올려놨다거나. 대부분의 전쟁은 욕실에서 시작된다고.

나는 아담을 사랑한다. 그가 별나고 까다로운 건 사실이지만, 함께하려면 그런 부분까지 받아들여야 한다. 오늘은 괜히 말을 꺼낸 것 같다. 그냥 사과했으면 됐을 텐데.

완벽한 사람은 아무도 없다. 심지어 '완벽남'이라도.

24

다음 날 아침 나는 늦잠을 자고 말았다. 전기는 새벽 무렵에 다시 들어온 모양이었다. 알람 시계에는 여전히 새벽 3시라는 표시가 깜빡이고 있었다. 하지만 창문 사이로 쏟아지는 햇살이 이미 아침이 온 지 한참 지났다고 말해 주고 있었다. 당연히 알람은 울리지 않았다.

손목시계를 보니 8시가 훌쩍 넘어 있었다. 나는 급히 침대에서 일어나 빅토리아의 방으로 향했다. 그녀는 침대에 없었다. 아마 아담이 그녀를 휠체어에 앉힌 모양이었다. TV는 켜져 있었지만, 그녀는 머리를 옆으로 기댄 채 곤히 잠들어 있었다.

아침을 준비하려고 아래층 부엌으로 내려갔다. 그녀가 먹지 않을 걸 알면서도, 습관처럼. 그런데 아담이 이미 부엌에서 설거지를 하고 있었다. 그는 나를 보더니 아무 일 없다는 듯 환하게 웃었다.

어젯밤 빅토리아의 일기에서 치약 때문에 분노를 터뜨린 아담의 이야기를 읽었다. 내가 아는 그와는 전혀 다른 모습이었다. 그런데 이상하게도, 그런 모습을 알게 된 게 나쁘지 않았다. 캐럴이 말했듯 그는 너무 '완벽한 남자'였다. 그래서 그에게도 결점이 있다는 사실이 한편으로는 마음이 놓였다. 너무 완벽한 사람은 오히려 불편하니까.

게다가 요즘은 부모님과도 잘 지내는 듯했다. 예전의 냉랭함은 없어 보였다. 어쩌면 빅토리아의 사고가 계기가 되었을지도 모른다.

"에바가 오늘 못 온다고 해서 내가 빅토리아를 챙겼어요." 그가 설거지를 마치며 말했다. "필요한 건 다 했어요."

나는 오트밀을 꺼내 들었다. "그래도 아침은 제가 준비할게요."

"괜찮아요. 내가 했어요."

오트밀 봉지를 뜯다 말고 손이 멈췄다. "먹였다고요?"

아담은 태연하게 어깨를 으쓱했다. "튜브로 조금 넣어줬어요. 어차피 너무 깊이 자서 제대로 먹을 수도 없거든요. 원래 아침은 잘 안 먹잖아요."

아담의 말이 맞았다. 나는 늘 한입이라도 먹이려고 애썼지만, 그녀는 거의 먹지 않았다.

"더 필요한 거 없으면…" 그가 수건으로 손을 닦으며 말했다. "위층에서 글 좀 써야겠어요. 오늘은 집중해야 하거든요."

"새 책을 쓰는 중이에요?"

그의 입가에 부드러운 미소가 번졌다. "네, 근데 요즘은 뭘 써도 영 별로예요. 어제는 다섯 페이지나 찢어버렸어요."

나는 웃으며 고개를 저었다. "그럴 리가요. 온라인에선 당신을 천재 작가라고 하던데요. 게다가 베스트셀러잖아요."

그는 손을 내저으며 웃었다. "그냥 운이 좋았던 거예요."

"에이, 거짓말."

"진짜예요." 그가 어깨를 으쓱했다. "재능 있는 작가들은 세상에
많아요. 난 그냥 좋은 에이전트를 만나 기회를 잡았을 뿐이에요.
그 덕분에 길이 열린 거죠. 그게 아니었다면 나도 지금 여기 없었
을 거예요."

나는 조리대에 기대며 물었다. "처음부터 작가가 되고 싶었어
요?"

"네, 그랬던 것 같아요." 그의 시선이 멀어졌다. "인생은 우리가
원하는 대로 흘러가지 않잖아요. 하지만 글을 쓸 땐 달라요. 내가
만든 세계 안에서는 모든 게 내 뜻대로 되거든요. 그게 내가 글쓰
기를 좋아하는 이유예요."

"무슨 말인지 알아요. 저도 제 인생의 몇 장면쯤은 다시 써보고
싶거든요."

그가 미소 지으며 물었다. "당신은 앞으로 뭘 하고 싶어요?"

학창 시절 내내 들었던 질문이었다. '커서 뭐가 되고 싶니, 실비
아?' 그럴 때마다 제대로 대답해 본 적이 없었다. 평범한 중산층이
었던 내 부모님은 내가 교사가 되길 바랐지만, 그건 내 꿈이 아니
었다. 가르치는 일에는 관심이 없었다. 그저 방향을 잃은 채 떠돌
다가 프레디를 만났다. 그가 내 인생의 구명줄이 되어줄 거라 믿었
지만, 결국 그는 나를 버리고 떠났다.

"잘 모르겠어요." 나는 고개를 숙였다. "좀 한심하죠? 이 나이가
되도록 뭐가 되고 싶은지도 모르다니…"

아담이 웃었다. "괜찮아요. 아직 시간 많잖아요. 그동안은 여기서 일하면 되고요. 솔직히 말하면… 당신이 여기 있어 줘서 좋아요."

나는 두 손을 꼭 쥐었다. 그는 일부러 그 이야기를 피하는 것 같았다. 어젯밤 우리가 키스할 뻔했다는 걸 정말 모르는 걸까. 아니면 모르는 척하는 걸까. 어쩌면 그게 나을지도 모른다. 그냥 아무 일도 없었던 것처럼 지내는 게.

어차피 다시는 그런 일은 없을 테니까.

25

오늘 빅토리아는 마치 영혼이 빠져나간 사람 같았다. 점심도 거의 손대지 않았고, 저녁도 마찬가지였다. 당근 퓌레를 한 숟갈씩 떠서 입가에 가져갔지만, 그녀는 멍하니 앉아 있기만 했다. 그래도 다행인 건 어젯밤 일 때문에 나를 노려보진 않는다는 거다.

아직도 그 물컵이 어떻게 떨어졌는지 이해가 되지 않는다.

아니 어쩌면 알고 싶지 않은 건지도 모른다.

거의 한 시간째 밥을 먹이느라 씨름하던 중, 문틈으로 아담이 고개를 내밀었다. "지금 약 줘도 될까요?"

그 한마디에 빅토리아의 눈이 번쩍 뜨였다. 오늘 하루 중 처음으로 또렷한 표정이었다.

"20분만 있다가요." 내 말에 그는 고개를 끄덕였다.

"좋아요. 다시 올게요."

빅토리아의 입 한쪽으로 당근 퓌레가 흘러내렸다. 냅킨으로 닦아주려 하자, 그녀가 손을 밀어냈다. "실비."

그녀는 중요한 말을 하려 할 때마다 내 이름을 불렀다. "왜요, 빅토리아?"

"좀." 그녀의 파란 눈이 또렷해졌다. "아담… 좀."

이제 그녀가 말하는 게 총이라는 건 알겠다. 하지만 그게 정확히 무슨 뜻인지는 여전히 모르겠다. 이 집에서 총을 본 적도 없으니까. 그 총알 자국만 아니었다면, 그냥 헛소리라고 넘겼을지도 모른다.

"너…," 그녀가 벽을 가리켰다. "좀…, 안에…"

나는 그녀의 얼굴을 지켜봤다. 그녀는 단어를 떠올리려 애쓰고 있었다. 표정만 봐도 답답함이 느껴졌다. 머릿속에서 단어들이 떠다니는데 끝내 입 밖으로 나오지 못한 채 맴도는 것 같았다.

"우단." 그녀가 마침내 의기양양하게 말했다.

하지만 여전히 무슨 뜻인지 알 수 없었다. "우단…? 우산이요?"

"아니, 아니." 그녀는 잠깐 눈을 감았다 뜨더니 다시 말했다. "우단. 우단. 그… 우단."

몇 번이고 반복해도 알아듣기 힘들었다. 그러다 그녀의 손끝이 벽이 아니라 옷장을 가리키고 있다는 걸 알아차렸다. "옷장?" 내가 되묻자, 그녀는 힘주어 고개를 끄덕였다.

"응. 아담… 우단."

남편 옷장에 총이 있다고 말하는 걸까? 그럴 수도 있다. 하지만 설령 그렇다 해도, 그게 큰 문제일까. 이런 외딴곳에서 방어용 총 한 자루쯤 갖고 있는 건 이상한 일도 아니다. 그걸 마음대로 휘두르고 다니는 것도 아니니까.

하지만 빅토리아의 눈빛에는 간절함이 가득했다. 내게 그 총을 꺼내달라고 애원하는 것처럼 보였다.

하지만 나는 그럴 수 없다. 그랬다가는 당장 해고될 게 뻔했다. 그래서 애써 대수롭지 않은 척 넘기려 했다.

"괜찮아요." 내가 부드럽게 말했다. "제가 알아서 할게요."

하지만 마음 깊은 곳에서는 아무것도 하지 않을 거라는 걸 이미 알고 있었다.

26

오늘 저녁은 아담이 냉동식품을 데워줬다.

스웨덴 미트볼. 내가 가장 좋아하는 메뉴다. 그는 이런 인스턴트 음식을 저급하다고 생각할지도 모르지만, 나에게는 오히려 작은 별미에 가깝다. 예전엔 월세를 내기도 빠듯해서 미트볼과 면, 소스가 담긴 플라스틱 용기에 5달러를 쓰는 건 큰 사치였다. 일주일 식비가 고작 10달러였고 라면으로 하루하루를 버텼다.

창밖의 비가 그쳤다. 오늘은 간간이 햇살도 비쳤지만, 기온이 갑자기 뚝 떨어졌다. 빅토리아를 산책시킬 수 있는 날도 이제 얼마 남지 않은 것 같다. 오늘도 데리고 나가고 싶었지만, 어젯밤 폭풍 때문에 젖은 낙엽과 물기로 길이 너무 미끄러워 포기할 수밖에 없었다.

"전 방에서 먹을게요." 전자레인지가 '띵' 하고 울리자 내가 말했다.

아담은 잠시 미간을 좁혔다. "그래요… 알겠어요."

마음에 들지 않는 눈치였지만 더는 묻지 않았다.

접시에 음식을 담아 계단을 오르려는 순간, 초인종이 울렸다. 나와 아담은 동시에 멈췄다. "누구 오기로 했어요?"

그가 고개를 저었다. "여긴 찾아오는 사람이 거의 없어요."

아담이 문에 달린 외시경으로 밖을 내다봤다. 나는 창밖으로 시선을 돌렸다. 진입로에 낯익은 차 한 대가 보였다. 페인트가 벗겨진 초록색 포드 피에스타. 숨이 턱 막혔다. 나는 반사적으로 입을 틀어막았다.

"아담!" 내가 외쳤다. "문 열지…"

하지만 이미 늦었다. 아담이 문을 열자, 그 앞에 프레디가 서 있었다. 손에는 꽃다발이 들려 있었다. 아담이 빅토리아에게 사주던 장미가 아니라, 싸구려 카네이션이었다. 놀랍지도 않았다.

"실비!" 프레디는 아담을 밀치듯 지나쳐 순식간에 현관 안으로 들이닥쳤다. "실비… 꼭 할 말이 있어."

나는 한 걸음 물러섰다. 입을 열었지만 아무 말도 나오지 않았다. 그제야 빅토리아가 어떤 기분일지 조금은 알 것 같았다.

"무슨 일입니까?" 아담이 낮은 목소리로 물었다.

"그게…" 프레디가 아담을 흘끗 보더니 다시 나를 봤다. "실비랑 나는… 그… 우린…"

그는 우리 관계를 설명하려 했지만 쉽지 않아 보였다. 결혼한 적도 없고, 그가 떠난 뒤로 우리는 사실상 아무 관계도 아니었으니까.

프레디가 아담을 지나 내 앞으로 다가왔다. 나는 어쩔 수 없이 그를 훑어봤다. 달라져 있었다. 예전처럼 덥수룩한 머리가 아니라 짧고 단정했다. 하얀 셔츠에 말쑥한 바지. 꼭 사무직 직원 같은 모습이었다. 혹시 내가 늘 말하던 대로 학교에 다시 다니기 시작한 걸까?

"실비, 제발 얘기 좀 해."

"여긴 어떻게 찾았어?" 내가 물었다.

"네 예전 집주인이 알려줬어."

순간, 손이 저절로 꽉 쥐어졌다. "그 사람이… 알려줬다고?"

"20달러를 찔러줬어." 그가 자랑스럽다는 듯 씩 웃었다. "그게 뭐 그렇게 대단한 비밀이야? 그냥 나한테 말해줬으면 됐잖아."

"그 정도면 너한테 알려 주고 싶지 않았다는 뜻인 거 모르겠어?" 한 걸음 더 물러서는 순간, 등에 조리대가 닿았다. "끝났어, 프레디. 우리 얘긴 이미 끝났다고."

"널 두고 떠나는 게 아니었어." 그가 고개를 저었다. "하지만 그 땐 나도 너무 힘들었어. 매일 싸우고, 또 싸우고… 그게 너무 버거웠어. 그래도 난 널 사랑했어. 지금도 그래. 전부 내 탓이라고 생각하면서 지냈어…"

그 말이 제일 가슴 아팠다. 프레디는 늘 자신을 탓했다. 그날 자기가 나와 함께 아빠를 마주했더라면, 모든 게 달라졌을지도 모른다고. 자기가 나를 지켜줄 수 있었을 거라고.

하지만 그런 일은 일어나지 않았다.

"미안해." 내 목소리가 갈라졌다. "이젠… 널 보고 싶지 않아."

"실비, 제발…"

그가 한 걸음 다가왔다. 나는 뒤로 물러섰지만, 조리대에 막혀 더는 갈 곳이 없었다. 그때 아담이 움직였다. 목을 가다듬고 프레디의 어깨를 툭 치기 전까지, 아담이 거기 있다는 사실조차 나는 거의 잊고 있었다.

"이봐요," 아담의 목소리는 낮고 단단했다. "이제 그만 나가주시죠."

"미안하지만," 프레디는 힐끗 뒤돌아보며 말했다. "이건 당신이 끼어들 일이 아니야."

"내 집에서 벌어지는 일이라면 상관있는 일이지." 아담의 목소리는 싸늘했다. 솔직히 말해, 조금 섬뜩할 정도였다. "지금 당장 나가."

프레디는 멈춰 서서 아담을 잠시 위아래로 훑었다. 상대할 수 있을지 재는 눈빛이었다. 프레디는 싸움을 꽤 잘했다. 시비가 붙으면 절대 지는 사람이 아니었다. 솔직히 아담과 프레디가 붙는다면 누가 이길지는 장담할 수 없었다.

그 생각이 스치자 문득 그 총이 떠올랐다. 빅토리아가 아담의 옷장에 있다고 했던 그 총.

하지만 다행히 거기까지는 가지 않았다. 아담이 재빨리 휴대폰을 꺼내 들었다. "지금 911에 신고하고 있어. 경찰은 2분이면 도착해."

프레디의 얼굴에 잠시 망설임이 스쳤다. 이제 겨우 제자리를 찾은 삶을 감옥에서 망칠 순 없을 테니까.

"실비." 그가 거의 속삭이듯 말했다. "잠깐만 나가서 얘기하자. 제발."

내가 대답하기도 전에 아담이 끼어들었다. "그녀가 나가라고 했잖아. 당장 나가."

프레디의 어깨가 힘없이 내려앉았다. 잠시 머뭇거리던 그는 결국 고개를 숙이고 문 쪽으로 걸어갔다. 그가 차를 타고 떠나는 걸 확인하고서야 나는 비로소 숨을 내쉴 수 있었다.

아담을 똑바로 볼 수가 없었다. "미안해요… 이런 일까지 겪게 해서."

"괜찮아요. 이런 일을 막으려고 내가 여기 있는 거니까."

나는 그를 올려다봤다. 그는 내 고통의 무게를 안다. 태어나지도 못한 아이를 잃은 슬픔, 사랑이라 믿었던 사람을 잃은 상실감. 그는 내가 겪어온 아픔을 누구보다 잘 알고 있다.

그 역시 같은 일을 겪었으니까.

그 사실이 떠오르는 순간, 나는 완전히 무너졌다. 참았던 눈물이 터졌고, 아담이 나를 끌어안았다. 누군가의 품에 안긴 건 오랜만이었다. 따뜻하고 부드러웠다. 그의 어깨에 머리를 기대자 그는 내 머리카락을 천천히 쓸어내렸다. 내가 얼굴을 들자 그가 아주 조심스럽게 내 입술에 입을 맞췄다. 그리고 나는 그 부드러움에 이끌려 그에게 키스하고 말았다.

그다음에 일어난 일은 분명 잘못된 일이었다. 하지만 그 순간만큼은 아무 생각도 나지 않았다.

27

다음 날 아침 나는 아담의 침대에서 눈을 떴다.

욕실 안에서 샤워 소리가 들렸다. 아담은 노래를 부르고 있었다. 귀를 기울여 보니 브루노 마스 노래 같았다. 아담이 그렇게 흥얼거리는 걸 본 건 처음이었다. 정말 기분이 좋은 모양이었다.

잠시 후 그가 허리에 수건만 두른 채 욕실에서 나왔다. 입가엔 커다란 미소가 걸려 있었다. 확실히 행복해 보였다. 아마 누군가를 품은 것도 아주 오랜만이었을 것이다. 어쩌면 다시는 이런 일이 없을 거라 생각했을지도 모른다.

"안녕." 그가 다가와 부드럽게 입을 맞췄다. 어젯밤의 장면이 스치듯 떠올랐다. 나는 잠시 그대로 있다가 천천히 몸을 뗐다. "드디어 깼네. 정말 푹 자던데, 실비아."

그가 수건을 툭 떨어뜨렸다. 나는 얼른 시선을 돌렸고, 그가 옷을 입는 동안 고개를 들지 못했다. 어젯밤 일은, 하지 말았어야 했다. 그를 밀어냈어야 했다. 하지만 프레디가 들이닥치고 아담이 나를 지켜주던 그 순간에는 도저히 정신을 차릴 수가 없었다.

"아담." 내가 낮게 말했다. "저기… 어젯밤은…"

그의 티셔츠가 젖은 몸에 달라붙어 있었다. 그가 작게 중얼거렸다. "젠장."

"왜 그래요?"

그의 미소가 사라졌다. "무슨 말 하려는지 알아. 어젯밤 일은 실수였고 다시는 그런 일 없을 거라고 하려는 거잖아."

"음…" 정확했다. "그냥… 빅토리아가…"

그가 내 옆으로 와 침대 가장자리에 앉았다. "실비아, 난 빅토리아를 사랑해. 너도 알잖아. 평생 그럴 거야. 하지만…"

"하지만?"

그가 젖은 머리카락을 쓸어 넘겼다. "이런 말까지 꼭 해야 해? 빅토리아는 심각한 뇌 손상을 입었어. 우린 이제 부부라고 할 수도 없어. 그건 너도 알잖아."

나는 고개를 숙였다. "알아요… 그래도 그녀는 여전히 그 안에 있어요. 적어도, 일부는요."

그가 고개를 저었다. "아마 아주 작은 부분일 거야. 나도 잘 모르겠지만… 실비아, 난 이제 서른다섯이야. 빅토리아를 돌볼 거야. 그건 내 의무니까. 하지만 그게 내 삶 전부가 될 순 없어. 그렇게는 못 살아." 그가 숨을 크게 내쉬었다. "만약 그게 내 전부였다면… 아마 진작에 스스로 끝내버렸을 거야."

잔인한 말이었지만, 그를 비난할 수는 없었다. 그는 지금까지 정말 좋은 남편이었다. 대부분이 포기했을 상황에서도 그는 빅토리아 곁에 남았다. 게다가 그는 아직 젊고 잘생겼다.

하지만 내 마음을 불편하게 하는 건 그가 끝내 외면하는 진실이었다. 빅토리아는 아직 완전히 사라지지 않았다. 그녀는 눈도 뜨지 못하는 식물인간 상태가 아니다. 그녀는 눈을 뜨고 가끔은 말도 했다. 세상에서 벌어지는 일도 알고 있었다. 집 밖 나무에 총알이 박혔던 일도 기억했고, 내가 그녀의 스웨터를 입은 것도 알아챘다. 그리고 아담의 옷장 안에 총이 있다고도 말했다. 왠지 빅토리아는 그걸 두려워하고 있는 것 같았다.

물론 그의 외로움을 모르는 건 아니었다. 빅토리아와는 이제 제대로 된 대화를 나눌 수도 없으니까. 그는 아내와 잠자리를 갖는 것조차 윤리적으로 애매하다고 느끼고 있었다. 그날 이후 줄곧 찬물 샤워만 했다고 했다.

하지만 오늘 아침에는 뜨거운 물로 샤워를 했다.

아담이 몸을 숙여 내게 다시 입을 맞췄다. 그리고 나는 그를 막지 않았다.

28

아담과 몰래 만난 지 벌써 2주가 됐다.

그가 빅토리아를 재운 뒤 우리는 매일 같이 저녁을 먹었고, 그 후엔 그의 방으로 올라갔다. 그리고 몇 시간이고 서로에게 매달렸다. 예전에 프레디에게 빠졌던 감정과는 전혀 달랐다. 아담과의 관계는 훨씬 깊고, 훨씬 위험했다. 솔직히 말하면 하루 종일 아담 생각뿐이었다. 잠들기 전 마지막 생각도, 아침에 눈을 뜨자마자 가장 먼저 떠오르는 것도 아담이었다. 심지어 꿈속에서도 그가 나타나곤 했다.

그래도 그의 침대에서 밤을 온전히 보낸 적은 없었다. 그 침대는 여전히 아담과 빅토리아의 자리처럼 느껴졌기 때문이다. 내가 누워 있을 곳이 아니라는 걸 알고 있었다. 게다가 아침에 에바나 매기에게 들킬지도 몰랐다. 매기라면 그냥 웃고 넘기겠지만, 에바는 절대 그럴 사람이 아니었다. 최소한 평생 잊지 못할 만큼 차가운

눈초리를 받게 됐을 것이다.

그리고 빅토리아에게 죄책감이 들었다. 그녀는 우리가 어떤 사이인지 정확히 모를 수도 있지만, 어렴풋이 짐작은 하고 있을 것이다. 심각한 뇌 손상을 입었지만, 남편과 내가 같이 자고 있다는 사실 정도는 이해할 만큼 의식이 남아 있었다. 전기가 나갔던 그날밤, 나를 바라보던 눈빛을 아직도 잊을 수 없었다. 그리고 힘겹게 내뱉었던 한 마디도.

"내 거."

나는 여전히 빅토리아의 일기를 읽고 있다. 하지만 이제는 이유가 달라졌다. 그녀가 아담과 약혼했을 때 썼던 부분들을 읽고 있다. 그때의 아담은 지금 나에게는 절대 보여 줄 수 없는 다정함으로 가득했다. 그래서 나는 그 글을 읽으며 상상한다. 그가 나와 함께 마차를 타고 센트럴파크를 돌고, 브로드웨이 오케스트라석에서 함께 공연을 보는 장면을.

물론 로맨스가 전혀 없는 건 아니다. 오늘 아침 문을 열었을 때바닥에 장미 한 다발이 놓여 있었다. 살면서 장미를 받아본 건 처음이었다. 프레디는 그런 걸 사줄 형편이 아니었으니까. 순간 가슴이 따뜻해지고 눈물이 날 뻔했다. 하지만 고개를 드는 순간 에바가 나를 노려보고 있었다.

"안녕하세요, 에바." 간신히 목소리를 짜냈다.

그녀의 눈매가 날카롭게 좁아졌다. "네가 무슨 짓을 하고 있는지 알아."

나는 황급히 장미를 집어 들었다. "무슨 말인지 모르겠네요."

그녀가 비웃듯 말했다. "거짓말하지 마. 처음 봤을 때부터 이럴 줄 알았어. 항상 이렇게 되거든. 네가 처음일 거라고 생각해? 아니야."

목덜미로 식은땀이 흘렀다. "죄송해요…"

"아니." 그녀의 목소리는 낮고 단호했다. "후회하게 될 사람은 너야. 네가 지금 하는 그 끔찍한 짓… 반드시 대가를 치르게 될 거야. 내가 장담해."

그 말을 남기고 그녀는 내 옆을 지나쳐 계단을 쿵쿵 내려갔다. 문이 쾅 닫히는 소리가 집 안에 울렸다. 그제야 나는 숨을 내쉴 수 있었다.

집은 고요했다. 빅토리아는 여전히 자기 방에 있겠지. 나는 장미를 화장대 위에 내려두고 복도를 따라 그녀의 방으로 걸어갔다. 문을 열자 그녀는 창가에 앉아 눈을 감고 있었다.

평소 같았으면 그녀의 아침을 준비하러 아래층으로 내려갔겠지만, 에바와 마주쳤던 장면이 머릿속에서 떠나질 않았다. 그래서 애써 웃음을 지으며 빅토리아에게 다가갔다.

"안녕, 빅토리아." 그녀가 깰 만큼 조금 크게 인사했다.

효과가 있었다. 빅토리아가 천천히 눈을 떴다.

"아침 먹을래요?" 내 목소리는 내 귀에도 이상할 만큼 밝게 들렸다. 아마 지난 2주 동안 이어진 달콤한 관계 때문이겠지.

빅토리아의 눈이 조금 더 커졌지만, 대답은 없었다.

그때 누군가 열려 있는 침실 문을 두드렸다. 아담이 반바지에 젖은 티셔츠 차림으로 문가에 서 있었다.

"실비아, 안녕." 그는 윙크하며 말했다. "아침 먹으려는데 네 것도 같이 해 줄까?"

나는 빅토리아 쪽으로 눈길을 돌렸다. 그리고 순간 가슴이 철렁 내려앉았다. 그녀는 눈을 완전히 뜬 채 나를 보고 있었다. 그 표정만으로도 알 수 있었다. 그녀는 우리 사이를 알아차렸다.

"아니에요, 괜찮아요." 나는 작게 중얼거렸다.

"정말 괜찮겠어?" 그가 눈썹을 치켜올렸다. 세상에, 우리가 같이 자는 사이라는 걸 동네방네 소문이라도 낼 기세였다. "별거 아닌데."

"정말 괜찮아요." 억지로 미소를 짓느라 볼이 아팠다.

아담이 자리를 뜬 후에도 빅토리아는 여전히 나를 바라보고 있었다. 이제 의심의 여지가 없었다. 그녀는 내가 자기 남편과 관계를 맺고 있다는 걸 완전히 알아차렸다.

"정말 미안해요…" 나는 거의 들리지 않는 목소리로 속삭였다. "그냥… 그게…"

어떻게 말을 이어야 할지 몰랐다.

빅토리아는 무슨 말을 해야 할지 곰곰이 고르는 듯했다. 달가운 말이 나올 리 없었다. 처음으로, 그녀가 말을 제대로 못 하는 게 다행이라고 느꼈다.

"실비." 그녀가 가까스로 입을 뗐다.

"네?" 심장이 두근거렸다. 끔찍한 말을 들을 각오를 했다.

"너…"

나는 입술을 꾹 깨물었다. "알아요. 정말 미안해요, 빅토리아."

"그가 널 죽일 거야."

그녀가 이렇게 또렷하게 말을 잇는 건 처음이었다. 늘 흐릿하던 발음도 그 순간만큼은 선명했다. 나는 멍하니 되물었다. "그게 무슨 말이에요?"

"총." 그녀의 또렷한 눈동자가 나를 꿰뚫었다. 다른 쪽 눈은 창밖을 응시하고 있었다. 이번엔 정확히 발음했다. "총, 가져와."

그것이 그날 빅토리아가 내게 남긴 마지막 말이었다.

29
빅토리아의 일기

2017년 3월 22일

오늘 밤은 무슨 말을 해야 할지 모르겠다.

한 시간째 눈물이 멈추지 않는다.

오늘 저녁에 캐럴이 나와 아담을 위해 약혼 파티를 열어줬다. 사실 파티라기보다는 병원 근처 술집에서 몇몇 동료들과 모여 테이블 다섯 개를 붙여놓고 저녁을 먹고 술을 마신 자리였다.

초대된 사람들 대부분이 병원 직원이라 다들 병원 유니폼 차림이었다. 나는 파란색 치마에 흰 블라우스, 검은 구두를 신었다. 오늘 고른 두 번째 옷이었다. 처음엔 새로 산 검정 원피스를 입었는데, 아담의 표정을 보는 순간 갈아입어야겠다는 생각이 들었다.

아담은 장점도 단점도 분명한 사람이다. 캐럴은 아직도 농담처럼 그를 '완벽남'이라고 부르지만, 완벽한 사람은 없다. 그는 집안

일에 지나칠 만큼 꼼꼼했고, 내가 입는 옷까지 하나하나 신경 썼다. 외출할 때마다 내 옷차림을 확인했고, 마음에 들지 않으면 다시 갈아입어야 했다.

글로 옮기고 보니 좀 이상하게 들린다. 나도 안다. 사람마다 성격이 제각각이니까. 나라고 완벽한 건 아니다. 아담 말대로 나는 좀 게으르고 덜렁대는 편이다. 사실 조금이 아니라 꽤 심하다. 물론 아담에겐 좋은 점도 정말 많다. 다정하고 애정이 넘치고, 관대하다. 게다가 뛰어난 작가다. 그의 편집자는 새 원고를 무척 좋아했고, 이번 작품이 지금까지 중 최고가 될 거라고 했다.

하지만 나는 이제 그 책을 읽을 일은 없을 것이다. 왜냐하면 우리 사이는 끝났으니까.

그날 저녁, 아담과 나는 사람들로 북적이는 테이블 한가운데 앉아 있었다. 맞은편에는 캐럴과 그녀의 남자친구가 있었고, 그 옆에는 혼자 온 맥이 앉아 있었다. 맥은 원래 조용한 사람이 아니다. 늘 크고 호탕하게 웃는 편인데, 그날은 거의 입을 열지 않았다. 냅킨만 만지작거리며 계속 내 쪽을 힐끔거릴 뿐이었다.

테이블 위에는 음식이 산더미처럼 쌓여 있었다. 아담과 내가 평소엔 절대 먹지 않는 것들 — 감자튀김, 핫윙, 어니언 링, 미니 버거. 기름과 빵가루로 범벅된 음식들이었다. 나는 와인 대신 코로나 맥주를 마셨다. 기름진 음식에 싸구려 술로 배가 가득 찼지만, 기분만큼은 이상하게 들떠 있었다.

"그래서 둘은 언제 결혼하는 거야?" 캐럴이 물었다. 그녀가 몸을 앞으로 숙이는 순간, 맥주 냄새가 코끝을 찔렀다.

아담이 테이블 아래에서 내 손을 잡았다. "3주 뒤에 라스베이거스로 갈 거예요."

"둘만 가는 거야?" 맥이 물었다.

나는 어니언 링을 하나 집어 먹으며 말했다. "응, 우리 둘만."

아담이 내 손을 더 꽉 쥐었다. "다른 사람은 중요하지 않으니까요."

"세상에, 너무 로맨틱하다!" 캐럴이 소리쳤다. 그리고 남자친구의 팔을 툭 치며 말했다. "당신은 왜 저 사람처럼 못 해?"

물론 캐럴의 남자친구 제프는 좋은 사람이다. 나는 아담보다도 그를 더 오래 알고 지냈다. 성격도 느긋하고 필요할 때는 의외로 로맨틱하기도 하다. 그리고 한 가지 확실한 건 그는 캐럴에게 치약을 따로 쓰라고 하거나 실수로 자기 것을 썼다고 소리치는 사람은 절대 아니라는 것이다.

나는 감자튀김을 몇 개 더 집어 먹었다. 내가 이렇게 감자튀김을 좋아했었다는 사실을 잠시 잊고 있었다. 아담은 늘 고급스러운 음식만 찾지만, 나는 그런 데 익숙한 사람이 아니다. 솔직히 말해 나는 그냥 평범한, 조금은 서민적인 여자다.

"좀 천천히 먹어, 비키." 아담이 말했다. "그러다 살쪄서 비행기 좌석에 못 앉을지도 몰라."

캐럴이 맥주에 취해 깔깔 웃었다. 나도 어색하게 따라 웃었지만 얼굴이 화끈거렸다. 맥을 바라볼 엄두조차 나지 않았다. 그의 표정이 눈앞에 선명하게 그려지는 듯했다.

웨이트리스가 다가와 한 잔 더 주문할지 물었다. 안 된다는 걸 알면서도 나는 맥주를 한 잔 더 시켰다. 캐럴도 한 잔 더 시켰지만, 맥은 고개를 저었다.

그때, 웨이트리스가 아담의 어깨에 손을 얹었다. "손님도 한 잔 더 하실래요?"

그녀는 처음부터 아담에게 노골적으로 추파를 던지고 있었다. 놀랄 일도 아니었다. 아담은 아주 잘생겼으니까. 여자들은 늘 그에게 적극적으로 다가왔다. 심지어 내 앞에서도. 아무리 생각해도 이해가 안 된다. 내가 그의 여동생쯤으로 보이는 걸까? 아니면 옆에 여자가 있어도 더 예쁜 사람에게 넘어가는 남자가 좋다는 걸까? 어쨌든 그런 일은 늘 있었다. 그리고 늘 기분 나빴다.

아담이 그녀를 올려다보며 웃었다. "글쎄요, 어떻게 하면 좋을까요?"

"글쎄요," 웨이트리스가 웃으며 말했다. "고민될 땐 그냥 하나 더 마시는 게 정답이에요!"

그녀는 제 말이 재미있다는 듯 낄낄거렸다. 꽉 끼는 하얀 셔츠 아래로 풍만한 가슴이 고스란히 드러나 있었다. 아담도 그걸 보고 있었다.

"추천해 줄 맥주 있어요?" 그가 물었다.

그녀는 턱을 손가락으로 두드리며 말했다. "스위치백 에일 어때요? 진하고 부드러워요."

아담의 입꼬리가 올라갔다. "나처럼?"

그녀가 더 가까이 다가섰다. "딱 그 말 하려고 했어요."

믿을 수가 없었다. 아담이 가끔 웨이트리스에게 농담을 하는 일은 있어도, 이렇게 노골적으로, 그것도 내 친구들 앞에서 그러는 건 정말 모욕적이었다.

하지만 진짜로 참을 수 없었던 건 그다음이었다. 그녀가 술을 가져왔을 때, 아담 앞에 칵테일 냅킨을 내려놓으며 살짝 윙크했다. 냅킨 뒷면에는 그녀의 전화번호가 적혀 있었다.

"세상에!" 캐럴이 소리쳤다. "아담, 저 웨이트리스가 방금 전화번호 준 거죠?"

"와우." 맥이 중얼거렸다.

"그럴 만하지." 캐럴이 말했다. "아담 진짜 잘생겼잖아." 그녀는 웃으며 제프의 팔을 쿡 찔렀고, 제프는 눈을 굴렸다.

아담이 웃으며 말했다. "내가 여자친구 있는 걸 몰랐나 보네요."

그리고 더 최악인 건 그가 그 냅킨을 찢어서 버리지 않고 그대로 반으로 접어서 주머니에 넣었다는 것이다.

맥주가 속에서 불쾌하게 요동쳤다. 나는 의자를 밀치듯 벌떡 일어났다. 의자가 휘청하며 거의 넘어질 뻔했다. "잠깐 실례할게." 나는 간신히 그렇게 말했다.

여자 화장실 쪽으로 비틀거리며 걸어갔다. 술이 꽤 들어가서 화장실이 급하기도 했지만, 사실은 그냥 그 자리에서 벗어나고 싶었다. 약혼 파티 자리에서 내 약혼자가 다른 여자에게 대놓고 추파를 던지고 있었으니까. 더는 그 자리에 앉아 있을 수가 없었다.

화장실 문을 열기도 전에 누군가 내 어깨를 잡았다. 돌아보니 맥이었다. 짙은 눈썹 사이로 주름이 깊게 패어 있었다.

"비키." 그가 말했다.

"지금… 화장실 가야 돼." 내가 중얼거리듯 말했다.

"아니, 얘기 좀 해."

나는 시선을 피했다. "나중에."

"안 돼. 지금 해야 돼." 그가 고개를 저었다. "아담에 대해 입 다물겠다고 약속했는데… 미안. 이건 도저히 못 참겠어."

"맥…"

"그 자식 너한테 너무하잖아." 그는 주먹을 꽉 쥐었다. "밤새 널 깎아내리고 비아냥대고… 아까는 네 앞에서 대놓고 웨이트리스한테 들이댔잖아. 제정신이야, 그 인간?"

"그냥… 가벼운 장난이었을 뿐이야."

"장난이 아니야!" 맥의 목소리가 높아졌다. "그건 널 존중하지 않는 거야. 알아, 내 일이 아니라는 거. 그래도…"

"맞아." 나는 울컥 치밀어 오르는 걸 애써 삼켰다. "네가 상관할 일이 아니야. 넌 케이틀린이랑 왜 헤어졌는지도 말 안 했잖아. 우리가 특별한 사이라도 되는 줄 알아?"

그가 숨을 깊게 들이켰다. "비키…"

"아니라고는 하지 마." 나는 코웃음을 쳤다. "네 얘기는 다 비밀로 하면서, 내 일엔 끼어들어도 된다고 생각하지? 좋아, 케이틀린이랑 왜 헤어졌는지 말해봐. 그 완벽한 케이틀린이 뭘 그렇게 잘못했는데?"

맥의 어깨가 툭 내려앉았다. "정말… 알고 싶어?"

그 말이 나오기 전까진 알고 싶었다. 하지만 막상 그가 그렇게 묻자, 이상하게도 듣고 싶지 않았다.

"케이틀린이랑 헤어진 이유는…" 그가 숨을 짧게 들이마셨다. "내가… 널 사랑했기 때문이야."

"…뭐라고?"

머리가 멍해졌다. 내가 제대로 들은 게 맞나? 맥이 나를 사랑했다고? 말도 안 돼. 나는 이미 다른 남자와 약혼한 여자였고, 케이

틀린은 완벽할 만큼 예쁜 여자였다. 그런데 왜 하필 지금, 결혼을 코앞에 둔 이 순간에 이런 말을 하는 걸까?

그가 손으로 머리를 쓸어 올렸다. "타이밍 엉망인 거 알아. 원래 말 안 하려고 했어. 근데 네가 그런 실수를 하는 걸 그냥 보고 있을 수가 없었어. 특히…"

"맥, 그만해." 내가 고개를 저었다.

"들어봐." 그가 코를 찡그렸다. 그 표정은 여전히 귀여웠다. "날 사랑해달라는 게 아니야. 나도 알아, 이미 늦었다는 거. 이건 내 얘기가 아니라 네 얘기야, 비키. 제발 그 남자랑 결혼하지 마. 부탁이야."

"나…" 나는 맥을 올려다봤다. 부드러운 눈, 헝클어진 검은 머리. 왜 하필 지금 이런 말을 하는 걸까. 아담이 응급실에 오기 하루 전에만 했어도 모든 게 달라졌을 텐데. 지금은 너무 늦어버렸잖아. "나… 토할 것 같아."

말이 끝나기도 전에 나는 화장실로 달려가 변기에 매달렸다. 맥은 다행히 여자 화장실 안까지 따라오지는 않았다. 그랬다면 정말 끔찍했을 거다. 대신 문틈 너머로 그의 걱정스러운 목소리가 들렸다. "비키, 괜찮아?"

"캐럴 좀 불러줘…" 나는 겨우 말했다.

잠시 후 들려온 목소리는 다행히 캐럴이었다. 그녀는 칸 안으로 들어와 내 등을 쓸어주며, 머리카락이 변기에 닿지 않게 잡아줬다. 머리를 푼 건 아담이 그걸 좋아했기 때문이었다. 사실 그렇게 많이 마신 것도 아니었다. 아마 기름진 음식 때문이었을 것이다. 그리고 맥의 고백도 한몫했을 테고.

간신히 자리로 돌아갔을 때, 아담은 기다렸다는 듯 벌떡 일어나 우버를 불렀다. 웨이트리스 일은 벌써 잊은 사람처럼 보였다. 오히려 다행이었다. 아까는 화가 머리끝까지 났었지만, 지금은 그냥 다 잊고 싶었다.

집으로 돌아오는 내내 머리가 깨질 듯 아팠다. 아담이 차에서 내리는 나를 부축했고, 나는 노인처럼 느릿느릿 아파트로 올라갔다. 일주일쯤 푹 자고 싶었다. 캐럴이 다음 날이 쉬는 날로 파티를 잡아준 게 그나마 다행이었다. 내일은, 아니, 마음 같아서는 이번 주 내내 잠만 자고 싶었다.

집에 들어서자마자 아담이 문을 쾅 닫았다. 귀가 먹먹해질 만큼 큰 소리였다. 순간 그냥 실수이길 바랐다. 하지만 아담의 표정을 보는 순간, 이제 시작이라는 걸 알았다.

"정말 기가 막히다, 빅토리아."

나는 관자놀이를 눌렀다. 머리가 깨질 것 같았다. 지금 이 대화를 끝낼 수만 있다면 백 달러라도 내고 싶었다. "무슨 소리야, 아담?"

그의 입꼬리가 비웃듯 뒤틀렸다. "그 뚱뚱한 구급대원이랑 몰래 빠져나간 거 내가 모를 줄 알았어?"

속이 철렁 내려앉았다. 아담이 정말 화가 난 게 느껴졌다. 오늘 잠은 글렀다. "몰래 나간 거 아니야. 화장실 가는 길에 잠깐 얘기했던 거야."

"그걸 믿으라고?"

다리가 덜덜 떨렸다. "아무 일도 없었어. 진짜야."

"그 자식이 널 어떻게 보는지 내가 모를 줄 알아? 밤새 그 인간이랑 시시덕거리고 있었잖아."

"내가 그랬다고?" 머리가 깨질 듯 아팠지만 분노가 치밀었다. "웨이트리스한테 전화번호 받은 건 당신이잖아! 그게 더 이상하지 않아?"

"그 여자가 준 거야! 내가 달라고 했어?"

"그럼 돌려줬어야지. 아니면 찢어버리든가."

그의 초록빛 눈동자가 어둡게 가라앉았다. "버리지 않길 잘했네. 그 여자한테 전화나 한번 해볼까?"

나는 그를 똑바로 바라봤다. 아담이 질투가 많은 건 알았지만 이렇게까지 심한 건 처음이었다.

"넌 도무지 믿을 수가 없어." 아담이 말했다. "내가 잠깐만 한눈 팔면 넌 꼭 다른 놈한테 들이대잖아." 그는 눈을 가늘게 뜨며 물었다. "그 자식이랑 자는 거야, 빅토리아?"

"아니야!"

"못 믿겠어." 그가 부엌 테이블 위의 내 가방을 보더니, 곧장 달려가 내 휴대폰을 꺼냈다. "여기 보면 그놈이랑 주고받은 문자가 수백 개는 나오겠지?"

물론 몇 개는 있었다. 하지만 수백 개는 아니었다. 많아야 몇십 개였고, 전부 별 의미 없는 내용이었다. "아니야."

아담은 내 휴대폰 화면을 마구 눌러댔다. "비밀번호 말해."

머리가 깨질 듯 아팠다. "안 알려 줄 거야."

"왜? 숨기는 거라도 있어?"

사실 비밀번호를 알려 주고 맥과 나 사이에 아무 일도 없다는 걸 보여 줄 수도 있었다.

하지만 그걸로 끝날 리 없었다. 그는 단어 하나, 문장 하나에도 꼬투리를 잡을 게 뻔했다. 아니, 설령 그렇지 않다고 해도 내가 굳이 비밀번호를 알려 줄 이유는 없었다.

"아니." 나는 단호하게 말했다. "그건 내 휴대폰이야. 당신도 비밀번호 안 알려 주잖아."

"난 바람피우는 놈이 아니니까."

순간 귀를 의심했다. 정말 내가 바람을 피운다고 생각하는 건가? "난 그런 짓 안 해, 아담."

"헛소리하지 마." 아담이 내 휴대폰을 흔들며 말했다. "비밀번호 뭐야, 빅토리아?"

"아담…."

"당장 말해, 젠장 할!"

그의 눈이 번뜩였다. 처음 보는 표정이었다. 그 눈빛을 보는 순간, 나는 본능적으로 한 걸음 물러섰다. 머리가 쪼개질 듯 아팠지만 그 고통마저 잊을 만큼 두려웠다. 당장이라도 달려들어 맨손으로 내 목을 조를 것만 같았다. 하지만 대신 그는 휴대폰을 집어 들더니 내 얼굴 쪽으로 던졌다.

정확히 나를 겨냥한 것처럼 보였다. 휴대폰은 내 머리를 아슬아슬하게 스치더니, 뒤쪽 벽에 쾅 하고 부딪혔다. 벽에 작은 흠집이 생겼고, 바닥에 떨어지며 유리 조각이 사방으로 튀었다. 아담은 나를 마지막으로 노려보더니 그대로 돌아서 문을 쾅 닫고 나가버렸다.

그렇게, 내 약혼 파티의 밤은 끝났다. 휴대폰은 박살 났고 화면이 완전히 부서져 아무것도 보이지 않았다. 하지만 더 엉망이 된

건 내 약혼이었다. 오늘 일로 나는 더 이상 아담과 결혼할 수 없다는 걸 알았다. 결국 맥의 말이 맞았다.

나는 현관문을 잠갔다. 아침이 되면 짐을 싸서 나갈 것이다. 며칠은 캐럴 집에서 지낼 수도 있겠지. 한 가지 확실한 건 이제 아담과는 끝이라는 거다.

나는 언젠가 내 아이들이 '엄마와 아빠가 어떻게 만났는지' 읽어볼 수 있도록 이 일기를 쓰기 시작했다. 하지만 이제 그 아이들의 아빠는 아담 바넷이 아니다.

그리고 나는…, 정말 어리석었다.

2017년 3월 23일

이 글을 쓰려니 좀 부끄럽다.

결국, 나는 그를 다시 받아줬다.

알고 있다. 어젯밤은 최악이었다. 우리가 싸운 뒤 써둔 글을 다시 읽어보았다. 그때의 분노가 생생하게 떠올랐다. 절대로 그를 용서하지 않겠다고 다짐했었다.

그런데 밤새 뒤척이다 보니 반지를 돌려주고 작별을 말하는 장면이 계속 머릿속을 맴돌았다. 그걸 떠올릴수록 마음이 편해지기는커녕 숨이 막히고 가슴이 저려 왔다.

그는 내가 결혼하려던 남자였다. 함께 미래를 꿈꿨던 사람. 정말 이렇게 끝인 걸까?

아침 10시쯤 아담이 문을 두드렸다. 그의 모습은 내 상태만큼이나 엉망이었다. 머리는 흐트러지고 수염은 까칠했으며 눈은 붉게 충혈돼 있었다. 공원 벤치에서 밤을 새웠다고 했다. 그 말을 듣는 순간, 마음이 무너졌다. 금방이라도 울 것 같은 얼굴이었다.

아직 그를 용서할 준비는 되지 않았지만, 그래도 문을 열어주었다.

"어젯밤 일은… 정말 미안해." 그가 말했다. "술을 너무 많이 마셔서… 나도 왜 그런 말을 했는지 모르겠어. 나 그런 사람 아니잖아. 알잖아, 비키."

맞다. 아담은 가끔 사소한 일로 화를 냈다 — 치약 같은, 정말 하찮은 일들. 하지만 휴대폰을 던질 정도는 아니었다.

"다시는 맥주 안 마실게." 그가 낮게 말했다.

"그걸 술 탓으로 돌리지 마." 나는 단호하게 말했다.

"알아." 그가 얼굴을 찡그렸다. "미안해. 나도 왜 그랬는지 모르겠어. 네가 절대 그런 짓 할 사람이 아니란 거 알아. 나도 그래. 널 배신할 일 없어. 정말이야."

이럴 때마다 엄마가 살아 있었다면 얼마나 좋았을까 싶다. 캐럴이 가끔 조언해 주긴 하지만 그건 다르다. 그녀는 아담을 '완벽한 남자'라고 생각하니까. 맥은 나에 대한 감정이 있으니 온전히 믿을 수가 없다. 어떻게 해야 할지 알 수가 없었다.

결국 나는 혼자였다. 그렇지만 아담 없는 인생은 상상할 수 없었다.

"너무 사랑해, 비키." 그가 내 손을 잡았다. 나는 거부하지 않았다. "넌 내 인생 최고의 기적이야. 뉴욕타임스 베스트셀러에 오른 것보다 더. 넌 내 전부야." 그의 충혈된 눈이 흔들렸다. "제발… 이번 한 번만 용서해 줘."

결국 나는 생각해 보겠다고 말했다. 그는 샤워하고 난 뒤, 몸도 마음도 엉망일 텐데도 나를 데리고 점심을 먹으러 갔다. 그다음엔 젤라토도 사주고, 꽃도 사주었다. 하루 종일 나에게 사랑한다고, 내가 세상에서 가장 멋진 여자라고 말했다.

마음이 흔들렸다. 나도 결국 사람이니까.

아담은 좋은 사람이다. 그건 알고 있다. 어젯밤 일은 그답지 않았다. 분명 술 때문이었을 것이다. 그래서 마지막으로 한 번만 더 기회를 주기로 했다. 하지만 이번에는 그가 노력해야 한다. 다시는 말도 안 되는 짓을 참지 않을 것이다. 나는 그의 분풀이 대상이 아니다. 절대로.

이 일기를 처음 쓸 때만 해도 언젠가 내 아이들이 '엄마가 아빠를 어떻게 만났는지' 읽을 수 있기를 바랐다. 하지만 그 아빠가 아담이 아닐 수도 있다면, 적어도 이건 나 자신에게 남기는 기록이 될 것이다. 아무리 완벽해 보이는 사랑도 언제든 무너질 수 있다는 기록.

30

빅토리아가 쓴 약혼 파티 이야기는 아무래도 조금 과장됐을 것이다.

아담이 그런 짓을 했다는 게 도무지 상상이 가지 않는다. 방금 도착한 중국 음식 봉투를 풀어 헤치는 그의 모습을 보며 휴대폰을 던지는 모습을 억지로 떠올려 보려 했지만, 아무리 해도 그려지지 않았다. 그는 그런 사람이 아니다. 내 앞에서는 늘 다정하고 조심스러웠다.

"오늘은 왜 이렇게 조용해?" 그가 쿵파오 치킨 용기를 열며 물었다. "이 치킨 요리 두 개 시켰었나?"

"맥이 누구예요?" 나도 모르게 불쑥 튀어나왔다.

그가 고개를 들었다. "맥?"

일기 얘기를 꺼낼 수는 없었다. 말해봤자 빅토리아의 사생활을 침해했다고 오해할 게 뻔했다, 게다가 그녀가 직접 읽으라고 했다는 말도 믿지 않을 게 분명했다. 그는 아직도 그녀에게 의식이 남아 있다는 사실을 인정하지 않으니까. 내가 보고 느끼고 알아차린 것들을 그는 전혀 보지 못한다. "빅토리아가 그 이름을 말했어요."

"그래?" 그가 봉투를 뒤져 젓가락을 꺼냈다. "모르는 이름인데."

"같이 일하던 사람이래요. 아마 구급대원이었던 것 같아요."

그가 어깨를 가볍게 으쓱했다. "병원 동료들이 얼마나 많았는데. 일일이 다 알 순 없지."

"정말 기억 안 나요?"

"글쎄." 그의 얼굴에는 아무 표정도 없었다. 거짓말이라면 그는 놀라울 만큼 능숙했다. "왜 그래, 무슨 일 있어?"

"그냥…" 나는 손을 꽉 쥐었다가 풀며 말했다. "빅토리아한테 찾아오는 사람이 아무도 없는 게 마음에 걸려서요. 그 사람 이름이 나오길래 혹시나 해서요."

아담이 음식 봉투를 내려놓고 살짝 얼굴을 찌푸리며 나를 바라봤다. "처음엔 몇 명 왔어. 근데 그게 오히려 그녀를 불안하게 하더라고. 그래서 그 뒤로는 아무도 부르지 않았어."

"그랬군요…"

"그녀 입장에선 충분히 이해돼." 그가 잠시 말을 고르더니 덧붙였다. "예전엔 똑똑하고 매력적이고 정말 예뻤잖아. 지금은… 뭐, 아무튼 이런 모습으로 사람들을 만나고 싶진 않을 거야."

"그건 그렇네요."

그 말에도 일리는 있었다. 만약 빅토리아가 그 남자에게 감정이 있었다면, 지금의 모습을 보여 주고 싶지 않을 수도 있다. 그래도… 너무 외롭지 않을까. 옛 친구들과 다시 연락할 수 있다면 조금은 나아질 텐데.

아니면, 그냥 내가 아담 때문에 느끼는 죄책감 때문에 그녀에게 더 잘해주고 싶은 걸지도 모른다.

아담은 다시 음식 봉투를 풀기 시작했다. 양이 많았다. 적어도 네 사람은 먹을 만큼. 그래도 괜찮다. 남은 건 내일 먹으면 되니까. "있잖아," 그가 말했다. "다음 주가 추수감사절인데, 가족 만나러 며칠 다녀올래?"

가족. 그에게 내 가족 이야기를 한 번도 한 적이 없다. 아담도 묻지 않았다. 그도 부모님과 사이가 좋지 않으니 어쩌면 나를 이해할지도 모른다. 나는 아빠와 가까웠던 적이 없다. 늘 아빠의 기대에 미치지 못했다. 성적도, 태도도, 모든 게 부족했다. 아빠는 나에게 집과 음식, 좋은 교육을 받을 기회를 주었지만, 나는 아빠에게 자랑스러운 딸이 아니었다. 그리고 엄마는 늘 그런 아빠 뒤에 조용히 서 있기만 했다.

"또 C야? 정말 그게 최선이냐, 실비아?" 그 목소리가 아직도 귓가에 맴돌았다.

차마 아담에게 말할 수 없었다. 마지막으로 아빠를 봤을 때 아빠가 내 갈비뼈가 부러질 만큼 나를 세게 걷어찼다는 걸. 누구에게도 꺼내고 싶지 않은 이야기다.

"가족이랑은… 별로 가깝지 않아요." 나는 짧게 답했다.

"그럼 말이야," 아담이 말했다. "우리끼리 조촐하게 추수감사절 식사를 하면 어떨까?"

입가에 미소가 번졌다. 제대로 된 추수감사절 식사는 정말 오랜만이었다. "좋아요. 어떻게 할까요?"

"음…" 그가 내 허리를 감싸며 가까이 끌어당겼다. 애프터셰이브 향이 코끝을 스쳤다. 그 향은 언제나 나를 무너뜨린다. "내가 칠면조 구울 테니까, 넌 조금 도와주기만 하면 돼. 거창할 필요는 없어."

"부모님도 초대할 거예요?"

그가 고개를 저었다. "아니, 아버지는 형님 댁에 가신대."

나도 모르게 안도의 숨이 새어 나왔다. 아담의 부모님 앞에서 이 어색한 상황을 설명하고 싶지 않았다. 그들은 분명 우리 사이를 눈치챌 테니까.

"그냥 조용하게 우리끼리 보내자." 그가 말했다.

나는 고개를 끄덕였다. "너무 좋죠."

그가 다가와 부드럽게 입을 맞췄다. "그럼 우리 셋이네. 너, 나, 그리고 빅토리아."

잠깐만, 뭐라고?

이기적인 생각일지 모르지만, 나는 그 식사가 우리 둘만의 시간일 거라 생각했다. 아니면 매기와 그녀의 남자친구 정도까지. 빅토리아와 셋이 식탁에 앉아 있는 모습은 상상만 해도 어색했다. 예전에는 빅토리아를 식사 자리에 데려오고 싶었지만, 지금 생각해 보면 그건 참 순진한 생각이었다.

"음…" 나는 아담 품에서 살짝 몸을 빼냈다. "빅토리아도 같이 식사하자는 뜻이에요?"

"당연하지 않나?" 그가 눈썹을 치켜올렸다. "추수감사절이잖아, 실비아. 빅토리아는 내 아내야."

"하지만…" 아무리 생각해도 이상했다. "좋은 의도인 건 알아요.

하지만 빅토리아가 불편해할 거예요. 빅토리아는…, 우리 관계를 알고 있는 것 같아요."

그가 콧방귀를 뀌었다. "그럴 리 없어."

"정말이에요, 알고 있어요."

"네가 착각하는 거야." 그가 고개를 저었다. "빅토리아는 심각한 뇌 손상을 입었어, 실비아. 의사도 두 살 아이 수준이라고 했고. 뭘 알아듣지도 못하고 어제 일도 기억 못 해. 네 이름도 기억 못 할 때가 있잖아."

"아뇨, 제 이름은 기억해요."

"정말 그럴까? 그럼 왜 방에 들어갈 때마다 항상 '나예요, 실비' 라고 말하는데?"

그 말이 맞았다. 나는 늘 그렇게 말했다.

"그녀도 함께해야 해." 아담이 단호하게 못 박았다. "좋아할 거 야. 예쁜 옷 입히고 머리도 손질해 줘. 식사 끝나면 위층으로 데려 다주고… 그다음엔 우리 둘만의 시간을 갖자."

그녀가 그 식사를 즐길 리 없다는 건 알지만, 어차피 저녁 한 끼 일 뿐이다. 아담이 저렇게까지 원한다면, 뭐… 참아볼 수 있겠지.

31

빅토리아의 일기

2017년 4월 19일

오늘 나는 결혼했다.

내가 진짜 결혼을 하다니!!

아직도 믿기지 않는다. 이번 여행은 완전히 마법 같다. 마치 동화 속 한 장면에 들어와 있는 기분이다. 음… 라스베이거스에서 펼쳐지는 동화이긴 하지만. 그래도 난 라스베이거스가 정말 좋다. 여기로 이사 오고 싶을 정도로. 우리가 묵는 호텔은 동화책에서 그대로 튀어나온 것 같다. 1층 전체가 물길로 이어져 있어서 오늘 아침엔 아담과 곤돌라를 탔다. 진짜 곤돌라 말이다! 아직도 실감이 안 난다.

지난 3주 동안 아담은 세상에서 가장 로맨틱한 남자였다. 솔직히 말하면 이렇게 달라질 거면 앞으로 더 자주 싸워도 되겠다 싶을 정도로. 그는 매일 밤 꽃을 사 오고, 나를 얼마나 사랑하는지, 나를 만난 게 얼마나 행운인지 말해 줬다. 그리고 새 치약을 사 와서는 "이건 우리 둘이 같이 쓰자"고 했다. 드디어 우리는 같은 치약을 쓴다! 나를 잃을지도 모른다는 두려움이 그를 완전히 다른 사람으로 만들어 놓은 것 같다. 그날 밤 그를 떠나지 않길 정말 잘했다.

결혼식장은 생각보다 훨씬 예뻤다. 라스베이거스니까 촌스럽고 요란할 줄 알았는데, 작고 하얀 예배당에 보라색 장식이 은은하게 어우러져 있었다. 안에는 진짜 교회처럼 의자들이 줄지어 있었고, 주례는 엘비스가 아니라 정장 차림의 남자였다. 사실 엘비스를 선택할까도 잠깐 고민했지만, 결국 포기했다.

주례자가 서약문을 읽는 내내 우리는 서로를 보며 웃음을 멈출수가 없었다. 너무나 꿈만 같았다. 불과 1년 전만 해도 남자친구도 없었는데, 지금은 이 남자와 평생을 약속하고 있다니. 그리고 나는 확신했다. 나는 옳은 선택을 했다.

호텔로 돌아오자 아담이 나를 번쩍 안아 문턱을 넘었다. 세상에, 얼마나 로맨틱하던지! 그 후로 두 시간 동안 우리는 침대에서 서로의 세상이 되었다.

남편과 함께 침대에 누워 시간을 보내다니.

내 남편! 남편, 남편, 남편…. 그 단어는 몇 번을 되뇌어도 조금도 질리지 않았다.

처음 그를 본 순간부터 이렇게 될 거라는 걸 알았다. 이건 운명이었다. 그가 손을 다친 것도, 내가 근무하는 응급실에 오게 된 것도, 전부 우리를 만나게 하기 위한 운명의 계획이었던 것 같다.

둘만의 시간이 끝난 뒤 우리는 미니바에서 베일리스를 나눠 마시고 룸서비스로 저녁을 시켰다. 그러고 나서, 아담은 아래층 카지노에 내려가 블랙잭을 하고 싶다며 같이 가자고 했다. "넌 내 행운의 부적이야."라는 말에 잠깐 솔깃했지만, 하루 종일 너무 피곤했던 나는 방에 남기로 했다.

요약하자면, 나는 이제 진짜 결혼했다!! 지금은 킹사이즈 침대에 누워 아담의 첫 소설 《가족의 비밀》을 다시 읽는 중이다. 어제 비행기에서 읽기 시작했는데 이제 거의 다 읽었다. 기억하던 대로 훌륭하다. 이 작품이 그렇게 사랑받았던 이유를 알 것 같다.

그리고 아담의 가족이 이 책 때문에 화가 났던 것도 전혀 놀랍지 않다. 이 소설은 독기 가득한 가족 속에서 버티는 20대 남자의 이야기다. 만약 이 소설이 현실을 바탕으로 한 거라면, 아담이 부모와 인연을 끊은 것도 이해된다. 그의 가족은 한마디로 끔찍했다. 그가 뭘 하든 실패하길 바라는 사람들 같았다.

소설 속에서 주인공의 부모는 아첨만 늘어놓는 형의 편을 들며, 주인공을 유언장에서 빼 버리겠다고 협박한다. 그러자 주인공은 부모와 형을 없앨 계획을 세우고, 결국 그 계획을 실행해 버린다. 그리고 모든 걸 해내고도 아무 일도 없었던 것처럼 완벽하게 빠져나간다.

그의 부모님이 그 책을 달가워하지 않았던 것도 충분히 이해가 갔다.

그래도 아담과 시댁 식구들이 언젠가는 화해하길 바라는 마음을 완전히 접은 건 아니다. 언젠가 아담과 나에게도 아이가 생길 테고, 그 아이들이 조부모를 알고 자랐으면 좋겠다. 하지만 지금

이 얘길 꺼내서 신혼여행을 망칠 생각은 없다. 때가 되면 그때 이 야기해 봐야겠다.

그동안은 계속 책을 읽으면서 남편이 호텔 방으로 돌아오길 기다릴 거다.

내 남편.

내가 정말 결혼했다니… 아직도 믿기지 않는다!

2017년 4월 20일 (이른 새벽)

정말 믿기지 않는다.

새벽 4시인데, 아담은 아직도 호텔 방에 돌아오지 않았다. 처음엔 그를 기다리는 시간이 달콤하기만 했다. 하지만 새벽 2시가 넘어가자 그 달콤함은 사라졌다. 전화를 걸었지만 받지 않았다. 다시 걸고, 또 걸었다.

새벽 3시에 나는 결국 아래층으로 내려갔다. 카지노를 정신없이 돌아다니며 남편을 찾아 헤맸다. 얼마나 한심해 보였을까.

"키는 한 180센티 정도에 갈색 머리, 30대 초반이에요." 나는 칵테일 트레이를 든 웨이트리스를 붙잡고 말했다. "그리고… 정말 잘생겼어요."

그녀가 동정 어린 눈빛으로 말했다. "꼭 찾으셨으면 좋겠네요."

물론 찾지 못했다. 그 뒤로도 그에게 스무 번쯤 더 전화했고, 점점 분노 섞인 음성메시지를 남겼지만 아직까지 아무 소식이 없다.

경찰에 신고할까도 생각해 봤다. 정말 무슨 일이 생긴 걸 수도 있으니까. 혹시 강도라도 당해서 어딘가에 쓰러져 있는 건 아닐까? 하지만 '남편이 카지노에 갔는데 몇 시간째 안 돌아와요'라고 경찰에 신고하면 나를 얼마나 우습게 볼까. 상상만 해도 얼굴이 화끈거렸다.

제발 그가 무사하길 바랐다.

무사해야 내가 직접 죽여 버릴 수 있으니까.

2017년 4월 20일

신혼여행이 이렇게 끝날 줄은 정말 상상도 못 했다.

아담은 다음 날 아침이 되어서야 돌아왔다. 그가 호텔로 돌아왔을 때는 이미 해가 훤하게 떠 있었다. 그동안 나는 거대한 침대에 파묻힌 채 밤새 뒤척였다. 10분마다 깨는 바람에 겨우 한 시간 정도 눈을 붙인 게 전부였다. 그래서 그가 어디 다치지도 않은 채 어젯밤과 똑같은 옷차림으로 콧노래를 흥얼거리며 멀쩡히 들어왔을 때, 나는 그를 껴안아야 할지 아니면 뭔가를 집어던져야 할지 정말 알 수 없었다.

"밤새 어디 있었어?" 나는 고래고래 소리쳤다. 분노를 더는 숨길 수도, 눌러 담을 수도 없었다. 이번 싸움은 조용히 끝날 수 없었다.

"카지노에 있었어." 아담은 태연하게 말했다.

거짓말이었다. 내가 이미 그 카지노를 샅샅이 뒤졌으니까. 거기 있었다면 내가 못 찾았을 리가 없다.

그러자 그는 곧바로 다른 핑계를 댔다. "중심가에 있는 다른 카지노에 갔어. 거기다 더 괜찮다길래."

"누가 그렇게 말했는데?"

"그냥… 웨이트리스가 그러더라고."

그 순간, 모든 게 선명해졌다. "그 웨이트리스랑 같이 간 거야?" 그는 어깨를 으쓱하더니 시선을 피했다. "그게 뭐가 그렇게 중요해?"

그게 뭐가 중요하냐니? 결혼 첫날밤에 남편이 다른 여자와 카지노를 돌아다닌 게 뭐가 대수냐고? 그런 걸로 왜 상처받느냐고?

나는 문득 깨달았다. 아담에게 처음 끌렸던 모든 이유들이 이제는 그를 미워하게 만드는 이유로 변해버렸다는 걸. 잘생긴 건 좋다, 그런데 왜 꼭 그렇게 말도 안 되게 잘생겨야 할까. 왜 그렇게 돈이 많아서 아무 데서나 펑펑 쓰고 다녀야 할까. 왜 그가 미소만 지으면 여자들이 다리가 풀릴 정도로 넘어가는 걸까. 왜 그를 만나는 여자마다 반쯤은 사랑에 빠지는 걸까.

그리고 그는 왜 꼭 맞장구치며 같이 플러팅을 하는 걸까. 그가 거기서 같이 시시덕대지만 않았어도 그냥 웃어넘겼을지도 모른다. '순진한 웨이트리스가 잠깐 착각했나 보네' 하고.

"질투 좀 그만해, 빅토리아." 그가 말했다. "잔소리하고 사람 질리게 하는 아내가 되고 싶은 거야?"

"아니, 난 결혼 첫날밤에 남편에게 버림받는 그런 아내가 되고 싶지 않아!"

그 뒤부터는 더 심각해졌다. 여기 다 적을 수 없을 만큼 정말 끔찍한 싸움이었다. 어제 결혼한 남자와는 절대 나누고 싶지 않은 최악의 대화를 떠올리면 될 것이다. 그게 바로 우리였다.

그럼에도 나는 해결할 수 있을 거라고 생각했다. 우린 방금 결혼했으니까. 그런데 싸움이 두 시간을 넘기자 깨달았다. 아담은 자기 잘못을 인정할 사람이 아니었다. 애초에 그걸 잘못이라고 생각하지도 않으니까. 결국 이 싸움을 끝낼 수 있는 유일한 방법은 내가 소리친 걸 사과하고, 스스로를 '질투 많고 잔소리 많은 아내'라고 인정하는 것뿐이었다. 나는… 절대 그럴 수 없었다.

그러다 그가 짐을 싸기 시작했을 때, 나는 정말로 놀랐다.

"뭐 하는 거야?" 그가 청바지와 셔츠를 큰 여행가방에 쓸어 넣는 걸 보며 물었다.

"뭐 하는 걸로 보여?" 그가 셔츠 하나를 접으며 말했다. "날 바람둥이라고 생각하는 사람이랑 같은 방 못 써. 난 갈 거야."

"다른 방 잡는 거야?"

"아니, 뉴욕으로 돌아갈 거야."

진심이냐고 물을 필요도 없었다. 그의 눈빛이 이미 답이었다.

그렇게 내 남편은 짐을 싸서 신혼여행 하루 만에 나를 떠났다. 내겐 옷을 넣을 가방조차 없었다. 그마저도 그가 가져갔으니까. 돌아가는 비행기표는 일주일 뒤, 그것도 아담 이름으로 예약되어 있었다. 집에 가려면 내 돈으로 표를 다시 사야 했다.

내 인생이 어쩌다 이렇게 돼 버린 걸까?

2017년 4월 24일

결국 선택지는 두 가지뿐이라는 걸 깨달았다.

첫 번째는 결혼한 지 이틀 만에 이 결혼이 엄청난 실수였다는 걸 인정하는 것이다. 그리고 신혼여행에서 돌아와 직장 사람들이 "신혼여행 어땠어?"하고 물으면 "신혼여행 중에 이혼했어요"라고 대답하면 된다. 아마 인류 역사상 최악의 신혼여행으로 기록되겠지.

두 번째는 그냥 꾹 참고, 어떻게든 잘해 보는 것이다.

작년의 내가 지금 이 얘기를 들었다면 분명 코웃음을 쳤을 거다. 아담이 그런 짓을 했는데도 다시 받아 준다고? 나도 자존심은 있는 사람이라고, 절대 받아 줄 수 없다고 했겠지. 그런데 집에 돌아왔을 때 아담이 아무 말 없이 나를 꼭 끌어안는 순간, 그 다짐이 흔들렸다.

이제 그는 내 남편이다. 나는 그와 평생을 함께하겠다고 맹세했다. 결혼 사흘 만에 이혼하고 싶진 않다. 한 번의 싸움으로 모든 걸 버리고 싶지도 않다. 모든 결혼에는 시행착오가 있는 법이다.

…그렇겠지?

32

결혼 첫날밤에 다른 여자와 바람을 피우는 남자라니. 그런 남자는 대체 어떤 인간일까.

나는 내 곁에서 잠든 아담을 바라보며 그 질문을 곱씹었다. 그는 잘생긴 것도 모자라, 잠들어 있을 때는 더 매력적이다. 턱에 희미하게 수염이 돋아 있고, 입술 사이로 규칙적인 숨결이 흘러나온다. 빅토리아의 신혼 첫날밤 이야기를 읽고 나서는 다짐했었다. 그의 방엔 절대 오지 않겠다고. 하지만 그는 너무 다정했고, 건네는 말 한마디 한마디가 달콤해서 거절하기가 쉽지 않았다. 빅토리아에게 용서를 구할 때처럼, 나에게도 똑같이 달콤한 말들을 속삭였다. 그래서 결국, 나는 지금 여기 있다.

이제 정말 그만해야 한다. 그에게 말해야 한다. 더 이상은 안 된다고. 빅토리아에게 이런 짓을 계속할 수는 없다. 아담은 그녀가 아무것도 모른다고 단정하지만, 나는 안다. 그녀는 알고 있다.

하지만 생각만큼 쉽지 않다. 그런 일을 겪고도 빅토리아는 떠나지 않았다. 그리고 나는 그녀보다 훨씬 더 불리한 처지다. 적어도 그녀에겐 번듯한 직장이 있었지만, 나는 떠나면 아무것도 없다. 살 곳도, 갈 곳도 없다. 프레디한테 돌아가는 방법도 있지만, 그건 절대 안 된다.

어떻게 해야 할지 정말 모르겠다.

아담이 잠든 틈을 타 조용히 방을 빠져나왔다. 아무에게도 들키지 않고 내 방으로 돌아가고 싶었는데 복도에서 청소기를 밀고 있던 매기와 정면으로 마주쳤다. 그녀는 아담의 방에서 나오는 나를 보더니 두 눈이 커졌다.

"어머…" 그녀가 숨을 들이켰다.

"매기." 얼굴이 뜨겁게 달아올랐다. 이렇게 들키고 싶지 않았는데, 그래도 에바가 아니라서 정말 다행이었다. "저… 네가 생각하는 그런 게 아니라…"

매기가 고개를 갸웃했다. "아니라고?"

나는 한숨을 내쉬었다. "좋아, 맞아. 네가 본 그대로야." 그리고 아담의 침실 문을 힐끔 바라봤다. "의도했던 건 아니야. 그냥… 같이 지내다 보니… 집이 너무 텅 비고, 추워서… 그랬어."

갑자기 눈물이 쏟아질 것 같았다.

"괜찮아." 매기가 손사래를 쳤다. "난 신경 안 써. 사실은 눈치채고 있었거든. 굳이 말하고 싶진 않았지만." 그녀가 피식 웃었다. "솔직히 네 탓도 아니지. 그 사람… 진짜 잘생겼잖아."

"제발 에바한테는 말하지 마."

매기가 웃음을 터뜨렸다. "하, 그건 에바랑 대화하라는 소리잖

아. 절대 안 하지. 걱정 마, 실비. 비밀 지킬게. 진짜로." 그녀는 잠시 머뭇거리더니 빅토리아의 방 쪽을 힐끔 돌아봤다. "근데… 빅토리아한테는 들키지 않게 조심해."

"무슨 뜻이야?"

매기가 목소리를 낮췄다. "아담은 빅토리아가 아무것도 모른다고 생각하지만, 그건 착각이야. 말을 잘 못할 뿐이지 다 알고 있어." 그녀가 내 눈을 똑바로 봤다. "무슨 말인지 알지?"

나는 천천히 고개를 끄덕였다.

매기가 조용히 말했다.

"난 빅토리아랑 아담이 이 집에 처음 이사 왔을 때부터 일했어. 한 가지 확실한 건 빅토리아가 엄청 질투심 많은 여자라는 거야."

등줄기가 서늘해졌다. "…정말?"

"엄청 심했어." 매기가 잠깐 망설이다가 덧붙였다. "이 얘기, 비밀로 해 줄 수 있지?"

"당연하지."

그녀가 몸을 가까이 기울이며 속삭였다. "전에 여기서 일하던 여자가 있었어. 정원도 돌보고 요리도 하던 사람. 이름이 이리나였는데 빅토리아가 그 여자를 미친 듯이 질투했어. 거의 집착 수준이었지. 아담이랑 그 여자가 바람을 피웠다고 믿었거든."

이리나. 글렌 헤드에 살던 여자. 요즘 들어 빅토리아가 자꾸 입에 올리던 그 이름이었다.

이게 단순한 우연일까?

"정말 그랬던 거야?" 나는 속삭이듯 물었다.

매기는 복도를 한 번 둘러본 뒤 대답했다. "확실하진 않아. 아마 진짜로 바람난 건 아니었을 거야. 근데 사실이었다고 해도… 이상할 건 없지. 두 사람의 결혼생활은 솔직히 좀 엉망이었으니까."

빅토리아의 일기를 읽고 이미 짐작은 했지만, 매기의 말을 듣고 나니 내 예감이 틀리지 않았다는 게 확실해졌다.

"아무튼." 매기가 몸을 펴며 말했다. "괜히 말이 길어졌네. 완벽한 결혼이란 건 없잖아, 안 그래?"

나는 피식 웃었다. 맞는 말이다. 내 인생에서 '남편'이라고 부를 수 있는 사람은 프레디뿐이었는데, 그건 최악이었으니까.

"말해줘서 고마워."

매기가 청소기를 다시 작동시키며 내게 윙크했다. "천만에. 아무튼… 조심해."

요즘 들어 '조심해'라는 말이 제일 무섭게 들렸다.

33
빅토리아의 일기

2017년 8월 28일

오늘은 집에 돌아오자마자 다리가 풀릴 만큼 피곤했다. 응급실 근무가 유난히 힘들었다. 마지막으로 본 환자는 가족이 뇌졸중 증상이라며 데려온 남자였는데, 끝까지 "말이 어눌한 게 아니라 남부 출신이라 원래 이런 말투예요"라고 우겼다. 결국 진단 결과는 뇌졸중이었다.

집에 겨우 들어섰을 때는 머리가 깨질 듯 아팠다. 소파에서 TV를 보던 아담은 나를 보더니 옆자리를 툭툭 두드렸다. 긴 하루 끝에 집에 돌아와 소파에 꼭 붙어 앉아 TV를 함께 볼 사람이 있다는 것, 그게 결혼의 가장 큰 장점이었다.

하지만 그 전에 간호사 유니폼부터 갈아입었다. 예전엔 그냥 입고 있기도 했지만, 아담은 집 안에서 유니폼을 입는 걸 질색했다.

세균이나 체액이 묻어 있을지도 모른다는 이유였다. 틀린 말은 아니라 반박할 수도 없었다. 그래서 서랍을 뒤적여 편하면서도 그가 흠잡지 않을 만한 옷을 골랐다. 다시 갈아입을 힘은 없으니까.

결국 민소매 탑과 얇은 재질의 트레이닝 바지를 입었다. 아담은 평소엔 트레이닝 바지를 싫어했지만, '섹시한' 스타일은 예외였다.

거실로 들어가자 그의 얼굴에 만족스러운 미소가 번졌다. 그걸 보고서야 안도의 숨이 새어 나왔다.

그의 곁에 앉아 드라마 〈디스 이즈 어스〉를 볼 생각이었는데, 그가 리모컨을 집어 들더니 TV를 꺼버렸다. 순간 가슴이 철렁 내려앉았다. '내가 또 뭘 잘못한 건가?'

피곤한 머릿속으로 온갖 가능성을 떠올려 봤다. 퇴근이 평소보다 늦었나? 혹시 내가 다른 남자랑 이야기하는 걸 봤나? 그가 말해 주지 않으면 이유를 알 길이 없다. 지난주엔 '우유 사건' 때문에 두 시간이나 싸웠다. 냉장고에 있던 그의 우유를 조금 썼다는 이유로. 제자리에, 심지어 각도까지 똑같이 맞춰서 넣어놨는데도 말이다.

하지만 이번엔 아니다. 이번엔 정말 아무 잘못도 없다.

그때 아담이 입을 열었다. "좋은 소식이 있어."

그제야 숨을 돌릴 수 있었다. 미소를 보니 적어도 화난 건 아니라는 뜻이니까. "좋은 소식?"

책 이야기인가 싶었는데, 그는 전혀 예상치 못한 말을 했다. "우리 집을 샀어."

"뭐라고?"

순간 말문이 막혔다. 요즘 그는 밖에서 들려오는 공사 소음 때문에 일에 집중이 안 된다며 자주 투덜거렸다. 하지만 "같이 이사할 집을 알아보자"가 아니라, 이미 집을 사버렸다는 말이 나올 줄은 상상도 못 했다.

"집을… 샀다고?" 겨우 목소리가 나왔다.

그가 고개를 끄덕였다. "그리고 이 아파트는 팔았어."

숨이 턱 막혔다. 지금 내가 살고 있는 집이 이미 남의 소유가 됐다고? 어떻게 그런 결정을 말도 없이 내릴 수가 있지? 주위를 둘러보자 가슴 깊은 곳에서 불안이 서서히 차올랐다.

"아담." 나는 최대한 침착하게 말했다. "왜 나한테 한마디도 안 했어?"

"깜짝 놀라게 해 주고 싶었거든." 그는 태연하게 대답했다. 마치 아내 몰래 집을 팔아버리는 게 전혀 이상한 일이 아니라는 듯한 말투였다. "좋아할 줄 알았지. 이제 새집도 생겼잖아. 네가 직접 알아보느라 고생할 필요도 없게 됐고. 생각보다 꽤 스트레스였다고."

"하지만… 우리가 어디서 살지는 같이 결정해야 하는 거 아니야?"

그는 어깨를 으쓱했다. "내 돈으로 산 거잖아. 이 아파트도 내 소유고. 그러니까 결국 내 결정이지, 안 그래?"

나는 숨을 깊게 내쉬었다. 머릿속이 하얘졌다. 나를 조금이라도 존중했다면 이런 식으로 하지는 않았을 것이다. 그렇다고 지금 소리친다고 달라질 것도 없다. 집은 이미 팔렸고, 새집도 사버렸다. 지금 내가 할 수 있는 건 그저 싸움을 피하는 것뿐이었다.

"그래서… 새집은 어디에 있는데?"

"몬토크. 롱아일랜드 끝 쪽이야."

그때는 몬토크가 어디쯤 있는지도 몰랐다. 만약 내가 위치를 정확히 알았다면 훨씬 더 화를 냈을 것이다. 나중에 지도를 찾아보고는 거의 기절할 뻔했다. 대서양 한가운데 붙어 있다고 해도 과언이 아니었다. 나에게는 시베리아로 가자는 말과 별로 다를 바 없었다.

"마음에 들 거야, 비키." 아담이 부드럽게 말하며 내 무릎에 손을 얹었다. "엄청 큰 집이야. 방도 많고, 내가 작업실로 쓸 다락방도 있고, 넓은 정원에다가 아이들이 뛰어놀 수 있는 마당까지 있어."

그는 내가 어떤 말에 약한지 너무 잘 안다. 요즘 내가 아기를 갖고 싶어 한다는 것도. 우리는 맨해튼에 있는 좁은 아파트에서 아이들을 키우고 싶지 않다는 데 동의했었다. 아이를 셋, 많으면 넷까지 낳고 싶었으니까. 다 같이 이층 침대에서 지내지 않아도 될 만한 집에서 살려면 돈이 엄청나게 들 거다.

마당, 정원, 방이 많은 집.

생각해보니 나쁘지 않다.

내 마음이 조금씩 흔들리는 걸 눈치챈 아담이 말했다. "한 번만 같이 보러 가자. 마음에 안 들면 계약은 취소할게. 그냥… 직접 보고 나서 결정해."

그래서 우리는 내일 그 집을 보러 가기로 했다. 그는 정말로 맹세했다. 내가 싫다고 하면 안 사겠다고. 물론 이미 아파트를 팔아버렸으니, 여기서 계속 살 수도 없지만.

아직도 그가 그런 결정을 혼자 내렸다는 게 믿기지 않는다. 하지만 그게 아담이다. 마음먹으면 곧바로 행동해 버리는 사람. 나는 그의 그런 면이 마음에 들지 않는다. 그래도 결혼생활이 좀 더 익숙해지면, 언젠가는 내 의견도 조금쯤은 들어주겠지.

솔직히 말하면 새집을 보러 가는 게 조금 설렌다. 어릴 때 이후로 마당이 있는 제대로 된 '집'에서 살아본 적이 없으니까. 아담은 그 집이 얼마나 멋진지, 내가 분명 반할 거라고 계속 말했다. 나도 이제 빨리 가보고 싶어졌다.

2017년 9월 2일

오늘 문득 이런 생각이 들었다. 내 인생에서 중요한 결정을 내가 직접 내린 적이 과연 얼마나 있었을까?

돌이켜 보면 대부분은 너무 당연해서 고민조차 하지 않았던 선택들이었다. 학교에 간 것도, 간호학을 전공한 것도 그랬다. 엄마가 암과 싸우던 시절 만났던 훌륭한 간호사를 보며 나도 저런 사람이 되고 싶다고 자연스레 마음먹었으니까. 친구가 간호대학원을 추천했을 때도 크게 망설이지 않았다. 생각할 틈도 없이 바로 '이거다'하는 확신이 들었다. 나는 늘 맨해튼에서 살고 싶었고, 응급실에 취직했을 때도 당연한 것처럼 느껴졌다. 결혼도 마찬가지였다. 잠깐의 망설임은 있었지만 결국 이게 맞다고 생각했다.

그리고 지금, 내 인생의 중요한 결정이 또다시 내 손을 떠나 버렸다.

오늘 우리는 아담이 빌린 차를 타고 몬토크에 있는 집으로 향했다. 맨해튼에서 몬토크까지는 상당히 멀었다. 정말 시베리아로 가는 것과 다를 바 없이 느껴질 정도로 말이다. 그 집으로 이사하게 되면 나는 지금 다니는 응급실을 그만둬야 한다. 결국 새집 근처에서 다른 병원을 알아봐야 할 것이다. 그 근처에 괜찮은 자리가 있을까?

운전 중인 아담에게 조심스럽게 그 얘기를 꺼내자, 그는 고개를 끄덕이며 말했다. "그게 그렇게 큰일이야?"

그 말이 아주 틀린 건 아니었다. 간호대학원을 졸업하고 1년 뒤에 일을 시작했을 때만 해도 평생 같은 병원에서 일하겠다고 생각한 건 아니었다. 하지만 어느새 3년이 지났다.

지금은 그곳에 계속 있어도 괜찮겠다는 마음이 든다. 응급실 분위기도, 오고 가는 환자들도, 함께 일하는 동료들도 좋다. 솔직히 말해, 그만두고 싶지 않다.

물론 새로운 곳에서 일하면 새로운 경험을 쌓을 수 있다. 사람들은 늘 그런 식으로 말한다. 적어도 아담은 그랬다.

"몬토크 근처에 어떤 병원들이 있는지 알아봐야겠네."

내가 말하자 아담이 대답했다. "아니면 그냥… 집에 있을 수도 있잖아."

나는 숨을 들이켰다. "뭐라고?"

"그게 그렇게 이상한 일이야?" 그는 운전대를 잡은 채 나를 힐끗 봤다. "집이 워낙 커서 관리하는 것만 해도 하루 종일 걸릴 거야. 게다가 곧 아이들도 생길 거고."

그래, 맞다. 이번 달부터 피임약을 끊었다. 바로 생리가 돌아왔고, 내 주기는 25일로 아주 규칙적이다. 이번 달엔 아담과 자주 잠자리를 가졌으니까 어쩌면 지금 이미 임신했을지도 모른다. 그 생각만으로도 아랫배가 따뜻해지는 느낌이 들었다. 사실 임신을 결심한 것도 나에게는 너무나 자연스러운 일이었다.

일도 좋지만 나는 아이들과 함께하는 엄마가 되고 싶었다. 엄마를 너무 일찍 잃었던 나로서는 내 아이들과 함께할 시간을 단 1초도 놓치고 싶지 않았다. 우리가 얼마나 오래 함께할 수 있을지 아무도 모르는 일이니까.

"내가 충분히 벌잖아. 우리 가족 먹여 살리는 건 걱정하지 마. 제발… 그렇게 하게 해줘."

"생각해 볼게." 나는 그렇게 대답했다.

끝없이 길을 달려 마침내 집에 도착했다. 차에서 내리자 철제 울타리로 둘러싸인 거대한 집이 눈앞에 펼쳐졌다. 순간 숨이 턱 막혔다. 이런 '철제 울타리에 둘러싸인 집'은 영화 속에서나 보던 거였다. 정원은 엄청나게 넓었지만 관리가 안 되었는지 잡초가 무성했다. 그리고 한쪽 끝에는 작은 창고가 하나 서 있었다. 요즘은 여자들이 저런 작은 창고를 자신만의 공간으로 쓰는 게 유행이라 흥미가 생겼다.

정말 세상 끝에 와 있는 기분이었다. 이렇게 외딴곳에서는 살아본 적이 없었다. 가장 가까운 이웃도 최소 2킬로미터는 떨어져 있을 것 같았다. 휴대폰에는 '서비스 없음'이라는 문구가 떠 있었다.

현관으로 들어서는 순간, 문득 이상한 생각이 스쳤다. 지금 여기서 내가 소리를 질러도 아무도 듣지 못할 것이다.

아담이 "어때?"라고 묻자 나는 잠시 머뭇거리며 집 안을 둘러봤다. "정말 아름다워."

집은 정말 아름다웠고, 믿기지 않을 만큼 컸다. 거실에는 햇살이 가득했고, 하얀 나선형 계단이 위층으로 이어졌다. 고개를 들자 샹들리에가 반짝였다. 평생 샹들리에가 있는 집에서 살게 될 줄은 상상도 못 했다. 맨해튼의 좁은 아파트에서 몇 년을 버티다가 이런 공간을 마주하니, 팔을 활짝 벌리고 돌고 싶은 충동이 들었다. 그리고 나도 모르게, 정말 그러고 있었다. 웃으면서 빙글빙글 돌고 있었다.

이 집이 이렇게까지 마음에 들 줄은 몰랐다.

어지러워서 멈추자 아담이 환하게 웃었다. "마음에 쏙 들지?"

"응, 그런데…" 나는 불안한 마음에 손을 꼭 쥐었다. "내 일은…"

"그건 그냥 일이잖아, 빅토리아. 새 일자리를 찾으면 되지 않아?"

"하지만…"

"아니면 다른 이유라도 있는 거야? 예를 들어… 맥 같은?" 그가 눈을 가늘게 뜨며 물었다.

또다시 맥 얘기다. 아담은 병적일 정도로 틈만 나면 그 이름을 꺼냈다. 맥이 나에게 마음이 있었던 건 사실이니까 완전히 터무니없는 질투는 아니긴 하다. 하지만 약혼 파티 이후로 맥과 나는 그 일을 없었던 것처럼 묻어두고 있었다. 겉으로는 아무렇지 않은 척했지만, 어색함이 가시지 않았다. 그래서 더 빨리 이사를 가야겠다는 생각도 들었다.

"결국 그거야?" 아담이 물었다. "남자친구랑 떨어지기 싫다는 거야?"

그의 목소리에 서서히 냉기가 돌았다. 큰 싸움으로 번질 조짐이었다. 그리고 나는 알고 있었다. 아담은 정말로 나를 이 외딴집에 혼자 두고 떠날 수도 있다는 걸. 휴대폰 신호조차 잡히지 않는 이곳에.

"맥하고는 아무 상관 없어." 나는 급히 말했다. "그냥… 조금만 생각할 시간을 줘."

그가 눈을 가늘게 뜨며 내 얼굴을 살폈다. "생각할 게 뭐가 있는데?"

그리고 대화는 거기서 끝났다.

결국 우리는 이사를 가기로 했다. 맨해튼에서의 삶을 내려놓고, 롱아일랜드에서 완전히 새로운 생활을 시작하기로. 잠시 거쳐 가는 정도면 좋겠지만, 아이를 몇 명 낳고 나면 다시 돌아갈 가능성은 없을 것이다.

영원히 떠나는 거다.

2017년 9월 10일

오늘은 응급실에서의 마지막 근무였다.

내일이면 떠난다. 이삿짐 트럭이 아침 일찍 와서 짐을 싣고 갈 예정이다. 우리는 아담이 지난주에 새로 산 BMW를 타고 먼저 몬토크로 가기로 했다. 눈길에서도 잘 달린다고 하니 겨울에 눈이 60센티씩 쌓인다는 그곳에선 꼭 필요하겠지. 아직 9월 초인데도 벌써 겨울이 성큼 다가온 느낌이다.

영원히 떠난다는 사실이 슬펐지만, 최대한 담담하게 보이려고 애썼다. 어차피 세 시간씩 운전해서 맨해튼에 오고 가는 건 현실적으로 쉽지 않을 테니까. 캐럴이 간호사실에서 조촐하게 송별 파티를 열어 줬지만, 응급실이 너무 바빠 겨우 5분밖에 함께하지 못했다.

오늘은 환자 한 명 한 명이 유난히 마음에 남았다. 심지어 진통제를 변기에 떨어뜨렸다며 약을 더 달라고 조르는 사람들마저도. 이상하게도 사람들은 그런 약만 변기에 떨어뜨린다. 혈압약을 떨어뜨렸다는 사람은 한 번도 못 봤다. 마지막 환자는 도토리에 걸려 넘어져 손목이 부러졌을지도 모르는 노부인이었다. 그녀를 꼭 안아주고 싶은 마음을 간신히 참았다.

"내가 바닥에 누워 있는데 말이야," 그 노부인이 내게 말했다. "다람쥐가 내 머리 옆으로 휙 지나가면서 나를 비웃었다니까! 정말이야, 빅토리아!"

결국 그녀는 손목뼈 골절로 확인됐고 정형외과에 인계됐다. 그 뒤로는 차트 정리를 했다. 몇 분마다 누군가 와서 마지막 인사를 하거나, 함께 일할 수 있어서 좋았다며 나를 안아주는 바람에 일이 자꾸 끊겼지만, 그래도 천천히 기록을 마무리했다. 참 이상했다. 떠날 때가 되어서야 사람들이 나를 얼마나 아꼈는지 알게 되다니.

맥은 오늘 근무가 없었다. 출근하자마자 근무표를 확인했지만, 그의 이름은 없었다. 그래서 이걸로 끝이라고 생각했다. 다시 만날 일은 없겠지. 차라리 그게 나을지도 모른다. 어차피 나는 유부녀고, 그의 마음을 너무 잘 아니까. 굳이 어색한 작별 인사를 나눌 필요도 없다.

"꼭 놀러 갈게!" 캐럴이 마지막으로 나를 꼭 끌어안으며 말했다. 우리 둘 다 눈시울이 붉어졌다. 그녀가 정말 그리울 거다. "그리고 아기 생기면 꼭 데리고 와야 돼, 알았지?"

나는 웃었다. "아직은 임신 안 했어."

"이번 달은 아닐 수도 있지. 그래도 겨울 오기 전엔 될 거야."

후드티를 걸치고 마지막으로 응급실을 나섰다. 두 번이나 식중 독을 안겨 줬던 핫도그 카트 앞을 지날 때는 왠지 쓸쓸한 마음이 들었다. 첫 번째는 운이 없었던 거라고 믿고 바보처럼 또 사 먹고 말았다. 하나의 시대가 끝났다. 도시에서의 자유롭던 싱글 라이프 를 뒤로 하고 이제 교외에서 주부로서의 새로운 삶이 시작된다. 적 어도 당분간은. 그래도 몬토크 근처에서 할 수 있는 일은 찾아볼 생각이다.

"비키! 잠깐만!"

순간 몸이 굳어버렸다. 가슴속에서 이상하게 따뜻한 감정이 피 어올랐다. 뒤돌아보지 않아도 누군지 알 수 있었다. "맥!"

그가 달려오고 있었다. 평소보다 더 헝클어진 머리, 가쁜 숨, 그 리고 웃고 있으면서도 어딘지 모르게 슬픈 얼굴. 마치 내 마음을 그대로 비춘 거울 같았다. 웃고 있지만 금방이라도 울음이 터질 것 같은 표정이었다.

"다행이다. 겨우 잡았네." 그가 숨을 고르며 말했다. "좀 전에 캐 럴한테 문자 받았어. 오늘이 네 마지막 근무라고. 내일 이사 간다 고."

"응…"

우리는 잠시 말없이 서로를 바라봤다. 결혼 전에 그가 내게 마 음을 고백한 이후로 조금 어색해졌지만, 지금 이 순간만큼은 그 어색함이 흔적도 없이 녹아내린 것 같았다. 맥이 머리를 쓸어 올 리며 말했다. "보고 싶을 거야, 비키."

"나도." 진심이었다.

그는 무슨 말을 더 하려다 말고, 그냥 나를 꼭 끌어안았다. 커다랗고 따뜻한 포옹. 맥다운, 포근하고 진심이 담긴 포옹이었다. 비누 향과 바람 냄새가 섞인 그의 품이 너무 편안해서 나도 모르게 그를 더 꽉 끌어안았다. 우리는 한참을 그대로 서 있었다.

괜찮아. 오늘은 캐럴이랑도 몇 번이나 껴안았으니까.

그가 천천히 몸을 떼며 말했다. 눈가가 살짝 젖어 있었다. "필요한 일 있으면 언제든 연락해. 알았지?"

"여기서 세 시간 거리야. 게다가 너 차도 없잖아."

"상관없어."

그의 갈색 눈을 바라보자 가슴 깊은 곳에서 무언가가 무너져 내렸다. 마치 돌이킬 수 없는 잘못을 저지른 기분이었다.

그날 밤, 그가 사랑한다고 말했을 때 아담과 끝냈어야 했다. 결혼하지 말았어야 했다. 나는 잘못된 선택을 했다.

하지만 마음을 다잡았다. 나는 맥이 아니라 아담을 선택했다. 지금 와서 바꿀 수는 없다. 남편을 떠날 수는 없으니까.

나는 맥에게 마지막 작별을 고했다. 그걸로 정말 끝이었다.

34

이 집에서 일한 지도 벌써 두 달이 다 되어간다. 그동안 빅토리아가 웃는 걸 한 번도 본 적이 없다.

나름대로 노력은 해봤다. 그녀 앞에서 농담도 던져 보고, 분위기를 띄우려고 일부러 웃어 보기도 했다. 아무 소용이 없었다. 오늘은 유난히 더 그랬다. 쇠고기 퓌레를 떠먹여 주는 동안, 그녀는 웃기는커녕 당장이라도 울음을 터뜨릴 것 같은 표정이었다.

"이번 주 목요일이 추수감사절이에요." 나는 일부러 밝은 목소리로 말했다. "예쁘게 차려입고 같이 저녁 먹어요. 당신이랑 나랑 아담이랑. 정말 맛있을 거예요."

물론 칠면조 퓌레가 맛있을 리 없다는 건 잘 알지만, 굳이 말할 필요는 없었다.

빅토리아는 한쪽 눈으로 나를 올려다봤다. 그 눈엔 깊은 슬픔이 담겨 있었다. 예전엔 그녀가 완벽한 삶을 살았을 거라고 믿었다. 하지만 이제는 안다. 그녀의 일기 속 이야기가 사실이라면, 그녀는 단 한 순간도 행복하지 않았을 것이다. 그리고 아담은 끔찍한 사람이었다.

하지만 내가 아는 아담은 전혀 그렇지 않다. 그녀의 일기 속 남자와 지금 내 곁에 있는 남자가 같은 사람이라는 게 믿기지 않는다. 마치 이름만 같은, 완전히 다른 두 사람 같다.

도대체 무엇을 믿어야 할지 모르겠다.

"있잖아요, 빅토리아." 내가 숟가락을 내려놓으며 말했다. "생각해 봤는데, 맥을 찾아보면 어떨까 해요."

그녀가 눈을 천천히 깜박였다.

"어때요?"

그녀는 아무 대답도 하지 않았다. 나는 작은 반응이라도 기대했다. 굳이 웃을 필요는 없어도, 그 슬픈 표정이 잠시라도 옅어지길 바랐다. 하지만 그런 일은 일어나지 않았다. 어쩌면 나를 믿지 않는 걸지도 모른다. 내가 그를 찾지 못할 거라고 생각하는 거겠지. 솔직히 말하면, 나도 자신이 없다.

"그 사람 성이 뭐예요?"

그녀가 입을 살짝 열었다. 나는 숨을 죽이고 귀를 기울였다.

"음—음—음—"

그녀는 그의 이름을 말하려 애썼지만 끝내 소리가 나오지 않았다. 아무래도 그녀가 발음하기 힘든 이름인가 보다. 결국 그의 성은 알아내지 못했지만 시도해 본 것만으로도 의미는 있었다.

"제가 꼭 찾아볼게요." 나는 조용히 말했다.

지금 그녀에게 해 줄 수 있는 건 그 약속뿐이었다.

35

구글은 아무 도움이 되지 않았다. 하긴 내가 가진 정보라곤 '맨해튼에서 일하는 맥이라는 구급대원'이 전부니 그럴 만도 했다. 검색 결과는 온통 응급구조사 교육기관이나 '맥 트럭' 광고 사이트뿐이었다. 이래서는 아무것도 알아낼 수가 없다.

결국 나는 빅토리아가 일했던 머시 병원에 전화해 보기로 했다. 그곳이라면 혹시 아는 사람이 있을지도 모른다.

하지만 번호를 누르면서도 문득 의문이 들었다. 설령 그를 찾는다 해도, 그다음은? 그는 분명 빅토리아를 사랑했지만, 그건 아주 오래전 일이다. 지금쯤 다른 사람과 살고 있을지도 모른다. 어쩌면 그녀를 다 잊었을 수도 있다. 아직도 그녀를 마음에 두고 있다 해도, 지금의 빅토리아를 예전처럼 사랑할 수 있을까?

그런데도 이상하게, 그녀의 일기 속에서 본 그 맥이라면 그녀를 여전히 사랑해 줄 것 같았다.

응급실로 연결되자 바쁜 기색이 역력한 여자의 목소리가 들려왔다. "네, 머시 응급의료서비스입니다."

"안녕하세요." 나는 휴대폰을 꼭 쥐고 말했다. "그… 구급대원한 분을 찾고 있는데요, 혹시 도와주실 수 있을까요?"

"어느 회사 소속인가요?"

"잘 모르겠어요. 이름은 맥이에요."

"성은요?"

"그것도 모르겠어요."

"그 구급대원에 대해 불만이 있으신가요?"

"아뇨, 아니에요!" 나는 서둘러 말했다. 괜히 그 사람을 곤란하게 만들고 싶진 않았다. "그냥… 꼭 찾아야 해서요. 급한 일이거든요. 그분이 이 병원으로 환자를 자주 데려온다고 들어서… 혹시 연락할 방법을 알 수 있을까 해서요."

숨을 죽이고 기다렸다. 혹시 전화를 끊어 버릴까 봐 조마조마했는데, 뜻밖에도 그녀가 다시 물었다.

"이름이 뭐라고 하셨죠?"

세상에, 정말 도와주려는 건가? 추수감사절의 기적이 따로 없다. "맥이에요."

하지만 그 기적은 2초도 가지 못했다. "그 이름으로 오는 구급대원은 없는데요."

"…확실한가요?"

"네. 제가 여기서 1년 동안 일했거든요. 환자 인계받을 때마다 제 서명이 들어가는데, 그 이름은 한 번도 본 적이 없어요."

그녀의 말투는 단호했다. 적어도 지난 1년 동안은 '맥'이라는 구급대원은 없었다는 뜻이다. 다른 데로 옮겼을지도 모른다. 아니면 빅토리아가 떠난 뒤 그도 병원을 그만뒀던 걸까.

이제 어떻게 하지. 민간 구급차 업체에 하나씩 전화를 걸어 보는 방법도 있지만, 성도 모르는 상황에서 그렇게 사람을 찾는 건 아무래도 쉽지 않을 것 같다. 결국 맥을 찾아주겠다는 약속은 지키지 못할지도 모른다.

36
빅토리아의 일기

2017년 9월 28일

오늘은 뭔가 이상한 하루였다.

새집에 이사 온 지 벌써 2주가 지났는데도, 아직도 여기가 내 집이라는 게 실감 나지 않는다. 그냥 누군가의 집에 잠깐 머무는 손님이 된 것 같은 기분이다. 짐 푸는 데 시간이 오래 걸려서 일자리를 구할 틈도 없었고, 집 자체도 손이 많이 갔다. 케이블TV와 인터넷도 새로 연결했고, 휴대폰 신호가 잘 잡히도록 소형 기지국 장비까지 설치했다. 나는 그래도 혹시 모르니 유선전화도 놓아야 한다고 고집했다. 이렇게 외딴곳에서는 그게 더 마음이 놓였다.

아담이 차도 한 대 샀다. 혼다 시빅. 괜찮은 차이긴 하지만, 본인은 눈길에도 끄떡없는 SUV를 사더니 나한테는 전륜 구동의 작은 세단이라니. 눈이라도 내리면 꼼짝없이 집에 갇힌 셈이다. 하지만 아담은 어차피 눈이 많이 오면 운전은 안 하는 게 낫다고 했다.

"운전 안 한 지 좀 됐잖아, 빅토리아. 감이 떨어졌을 거야."

어쨌든 돌이킬 수도 없다. 차는 반품도 안 되니까.

내가 당분간 일을 못 할 테니, 아담은 우리 둘이 함께 쓰는 공동계좌를 만들었다. 내 신용카드는 전부 해지하고 그와 함께 쓰는 공동 카드로 바꿨다. 대학 이후 줄곧 혼자 벌어 살았던 터라 누군가에게 경제적으로 의지한다는 게 낯설기만 했다. 하지만 아담은 "이제 내가 널 책임질게"라며 고집을 꺾지 않았다. 생각해 보면 고등학생 때부터 쉬지 않고 일만 해왔으니 잠깐 쉬어가는 것도 나쁘지 않을지도 모른다.

아담은 정원사도 새로 고용했다. 앞마당이 엉망이라 창피할 정도였고, 나는 식물 키우는 재주가 없으니 그럴 만도 했다. 처음엔 그가 알아서 처리해 줘서 고마웠는데, 막상 정원사를 보고 나니 그 마음이 싹 사라졌다. 새 정원사는 동유럽 어딘가 출신의 숨 막힐 만큼 예쁜 젊은 여자였다. 이름은 이리나. 하얗게 빛나는 금발에 길고 매끈한 다리, 그리고 영어는 서툴지만 아담의 재미없는 농담에도 어쩐 일인지 까르르 웃어댔다.

집이 너무 넓어서 가구도 새로 들였다. 예전 아파트에서 쓰던 가구로는 공간이 너무 휑했다. 물론 그조차도 아담의 '승인'을 받아야 했다. 그는 정말 까다로웠다. 소파 하나 고르는 데 사진을 백 장넘게 보여 줬고, 그중에서 겨우 마음에 들어 하는 걸 찾았다. 하지만 며칠 후 소파가 도착하자마자 앉아 보더니 말했다. "이건 내가고른 거랑 다르잖아." 사진이 워낙 많았으니 그럴 수도 있다고 생각했다. 그래서 오늘 아침, 업체에서 소파를 바꿔 가길 기다리고 있을 때 피터가 찾아왔다.

피터는 아담의 에이전트다. 50대 중반쯤 되는 남자인데, 다행히 나한테 추근대지 않는 '꽤 괜찮은' 사람이다. 양복에 넥타이까지 매고 나타났는데, 멀리 운전해 온 게 짜증 난 듯한 표정이었다. 내가 '아담은 잠깐 외출했어요.'라고 하자, 그는 한층 더 불쾌하다는 표정을 지었다.

"여기서 기다리실래요?" 내가 묻자 그는 코웃음을 쳤다.

"그래야죠, 뭐. 딱히 갈 데도 없잖아요."

나는 부엌으로 가서 손님용 안주를 간단히 준비했다. 지난주에 근처 대형 마트에 갔는데, 맨해튼에서 다니던 소형 마트들에 비하면 어이없을 정도로 규모가 컸다. 예전에는 식료품 대부분을 가까운 편의점에서 해결하곤 했는데, 이 외딴곳에서는 집 근처 편의점 같은 건 꿈도 꿀 수 없었다.

마스카포네 치즈에 라즈베리 잼을 얹은 크래커를 접시에 담아 거실 테이블에 놓았지만, 피터는 휴대폰에서 시선을 떼지 않았다.

"저⋯피터." 내가 조심스럽게 불렀다.

그는 여전히 화면을 내려다본 채 대답했다. "네?"

"아담 부모님에 대해 여쭤봐도 될까요?"

이곳으로 이사 온 뒤 본격적으로 임신 준비를 하면서 자연스레 시댁 식구들이 점점 신경 쓰였다. 아담이 부모님과 사이가 안 좋다는 건 알지만 이제는 풀어야 하지 않을까. 내가 먼저 연락하면 그분들도 마음을 열지 모른다. 손주 얘기라면 누구라도 흔들릴 테니까.

피터가 그제야 고개를 들어 나를 바라봤다. "부모님은 왜요?"

"혹시… 어디 사시는지 아세요?"

"뭐라고요?"

"아니면 전화번호라도요. 어떤 정보든 괜찮아요."

"빅토리아…" 그의 목소리가 낮고 단단해졌다.

"아담이 화난 건 알아요. 그래도 제가 직접 얘기해 볼 수 있으면…"

"빅토리아." 이번에는 훨씬 더 단호한 목소리였다. "아담의 부모님은 돌아가셨어요."

순간 다음 말이 목에 걸렸다. "…뭐라고요?"

그가 한쪽 눈썹을 치켜올렸다. "몰랐어요?"

"…전혀 몰랐어요." 세상이 빙글빙글 도는 기분이었다. "확실한가요?"

피터의 입가에 쓸쓸한 웃음이 번졌다. "부모님 장례식에 제가 직접 갔어요. 그러니까… 맞아요."

부모님 장례식? 그럼 두 분이 같이 돌아가셨다는 뜻인가?

순간 아담의 첫 소설 《가족의 비밀》이 떠올랐다. 가족을 증오하던 주인공이 '우연한 사고'를 가장해 그들을 죽이고, 아무 일 없었다는 듯 살아간다는 이야기였다.

"어떻게… 돌아가신 건데요?" 내 목소리는 거의 속삭임에 가까웠다.

"교통사고였어요. 그냥… 운이 나쁘면 일어나는 그런 사고 있잖아요."

그래도 소설처럼 일산화탄소 중독으로 죽은 건 아니었구나. 나는 입술을 세게 깨물었다. "그럼… 형은요?"

피터가 깊은 한숨을 내쉬며 나를 바라봤다. "그 얘기도 안 했어요?"

"피터, 제발요…"

그가 천천히 고개를 저었다. "부모님 돌아가시고 몇 달 후에… 스스로 목숨을 끊었어요. 총을 입에 물었죠."

갑자기 속이 확 뒤집혔다. 나는 자리에서 벌떡 일어나 부엌으로 달려갔다. 그리고 싱크대에 매달려 구토를 쏟아냈다. 그때였다. 현관문이 열리고, 아담의 휘파람 소리가 집 안을 가볍게 채웠다.

부엌 너머에서 아담과 피터가 낮은 목소리로 대화하는 소리가 들렸다. 무슨 말을 나누는지 상상조차 하기 싫었다. 나는 부엌 바닥에 주저앉아 머리를 감싸 쥐었다. 어지럽고 속이 울렁거렸다. 지금 당장 이 집에서 나가고 싶었지만 운전할 정신도 없었고 걸어서 갈 만한 곳도 없었다. 외딴 데 산다는 게 이런 거구나 싶었다.

몇 분 뒤, 아담이 부엌으로 들어와 바닥에 주저앉은 나를 보고 고개를 갸웃했다. "거기서 뭐 해?"

"몸이… 좀 안 좋아."

그의 입가에 희미한 미소가 스쳤다. "혹시 임신한 거야?"

그 말에 심장이 덜컥했다. 한낮에 이유 없이 토했으니 그렇게 생각할 수도 있겠지. 지금까지는 생각도 못 했는데, 막상 그 말을 듣자 온몸이 얼어붙었다. '제발, 임신이 아니길. 제발.'

나는 손등으로 입술을 닦고 간신히 일어섰다. "아니, 그건 아닌 것 같아."

"근데 저 망할 소파는 왜 아직 그대로 있어? 알아서 처리하기로 한 거 아니었어?"

그의 눈빛에서 싸움의 조짐이 번졌다. 그가 폭발하기 전에 내가 먼저 입을 열었다. "아담… 당신 부모님, 돌아가셨어?"

그는 바로 대답하지 않았다. 거짓말을 할지 말지 계산하는 눈빛이었다. 최근 들어 내가 깨달은 게 있다면, 그가 거짓말을 꽤 잘한다는 사실이다. 가끔은 너무 능숙해서 진실을 구분하기 어려울 정도다. 심지어 들통이 나도 좀처럼 인정하지 않는다.

"그래." 그가 마침내 입을 열었다. "돌아가셨어."

"세상에…" 내 목소리가 너무 커서 피터에게도 들렸을지도 모른다. 하지만 그런 걸 신경 쓸 여유가 없었다. "왜 나한테 말 안 한 거야?"

그는 얼굴을 살짝 붉히며 말했다. "미안해, 비키. 정말 미안해. 그땐 어떻게 말해야 할지 모르겠더라고."

"당연히 말했어야지."

그는 한 손으로 머리를 쓸어 넘기며 조리대에 기대섰다. "너도 알다시피… 부모님이랑 사이가 안 좋았잖아. 화해도 못 했는데… 사고가 나버렸어. 너무 충격이었지. 그래서 그냥… 아직 살아 계시다고 생각하고 싶었어." 그는 시선을 피했다. "솔직히 말하면, 나중엔 사실대로 말할 용기가 안 났어. 넌 평생 모를 거라 생각했어."

그 순간 깨달았다. 이게 바로 우리 결혼의 진짜 모습이었다. 그는 내가 모를 거라 믿고, 그 믿음 위에 거짓말을 쌓는다.

"아담." 나는 최대한 차분하게 말했다. "우리 관계가 제대로 되려면 앞으로는 솔직해야 해. 진심이야. 우린 부부잖아."

그는 천천히 고개를 끄덕였다. "알겠어. 정말 미안해, 비키. 다시는 거짓말 안 할게."

그가 다가와 나를 끌어안았다. 나는 그 품 안에서 서서히 긴장을 풀었다. 아직 그가 거짓말했다는 사실이 화가 나긴 했지만, 일단은 용서하기로 했다. 부모님을 잃고, 화해조차 못 한 채 남겨진다는 건 얼마나 아플까. 적어도 내 부모님은 내가 그들을 사랑했다는 걸 알고 세상을 떠나셨으니까.

아담이 내 얼굴에 흘러내린 머리카락을 쓸어 올렸다. 요즘 나는 머리를 늘 풀고 다닌다. 그가 그걸 좋아하기 때문이다. 머리를 묶기라도 하면 그는 어김없이 투덜거렸다.

"비키." 그가 낮게 불렀다. "한 가지만 더."

나는 고개를 끄덕였다. "응?"

"다시는 피터한테 내 얘기 하지 마. 또 내 뒤에서 그러기만 해봐." 그의 턱선이 단단히 굳었다. "알겠어?"

나는 그의 표정을 살폈다. 농담이길 바랐지만, 그의 눈빛에는 웃음기가 전혀 없었다. "…알았어, 미안."

그는 뭐라고 중얼거리더니 와인 한 병을 꺼내 들고 거실로 나가버렸다. 나는 부엌에 남아 소파를 가지러 올 사람들을 기다렸다.

그날 오후 임신 테스트기를 해봤다. 결과는 한 줄이었다.

눈물이 났다. 안도의 눈물이었다.

2017년 11월 18일

오늘 아침 문득, 헬스장에 등록해야겠다는 생각이 들었다.

젊었을 때는 헬스장에 다닐 돈이 없었다. 집 근처 공원에서 뛸 때 신을 운동화 한 켤레 살 돈도 빠듯했으니까. 그러다 일을 하게 되고 돈이 생겼지만, 이번엔 시간이 없었다. 그런데 지금은 시간도 있고, 돈도 있다. 이곳에 온 지 두 달이 지났지만 아직 일자리를 구하지 못했다. 솔직히 말하면 그렇게 열심히 찾지도 않았다. 아담이 주 2회 오는 가사도우미를 고용한 덕에 나는 집안일에 거의 손 댈 일이 없다. 게다가 날씨가 추워지면서 이리나가 정원 일을 쉬는 대신 부엌을 맡게 됐다. 그녀는 요리까지 잘한다. 참, 다재다능한 여자다.

요즘 내 하루는 이렇다.

아침 9시나 10시쯤 느긋하게 일어나 거의 40분 동안 샤워를 하고, 혼자 거창하게 아침을 차려 먹는다. 그러고는 감자칩 같은 '영양가 넘치는' 간식을 들고 TV 앞에 앉는다. 점심때까지는 그것 말고는 딱히 할 일이 없다. 요즘은 〈패밀리 퓨드〉 같은 퀴즈쇼에 푹 빠져 있는데 너무 재미있다. 설문조사에서 가장 많은 사람이 답했을 것 같은 항목을 맞추는 '패스트 머니' 코너는 나도 꽤 잘할 수 있을 것 같았다.

점심을 먹고 나면 밖에 나가 쇼핑을 조금 한다. 아니, 사실은 꽤 많이 한다. 집이 점점 잡동사니로 넘쳐나고 옷장은 이미 통제가 안 된다. 신발은 말할 것도 없다.

요즘은 체중계 위에 오르기가 무서울 지경이다. 오늘 아침엔 평소 편하게 입던 청바지조차 잠기지 않았다. 스키니진도 아닌데. 그냥 집에서 편하게 입는 그런 청바지였는데 그것마저 안 잠기다니.

그래서 선택지는 두 가지였다. 한 사이즈, 아니 두 사이즈 더 큰 옷을 전부 새로 사거나, 아니면 헬스장에 등록해서 원래 몸으로 돌아가거나.

집에서 차로 10킬로미터 정도 떨어진 곳에 헬스장이 있어서 점심을 먹고 가 보기로 했다. 아, 사실 그 전에 맥도날드에 들렀다. 건강한 삶으로 돌아가기 전에 마지막으로 빅맥 세트를 먹고 싶었다.

헬스장은 꽤 괜찮았다. 작지만 깨끗했고 운동 기구도 다양했다. 운동하는 사람들도 모델처럼 완벽한 몸은 아니라 부담이 없었다. 이 정도면 나도 다닐 수 있을 것 같아서 프런트에 있던 밝은 금발의 여성 직원에게 다가가 회원 등록을 하겠다고 했다.

그 후 15분간 나는 정신을 차릴 틈도 없이 1년 회원권을 끊고, 주 1회 줌바, 수영, 킥복싱에다가 처음 들어보는 '슬로 플로 비냐사'라는 수업까지 신청했다. 너무 정신이 없어서 그때 누가 아이를 달라고 하면 그대로 내줬을지도 모른다.

"이제 결제하실 카드만 등록해 주시면 돼요." 직원이 상냥하게 말했다.

나는 지갑을 꺼내 카드를 찾았다. 그런데 카드가 없었다. 심장이 철렁 내려앉았다. "어머, 내 카드가 어디 갔지?"

직원이 눈썹을 찌푸렸다. "혹시 도난당하신 건가요?"

"그런 것 같아요." 현금은 그대로였다. "카드사에 바로 전화해야겠네요." 나는 조심스럽게 물었다. "카드 없이 가입은 안 될까요?"

그녀가 고개를 저었다. "죄송하지만 규정상 카드 정보가 꼭 필요해요. 대신 서류는 보관해 둘게요. 새 카드가 나오면 다시 오세요."

번거로움보다도 아담에게 이 얘기를 해야 한다는 게 더 두려웠다. 그건 공동 카드였고, 내가 재발급을 받으면 그도 새 카드를 받아야 했다. 그가 얼마나 화를 낼지 눈앞에 훤했다. 그 생각만으로도 몸이 굳었다.

어쩌면 찾을 수 있을지도 모른다. 그러면 굳이 아담에게 카드가 없어졌다고 말할 필요도 없을 것이다.

나는 머리를 쥐어짜며 생각했다. 누가 내 지갑에서 카드만 빼가고 현금은 그대로 놔뒀다는 건 말이 안 된다. 카드를 마지막으로 쓴 건 이틀 전, 쇼핑몰이었다. 혹시 계산대에 두고 온 걸까?

나는 두 시간 동안 지난 며칠간의 동선을 되짚으며 그동안 들렀던 모든 가게에 전화를 돌렸다. 하지만 돌아오는 대답은 전부 '없습니다'였다.

한참 동안 차를 몰고 이곳저곳을 기웃거리며 시간을 끌었다. 집으로 돌아가기가 싫었다. 결국 카드를 정지시키고 누가 무단으로 사용하지는 않았는지 확인해야 할 것이다. 무엇보다 아담의 반응이 두려웠다. 그는 분명히 화를 낼 테니까.

집에 도착하니 부엌에서 웃음소리가 들렸다. 아담은 이리나와 함께 장 봐 온 물건을 정리하고 있었다. 내가 들어온 줄도 모르는 듯했다. 나는 잠시 둘을 지켜봤다. 아담은 그녀에게 지나치게 가까이 서 있었고, 이리나는 그의 팔을 살짝 잡은 채 웃고 있었다. 그가 그녀의 귀에 무언가를 속삭이자, 그녀는 더 크게 웃었다. 그 순간, 나는 일부러 헛기침을 했다.

"빅토리아 부인!" 이리나가 반가운 목소리로 외쳤다. 너무 태연해서 오히려 뻔뻔하게 느껴질 정도였다. "돌아오셨군요! 새로 장본 거 보실래요? 오늘 저녁 메뉴도 생각해 뒀어요."

나는 고개를 저었다. "괜찮아요." 그리고 숨을 한번 고르고 말했다. "아담, 잠깐 얘기 좀 할 수 있을까?"

신용카드 얘기를 꺼내기가 두려웠지만 어쩔 수 없었다. 누군가 내 카드를 훔쳐 갔다면 바로 신고하고 정지시켜야 한다. 괜히 숨겼다가 나중에 들키면 더 크게 화를 낼 게 뻔했다. 지금 말하는 수밖에 없었다.

우리는 침실로 올라갔다. 나는 울먹이며 그동안 있었던 일을 설명했다. 처음엔 동정심을 얻으려면 억지로라도 울어야 하나 싶었지만, 말을 하다 보니 저절로 눈물이 났다. 카드를 잃어버린 뒤 필사적으로 찾았던 이야기, 신용카드 회사에 연락해서 내가 직접 해결하겠다는 다짐까지 빠짐없이 말했다.

나는 그의 표정을 살폈다. 언제 폭발할지 몰라 마음이 조마조마했다. 그런데 뜻밖에도 그는 아무렇지 않았다.

"그 카드, 도난당한 거 아니야." 그가 담담하게 말했다. "내가 가져갔어."

입이 저절로 벌어졌다. "당신이?"

그는 고개를 끄덕였다. "지난 몇 달 동안 네가 얼마나 돈을 써 댔는지 모르지, 빅토리아? 이제는 나 혼자 돈을 벌잖아. 네가 내 돈을 그렇게 마음대로 쓰는 건 솔직히 불쾌해. 주변 사람들한테도 물어봤는데, 앞으로는 네가 과소비하지 않도록 현금으로 용돈을 주기로 했어."

순간 머릿속이 하얘졌다. 현금 용돈이라니? 내가 어린애야? "신용카드 없으면 아무것도 못 해, 아담. 온라인 주문은 어떻게 하라고?"

"간단하잖아." 그가 아무렇지 않게 말했다. "링크를 나한테 보내. 필요하다고 생각되면 내가 결제해 줄게. 아니면 네 구매를 내가 승인하는 시스템을 만들 수도 있고."

순간 피가 머리끝까지 치솟았다. 물론 결혼할 때 아담이 나보다 훨씬 돈이 많았던 건 사실이다. 하지만 나도 나름대로 내 돈이 있었다. 물건 하나 사는 데 허락을 받아본 적도 없었다. 그런데 지금은 내 돈까지 한꺼번에 묶여 버렸다. 그가 공동계좌로 합치자고 우겼기 때문이다. 나는 계좌를 따로 유지하고 싶었지만 그는 그건 불공평하다고 했다. '넌 내 돈을 마음대로 쓰는데, 나는 네 돈을 못 쓰는 건 불공평하잖아.' 그 말에 넘어간 내가 바보였다.

"그래도 넉넉하게 줄게." 그가 덧붙였다. "일주일에 200달러. 온라인 구매는 별도로."

"200달러로 어떻게 살아?"

그는 인상을 찌푸렸다. "왜 안 돼? 이리나가 장보고, 집세랑 청소비도 내가 내잖아. 일주일에 200달러 이상 쓸 일이 뭐가 있어? 기름값? 옷? 맥도날드?"

얼굴이 화끈 달아올랐다. 그렇게 말하다니, 너무 비열했다. "이리나한테는 주당 200달러보다 훨씬 더 주잖아."

그의 시선이 날카로워졌다. "그렇지. 이리나는 일을 하니까. 넌 하루 종일 빈둥거리면서 내 돈만 쓰잖아."

가슴이 철렁 내려앉았다. 집에 있으라고 한 것도, 일을 그만두라고 한 것도 모두 그였는데 이제 와서 나를 탓하고 있었다. 하지만 반박해봤자 소용없다는 걸 알았다.

"…그럼 갑자기 큰돈 쓸 일이 생기면 어떡해?"

그는 어깨를 으쓱했다. "그러니까 미리 모아 둬야지. 막 쓰느라 못 모았으면 나한테 빌리면 되고. 이런 식으로 하면 돈 관리하는 법도 배우게 될 거야."

나는 숨을 깊이 들이마셨다. 상황이 너무 굴욕적이었지만, 한편으로는 완전히 틀린 말은 아니었다. 솔직히 요즘 내가 좀 많이 쓰긴 했다. 심심해서 의미 없이 쇼핑한 것도 많았다. "그럼… 주당 250달러는 어때?"

그가 부드럽게 웃었다. "좋아, 임신하면 그때 250달러로 올리자."

맞다, 우리는 아직 임신을 시도 중이만 지금까지 아무런 성과가 없었다. 매달 배란 테스트를 하고, 정확한 타이밍에 맞춰 관계를 가진 뒤, 한 시간 동안 무릎을 세운 채 누워 있었다. 엽산제를 챙겨 먹고, 술과 커피도 끊었다. 그런데 며칠 전 생리를 시작했다. 그러니까 이 꽉 끼는 청바지는 아기 때문이 아니라 그냥 살이 찐 거다.

아담에게는 말하지 않았지만, 테스트가 음성일 때마다 안도감을 느꼈다. 이해가 안 됐다. 나는 분명 아이를 갖고 싶었다. 정말로.

"좋아." 나는 더 말하지 않았다. 아담과 싸움이 시작되면 며칠이고 이어진다. 그건 피하고 싶었다. "그건 그렇고… 오늘 헬스장 등록하려고 갔었어. 카드 결제해도 돼?"

"헬스장?" 그의 얼굴이 순식간에 굳었다. 가슴이 덜컥 내려앉았다. "도대체 왜 헬스장에 가야 하는데?"

그가 왜 화를 내는지 도무지 이해할 수 없었다. 운동 좀 하겠다는 게 뭐가 문제란 말인가.

"몸매 관리 좀 하려고. 요즘 살이 좀 붙어서…"

그의 시선이 바로 내 배 쪽으로 내려갔다. "응, 나도 느꼈어."

완벽하네, 정말. 그 순간 이리나의 늘씬한 몸이 머릿속에 떠올랐다.

"근데 굳이 헬스장을 가야 해?" 그의 목소리가 싸늘해졌다. "사람들이 왜 헬스장에 가는지 알아? 서로 눈 맞으러 가는 거야. 너도 그러고 싶어? 남자 만나러 가겠다는 거냐고."

"그런 거 아니야!"

"거짓말하지 마, 빅토리아." 그의 말투가 비수처럼 날아왔다. "내가 왜 집에서 일하는 사람들을 전부 여자만 뽑는지 알아? 너는 남자만 나타났다 하면 꼬리치니까."

"그래? 난 당신이 이리나랑 즐기려고 고용한 줄 알았는데?"

그 말을 하자마자 후회가 밀려왔다. 이제는 아담이 어떤 말에 폭발하는지 너무 잘 안다. 더 큰 싸움이 시작될 걸 알면서도 참을 수가 없었다. 어떻게 그렇게 예쁜 여자를 집에 들여놓고, 나를 그렇게 취급할 수가 있지?

"난 이리나한테 아무 감정 없어." 그가 나를 노려보며 말했다. "도대체 왜 그런 생각을 하는지 모르겠네. 넌 너보다 예쁜 여자만 보면 병적으로 질투하잖아."

"내가 언제…" 이리나를 질투한 적 없다고 말하려다 입을 다물었다. 그건 사실이 아니니까. 그래, 질투했다. 누가 안 그러겠는가. "그냥, 왜 하필 그런 여자를 고용했는지 이해가 안 돼서 그래."

"난 그 여자가 어떻게 생겼는지 관심도 없어. 외모에 집착하는 건 너잖아."

"집착?" 내 목소리가 점점 커졌다. 아래층에 있는 이리나도 다들을 만큼. "내가 언제 집착했어? 당신이 아까 그 여자 귀에 대고 뭐라고 속삭이는 거 다 봤어."

"속삭여?" 그가 비웃듯 눈썹을 치켜올렸다. "저녁 메뉴 얘기한 거야. 세상에, 넌 진짜 제정신이 아니야." 그는 한숨을 쉬며 고개를 저었다. "이래서 헬스장은 안 돼. 카드 뺏길 잘했지. 운동화 신고 밖에서 뛰기나 해."

그 싸늘한 말투. 이제 며칠 동안은 나와 말을 안 하겠다는 신호였다. 솔직히 이젠 신경도 쓰이지 않았다.

…아니, 신경 쓰이지 않는다는 건 거짓말이다. 나를 일부러 무시하는 사람과 한집에서 산다는 게 어떤 기분인지, 남들은 모를 거다. 그건 정말 사람을 힘들게 한다.

나는 입술을 깨물며 물었다. "이번 주 돈은… 받을 수 있을까?"

그는 코웃음을 쳤다. "일요일에 줄게. 매주 일요일마다. 이번 기회에 인내심 좀 길러 봐, 응?"

지금 내 지갑에는 53달러뿐이다. 이걸로 일요일까지 버텨야 한다. 돈을 일요일 아침에 줄지 저녁에 줄지는 모르겠지만 말이다. 이제 어떻게 해야 할지도 모르겠다. 새 직장을 구하는 것도 망설여진다. 지금은 지루해 미칠 지경이지만, 아기가 생기면 정신없이 바빠져서 금방 그만둬야 할지도 모른다.

일단 운동화나 사야겠다. …일요일에, 돈 받으면.

2017년 12월 2일

오늘 아담이랑 또 한바탕했다.

오늘 아담은 출판사 미팅이 있었다. 화요일엔 매기가 오지 않는 날이라, 그는 내게 셔츠 하나를 다려 달라고 했다.

별로 어려울 것 같지 않았다. 나는 정성껏 셔츠를 다렸고, 빨래 전문가는 아니지만 그럭저럭 괜찮게 했다고 생각했다. 그런데 샤워를 마치고 나온 아담은 셔츠를 보자마자 얼굴이 확 굳었다. 주름이 엉망이라느니 옷을 완전히 망가뜨렸다느니 난리를 치더니, 결국 셔츠를 쓰레기통에 던져 버렸다. 도무지 이해할 수가 없었다. 매기가 오면 다시 다리면 될 텐데.

"넌 뭐든 제대로 하는 게 없지?" 그가 나를 노려보며 말했다. "도대체 제대로 할 줄 아는 게 뭐야? 소파에 퍼져서 TV 보면서 먹는 거? 아니면 내 돈 펑펑 쓰는 거?"

"그럼 다시 일하러 나가면 되잖아." 그 말이 반사적으로 튀어나왔다. 이미 몇 군데 이력서를 돌린 상태였지만, 더 멀리까지도 알아봐야 할 것 같았다. 차로 한 시간 반 거리라도 상관없다. 여기서 이렇게 사는 것보다는 나을 것 같았다. 최소한 돈이라도 생기니까.

"그때도 실력은 형편없었어." 그가 비꼬듯 말하더니 왼손을 들어 보였다. "봐, 너 때문에 내 손에 흉터가 생겼잖아."

"그건 당신이 칼에 베여서 생긴 거잖아."

아담은 아랑곳하지 않고 말을 이었다. "네가 먼저 그만두지 않았으면 아마 잘렸을걸? 넌 진짜 복 받은 여자야. 나 같은 남편 있어서 다행인 줄 알아." 그의 입가에 비웃음이 번졌다. "네가 찾던 게 그거였잖아. 손 하나 까딱 안 해도 널 먹여 살려줄 남자."

"그렇지 않아."

"뭐가 아니야!" 그는 소리쳤다. "우리 결혼 자체가 네 사기극이었어!"

아담은 침대 옆 탁자에 놓인 결혼식 사진을 집어 들더니 바닥에 내던졌다. 액자 유리가 산산조각이 났다. 나는 발에 유리가 박힐까 봐 뒤로 물러섰다.

"그거나 치워." 그는 한심하다는 듯 말했다. "난 뭐 입을지 골라야 하니까."

순간 그에게 뭔가 집어 던지고 싶은 충동이 치밀었다. 전원은 꺼졌지만 다리미 금속판은 아직 뜨거웠다. 그걸 집어 들고 그의 얼굴에 던지고 싶었다. 그러면 말을 좀 들을지도 모른다.

하지만 결국 나는 아래층으로 내려가 빗자루와 핸디 청소기를 들고 와 깨진 유리를 치웠다.

유리를 다 치웠을 때쯤, 아담은 이미 가 버린 뒤였다. 문이 쾅 닫히는 소리가 들리고서야, 그가 인사도 없이 나가 버렸다는 걸 깨달았다. 그 소리를 듣자마자 나는 침대에 털썩 주저앉아 두 손으로 얼굴을 감싸고 울었다. 나는 아직도 아담을 사랑하지만, 가끔은 그가 너무 미워서 미쳐 버릴 것 같다. 때로는 맨손으로 그를 죽여 버릴 수도 있을 것 같다는 생각까지 든다.

한참 흐느끼고 있는데, 바지 주머니에서 휴대폰 진동이 느껴졌다. 꺼내 보니 맥이 보낸 메시지였다.

'잘 지내?'

평범한 인사 한 줄이었지만 왠지 더 울컥했다. 맥은 내 생각을 하고 있었다. 나를 걱정하고 있었다.

뭐라고 답해야 할지 잠시 망설였다. 그에게 전부 털어놓을 수도 있었다. 하지만 그게 무슨 소용일까. 아무것도 달라지지 않을 텐데. 괜히 말했다가 아담한테 들키기라도 하면 어쩌지.

결국 짧게 답을 보냈다. '그럭저럭 지내.'

그는 바로 답했다. '잘 지내는 게 아니고 그럭저럭?'

더는 아무 말도 못 하겠어서, '넌 어떻게 지내?'라고 보냈다.

'잘 지내고 있어. 네가 보고 싶어.'

나는 숨을 고르고 답했다. '나 결혼한 건 알지?'

'오해하지 마. 친구로서 보고 싶은 거야.'

문자를 보며 어느새 웃음이 났다. 맥과 한 시간쯤 문자를 주고받다 보니 울음도 잦아들었다. 누군가와 대화한다는 게 이렇게 위로가 될 줄 몰랐다. 이 동네에선 아직 친구를 사귀지 못했다. 뭔가에 참여해 보고 싶다고 아담에게 말하면 그는 늘 반대했다. 도서관에서 열리는 독서 모임에 가겠다고 했을 때도 그는 불같이 화를 내며 참석자 명단을 가져오라고 했다. 그런 명단은 구할 수 없다고 하자, 결국 못 가게 했다. 그는 아직도 가끔 그 얘기를 들먹이며 내가 미쳤다고 한다. 마치 내가 섹스 파티라도 가겠다고 한 것처럼.

그 독서 모임이 이번 주였다. 마침 그 책도 다 읽었다. 가 볼까 하는 생각이 문득 들었다. 어차피 아담은 이미 나에게 화가 나 있으니, 더 나빠질 것도 없다. 난 이곳에서 너무 외롭다.

…아니다, 그냥 안 가는 게 나을 것 같다.

37

추수감사절 아침, 문을 연 가게는 단 한 곳뿐이었다. 지난주에 버터 네 개짜리 묶음을 사 뒀는데도 아담이 버터가 떨어졌다고 했다. 그래서 나는 빅토리아의 차를 몰고 2킬로미터 정도 떨어진 작은 마트로 향했다. 냉장고는 이미 칠면조와 각종 재료로 꽉 차 있었고, 아담은 새벽부터 일어나 마치 갓 태어난 아기를 다루듯 칠면조를 손질하고 있었다.

기름과 버터, 세이지와 로즈마리를 바르며 콧노래를 흥얼거리는 그의 모습이 너무 사랑스러워 나도 모르게 잠시 미소가 지어졌다. 하지만 빅토리아의 일기장이 떠오르는 순간 그 따뜻한 감정은 싸늘하게 식어버렸다. 그 다정함은 연기일 뿐이다. 진짜 아담은 분노와 폭력, 질투로 가득 찬 남자다.

나는 아무 말 없이 집을 나섰다.

버터를 들고 돌아오니 그는 막 칠면조를 오븐에 넣는 중이었다.

그는 나를 반갑게 끌어안고 키스했지만, 나는 온몸이 굳은 채로 가만히 있었다. 아담은 너무 들떠 있어서 내 반응 따위는 신경도 쓰지 않았다.

"칠면조 준비 끝." 그가 자랑스럽게 말했다.

"좋네요." 나는 억지로 미소를 띠며 그의 얼굴을 살폈다. "부모님이 같이 못 오셔서 아쉬워요."

그의 반응을 조심스레 관찰했다. "응, 뭐… 부모님은 늘 삼촌 댁에 가셔. 삼촌이 손님 초대하는 걸 좋아하시거든. 덕분에 엄마는 요리 안 해도 되고 말이야."

또 거짓말을 하는 걸까? 그를 붙잡고 흔들면서 "당신 부모님, 정말 돌아가신 거예요?"라고 따지고 싶었다. 설마 추수감사절 가족 모임 얘기까지 지어낸 걸까? 만약 그렇다면 이 남자는 문제가 정말 심각하다.

그럼 폭풍이 몰아치던 그날 밤, 그 전화는 뭐였을까? 통화하던 상대가 어머니가 아니었다면 대체 누구였던 걸까?

나는 아담의 소설 《가족의 비밀》을 찾아봤다. 빅토리아가 말했던 것처럼 정말 그렇게 어둡고 끔찍한 내용인지 직접 확인해 보고 싶었다. 하지만 집 안 어디에서도 그 책은 찾을 수 없었다. 심지어 마트에서도 찾아봤지만 헛수고였다. 휴대폰으로 다운받아서 읽어 볼까 하다가, 결국 마음을 접었다.

이 관계를 끝내야 한다. 아니, 관계라고 부를 수도 없는 이 비정상적인 상황을. 더 이상 빅토리아에게 이런 짓을 할 순 없다. 나 자신을 속이는 것도 그만해야 한다. 이제는 이 남자가 누구인지조차 모르겠다. 그나마 다행인 건, 적어도 그가 빅토리아를 때리진 않았다는 사실뿐이다.

하지만 그와 끝내면 그는 분명 나를 해고할 거다. 그걸 탓할 순 없다. 그럼 빅토리아는? 그녀는 나 없이 혼자 남겨지는 걸 바라지 않을 텐데.

그때 아담이 다가와 팔로 내 허리를 감싸 안았다. 그리고 내 머리카락 가까이에 대고 속삭였다. "올해 내가 가장 감사한 게 뭔지 알아?"

나는 고개를 저었다.

"너야." 그의 품이 더 단단해졌다. "네가 오기 전까지 내 삶은 텅 비어 있었어. 글을 쓰면서도 집중이 안 됐어."

"빅토리아 사고 이후로 말이에요?"

그는 깊은 한숨을 내쉬며 내 곁에서 한 발 물러섰다. "할 말이 있어."

제발 부모님 얘기만은 하지 않았으면. 그 얘기까지 나오면 난 정말 여기서 나갈 수밖에 없다.

"빅토리아랑은… 행복하지 않았어." 그는 두 손으로 얼굴을 감싸 쥐었다. "물론 처음엔 괜찮았어. 연애 초반엔. 하지만 약혼하고 나서부터 그녀는 완전히 달라졌어. 결혼하고 나서는… 더 심해졌고. 그래도 빠져나올 방법이 없었어."

그의 시선이 멀어졌다. 도대체 무슨 소리를 하는 거지? 빅토리아의 일기에는 그가 얼마나 끔찍했는지가 낱낱이 적혀 있었다. 그는 그걸 전혀 몰랐던 걸까? 어쩌면 빅토리아를 그렇게 만든 건 그였을지도 모른다.

"그래도," 내가 조심스럽게 말을 꺼냈다. "그렇게 힘들었는데도 지금까지 그녀를 돌보는 건… 정말 대단한 일이에요."

그가 숨을 내쉬며 고개를 끄덕였다. "그게… 문제야." 그는 부엌 조리대에 놓인 칠면조 요리용 주사기를 만지작거렸다. "요즘 생각을 많이 했어. 빅토리아 곁에 있고 싶었지만, 이젠 너무 버거워. 그래서… 크리스마스가 지나면 근처 요양원 몇 군데에 연락해 보려고 해. 그게 최선일 것 같아."

내 표정이 굳어지는 걸 알아챘는지, 그는 급히 덧붙였다. "물론 넌 계속 여기 있어도 돼. 쫓아내려는 거 아니야. 원하면 계속 일해도 좋고, 다른 일 찾아도 돼. 네 방은 그대로 써. 아니면… 내 방으로 와도 되고."

"잘 모르겠어요." 나는 거의 속삭이듯 말했다. 속이 울렁거려서 당장이라도 토할 것 같았다.

그가 내 팔을 잡으려 하자, 나는 반사적으로 몸을 피했다. "빅토리아 아침 챙겨드릴게요." 그 말을 남기고 돌아섰다.

그가 시선을 내리깔았다. "날 믿어, 실비아. 이게 모두에게 최선일 거야."

하지만 나는 그를 믿지 않는다. 조금도.

38
빅토리아의 일기

2017년 12월 12일

오늘은 하루 종일 들떠서 마음이 두근거렸다. 저녁에 캐럴이 남자친구 제프와 함께 우리 집에 오기로 했기 때문이다. 휴일 전에 꼭 한번 들르고 싶다고 했다.

이 외딴곳까지 사람을 초대하는 건 쉽지 않지만, 다행히 제프는 우버 기사라 장거리 운전에 익숙했다. 멀긴 해도 그에겐 별일 아닐 것이다. 반면에 나는 이곳에 이사 온 지 석 달이 넘도록 맨해튼에 한 번도 가보지 못했다. 예전에 아담에게 그 얘기를 꺼냈다가 너무 크게 화를 내는 바람에, 그 후로는 입조차 떼지 못했다.

오늘 저녁을 위해 새 드레스를 샀다. 사실 예전 옷들이 하나같이 작아진 탓도 있다. 지난주에 체중계에 올라가 보니, 이사 온 뒤로 무려 7킬로나 늘어 있었다. 야외에서 뛰기엔 너무 추워져서 헬스장이라도 다닐 수 있으면 좋겠지만, 그마저도 쉽지 않아서 일립 티컬 머신 같은 운동 기구를 들이고 싶었다. 물론 내 용돈으로는 불가능하니 아담에게 부탁해야겠지만.

어쨌든 지난 2주 동안 꼬박 모은 돈으로 오른쪽 허벅지까지 트임이 들어간 검은색 마이클 코어스 드레스를 샀다. 드레스를 입은 내 모습을 본 순간 아담의 얼굴이 환해졌고, 그 순간만큼은 돈이 아깝지 않다고 느꼈다. 요즘은 그를 웃게 하는 게 거의 불가능한데, 드레스 한 벌로 그가 웃을 수 있다면 그만한 값어치는 있다고 생각했다. 그리고 오랜만에, 우리가 처음 사귀기 시작했을 때 아담이 선물했던 눈송이 목걸이도 함께 착용했다.

목걸이를 거는 순간, 가슴 어딘가가 쿡 하고 아렸다. 아담이 이 목걸이를 내게 건넸던 그날 이후로 내 인생은 완전히 달라져 있었다. 물론 좋은 일도 많았다. 우린 이제 부부가 되었고, 함께 살고, 아이도 갖기 위해 노력하고 있으니까. 그런데도 그 목걸이를 받기 전의 내 삶을 떠올리면, 이유 없이 눈물이 났다.

"정말 예뻐, 빅토리아." 그가 내 목에 입을 맞추며 속삭였다. "난 세상에서 제일 운 좋은 남자야."

요즘 아담은 보기 드물게 기분이 좋다. 새 책이 순조롭게 진행되고 있고, 곧 나올 교정본을 보여 줄 날만 손꼽아 기다리고 있다. 그는 다정하고 관대하고 유난히 애정이 넘친다. 심지어 캐럴이 온다니까 흔쾌히 허락했을 뿐 아니라, 직접 근사한 이탈리아식 저녁을 차려주겠다고 나섰다. 예전에 칼에 베여 응급실에 간 적도 있었지만, 맨해튼에서 살 때는 종종 나를 위해 요리를 해 주곤 했다. 솜씨도 꽤 괜찮았다. 오늘만큼은 이리나가 집에 없어서 다행이었

다. 내 친구들 앞에서 아담이 그녀와 웃고 떠드는 모습을 보는 건
견딜 수 없을 테니까.

캐럴과 제프는 긴 운전 끝에 지친 얼굴로 도착했다. 찬바람에
두 뺨이 분홍빛으로 물들어 있었다. 캐럴은 맨해튼에서 내가 가
장 좋아하던 빵집의 애플 스트루델을 품에 꼭 안고 있었다. 그녀
의 익숙한 얼굴을 보자마자 울음이 복받쳐 올라 그녀를 끌어안고
한참을 놓지 못했다.

"너무 보고 싶었어." 진심이었다.

캐럴이 한 걸음 물러서더니 내 모습을 위아래로 훑어봤다. 그러
더니 곧 얼굴이 환해졌다. "그래서, 예정일이 언제야?"

순간 얼굴이 화끈 달아올랐다. "나 임신 아니야."

캐럴은 얼굴이 새빨개지더니 당장이라도 숨고 싶은 표정이었다.
"세상에, 미안해, 비키! 오해하지 마. 난 그냥 네가 임신 시도 중이
라고 하길래…."

"그럴 만해요." 아담이 비꼬듯 끼어들었다. "하루 종일 집에서
먹기만 하니까요."

"비키, 정말 예뻐 보여." 캐럴이 재빨리 수습했다. "그냥… 임신
했다고 들었던 것 같아서 착각했나 봐."

그럴듯한 말이었지만, 우린 모두 알고 있었다. 난 괜찮아 보이지
않았다. 그냥 엉망이었다.

아담과 제프는 TV로 축구 경기를 보기 시작했고, 나는 캐럴에
게 집을 구석구석 보여 주었다. 1층부터 위층까지 그녀는 내내 감
탄을 터뜨렸다. "정말 부럽다"라는 말을 수없이 반복했다. 하지만
진심은 아니었을 거다. 맨해튼 사람이라면 이 외딴 롱아일랜드 끝

자락까지 와서 살고 싶어 할 리가 없으니까.

마지막으로 안방을 보여줬을 때 캐럴이 고개를 저으며 말했다. "이건 정말 꿈의 집이야. 네가 왜 여기 살고 싶어 했는지 알겠어."

하지만 나는 여기 오고 싶지 않았다. 아담이 내게 한마디 상의도 없이 이 집을 사버렸고, 나는 맨해튼에서의 삶을 내려놓아야 했다. 그리고 그날 이후로, 다른 선택을 했더라면 어땠을까 후회하지 않은 날이 단 하루도 없었다.

"넌 진짜 복 받았어." 캐럴이 감탄하듯 말했다. "이런 근사한 집에, 완벽한 남편까지. 그리고 진짜 임신한 걸지도 몰라. 얼굴이 환하잖아."

"그래, 뭐…" 더는 내 '완벽한 인생'에 대한 찬사를 듣고 싶지 않았다. "병원 사람들은 잘 지내? 요즘 재밌는 얘기 없어?"

그 말에 캐럴의 눈이 반짝였다. 그녀는 간호사 한 명이 기혼 의사와 비품실에서 몰래 키스하다 들킨 얘기, 또 다른 간호사가 임신했다는 소문을 줄줄이 늘어놓았다. 캐럴이 계속 떠드는 동안, 나는 점점 딴생각에 빠져들었다. 내가 듣고 싶은 이름은 단 하나뿐이었는데, 그 이름은 끝내 나오지 않았다.

"맥은 어떻게 지내?" 대화가 잠깐 끊긴 틈을 타, 나는 아무렇지 않은 척 물었다.

캐럴은 어깨를 으쓱했다. "똑같지 뭐. 잘 지내."

"그래… 다행이다."

그녀가 잠시 머뭇거리더니 입을 열었다. "걔가 네 얘기 물어보더라."

심장이 덜컥 내려앉았다. "정말?"

"응, 거의 매주 한 번씩은 그래. 아무렇지 않은 척하면서 슬쩍."

그녀가 눈을 가늘게 뜨며 내 표정을 살폈다. "너희… 혹시 뭐 있었던 거야?"

"아니!" 나는 너무 빨리 대답했다. 혹시라도 아담이 문밖에서 듣고 있을까 봐 목소리를 낮췄다. "우린 그냥 좋은 친구였어. 그게 다야. 요즘은 연락도 없고… 그냥 궁금해서 물어본 거야."

캐럴이 장난스럽게 웃었다. "뭐, 그래도 맥 정도면 꽤 괜찮지 않아?"

"글쎄… 그런 스타일 좋아하는 사람도 있겠지." 나는 시계를 보며 화제를 돌렸다. "가서 음식 좀 확인하자."

1층으로 내려가 보니, 아담과 제프는 맥주를 마시며 축구 경기에 푹 빠져 있었다. 둘은 농담을 주고받으며 웃고 있었고, 아담은 평소처럼 사람들의 마음을 사로잡는 특유의 매력을 뿜어냈다. 모두가 좋아하고, 웨이트리스가 번호까지 내밀 만큼 매력 있는 사람. 완벽한 남자, 바로 내 남편이다.

캐럴은 소파에 앉았고, 나는 부엌으로 가 음식 상태를 살폈다. 아담은 경기에 정신이 팔려 요리하던 걸 완전히 잊은 모양이었다. 토마토소스는 너무 졸아 거의 타기 직전이었고, 파스타는 아직 시작도 안 한 상태였다. 그대로 두면 소스가 망할 게 뻔했지만, 그 얘기를 했다간 화를 낼지도 몰랐다. 게다가 친구들 앞에서 싸우고 싶지는 않았다.

그래서 조용히 파스타라도 삶기로 했다. 캐럴과 제프가 다시 먼 길을 돌아가야 하니, 저녁은 되도록 늦지 않게 먹고 싶었다. 물을 끓이고 면을 넣은 뒤 타이머까지 맞추고 나니, 아담이 부엌으로 들어왔다.

"뭐 하는 거야?"

"당신 대신 파스타 삶고 있었어."

그의 미소가 단숨에 사라졌다. "누가 허락했는데?"

"왜? 그냥 파스타잖아."

"그냥 파스타?" 그가 눈썹을 치켜세우며 비아냥거렸다. "요리하는 건 나야. 식당에 가서도 이렇게 주방에 들어가서 멋대로 손대고 그래?"

나는 두 손을 비비며 꼼지락거렸다. 싸움을 피하려던 내 노력이 한순간에 무너져 내리는 기분이었다.

"처음엔 네 귀찮은 친구들 상대하라더니, 그다음엔 네 꼴사나운 모습 때문에 날 망신시키고…" 그는 손가락으로 내 잘못을 하나씩 세며 비아냥댔다. "이젠 내가 하루 종일 공들여 준비한 저녁까지 망치겠다고?" 그가 고개를 저었다. "도대체 내가 왜 너를 참고 사는지 모르겠다. 내가 착한 남자라서 운 좋은 줄 알아."

나는 입술을 깨물었다. "그냥 파스타 좀 삶은 거야. 도와주려던 거였다고."

"그래? 그럼 네 도움 없이는 내가 요리도 제대로 못 할 거라고 생각한 거네?" 그가 코웃음을 쳤다. "좋아, 그럼 네가 알아서 다 해봐. 혼자서 다 만들어 보라고!"

그러고는 접시 하나를 벽에 내던졌다. '쨍그랑!' 접시가 산산이 부서지는 소리가 부엌을 울렸다.

아담은 나가면서 스파게티 상자를 넘어뜨렸다. 면이 바닥으로 쏟아졌지만, 그는 뒤돌아보지도 않았다. 나는 허리를 굽혀 파스타를 주워 담았다. 문이 쾅 닫히는 소리에 집 전체가 흔들리는 것 같았다.

캐럴이 놀라 뛰어왔고, 나는 접시를 실수로 깼다고 둘러댔다. 내가 원래 좀 덤벙대니까. 그녀가 벽에 움푹 파인 자국을 눈치채지 않기만을 바랐다. 아담은 급하게 필요한 재료를 사러 나갔다고 둘러댔다. 캐럴은 별 의심 없이 고개를 끄덕이더니 바닥에 쏟아진 스파게티 면을 같이 치워 줬다.

한 시간 지나도 아담은 돌아오지 않았다. 나는 "차가 고장 났대"라고 얼버무리고 저녁을 차렸다. 남은 음식으로 식사를 마치고, 디저트로 애플 스트루델을 먹었다. 기분이 엉망이라 결국 세 조각이나 먹고 말았다. 캐럴은 괜찮다고 나를 위로했지만, 수치심은 쉽게 가시지 않았다. 그는 늘 이런 식이었고 이제는 놀랍지도 않았다.

자정이 지나도록 그는 돌아오지 않았다.

아담이 화를 잘 내는 남자라는 건 알고 있다. 그걸 알면서도 나는 파스타를 삶았다. 왜 그랬을까. 나는 대체 왜 이 모양일까? 이젠 그가 어떤 말, 어떤 행동에 폭발하는지 잘 안다. 결국 내가 할 수 있는 건 조심하는 것뿐이다.

자정이 지났는데, 그는 지금 어디에 있는 걸까.

내려가서 남은 애플 스트루델이나 먹어야겠다.

39

빅토리아는 내가 옷장에서 찾아낸 넉넉한 사이즈의 꽃무늬 드레스를 입고 있다. 배 쪽에 튜브가 달려 있어서 몸에 딱 붙는 옷은 애초에 입을 수 없었다. 의자에 기대앉아 있는 자세 때문에 더더욱 그런 옷은 어울리지 않았다. 한때는 그녀 몸에 꼭 맞았을 드레스가 지금은 야위어 버린 몸에서 볼품없이 흘러내렸다.

머리도 정성껏 손질해 주었다. 빗질을 하고 오일 트리트먼트를 발라주니 윤기 있고 한결 풍성해 보였다. 잠시 머리를 묶어 줄까 고민했지만, 풀어놓는 게 더 나아 보였다.

비뚤어진 입술에 연분홍색 립스틱을 바르고, 왼쪽 뺨의 흉터는 컨실러로 최대한 가렸다. 완전히 가려지지는 않았지만, 안 한 것보다는 훨씬 나았다.

빅토리아는 내가 화장해 주는 걸 얌전히 받아 주지만, 전혀 즐거워 보이지 않는다. 솔직히 그 마음이 이해된다. 아무렇지 않은 척해도, 사실 나도 이 상황이 부담스럽다.

마음 한켠에서는 그냥 도망치고 싶다. 빅토리아와 아담 둘이서 추수감사절을 보내게 하고 싶다. 하지만 그녀의 일기를 읽을수록 확신이 들었다. 빅토리아는 그와 단둘이 있길 원하지 않는다. 그리고 나 역시 그녀를 그와 단둘이 두고 싶지 않다.

"자, 다 됐어요." 나는 컨실러를 마지막으로 톡톡 두드렸다. 거의 절반을 썼는데도 흉터는 완전히 가려지지 않았다.

빅토리아는 말없이 나를 똑바로 바라봤다.

"정말 예뻐요." 나는 욕실에서 찾아낸 손거울을 들어 그녀의 얼굴을 비춰주었다. "봐요, 얼마나 예쁜지."

빅토리아는 잠깐 거울을 보더니 이내 시선을 돌렸다. 그녀는 내가 거울을 내밀 때마다 늘 이런 반응이었다. 표정이 어두워지거나 눈을 피하고, 때로는 손끝으로 흉터를 더듬는다. 아담이 조금만 신경 썼다면 성형수술 정도는 해 줄 수 있었을 텐데. 그는 그녀가 아무것도 모른다고 생각하지만, 그건 착각이다.

나는 망설이며 입술을 깨물었다. "저는… 그냥 알아줬으면 해서요. 그러니까… 아담은 당신의 남편이지, 제 남편이 아니에요. 오늘 밤 그에게 말할 거예요. 그만하자고요…"

그녀의 눈에 처음으로 생기가 스쳤다.

"이건 옳지 않아요. 실수였어요. 미안해요. 오늘 밤에 꼭 말할게요."

"조…, 심…" 빅토리아가 힘겹게 단어를 짜내다 오른쪽 입가로 침을 흘리는 바람에 립스틱이 번졌다.

하지만 나는 분명히 알아들었다. '조심해.'

나는 빅토리아를 잠시 두고 욕실로 갔다. 매니큐어까지 발라 주면 완벽할 것 같았다. 오늘만큼은 그녀가 예전처럼 아름다워 보이길 바랐다. 이상하게도 꼭 그래야만 할 것 같았다.

하지만 매기가 청소하다가 어디엔가 옮겨 둔 모양이었다. 늘 두던 자리에 없어서 선반을 하나하나 뒤졌다. 화장품은 많았지만 매니큐어는 보이지 않았다. 대신 예상치 못한 물건 하나가 눈에 들어왔다.

약이 가득 든 검은 비닐봉지였다.

아담이 평소에 빅토리아의 약을 어디에 두는지 한 번도 본 적이 없었다. 늘 필요한 순간이면 항상 약이 준비되어 있었다. 나는 봉지에서 약병 하나를 꺼내 처방 날짜를 확인했다. 아직 한 달도 안 됐다. 오래된 약이 아니라 지금 그녀가 먹고 있는 약이었다.

병에 적힌 라벨을 읽었다. '퀘티아핀'이었다.

아담은 그녀에게 발작을 막기 위한 약만 준다고 했었다. 나는 주머니에서 휴대폰을 꺼내 약 이름을 검색했다. 위키피디아 첫 페이지를 보는 순간, 온몸에 소름이 돋았다.

퀘티아핀은 발작 억제제가 아니었다. 조현병과 양극성 장애 치료제였다. 게다가 강력한 수면유도제로도 쓰이는 항정신병 약이었다.

모든 게 설명됐다. 빅토리아가 왜 매번 약을 먹고 나면 그렇게 깊은 잠에 빠지는지.

다른 약병들도 있었다. 그중 눈에 익은 이름이 보였다. 발륨. 엄마가 불안할 때 먹던 약이었다. 먹고 나면 늘 몽롱해져 바로 잠들곤 했었다.

아담은 왜 빅토리아에게 이런 진정제들을 먹이고 있는 걸까?

바깥에서 발소리가 들려, 나는 황급히 가방을 욕실 선반 안쪽으로 밀어 넣었다. 바로 그때 아담이 문 앞에 나타났다. 초록빛 셔츠가 눈동자 색을 더 선명하게 만들어서 숨이 막힐 만큼 잘생겨 보였다. "빅토리아는 준비됐어?" 그가 물었다. "칠면조가 곧 나올 거야."

"거의 다 됐어요." 나는 억지로 미소를 지었다. "손톱에 매니큐어를 바르려고 했는데, 식사할 때 냄새가 날까 봐 그냥 나중에 하려고요."

"좋아." 그가 셔츠 깃을 매만지며 말했다. "대신 손톱은 꼭 깎아 둬. 약 줄 때 긁히면 곤란하니까."

나는 세면대 옆 선반에서 손톱깎이를 들어 보였다. "네, 알겠어요."

"역시 최고야, 실비아. 고마워."

그가 나가자마자 나는 손톱깎이를 조용히 제자리에 내려놓았다.

40

추수감사절 만찬이 거의 완성됐다.

나는 청바지와 후드티 대신 조금 더 단정한 옷으로 갈아입었다. 그래도 소박한 차림이었다. 드레스 같은 건 챙겨오지 않았고, 아무리 아담이 괜찮다고 해도 빅토리아의 옷장까지 뒤지고 싶진 않았다. 무엇보다 빅토리아보다 돋보이고 싶지 않았다. 여긴 그녀의 집이다. 오늘만큼은 가장 빛나야 할 사람도 빅토리아였다.

이제 남은 건 그녀를 아래층으로 데려오는 일뿐이었다. 그런데 위층에 올라가 보니 그게 생각만큼 쉽지 않다는 걸 깨달았다.

아담이 빅토리아를 들어 올리려 애쓰고 있었다. 평소 산책 나갈 때 하던 대로 부드럽게 안아 옮기려는 모습이었다. 하지만 빅토리아는 격하게 저항했다. 그를 밀쳐내며 날카롭게 소리쳤다. "안 돼! 안 돼!"

한쪽 팔밖에 쓰지 못하는데도 놀라울 만큼 힘이 셌다. 그녀는 왼쪽 다리까지 써서 그를 밀쳐냈고, 결국 아담의 정강이를 걷어찼다. 아담은 낮게 욕을 내뱉으며 한발 물러섰다. 얼굴이 벌겋게 달아올랐다.

"제발 좀, 비키!" 그가 이를 악물며 말했다. "아래층에 멋진 저녁을 차려놨어. 같이 먹자."

"안 돼." 빅토리아는 나를 쏘아보며 다시 말했다. "안 돼. 안 돼."

아담은 나를 돌아봤다. "방금 진짜 세게 걷어찼어. 어떻게 해야 할지 모르겠네."

"안 돼." 빅토리아는 또다시 힘겹게 입을 뗐다. "안 돼. 나… 안 돼."

"내려가고 싶지 않은 것 같아요." 내가 조심스레 말했다.

그는 이를 꽉 물었다. "그녀는 자기가 뭘 원하는지도 몰라."

"저는… 알고 있다고 생각해요."

아담이 눈을 가늘게 뜨고 빅토리아를 노려봤다. "좋아. 내려가기 싫으면 그냥 여기 있어. 하지만 밥은 안 줄 거야. 잠이나 자."

마치 어린애를 혼내는 듯한 그의 말투에 속이 뒤틀렸다. 나중에라도 빅토리아에게 음식을 갖다주겠다고 하고 싶었지만, 아담은 제 방식대로 밀어붙였다. 그는 나를 아래층으로 내려보내고, 그 사이 빅토리아를 침대에 눕힌 뒤 튜브로 영양식을 주고 약을 먹였다. 보통 한 시간쯤 걸리는 그의 '취침 루틴'이 오늘은 30분 만에 끝났다. 그가 뭘 건너뛰었을지 떠올리자 불안이 밀려왔다.

기다리는 동안 나는 식탁을 정돈하고 음식을 내놓았다. 그가 식탁 위를 훑는 순간, 가슴이 철렁했다. 빅토리아가 스파게티 면을 미리 삶아놨다는 이유로 그가 폭발했던 그날 밤이 떠올랐다. 이번에도 화를 낼까 봐 숨을 죽였다.

"음식을 다 차려놨네." 그가 말했다.

나는 조심스레 대답했다. "네…"

그의 입가에 미소가 번졌다. "잘했어. 바로 먹자."

그제야 안도의 한숨이 새어 나왔다. 폭발은 없었다. 사실 아담은 내게 화를 낸 적이 한 번도 없었다. 빅토리아의 일기를 읽지 않았다면 그가 그렇게 분노로 가득 찬 사람일 거라고는 상상조차 못 했을 것이다. 사람 속은 정말 알 수 없다. 그리고 오늘 밤 그에게 우리 관계는 끝이라고 말해야 한다는 생각에 점점 겁이 났다. 그가 어떤 반응을 보일지 두려웠다.

그래도 말해야 한다. 이대로는 안 된다.

우리는 칠면조와 스터핑, 매시드 포테이토, 그린빈, 그리고 와인으로 배를 채웠다. 아담은 처음엔 빅토리아 일로 언짢아 보였지만, 곧 기분이 풀렸고 분위기도 자연스러워졌다. 하지만 내 머릿속엔 내내 위층 침대에 누워 있을 빅토리아의 얼굴이 맴돌았다.

"오늘 정말 좋았어." 아담이 배부른 얼굴로 의자에 기대며 말했다. 그의 손이 자연스럽게 내 손에 닿았다.

"그래요." 나는 슬쩍 손을 빼냈다. "나도 좋았어요."

"이제 침대로 바로 가고 싶어…"

그 말에 심장이 철렁 내려앉았다. 지금 말해야 한다. 더는 미룰 수 없다.

"아담." 내가 조심스럽게 입을 열었다. "할 말이 있어요."

그는 내 얼굴을 한참 들여다보더니 나직하게 말했다. "알고 있어."

"…안다고요?"

"난 너한테 완전히 빠졌어, 실비아." 그가 턱을 가볍게 문질렀다. "하지만 나도 눈치는 있어. 넌 나랑 같은 마음이 아닌 거잖아."

"그게… 꼭 그런 건 아닌데…"

"빅토리아 때문이겠지." 그는 내 말을 끊었다. "알아. 상황이 복잡해. 널 이런 곤란한 입장에 두면 안 됐는데." 그는 고개를 천천히 저었다. "그냥… 너무 외로웠어."

그는 화내지도 소리치지도 않았다. 오히려 내 마음을 죄책감으로 채워버렸다. 그의 외로움이 진심이라는 걸 나는 알고 있었다. 그리고 우리의 짧았던 관계가 그에게 잠시나마 위로가 됐다는 것도.

"서로 상처받지 말자." 그가 손을 내밀었다. "우리… 친구로 지낼 수 있을까?"

나는 그의 손을 잡았다. 따뜻하고 단단한 손. 이게 맞는 걸까? 혹시 내가 실수하는 건 아닐까? 어쩌면 아담은 예전의 그 폭력적인 남자가 아닐지도 모른다. 지금의 그는 전혀 달라 보였다.

그래도 안 된다. 이건 옳지 않다. 그는 빅토리아의 남편이니까.

우리는 말없이 식탁을 정리했다. 나는 남은 음식을 냉장고에 넣고 다시 부엌으로 가서 유리잔을 챙겼다. 그런데 문득 벽 한쪽의 움푹 파인 자국이 눈에 들어왔다. 아담은 냉장고를 옮기다가 생긴 거라고 했지만, 빅토리아의 일기에는 다르게 적혀 있었다. 그가 접시를 던졌고, 그 접시가 벽에 부딪히며 생긴 자국이라고 했다.

나는 벽면의 흠집을 가만히 바라보았다. 냉장고였을까, 접시였을까. 알 수 없었다.

어쩌면 나는 이 집에서 진짜로 무슨 일이 있었는지 끝내 알 수 없을지도 모른다.

41

아담이 잠자리에 들자마자 나는 몰래 부엌으로 내려갔다. 냉장고를 열어보니 남은 음식들이 그대로 쌓여 있었다. 그중에서 사과파이가 눈에 들어왔다.

그 파이는 직접 만든 게 아니라 어제 아담이 마트에서 사 온 거였다. 나는 조심스럽게 한 조각을 잘라 푸드 프로세서에 넣고 퓌레 버튼을 눌렀다.

걸쭉해진 파이를 작은 그릇에 담은 뒤, 조용히 계단을 올라 빅토리아의 방으로 향했다.

그녀가 우리와의 어색한 추수감사절 저녁 식사를 거부했다고 해서 오늘 밤 아무것도 먹지 말라는 법은 없었다. 아담이 이미 튜브로 영양식을 줬겠지만, 그래도 우리가 먹은 만찬 일부를 조금이라도 맛보게 해 주고 싶었다. 물론 그녀가 아직 깨어 있다면.

나는 노크하지 않고 조심스레 방문을 열었다. 창문으로 들어오

는 희미한 달빛 아래,

빅토리아가 눈을 감고 누워 있었다. 그녀는 잠들어 있었다. 나는 살며시 침대 옆으로 다가가 램프를 켰다. 그녀의 눈꺼풀이 파르르 떨리더니 천천히 열렸다.

"실비예요." 내가 낮게 속삭였다. "파이를 좀 가져왔어요."

내 손에 든 그릇을 내려다보니 파이는 으깨기 전이 훨씬 먹음직스러워 보였다. 통째로 먹을 수 있으면 좋겠지만, 아담은 그러면 질식할 수도 있다고 했다.

"파이 조금 먹어볼래요?" 내가 부드럽게 물었다.

빅토리아는 한참 동안 그릇을 내려다보기만 했다. 아무 말도 하지 않아서 혹시 눈을 뜬 채로 다시 잠든 건 아닐까 걱정되던 순간, 그녀가 입을 열었다. "그 사람…?"

"아담이랑 얘기했어요." 나는 서둘러 답했다. "괜찮았어요. 그는… 친절했어요. 그동안 제겐 아주 친절했어요."

그녀는 웃음인지 비웃음인지 모를 소리를 냈지만 표정은 여전히 굳어 있었다. 빅토리아는 절대 웃지 않는다.

"어쨌든," 나는 어색하게 미소 지었다. "파이 좀 먹어볼래요?"

"실비." 그녀가 불렀다.

나는 숟가락으로 파이를 조금 떠올렸다. "네?"

"그걸… 찾아." 그녀가 천천히 말했다. "그… 총을, 가져와."

나는 멍하니 그녀를 바라봤다. "빅토리아, 그건…"

"가져와." 그녀가 단호하게 말했다. 파이 따위엔 전혀 관심이 없었다. "아니면… 아니면…"

나는 숟가락을 내려놓았다. "미안해요. 그건 안 돼요."

그녀가 더 말하기 전에, 나는 그릇을 들고 내 방으로 돌아왔다. 그리고 이불을 뒤집어쓰고 파이를 먹었다. 놀랍게도 맛은 나쁘지 않았다.

42
빅토리아의 일기

2017년 12월 20일

오늘 있었던 일을 어떻게 받아들여야 할지 모르겠다.

소파에 앉아 TV를 보고 있는데 아담이 집에 들어왔다. 그는 내가 빈둥거리는 걸 보더니 못마땅한 눈빛을 보냈다. 하지만 나도 어쩔 수 없었다. 이리나가 요리를 도맡아 하고 매기는 청소를 맡고 있으니, 내가 딱히 할 일이 없다. 몇 주 전에 한 시간 넘게 걸려 면접을 보러 다녀왔지만, 결국 연락이 없었다. 며칠 전엔 운동이라도 해보려고 뛰러 나갔다가 얼음판에 미끄러질 뻔했다. 올해는 유난히 눈도 많이 왔고 추워서 밖에서 달리기엔 너무 미끄러웠다.

그래서 아담에게 근처 고등학교에서 열리는 야간 수업을 들어보겠다고 했다. 하지만 그는 내가 남자를 만나려는 거라며 신용카드를 주지 않았다.

결국 내 하루는 오전엔 게임쇼, 오후엔 넷플릭스 몰아보기로 채워진다. 아담 몰래 간식도 자주 먹는다. 오늘은 그가 들어왔을 때 사워크림 양파칩을 세 개나 입에 물고 있어서 그가 불쾌한 눈빛으로 나를 노려봤다. 아담은 내가 식사 사이에 간식 먹는 걸 싫어한다. 내가 입고 있던 트레이닝복도 마음에 안 들었을 것이다. 밖에 오래 있을 줄 알았는데 예상보다 빨리 돌아왔다. 보통은 그가 집에 올 때쯤이면 단정하게 차려입으려 하는데, 오늘은 그럴 틈이 없었다.

"그래서 이제 스스로를 포기한 거야?" 그가 물었다.

나는 옷에 떨어진 감자칩 부스러기를 털어내며 자세를 바로 했다. "아니…"

그는 역겨운 듯 고개를 저었다. "가서 옷 갈아입어."

이 대화가 금방 격해질 수도 있다는 걸 직감한 나는 순순히 위층으로 올라갔다. 사실 그 말이 틀린 건 아니었다. 내 꼴은 엉망이었다. 트레이닝복은 세탁도 안 된 데다 큰 얼룩까지 있었다. 어차피 집에만 있으니까 상관없다고 생각했었다.

옷장을 뒤적이며 그가 괜찮다고 할 만한 옷을 찾았다. 몇 달 전에 산 디자이너 브랜드 청바지가 눈에 들어왔다. 예전에 입던 바지가 너무 꽉 끼어 단추를 풀고도 입기 힘들어졌을 때, 두 사이즈 큰 걸로 새로 산 바지였다.

그런데 막상 입어보니 이 바지조차 단추가 잠기지 않았다. 이제 내 몸에 맞는 건 트레이닝 바지뿐이었다.

어쩌지. 트레이닝 바지를 다시 입고 내려가면 큰 싸움이 날 게 뻔했다. 빨리 대책을 세워야 했다.

결국 청바지를 그대로 입고, 단추를 풀어 둔 걸 가리기 위해 긴 셔츠를 걸쳤다. 이렇게 꽉 끼는 바지를 입고 앉을 수나 있을지 모르겠다.

그러고 보니 옷을 새로 사려면 또 돈을 모아야 할 것 같다. 살이 쪄서 바지가 안 맞는다는 이유로 그에게 돈을 달라고 할 순 없다. 그건 또 다른 싸움의 시작일 테니까.

다시 아래층으로 내려오니 아담은 집에 들어올 때 들고 왔던 작은 검정색 서류 가방을 식탁 위에 올려놓고 만지작거리며 안을 들여다보고 있었다.

"이번에 나올 책 교정본이야?" 내가 물었다. 나는 아직 새 책을 본 적도 없고, 제목조차 모른다.

그는 고개를 저었다. "아니. 총이야."

"뭐라고?"

사람은 두 부류로 나뉜다. 총에 익숙한 사람들, 그리고 총을 보면 극도의 두려움이 밀려오는 사람들. 나는 당연히 후자다.

그가 가방을 활짝 열어, 스티로폼 홈에 딱 맞게 들어 있는 권총을 보여 주었다. 나는 본능적으로 뒤로 물러섰다. 이렇게 가까이에서 총을 본 건 처음이었다. 솔직히 말해, 평생 총과 같은 공간에 있을 일이 없었으면 했다.

"대체 그건 왜 샀어?" 나는 거의 소리칠 뻔했다.

"비키." 그는 초록색 눈으로 나를 쳐다보며 말했다. "여긴 정말 외진 곳이야. 우린 완전히 고립돼 있어. 누가 침입하면 속수무책이야. 방어하려면 총이 필요해."

나는 움츠리며 팔로 가슴을 감쌌다. "제대로 다룰 줄은 알아?"

아담은 웃으며 가방에서 총을 꺼냈다. 나는 반사적으로 또 한 걸음 물러섰다. "당연히 알지. 어렸을 때 아버지가 날 사격장에 데려가서 연습시켰어. 총 쏘는 법은 누구나 알아야 해. 수정헌법 제2조에도 있잖아."

"난 손도 대고 싶지 않아."

그가 눈을 굴렸다. "내가 항상 집에 있는 것도 아니잖아. 너도 다룰 줄 알아야 해."

"난 안 배울래."

그는 오른손에 총을 들고 벽 쪽으로 겨눴다. "내가 없을 때 낯선 남자라도 들어오면 어떡할 건데?"

나는 말없이 고개를 저었다. "넌 오히려 좋아하겠지." 그는 총구를 내 쪽으로 돌렸다. 총구가 나를 향하자 속이 쿵 내려앉았다. "그 남자가 매력적이라고 생각하고, 그와 자겠지."

말문이 막혀 아무 말도 할 수 없었다. "제발 나한테 겨누지 마."

"총알 안 들어있어." 그가 총을 내려놓자 나는 그제야 안도의 숨을 내쉬었다. "자, 최소한 사용법이라도 알려 줄게. 굳이 사격장까지 갈 필요는 없어."

집에 총이 있다는 게 마음에 들지 않았지만, 아담의 말에도 일리는 있었다. 우리는 완전히 외딴곳에 있었고, 누군가 침입하면 속수무책일지도 모른다. 총 한 자루가 상황을 바꿔놓을 수도 있다.

"알겠어," 나는 말했다. "딱 한 번만이야."

아담은 탄창에 총알을 장전하는 법부터 보여 줬다. 손에 쥔 총은 생각보다 무거웠고, 모든 게 비현실적으로 느껴졌다. 그는 안전 장치를 걸고 현관 쪽을 가리키며 고개를 끄덕였다. "코트 챙겨. 쏘는 법 알려 줄게."

"정말로 총을 쏘는 거야?"

그가 눈을 굴리며 말했다. "쏠 줄 모르면 총이 무슨 소용이야?"

나는 총을 절대 쏠 생각이 없었다. 절대로. 누군가를 위협하는데 쓸 수는 있겠지만, 막상 그런 상황이 닥치면 방아쇠를 당길 자신은 없었다. 하지만 아담은 일단 뭔가를 하겠다고 마음먹으면 설득하기가 쉽지 않았다. 그래서 나는 코트를 집어 들고 그를 따라 밖으로 나갔다.

어제 내린 눈이 그대로 쌓여 앞마당이 온통 하얗게 덮여 있었다. 부츠를 신었는데도 발이 눈 속으로 푹푹 빠져 금세 젖어버렸다. 새 부츠가 절실했지만 돈이 모자랐다. 게다가 바보처럼 장갑도 두고 나왔다.

아담은 정원 창고 옆으로 넓게 펼쳐진 잔디밭 끝에 서 있는 나무를 가리켰다. 저 창고를 나만의 아지트로 하려던 꿈은 결국 이루어지지 않았다. 나무는 대략 6미터쯤 떨어져 있었다. "저 나무를 겨눠 봐."

그는 자세를 하나하나 알려줬다. 오른손으로 총을 잡고 집게손가락은 실린더 옆에 둔다. 다른 손가락으로 손잡이 앞부분을 감싸 쥐고, 엄지는 주먹 쥔 채 안쪽으로 넣는다. 그다음 왼손으로 오른손을 단단히 받쳐 주면 된다. 설명이 끝날 무렵엔 손가락이 추위에 새빨개져 있었다.

아담은 직접 총을 쥐고 시범을 보였다. 동작을 눈으로 보니 훨씬 이해하기 쉬웠다. 물론 그는 따뜻한 가죽장갑을 끼고 있었다. 그는 총구를 나무쪽으로 겨눴다. "배럴이 흔들리지 않게 꽉 잡아야 해. 조준할 땐 눈높이에 맞추고."

그러더니 예고도 없이 방아쇠를 당겼다.

총이 시끄럽다는 건 알고 있었지만, 실제로 터진 굉음은 상상 이상이었다. 귀가 먹먹해졌다. 나는 비명을 지르며 거의 60센티미터쯤 뒤로 튕기듯 물러났고, 아담은 그 모습을 보고 폭소를 터뜨렸다. 나무껍질이 튀는 걸 보니 정확히 맞힌 게 분명했다.

"이제 네 차례야." 그가 말했다.

그는 총을 내 손에 쥐어 줬다. 아담이 알려 준 대로 잡아 보려 했지만 손이 덜덜 떨렸다. 손끝은 얼어서 감각이 사라질 지경이었다. 그는 내가 떠는 걸 보고 웃더니 내 그립을 잡아주며 어깨를 감쌌다. 그래도 소용없었다.

"방아쇠를 당겨. 기억해, 힘을 고르게 줘야 해." 그는 내가 쏠 때까지 물러설 생각이 없어 보였다. 나는 떨리는 손으로 나무를 겨눈 뒤 방아쇠를 당겼다.

직접 쏘니 소리가 더 크게 느껴졌다. 오른쪽 어깨에 반동이 전해지며 찌릿한 통증이 왔다.

"나무를 빗나갔네." 그가 비웃듯 말했다. "창고를 맞힌 것 같아."

"처음인데 빗나가는 게 당연하지…" 나는 중얼거렸다. 귀가 계속 울렸다.

집으로 돌아오자 아담은 총을 어디에 둘 건지 보여줬다. 침실 옷장 맨 위였다. 결국 머리맡에서 불과 2미터쯤 떨어진 곳에 총을 둔 채 잠을 자야 하는 셈이다. 나는 그에게 약속하라고 했다. 총은 장전하지 말고, 집에 침입자가 있다고 확신할 때만 쓰겠다고.

집에 총이 있다는 게 마음에 들진 않지만, 그의 말에도 일리는

있었다. 우리는 외딴곳에 살고 있고, 경찰을 불러도 금방 오지 못
할 것이다. 어쩌면 혹시 모를 상황에 대비해 총을 갖고 있는 게 완
전히 틀린 생각은 아닐지도 모른다.

　…어차피 내 의견이 반영될 리는 없지만.

43

아담의 옷장에서 총을 꺼낼 기회가 있었다면, 우리가 함께 잠자리를 하던 때였을 것이다. 하지만 이제는 그럴 핑계조차 없다. 그 기회는 이미 지나가 버렸다.

그렇다고 정말로 그 방을 뒤질 생각은 없다. 빅토리아가 아무리 그렇게 하라고 해도.

빅토리아의 일기를 읽고 나면 좀처럼 잠이 오지 않는다. 그녀가 겪은 일을 들여다보는 게 너무 괴롭다. 일기를 보기 전에는 적어도 계단에서 굴러떨어지기 전까지는 그녀가 행복했으리라 믿었다. 하지만 이제는 그렇지 않았다는 걸 안다. 읽으면 읽을수록 그녀의 삶이 얼마나 참혹했는지 선명해질 뿐이다.

그가 그녀에게 또 무슨 짓을 했을까 두렵다.

어쩌면 그녀는 계단에서 굴러떨어진 게 아닐지도 모른다. 그가 밀었을지도 모른다.

나는 평소보다 일찍 눈을 떴다. 빅토리아가 아직 자고 있을 시간이라 조용히 아래층으로 내려가 코트를 걸쳤다. 그때 이른 아침 출근하던 에바와 마주쳤다. 그녀는 나를 위아래로 훑어보며 마치 쓰레기라도 보는 듯한 표정을 지었다. 어쩌면 틀린 말은 아닐지도 모른다.

"어디 가는 거야?" 에바가 눈을 가늘게 뜨며 물었다. "떠나는 거야?"

"아뇨, 그냥…" 잠깐이라도 숨을 돌리고 싶었다. "금방 올게요."

밖으로 나오자 차가운 공기가 얼굴을 때렸다. 비가 오면 금세 눈으로 바뀔 만큼 매서운 추위였다. 매기는 곧 첫 눈보라가 올 거라고 했다. 벌써부터 겁이 났다.

나는 손을 코트 주머니 깊숙이 찔러 넣고, 집을 한 바퀴 에워싸고 있는 산책로를 따라 걷기 시작했다. 다행히 낙엽은 거의 다 치워져 있었다. 아담이 정원사를 부르지 않고 직접 정원을 손봤다. 며칠 전에도 갈퀴를 들고 나가는 걸 봤다. 여전히 발에 걸릴 만한 가지들이 남아 있긴 했지만, 예전보다는 훨씬 나았다.

며칠 전 빅토리아가 내게 보여줬던 그 나무 앞에서 걸음을 멈췄다. 가까이 다가가 총알이 박혀 갈라진 표면을 자세히 살폈다.

일기에서 그녀가 묘사했던 그대로였다. 아담이 쐈던 그 나무였다.

옆에 있는 창고로 시선을 옮겼다. 몇 걸음 다가가자 그곳에도 똑같은 흔적이 보였다. 총알에 맞아 나무가 쪼개져 있었다. 빅토리아가 나무를 겨누다 빗맞힌 탄환이 남긴 자국이었다.

그녀가 일기에 쓴 건 모두 사실이었다.

부엌 벽에서 봤던 움푹한 자국처럼, 그녀가 기록한 모든 일은 실제로 있었던 일이었다.

그녀의 일기에서 앞으로 무엇을 보게 될지 두려웠다. 더는 읽고 싶지 않았다.

하지만 읽어야만 한다.

44
빅토리아의 일기

오늘 아담이 위층에서 일하던 사이, 피터가 새 책 교정본을 들고 찾아왔다.

가슴이 두근거릴 만큼 설렜다. 아담의 전작 두 권을 정말 좋아했는데, 둘 다 뉴욕타임스 베스트셀러 1위에 올랐었다. 피터는 이번 책이 전작보다 더 잘 나왔다며, 올해 최고의 책이 될 거라고 장담했다. 나도 벌써부터 읽을 생각에 한껏 들떠 있었다.

"책 가져왔어요?" 문을 열자마자 그에게 물었다.

피터가 웃으며 말했다. "기대가 큰가 보네요?"

나도 웃었지만, 사실 정말 기다려 왔다. 아담이 이번 주 안에 교정본이 나온다고 했을 때부터 계속 그 생각뿐이었다. 그래서인지 부엌에서 이리나가 민소매 탑에 반바지 차림으로 콧노래를 부르며 돌아다니는 것도 그다지 거슬리지 않았다. 겨울에 대체 누가 저런 옷을 입는단 말인가.

나는 위층에 있는 아담을 불렀다. 그는 오늘 피터가 온다고 미리 알려 주며 단정하게 차려입으라고 은근히 강조했었다. 심지어 용돈도 미리 조금 줬다. 그래서 어제 새 옷을 몇 벌 샀는데, 전부 한 치수 크게 골랐다. 마음 한켠에선 살이 빠지길 바랐지만, 현실적으로 봄까지는 힘들 거라고 생각했다.

피터가 여행 가방에서 두꺼운 양장본 책을 꺼내는 순간, 마치 북소리가 들리는 듯 긴장감이 감돌았다. 제일 먼저 눈에 들어온 건 표지 위에 흰색으로 큼지막하게 박힌 제목이었다.

《불여우》

불여우? 무슨 뜻이지?

아담이 내려오기 전에 먼저 보면 화낼 걸 알면서도, 나는 피터의 손에서 책을 거의 낚아채듯 받아 들었다. 제목 아래에는 금발 여자의 사진이 있었다. 머리 색도, 헤어스타일도… 나와 너무 닮아 있었다. 부정할 수 없을 만큼. 그 밑에는 섬뜩한 문구가 적혀 있었다.

'그녀는 그의 믿음을 배신했다. 이제, 대가를 치를 차례다.'

손이 떨렸다. 나는 거의 책을 찢을 듯 펼쳐 날개에 적힌 소개 문구를 읽었다.

'남편을 거듭 배신한 아내. 그리고 복수를 결심한 남편.'

대체… 뭐야, 이게?

그때 아담이 계단을 내려왔다. 베이지색 슬랙스에 단정한 셔츠 차림이었다. 처음 만났던 날처럼 여전히 매력적이었다. 반면 나는… 완전히 다른 사람이 되어 있었다. 요즘은 거울을 보는 것조차 겁날 정도로 내 모습이 낯설었다.

"책 왔네!" 그가 내가 책을 들고 있는 걸 보더니 얼굴을 찡그렸다. "비키, 나 기다리기로 했잖아."

말문이 막혀 아무 말도 할 수 없었다. 머릿속이 뒤죽박죽이었다. 내 남편이 쓴 책이 '아내에게 복수하는 남편'에 대한 이야기라니.

기분이 나빴다.

"당신… 나에 대해 쓴 거지?" 목소리가 떨렸다. "이 책, 내 얘기잖아. 맞지?"

그는 표지를 흘끗 보더니 내 손에서 책을 확 낚아챘다. "무슨 소리야?"

"누가 봐도 내 얘기잖아!" 나는 거의 소리를 질렀다. "표지를 봐! 나잖아!"

"표지는 아담이 디자인한 게 아니에요." 피터가 끼어들었다. 당연히 아담 편을 들겠지.

"그래." 아담이 맞장구쳤다. "나도 지금 처음 본 거야."

"아… 진짜!" 순간, 부모님이 내게 욕은 절대 하지 말라고 가르쳤던 게 한없이 원망스러웠다. 지금은 정말 욕이라도 퍼붓고 싶었다.

아담은 입술을 꾹 다물었다. "빅토리아, 이 얘긴 나중에 하자."

피터가 어색하게 미소를 지었다. "그럼 전 이만 가 볼게요. 아담, 읽어보고 연락 주세요."

피터 앞에서 싸우고 싶진 않았지만, 그가 나가고 나자 불안이 밀려왔다. 아담은 나를 소재로 책을 썼다. 나를 남편을 반복해서 배신한 아내로 그려 놨다. 그게 그가 보는 내 모습이다.

그는 전에도 가족에 대한 책을 썼고, 그 가족들은 모두 죽었다.

그럼… 이번엔 내 차례인가?

피터가 떠난 뒤, 아담은 문을 잠그고 돌아섰다. "빅토리아, 좀 진정해."

나는 책을 가리켰다. "당신은 날 이렇게 생각하는 거야?"

"아니야, 당연히 아니지." 그가 고개를 저으며 말했다. "이건 그냥 소설이야. 상상 속 이야기. 읽어보면 알겠지만, 당신이랑은 아무 상관 없어."

"그럼 읽게 해 줘."

그는 잠깐 머뭇거리다 마지못해 고개를 끄덕였다. "좋아. 읽어 봐." 내가 책을 잡으려 하자, 그는 슬쩍 책을 뒤로 뺐다. "근데 먼저 이리나한테 보여줘야겠어. 엄청 좋아할 거야."

숨이 턱 막혔다. "진심이야? 아내보다 요리사한테 먼저 보여 주겠다고?"

그의 눈빛이 싸늘해졌다. "너랑 이리나 얘기 좀 그만하자. 질투도 정도껏 해. 요즘 너, 제정신이 아닌 것 같아. 이리나는 착한 여자야."

소리치고 싶었지만 소용없다는 걸 안다. 아담은 이리나와 가벼운 플러팅을 주고받는 걸 절대 멈추지 않을 테니까. 나는 그저 그가 부엌으로 들어가는 걸 지켜봤다. 이리나는 책을 보자마자 그를 껴안았다. "정말 대단해요, 아담!"

그게 바로 아담이 원하는 거다. 누군가 자신을 찬양해 주는 것. 나한테서 그걸 얻지 못하니 이리나에게 가는 거다.

결국 나도 책을 손에 넣었다. 오늘은 달리 할 일도 없어 하루 종일 침실에 틀어박혀 책을 읽었다. 그리고 방금 마지막 장을 덮었다.

내가 지금껏 읽은 책 중 가장 끔찍한 이야기였다.

하지만 동시에… 너무 잘 쓴 책이기도 했다.

등장인물들이 살아 움직이는 것 같았고, 줄거리는 소름 끼칠 만큼 교묘하게 얽히고설켜 결말을 예측할 수 없었다. 그리고 아내 '니키'는 그야말로 탐욕스럽고 잔혹한 여자였다. 결국 자신이 뿌린 대로 끔찍하고 고통스러운 죽음을 맞는다.

아담이 이런 이야기를 썼다는 건 무슨 뜻일까. 나는 한 번도 그를 배신한 적이 없다. 하지만 소설 속 니키는 끊임없이 남편을 속이고, 특히 잭이라는 남자와 부정한 관계를 이어간다. 결혼하자마자 일을 그만두고 남편의 돈을 펑펑 쓰며 산다. 니키가 하는 짓들은 전부 아담이 나를 비난할 때마다 들먹이던 것들이었다.

그는 이 책으로 나에게 경고하고 있다.

'조심해. 아니면 너도 니키처럼 될 거야.'

그리고 나는 절대 니키처럼 되고 싶지 않다.

2018년 1월 9일

눈이 많이 오는 날이면, 아니 가끔은 눈이 안 오는 날에도 아담은 이리나에게 손님방에서 자고 가라고 했다. 집이 멀기도 하고, 눈길에 사고라도 날까 봐 걱정된다는 이유였다. 어차피 우리 집엔 방도 남는다. 내가 임신 시도에 번번이 실패하고 있었으니까.

나도 직원의 안전을 생각해 하룻밤 머무는 걸 허락하는 너그러운 고용주가 되고 싶었다. 그런데 어젯밤 새벽 3시쯤, 화장실에 가려고 깼더니 아담이 침대에 없었다.

나는 분홍색 목욕가운을 걸치고 복도로 나왔다. 마룻바닥이 삐걱거리지 않게 조심스레 발을 옮겼다. 아담이 아래층 부엌에서 야식을 만들고 있기를 바랐다. 하지만 불행히도 손님방 앞에 다다르자, 안에서 새어 나오는 웃음소리에 온몸이 굳어버렸다.

당장 문을 박차고 들어가 두 눈으로 확인하고 싶었다. 하지만 그다음이 문제였다. 지금은 새벽 3시였고 바깥에는 눈이 산더미처럼 쌓여 있었다. 내 차도 눈더미에 파묻혀 있었다. 나갈 수도 없고, 그렇다고 그를 내쫓을 수도 없었다. 이 집의 주인은 내가 아니라 아담이니까.

게다가 남편이 다른 여자와 있는 모습을 눈앞에서 확인하는 건 도저히 감당할 자신이 없었다. 그 생각만으로도 온몸이 수치와 분노로 달아올랐다. 그걸 직접 보는 순간, 나는 완전히 무너질 것 같았다.

그래서 아침에 따져 묻기로 했다. 그리고 어떻게든 다시 잠들었다.

아침에 눈을 떴을 때 아담은 내 옆에 누워 있었다. 마치 아무 일도 없었던 것처럼. 어젯밤 잠들기 전에 물을 많이 마시지만 않았어도, 나는 아무것도 몰랐을 것이다.

"안녕, 비키." 아담이 내 목에 입을 맞추며 하품했다. 그는 내게 몸을 바짝 붙이며 속삭였다. "따뜻하네."

그러더니 갑자기 거칠게 키스하며 내 잠옷 자락을 잡아당겼다.

나는 그의 손길에 몸을 움찔하며 피했다. "제발, 아담… 지금은 싫어."

그는 짧게 하품하며 말했다. "흥미 없나 보네. 놀랍지도 않다."

"그럼 이리나한테 또 가 보지 그래?"

그가 눈을 비비며 물었다. "무슨 소리야?"

나는 이불을 가슴께 끌어안고 몸을 일으켰다. "어젯밤에 당신, 이리나 방에 있었잖아."

"아니." 그가 곧장 일어나 내 눈을 똑바로 바라봤다. 초록빛 눈동자가 너무나 진지했다. "무슨 말인지 모르겠는데, 난 그런 짓 안 했어."

"내가 분명히 들었어."

그가 고개를 저었다. "꿈이었겠지. 비키, 난 절대 그런 짓 할 사람이 아니야."

방금 전까지만 해도 확신했는데, 지금은 자신이 없어졌다. 그의 눈빛이 너무도 진지했다. 정말 내가 꿈을 꾼 걸까? 그럴지도 모른다. 세상에 이렇게까지 거짓말을 잘하는 사람이 있을 리는 없으니까.

"물론," 그가 덧붙였다. "진짜 그랬다 해도, 누가 나를 탓하겠어? 네 꼴을 좀 봐. 완전히 비곗덩어리잖아. 솔직히 하나도 안 끌려."

얼굴이 화끈 달아올랐다. "…그래, 미안하네."

그가 코웃음을 쳤다. "결혼하고 자기 관리 포기하는 여자들은 많지만, 넌 그 수준을 한참 넘었어. 솔직히 내가 바람 안 피우는 게 기적인 줄 알아."

그 말을 던지고 그는 욕실로 사라졌다. 나는 아무 말도 하지 못

했다.

전부 내 상상이었을까? 눈을 감자 그 장면이 또렷하게 되살아났다. 손님방 문 앞에 서 있던 나, 안에서 들려오던 웃음소리와 속삭임. 이리나는 혼자가 아니었다. 남자도 있었다. 하지만 그 남자가 꼭 아담이라는 증거는 없었다. 어쩌면 그녀의 남자친구였을지도 모른다. 아니면 아담 말대로 정말 꿈이었을지도.

나는 분홍색 가운을 다시 걸치고 침실을 나왔다. 아침을 만들어야겠다고 생각했다. 처음 연애하던 때처럼 바나나 팬케이크라도 해볼까. 요즘 아담은 남편으로서 형편없지만, 나 역시 좋은 아내라고 할 수는 없었다. 결혼한 지 아직 1년도 안 됐는데 우리 사이의 온기는 이미 다 식어버린 것만 같았다.

다시 예전의 우리로 돌아가려면 어떻게 해야 할까. 촛불이라도 켜고 아침을 먹는, 그런 것부터? 아니, 촛불은 됐고 일단 같이 아침이라도 먹어야겠지.

하지만 계단으로 가기도 전에 이리나와 복도에서 마주쳤다. 그녀도 가운을 입고 있었다. 붉은색에 속이 훤히 비치는 얇은 가운이 허벅지 위에서 뚝 끊겨 있었다. 길고 하얀 다리는 흠잡을 데 없이 매끈했고, 나이는 스물두 살쯤 되어 보였다. 또렷한 광대와 맑고 투명한 파란 눈동자가 돋보였다. 그녀는 멀리서 봐도 숨이 멎을 만큼 아름다웠다.

"빅토리아 부인." 그녀가 말했다. "안녕하세요."

"안녕, 이리나." 나는 힘없이 중얼거렸다.

그녀가 잠시 머뭇거리더니 조심스럽게 입을 열었다. "당신과 아담이 하는 얘기 들었어요. 제 방에서 그의 목소리를 들었다고요."

"아…" 나는 시선을 피했다. "내가 오해했나 봐요."

"아뇨, 오해 아니에요." 동유럽 억양이 짙게 묻어나는 말투였다. "당신 남편, 어젯밤에 제 방에 있었어요. 꽤 오래요." 그리고 오해의 여지를 남기지 않겠다는 듯 그녀가 덧붙였다. "우린… 같이 잤어요."

"아." 나는 멍하니 눈만 깜빡였다. "그렇군요…."

"당신은 그 사람 가질 자격 없어요." 그녀의 유리처럼 맑은 파란 눈이 차갑게 나를 꿰뚫었다. "아담은 멋지고 똑똑한 남자예요. 근데 당신은? 하루 종일 집에 퍼져 있잖아요. 손가락 하나 까딱 안 하고 TV만 보면서 살만 찌우고."

나는 입을 벌린 채 얼어붙었다. 이리나와 맞닥뜨리는 장면을 수없이 상상했지만, 이런 식은 아니었다. "나, 난…."

"그는 당신이 역겹대요." 그녀는 멈추지 않았다. "이제 당신한테 아무 감정도 없대요. 결혼한 걸 후회하고, 당신 때문에 갇혀 있다고 느낀대요." 그녀는 눈을 가늘게 뜨며 말했다. "곧 당신을 떠날 거예요. 그리고 당신은 빈손으로 쫓겨나겠죠."

한참 만에 겨우 목소리가 나왔다. "이리나, 당신… 해고야."

그녀의 광대가 붉게 달아올랐다. "당신은 날 해고할 수 없어요! 아담한테 말할 거예요."

그녀는 내 어깨를 거칠게 밀치고 욕실로 걸어가더니 노크도 없이 문을 벌컥 열고 들어갔다. 곧이어, 이리나가 강한 억양으로 아담을 향해 날카롭게 쏘아대는 소리가 들렸다. 잠시 뒤, 아담이 젖은 머리에 수건만 두른 채 욕실에서 나왔다.

"비키, 무슨 일이야? 왜 이리나를 해고해?"

나는 숨이 막혀 아무 말도 할 수 없었다. 이게 정말 현실일까. 내 인생이 어쩌다 이렇게 된 걸까. "당신들… 같이 잤잖아."

"아니라고 했잖아." 그가 짜증 섞인 목소리로 말했다. "빅토리아, 그 질투 좀 어떻게 해. 그건 병이야. 상담이라도 받아. 약이라도 먹든가."

그 말을 듣는 순간, 옷장 안에 있는 총이 떠올랐다. 그걸 꺼내 이리나의 예쁜 얼굴에 총구를 겨누고 방아쇠를 당기는 상상을 했다. 나무는 빗나갔지만, 이 정도 거리라면 절대 빗나가지 않을 것이다. 그 아름답고 오만한 얼굴이 피와 함께 터져 나가는 장면이 생생하게 그려졌다.

물론, 실제로 그러진 않겠지만.

아담은 한 시간 넘게 이리나를 달래더니, 침실로 돌아오자마자 내 질투가 통제 불능이라며 소리쳤다. 그는 "내 허락도 없이 누굴 자르겠다는 거야?"라고 몰아붙이더니 문을 쾅 닫고 나가버렸다.

이젠 뭘 해야 할지 모르겠다. 떠나야 한다는 건 알지만 갈 곳도, 돈도 없다. 이번 주 용돈에서 남은 건 고작 40달러였고 차는 눈더미에 갇혀 꼼짝도 못 했다.

나는… 갇혀 있다.

45

빅토리아에게 묻고 싶은 게 너무 많았다. 하지만 이젠 그 어떤 대답도 들을 수 없다는 걸 안다.

아담의 최신작 《불여우》에 대해 알게 된 후, 나는 빅토리아의 일기를 덮고 대신 그 책을 읽기 시작했다. 지난 일주일 동안 하루에 한두 시간씩 틈틈이 읽었다. 집에는 그 책이 한 권도 없어서 휴대폰으로 읽었는데, 눈이 아파 관자놀이가 욱신거릴 정도였다.

그런데도 멈출 수가 없었다. 아담은 자신이 '운 좋게' 베스트셀러 작가가 됐다고 했지만, 그건 운이 아니라 순수한 재능 덕이었다. 그의 글은 소름이 돋을 만큼 뛰어났다. 이런 소설은 한 번도 본 적이 없었다.

빅토리아가 왜 그 책을 자신의 이야기처럼 느꼈는지 알 것 같았다. 소설 속 악녀인 니콜은 주인공의 아내로, 완전히 미친 여자였다. 남편의 돈을 펑펑 써대고 다른 남자들과 대놓고 놀아나면서도, 정작 남편이 다른 여자에게 눈길이라도 주면 광적으로 질투했다. 그러다 그녀가 바람을 피우기 시작하자 남편은 복수를 결심한다.

사고 전의 빅토리아가 니콜과 비슷했는지는 모르겠지만, 적어도 아담의 머릿속에서는 두 사람 사이에 어떤 공통점이 있었던 것 같다. 그는 아내가 자신을 배신했다고 믿었고, 둘의 외모도 놀라울 만큼 닮아 있었다.

비키와 니키, 여자들의 애칭도 비슷했다.

그리고 맥과 잭, 남자들의 이름도 비슷했다.

그리고 니콜의 결말은 그야말로 끔찍했다. 작은 휴대폰 화면으로 읽으면서도 눈을 뗄 수가 없었다. 마지막 장에서 남편의 복수는 완성되고, 니콜은 두 동강 난다. 말 그대로.

나는 으깬 감자를 한 숟가락 떠 빅토리아의 입에 넣어 주며, 그녀가 그 책을 읽었을 때 어떤 기분이었을지 생각했다. 그리고 문득 생각이 스쳤다. 그 이야기는 어디까지가 진짜였을까? 물론 빅토리아도 끔찍한 사고를 당했지만, 그건 소설 속 니콜에게 일어난 일과는 전혀 달랐다.

감자 한 덩이가 그녀의 오른쪽 입가로 흘러내렸다. 나는 냅킨으로 조심스럽게 입가를 닦아주며, 아직 4분의 1쯤 남은 접시를 내려다봤다. "배불러요?"

빅토리아가 고개를 끄덕였다.

"한 입만 더 먹으면 영양식을 안 넣어도 돼요." 그 말은 늘 그녀에게 통했다. 그녀는 그걸 누구보다 싫어하니까.

빅토리아는 잠시 접시를 내려다보다가 다시 내 눈을 바라봤다.

"실비."

나는 미소 지었다. "자, 한 입만 더 먹어요."

"이리나." 그녀가 말했다.

순간 내 손이 허공에서 멈췄다. 그녀가 '이리나'라는 이름을 입에 올린 건 이번이 처음이었다. 일기 속에서 수없이 언급했지만, 직접 말한 적은 한 번도 없었다. 매기의 말처럼 빅토리아는 아담과 이리나의 관계를 질투했었다. 며칠 전 내가 이리나가 어디 갔는지 물었을 때 매기가 어색하게 말을 돌리던 모습도 떠올랐다.

"이리나." 그녀가 다시 말했다. "이리나… 글렌 헤드."

빅토리아가 무슨 말을 하려는지 알 수 없었다. 단어 몇 개로만 대화하다 보면 언어의 소중함을 새삼 느끼게 된다. 매기 말로는 이리나가 글렌 헤드 출신이라고 했다. 혹시 빅토리아는 내가 그녀를 찾아주길 바라는 걸까?

"제가 이리나를 찾아볼까요?" 내가 물었다. "지금 글렌 헤드에 있는 거예요?"

"응." 그녀가 고개를 끄덕였지만, 어딘가 주저하는 표정이었다. 이제 더는 먹지 않을 게 뻔했지만 괜찮았다. 거의 다 먹었으니까. "하지만… 아니. 그녀는…"

나는 숨을 죽이고 다음 말을 기다렸다. 그런데 그 순간, 문을 두드리는 소리가 났다. 고개를 들자 아담이 서 있었다. 그의 손에는 보기만 해도 소름이 끼치는 주사기가 들려 있었다.

"지금 약 넣어도 될까?"

빅토리아가 고통스러운 눈빛으로 나를 바라봤다. 그녀는 그 약을 누구보다 싫어했다.

처음엔 단순히 통증 때문이라고 생각했지만, 이제는 그 약이 그녀를 어떻게 만드는지 알 것 같았다. 그 약은 그녀를 무기력하게 만들고 결국 잠에 취하게 한다. 의도한 효과인지는 모르겠지만, 결과는 늘 같았다. 빅토리아는 그 약 때문에 하루의 절반을 잠으로 보낸다.

"네… 괜찮아요." 나는 자리에서 일어나 아담이 다가설 수 있게 옆으로 비켜섰다. "식사는 다 끝났어요."

"좋아." 그가 내게 윙크하며 빅토리아 쪽으로 다가갔다. "자, 비키. 잠깐이면 돼."

그때 문득, 지난 일주일 동안 빅토리아의 손톱을 깎아주지 않았다는 게 떠올랐다. 그에게 말할 수도 있었지만 그냥 입을 다물었다.

아담이 그녀의 셔츠를 걷어 올리며 튜브를 확인하려고 몸을 숙였다. 그 순간, 빅토리아의 멀쩡한 눈에 낯선 빛이 번뜩였고, 나는 본능적으로 뒤로 물러섰다. 아담은 그걸 눈치채지 못했다.

그리고 바로 다음 순간, 그녀가 아담에게 달려들었다.

46

아담이 비명을 질렀다.

피가 뿜어져 나왔다. 빅토리아의 손톱이 그의 얼굴을 파고들며 살을 찢었다. 그는 욕설을 내뱉으며 주사기를 침대 위에 내던지더니, 얼굴을 움켜쥔 채 방을 뛰쳐나갔다. 빅토리아는 그를 바라보며 입가에 만족스러운 미소를 지었다.

"가서 상태 좀 봐야겠어요." 나는 낮게 중얼거리고는 아담을 따라갔다.

다행히 손톱이 눈까지 닿지는 않았다. 그 정도면 운이 좋은 편이었다. 욕실에 가 보니 그는 오른쪽 얼굴에 젖은 수건을 대고 있었다. 수건은 피로 물들어 있었다.

"대체 어떻게 된 거야?" 아담이 씩씩거리며 소리쳤다. "손톱 깎았다며!"

"그랬어요." 나는 아무렇지 않게 거짓말했다.

"제대로 안 깎은 거겠지." 그가 수건을 떼자, 붉은 긁힌 자국이 세 줄로 길게 뺨을 가르고 있었다. 피가 천천히 배어 나왔다. "젠 장, 호랑이한테 긁힌 것 같잖아."

"있잖아요." 내가 조심스럽게 말했다. "앞으로는 제가 약을 넣는 게 어떨까요? 저한테는 그렇게 저항하지 않을 거예요."

그는 고통스러운 얼굴로 잠시 멈칫했다.

"약을 부숴서 주사기에 섞어 주세요." 내가 덧붙였다. "그럼 제 가 대신 넣을게요. 빅토리아도 그게 더 낫다고 생각할 거예요."

그는 상처에 새 휴지를 대며 얼굴을 찡그렸다. "좋아, 네 말대로 해. 하지만… 조심해. 너까지 다치면 안 돼."

그럴 일은 없을 거다. 그건 확신할 수 있었다.

나는 빅토리아의 방으로 돌아왔다. 그녀는 휠체어에 앉아 조용 히 나를 바라보고 있었다. 나는 침대 위에 놓인 주사기를 집어 흔 들었다. 액체 속에서 하얀 가루들이 흩어졌다. 잘게 부순 그녀의 약이었다.

"이거, 맞기 싫죠?" 내가 물었다.

빅토리아가 고개를 저었다. 그녀의 시선은 내 얼굴에서 한순간 도 벗어나지 않았다.

나는 그녀 옆의 창문을 열었다. 차가운 공기가 방 안으로 밀려 들었다. 주사기를 창밖으로 내밀고 피스톤을 눌렀다. 희뿌연 약물 이 공중을 가르며 아래로 사라졌다. 그런 다음 다시 창문을 닫았 다.

"이제 됐죠?"

빅토리아가 나를 바라봤다. 그리고 내가 이 집에서 일한 이후

처음으로 미소를 지었다.

47
빅토리아의 일기

2018년 1월 13일

오늘 아침, 아담이 위층에서 일하는 사이 맥에게서 문자가 왔다.

'안녕! 롱아일랜드에 있는 친구들 만나러 가는데, 잠깐 들러도 될까?'

나는 소리치고 싶었다. '제발! 지금 당장 와줘! 너무 보고 싶어! 제발 나 좀 구해줘!'

하지만 꾹 참고 아무 말도 하지 않았다.

맥을 본 지 거의 반년이 다 되어간다. 그가 아직도 내 생각을 하고 있다는 게 놀라웠다. 게다가 나를 보러 온다니. 물론 실제로는 나를 보러 오는 게 아니라 친구들을 만나러 가는 길에 잠깐 들르는 거지만.

'좋지. 언제가 괜찮아? 그렇게 답장을 보냈다.'

곧바로 답장이 왔다. '난 아무 때나 괜찮아. 너한테 편한 날로 해.'

아담은 목요일에 시내에서 미팅이 있다. 그날은 하루 종일 집을 비울 예정이고, 이리나도 오지 않는다. 잠깐 들르는 것뿐이라 별일이 생길 리는 없지만, 아담이라면 분명 의심할 것이다.

'목요일 오후 어때?'

'좋아. 주소 보내줘. 3시쯤 갈게.'

나는 주소를 보냈다. 그리고 곧장 모든 문자를 삭제했다. 맥의 번호도 이미 오래전에 지워버렸다. 아담은 내 비밀번호를 알아야 휴대폰 요금을 내주기 때문에 주기적으로 내 폰을 확인한다. 들킬 위험은 절대 감수할 수 없다.

내가 두려운 건 단 하나다. 아담이 이 일기를 찾아내는 것. 만약 그가 알게 된다면…

생각조차 하기 싫다. 하지만 완벽하게 숨겨뒀다. 그는 절대 못 찾을 거다.

오랜만에, 정말 오랜만에 가슴이 두근거렸다. 맥을 본다니. 빨리 보고 싶다.

2018년 1월 17일

오늘 아침 아담이 시내 회의로 집을 나서자, 그제야 가슴 깊은 곳에서 안도의 숨이 나왔다. 혹시라도 막판에 약속을 취소할까 봐 하루 종일 불안했었다. 아담이 집에 있는 동안 맥이 오기라도 했다면 그는 분명히 난리를 쳤을 테니까. 차라리 약속을 취소해야 하나 하는 생각까지 들었다.

하지만 다행히 모든 게 계획대로 흘러갔다. 아담이 나가자마자 나는 위층으로 올라가 옷을 갈아입었다. 최근에 산 옷이 몇 벌 있었지만, 거울 앞에 서는 순간 숨이 턱 막혔다. 퉁퉁 부은 얼굴, 축 처진 머리카락, 눈 밑에 내려앉은 짙은 다크서클, 얼룩덜룩한 피부. 머리는 도저히 손쓸 수 없어서 예전에 응급실에서 근무할 때처럼 단정하게 틀어 올렸다. 잡티와 다크서클을 가리느라 30분이 넘게 걸렸지만, 결과는 썩 만족스럽지 않았다.

그래도 이 정도면 됐다.

3시가 조금 지나 초인종이 울렸다. 나는 숨도 제대로 고르지 못한 채 달려가 문을 열었다. 그리고 그곳에 맥이 서 있었다. 마지막으로 봤던 모습 그대로였다. 헝클어진 검은 머리, 살짝 비뚤어진 미소. 그를 보는 순간 외모 걱정은 순식간에 사라졌고, 나는 망설임 없이 그를 끌어안았다.

그가 웃으며 자세를 바로 세웠다. 내가 아무리 힘껏 안았다 해도 맥 같은 체격의 남자를 넘어뜨릴 리는 없었다. 그는 나를 꼭 안아주었다. 그의 품은 따뜻하고 편안했고, 세상에서 가장 안전한 곳처럼 느껴졌다. 그 품에서 영원히 벗어나고 싶지 않았다. 그가 나를 여기서 데리고 나가줬으면 좋겠다는 생각까지 들자 목이 메었다.

"정말… 반가워." 나는 간신히 말을 뱉었다. 떨어지고 싶지 않았지만, 괜히 오해받고 싶지 않아 그의 품에서 몸을 뗐다. 아마 지금쯤 그는 여자친구가 있을지도 모른다. 게다가 그냥 친구들 만나러 가는 길에 잠깐 들른 것뿐이니까.

"나도 반가워." 맥이 웃었다. 눈가에 잔잔한 주름이 잡혔다. "네가 없으니까 응급실이 너무 허전해. 다들 네 얘기 많이 해."

나는 고개만 끄덕였다. 입을 열면 눈물이 터질 것 같았다.

"여전히 예쁘네." 그가 말했다. 물론 거짓말이겠지.

"고마워." 나는 목을 가다듬었다. "들어와. 집 구경시켜 줄게."

나는 집 구석구석을 보여줬다. 맥은 예의 바르게 감탄했지만 큰 관심은 없어 보였다. 그는 계속 내가 어떻게 지내는지 물었고, 나는 자꾸 화제를 돌렸다. 무슨 말을 해야 할까? 하루 종일 TV만 본다고? 남편이 요리사랑 바람났다고?

"넌 요즘 어때?" 거실로 돌아와 묻자 맥이 내 옆에 앉았다.

"음…" 그가 입꼬리를 올리며 웃었다. 그 표정을 보는 순간, 무슨 말을 하려는지 알 것 같았다. 좋은 사람을 만나서 결혼할 거라고 말하려는 거겠지. 생각만 해도 속이 쓰렸지만 그래도 겉으론 축하해야 했다.

"나 의대에 붙었어! 올가을에 입학해."

"맥!" 그는 늘 의대를 꿈꿨지만 나이 때문에 망설였었다. 그래도 결국 해냈다. 그게 얼마나 간절한 꿈이었는지 알고 있었다. 그가 결국 도전했다는 게 진심으로 기뻤다. "정말 잘 됐다!"

"대단하지?" 그가 활짝 웃었다. "물론 등록금은 막막해. 학교 다니면서 구급차 근무도 계속 해야 할 거야. 졸업할 땐 서른다섯이 겠지만… 뭐, 괜찮아."

나는 그를 다시 끌어안았다. 그도 나를 안아주었다. 그런데 이번엔… 얼굴이 너무 가까웠다. 그리고 나도 모르게 그에게 몸을 기울여 입을 맞췄다.

맥의 얼굴에 잠깐 놀란 기색이 스쳤지만, 그는 밀어내지 않았다. 오히려 부드럽게 나를 다시 끌어당겼다. 그와의 키스는 놀라울 만큼 따뜻했다. 부드럽고 진심이 느껴졌다. 그 순간 문득, 남편과의 키스가 얼마나 싫어졌는지 깨달았다. 아담에게 남아 있는 감정이 전혀 없는 건 아니었지만, 이제는 미워하는 마음이 훨씬 컸다.

먼저 몸을 뗀 건 맥이었다. 그가 눈을 깜박이며 말했다. "비키… 이건 예상 못 했어."

얼굴이 화끈 달아올랐다. 내가 왜 그랬을까. 도대체 무슨 생각으로 키스를 한 걸까. 맥이 나에게 감정이 있었다 해도, 지금은 아닐 텐데. 게다가 지금의 내 꼴로는 그 감정을 되살릴 수도 없을 것이다. "미안해." 나는 작게 중얼거렸다. "나 정말 엉망이지."

그가 고개를 저었다. "무슨 소리야, 비키. 넌 정말 예뻐. 왜 그런 말을 해." 그는 잠시 말을 멈추고 시선을 내리깔았다. "하지만 넌 결혼했잖아. 그리고 나는…"

그 순간, 참아 왔던 눈물이 한꺼번에 쏟아졌다.

나는 모든 걸 털어놨다. 숨기지 않고, 하나도 빼놓지 않고. 맥은 미간을 찌푸린 채 조용히 내 어깨를 감싸고, 끝까지 들어주었다. 이 외딴곳에 갇혀 사는 게 얼마나 고통스러운지, 일자리를 구할 수도 없고 아담이 신용카드조차 주지 않는다는 것, 그가 이리나와 바람을 피우는 것 같다는 의심, 그리고 가끔은 정말로 이 삶을 단 1분도 더 견딜 수 없다고 느낀다는 것까지. 나는 목이 쉬고 눈물이 다 말라붙을 때까지 모든 걸 쏟아냈다.

"세상에, 비키…" 맥이 머리를 쓸어 넘기며 말했다. "그게 다 사실이야? 지금 당장 여기서 나가야 해."

나는 두 손으로 얼굴을 감쌌다. "갈 데가 없어."

"말도 안 돼." 맥이 내 어깨를 꽉 잡았다. "캐럴한테 가면 되잖아. 아니면… 너만 괜찮다면 내 집으로 와도 돼. 어쨌든 넌 혼자가 아니야."

"나… 돈도 없어."

"그게 뭐 어때서? 비키, 우리가 도와줄게. 아니, 내가 도와줄게." 학비도 빠듯한 형편이면서도 그는 주저 없이 그렇게 말했다. 그 마음이 너무 따뜻해서 가슴이 먹먹해졌다.

나는 손등으로 눈가를 훔쳤다. 지금 내 얼굴이 얼마나 엉망일지 뻔했다. 화장은 다 지워졌을 테고 눈은 퉁퉁 부었을 거다. "이런 얘기까지 해서 미안해. 너, 친구 만나러 가야 하는데."

맥은 잠시 말이 없었다. 그는 청바지 끝의 풀린 실밥을 손끝으로 만지작거리더니 조용히 입을 열었다. "사실… 친구가 아니라 널 보러 온 거야. 캐럴한테 그날 저녁 얘기 듣고… 마음에 걸려서."

그 말에 또다시 눈물이 차올랐다.

"비키, 내 말 들어봐." 그가 내 어깨를 단단히 붙잡았다. "짐 싸. 지금 당장 나가자."

"차 가지고 왔어?"

"아니." 그가 고개를 저었다. "롱아일랜드 철도 타고 넘어와서, 여기까진 우버로 왔어."

창밖을 보니 해는 이미 기울었고 눈이 흩날리기 시작했다. 곧 아담이 돌아올 것이다. 그가 집에 돌아와 내가 사라진 걸 알게 된다면? 아니, 짐을 싸고 있는 나와 거실에서 기다리고 있는 맥을 마주치기라도 한다면? 상상만 해도 숨이 막혔다.

"지금은 안 돼." 나는 시선을 떨군 채 말했다. "여길 떠나면 다시 돌아올 수 없어. 짐도 챙겨야 하고, 아담한테는… 그래도 얘기는 해야 해."

맥이 얼굴을 찌푸렸다. "그럼 그가 오면 바로 말해. 내가 기다릴게."

"그건 안 돼." 나는 애써 담담하게 말했다. "맥, 그 사람은 내 남편이야. 최소한 설명은 해야 돼."

맥이 입술을 깨물었다. "그가 널 다치게 하면?"

"그런 적 없어. 손찌검 같은 건 안 해."

"난 그를 믿을 수 없어, 비키."

"부탁이야." 나는 그의 손 위에 손을 얹었다. "이렇게 하는 게 맞아. 날 믿어줘."

맥은 한동안 내 얼굴을 바라봤다. 이건 절대 좋은 생각이 아니라고 생각하는 게 표정에 고스란히 드러났다. 하지만 그는 아담을 모른다. 아담은 소리 지르고 화를 내긴 해도, 나를 다치게 하진 않는다. "좋아." 그가 마침내 말했다. "언제 얘기할 건지 나한테 알려줘. 차 빌려서 밖에서 기다릴 테니까. 알겠지?"

내가 대답할 틈도 없이 현관문 자물쇠가 돌아가는 소리가 들렸다. 나는 반사적으로 맥의 손을 뿌리쳤다. 아담이 너무 일찍 왔다. 원래라면 한두 시간은 더 있다가 왔어야 했는데, 가끔 그는 내가 방심하지 않도록 일부러 귀가 시간을 속이곤 했다. 이번엔 딱 걸렸다.

나는 황급히 일어나 치마를 매만지며 태연한 척했다. 맥은 여전히 소파에 앉은 채 꼼짝도 하지 않았다. 얼굴엔 어두운 기색이 가

득했다. 혹시 아담을 보자마자 주먹이라도 날릴까 봐 걱정됐다. 솔
직히 그 장면을 조금은 보고 싶기도 했다.

아담이 거실에 앉아 있는 맥을 보자 눈이 커졌다. 턱 근육이 단
단히 굳고 주먹을 꽉 쥐는 게 보였다. "빅토리아." 그가 낮게 말했
다. "손님이 온다는 얘긴 못 들었는데."

맥이 천천히 자리에서 일어났다. "계획했던 건 아닙니다. 그냥…
지나가다 들렀어요."

"지나가다 몬토크에 들렀다고요?" 아담이 비꼬듯 웃었다. "흥미
롭네요."

맥은 어깨를 으쓱했다. 제발 그냥 분위기에 맞춰주길 바랐다. 그
래야 그가 떠난 뒤에도 일이 더 커지지 않을 테니까.

"그래, 집 구경은 했어요?" 아담은 단단히 쥐었던 주먹을 펴며
넥타이 매듭을 풀었다.

"네. 비키가 보여줬어요."

"그래요? 잘했네요." 아담이 미소지었다. 겉으로는 완벽하게 여
유로워 보였지만, 속에서 분노가 들끓는 게 느껴졌다. "술 한잔하
시겠어요?"

"괜찮습니다." 맥이 내 쪽을 힐끗 보며 말했다. "이제 슬슬 가야
할 것 같아요."

'제발 나도 데려가 줘.' 속이 뒤틀릴 만큼 불안했다. 내가 잘못된
결정을 했다는 확신이 밀려왔다. 아직 늦지 않았을지도 모른다. 지
금이라도 맥을 따라가야 한다. 하지만 지금 나가면 모든 걸 두고
떠나야 한다. 게다가 다른 남자 앞에서 아담에게 작별을 고할 수
는 없다.

"차는 사륜구동인가요?" 아담이 말했다. "밖에 눈이 꽤 많이 와요."

창밖을 보니 그의 말대로 눈발이 점점 굵어지고 있었다. 커다란 눈송이들이 빠르게 떨어져 마당은 이미 새하얗게 덮였다. 내일이면 또 이곳에 갇히게 될 것이다.

"우버를 부를게요." 맥이 말했다. "기차역까지만 가면 돼요."

"이 날씨에?" 아담이 피식 웃으며 부엌으로 걸어가 와인 한 잔을 따랐다. "한 시간은 기다려야 할 걸요. 그때쯤이면 눈보라가 몰아칠 거예요."

맥이 뒷목을 긁적였다. "뭐… 다른 방법이 없잖아요."

아담이 와인을 한 모금 길게 마시더니 잔을 천천히 돌리며 말했다. "제가 태워다 드릴게요. 이것만 마시고 바로 나가죠."

"아뇨, 그럴 필요 없어요."

"괜찮아요. 내 차는 눈길에도 잘 나가니까."

맥의 눈빛에는 경계가 서려 있었지만, 아담의 말도 틀린 건 아니었다. 눈발은 점점 거세지고 있었고, 오늘 안에 맨해튼으로 돌아가려면 지금 떠나야 했다. 그렇지 않으면 며칠은 이곳에 발이 묶일지도 모른다.

"좋아요." 맥이 고개를 끄덕였다. "그럼 가죠."

왠지 모를 불안감이 밀려왔다. 맥과 아담이 단둘이 차 안에 있는 게 마음에 걸렸다. 누구를 더 걱정하는지도 확신할 수 없었다. 맥은 아담보다 키도 크고 체중도 더 나갔다. 아담이 화를 낸다 해도 충분히 제압할 수 있을 것이다.

오히려 걱정해야 되는 쪽은 맥일지도 몰랐다. 혹시라도 나 때문에 화가 나서 아담에게 주먹이라도 휘두르면? 폭행으로 체포되기라도 하면 의대 진학은 물 건너갈 수 있다. 인생이 끝날 수도 있다. 맥은 원래 그런 사람이 아니지만, 내가 아담 이야기를 꺼냈을 때 얼굴에 분노가 스쳤다. 아담을 보는 눈빛에도 그 감정이 고스란히 담겨 있었다.

아담은 욕실에 다녀오겠다며 위층으로 올라갔고, 맥은 두꺼운 코트를 걸치며 불안한 눈빛으로 나를 바라봤다.

"비키, 너만 괜찮으면… 오늘은 여기 있을게." 그가 낮은 목소리로 말했다.

"여기서?"

"아니면…" 그는 창밖으로 시선을 돌렸다. 눈발이 거세게 흩날리고 있었다. "호텔을 잡아도 되고. 네가 원하면 여기서 자도 돼. 비키, 나 정말 네가 걱정돼서 그래."

"괜찮을 거야." 나는 아담이 내려오기 전에 잠깐 맥의 손을 잡았다. "약속해. 절대 무모한 짓은 하지 마."

그가 무언가 더 말하려 했지만 이미 늦었다. 아담이 계단을 내려오고 있었다. 잠시 후 두 사람은 함께 집을 나섰다.

2018년 1월 18일

이상했다. 맥을 데려다주고 돌아온 아담과 한바탕 싸움이 벌어질 줄 알았는데, 오히려 정반대였다. 집에 돌아온 그는 다른 남자가 소파에 앉아 있었다는 사실에 대해 한마디도 꺼내지 않았다. 오히려 평소보다 다정하게 굴었다. 이리나가 없으니 자기가 직접 저녁을 해 주겠다며 촛불까지 켜고 식사를 차려줬다.

그날 밤 문득 이런 생각이 들었다. 혹시 아담을 떠나는 게 실수는 아닐까?

맥과 다시 이야기하고 싶었다. 하지만 연락이 닿지 않았다. 그는 맨해튼으로 돌아가는 기차 안이라고 짧게 문자만 남긴 뒤, 더는 소식이 없었다. 나는 휴대폰만 들여다보며 그의 연락을 기다렸다. 물론 문자가 오면 곧바로 지워야 한다. 아담이 보기라도 하면 모든 게 끝이니까.

아담이 잠시 다정하게 군다고 해서 달라질 건 없다. 나는 그가 어떤 인간인지 너무나 잘 안다. 이건 일시적인 '가면'일 뿐이다. 내가 떠날까 봐 불안한 거겠지. 하지만 그 불안이 해소되면, 다시 예전으로 돌아갈 것이다. 바람피우고, 화내고, 폭발하던 그 모습으로.

그래서 오늘 아침 맥에게 문자를 보냈다. '다음 주 금요일에 차 좀 빌려줄 수 있어?'

이제 남은 시간은 일주일도 채 안 된다. 아담에게 떠난다고 말해야 한다.

48

올해 첫 폭풍이 오고 있었다.

아침에 장을 보러 갔는데, 마치 세상이 멸망이라도 하는 줄 알았다. 마지막 남은 빵을 집으려는데 어떤 여자가 내 얼굴을 팔꿈치로 칠 뻔했다. 그래서 그냥 그 여자에게 양보했다. 빵 하나 때문에 얼굴에 멍드는 건 싫으니까.

집에 오니 매기가 부엌을 청소하고 있었다. 평소보다 훨씬 서두르는 기색이었다. "눈 오기 전에 나가려고."

"그렇게 심하게 온대?"

"예보에선 60센티 정도 온다고 하던데." 그녀가 행주로 조리대를 닦으며 말했다. "꽤 심할 것 같아. 이번에도 전기 끊기는 건 시간문제고."

이번엔 절대 아담과 단둘이 이 집에 갇혀 있지 않을 거다. 절대로.

"언제부터 온대?"

매기가 시계를 힐끗 봤다. "정오쯤 시작해서 3시나 4시쯤이면 길이 다 막힐 거래. 네 차로는 못 나갈 거야. 아담 차라면 그나마 낫겠지만. 오늘 밤이면 도로가 완전히 마비될 거야."

왠지 모르게 불안했다. 지난번 폭풍 때는 비가 그친 후 금방 도로가 뚫렸지만, 이번엔 며칠 동안 이 집에 갇힐지도 모른다. 특히 아담이 어떤 사람인지 알아버린 지금은, 그 생각만으로도 숨이 턱 막혔다.

내 마음을 읽기라도 한 듯 매기가 말했다. "우리 집으로 와. 나랑 스티브랑 같이 있자."

"뭐라고?"

매기가 팔꿈치로 내 팔을 툭 쳤다. "같이 가자니까. 우리 집은 눈 와도 제설이 금방 되고, 전기도 잘 안 나가. 소파도 진짜 편하고. 넷플릭스 몰아보기 어때? 〈보잭 홀스맨〉 좋아해? 우린 요즘 그거에 완전 꽂혔거든."

"민폐일 것 같아서…"

"전혀! 진짜 재밌을 거야."

솔직히 흔들렸다. 매기의 따뜻한 아파트는 이 커다란 저택보다 훨씬 아늑할 것 같았다. 여기선 늘 세상과 단절된 기분이 든다.

그래도 떠날 수는 없다. 내가 가 버리면 빅토리아는 아담과 단둘이 남게 된다. 그건 절대 안 된다.

"초대해 줘서 고마워. 하지만 빅토리아 곁에 있어야 할 것 같아."

매기가 어깨를 으쓱했다. "알겠어. 그래도 혹시 마음 바뀌면 말해. 두 시간 정도는 여기 더 있을 거니까."

장을 정리하다가 창밖을 봤다. 조금 있으면 잔디밭도 하얗게 덮이겠지. 맥이 빅토리아를 만나러 왔던 그날 밤이 떠올랐다. 그날도 눈이 내리고 있었다. 그는 다시 오겠다고 했지만 결국 오지 않았다.

왜 돌아오지 않았을까? 아니면 왔는데, 그녀가 떠나지 않기로 한 걸까?

아니면 떠나기 전에 무슨 일이 있었던 걸까.

창밖으로 눈송이 하나가 천천히 떨어졌다. 눈이 시작됐다.

49

저녁이 되자 눈이 거세지기 시작했다. 창밖은 순식간에 하얗게 잠겼고, 주변은 섬뜩할 만큼 고요했다. 매기는 이미 떠났고, 이제는 나가려고 해도 나갈 수가 없다. 우리는 완전히 고립됐다.

빅토리아의 저녁을 준비하고 있을 때, 아담이 담요를 한가득 안고 부엌으로 내려왔다. 그는 담요를 조리대 위에 내려놓으며 말했다. "혹시 난방이 나가면 쓰라고 가져왔어."

누가 봐도 곧 끊길 게 뻔했다.

"고마워요."

그가 오른쪽 뺨을 가볍게 어루만졌다. 빅토리아의 손톱자국이 이제는 딱지가 되어 있었다. "빅토리아 잘 준비되면 알려줘. 주사기는 서랍 위에 놔뒀어."

"네, 알겠어요."

그가 조리대를 손가락으로 톡톡 두드렸다. "약 챙겨줘서 고마워.

정말 중요하거든. 약을 안 먹으면 발작이 올 수도 있으니까."

"걱정 마세요. 제가 챙길게요."

나는 푸드 프로세서를 끄고 음식을 접시에 담았다. 아담은 잠시 나를 바라보다가 자리를 떴다. 적어도 지금은 나를 믿는 눈치였다.

물론 나는 일주일째 빅토리아에게 약을 주지 않았다.

접시를 들고 계단을 올라갔다. 빅토리아는 TV를 보고 있었다. 오른쪽 눈은 화면에 고정돼 있었고, 왼쪽 눈은 조금 엇나가 있었다. 그럼에도 그녀는 일주일 전보다 훨씬 정신이 또렷해 보였다. 요즘은 아침 내내 잠들지도 않고, 사흘 연속 식사를 깨끗이 비웠다. 그래서인지 이 끈적한 오트밀을 주는 게 조금은 미안하기도 했다.

"좋은 저녁이에요." 방에 들어서자마자 빅토리아의 시선이 내게 꽂혔다. 이것도 요즘 들어 달라진 점이다. 전에는 내가 말을 걸면 한참 뒤에야 느릿하게 고개를 돌렸지만, 이제는 주변의 움직임에 바로 반응한다.

"실비." 그녀가 내 이름을 불렀다.

이것 역시 달라진 점이다. 예전에는 며칠씩 아무 말도 안 하던 그녀가 요즘은 하루에도 몇 번씩 입을 연다. 물론 한두 단어에 불과하고 그마저도 힘겹게 내뱉지만, 적어도 이제는 말하려는 의지가 느껴진다.

이쯤 되면 아담이 그녀에게 일부러 약을 먹여왔다는 걸 부정하기 어렵다. 이제 남은 건 이유뿐이다. 도대체 왜 그랬을까.

"저녁 시간이에요!" 내가 일부러 밝게 말했다.

빅토리아는 접시를 보더니 얼굴을 찡그렸다. 그럴 만했다. 완두콩을 너무 많이 넣어서 색이 거의 토한 것처럼 보였다. 그래도 맛은 괜찮았다. 내가 직접 맛봤으니까.

"보기보다 맛있어요."

그녀가 시선을 창밖으로 돌렸다. "해."

"해가 보여요?" 내가 웃었다. "난 전혀 안 보이는데."

그녀가 인상을 찌푸렸다. "아니. 그…"

"눈이에요."

그녀는 안도한 표정으로 고개를 끄덕였다. "응, 눈."

나는 창밖으로 쏟아지는 굵은 눈송이를 바라봤다. 아름답기도 하고 섬뜩하기도 했다. "눈이 엄청 오네요."

그녀가 다시 고개를 끄덕이며 말했다. "가…, 갇혔어."

나는 웃음을 터뜨렸다. "맞아요, 우리 둘 다 여기 갇혔어요."

그녀가 바싹 마른 입술을 천천히 핥더니, 내 얼굴을 똑바로 보며 불쑥 말했다. "총 가져와, 실비."

나는 멍하니 그녀를 바라봤다. 그녀가 지금껏 했던 말 중 가장 긴 문장이었다. "빅토리아…"

"옷장." 그녀가 힘겹게 말했다. "가져와… 여기로."

"빅토리아, 전… 못 해요."

그녀의 파란 눈에 눈물이 고였다. "가져와. 아니면 그가…"

무슨 말을 하려는 건지 알 수 없었다. 빅토리아의 일기 어디에도 아담이 직접 폭력을 썼다는 내용은 없었다. 총으로 위협했다는 기록도 없었다. 적어도 맥에게는 그렇게 말했었다. 지금 당장 우리가 위험에 처했다고 생각할 이유는 없다 — 내가 침실을 뒤졌다는 걸 아담이 눈치채지만 않는다면.

"우리 그냥 저녁이나 먹어요. 네?" 내가 말했다.

빅토리아의 얼굴에 실망과 답답함이 동시에 스쳤다. 할 수만 있다면 당장이라도 총을 가지러 갈 것 같았다. 하지만 그녀를 그런 위험에 빠뜨릴 순 없다.

그리고 며칠 뒤면 이 폭풍도 지나갈 것이다.

50
빅토리아의 일기

온몸이 떨린다.

아침 10시쯤 소파에 앉아 TV를 보고 있는데, 갑자기 문을 두드리는 소리가 크게 울렸다. 놀라서 몸이 들썩였다. 문 앞에 가보니 경찰관이 서 있었다. 심장이 얼어붙는 느낌이었다.

"여기가 바넷 씨 댁인가요?" 마흔쯤 되어 보이는 남자였다. 거친 인상에 이마가 조금 벗겨졌는데, 이상하게도 그 모습이 잘 어울렸다.

입안이 바짝 말라 한동안 아무 말도 나오지 않았다. 나는 겨우 목을 가다듬고 대답했다. "네…"

"패터슨 형사입니다." 그는 악수할 생각도 없어 보였다. "잠깐 질문 좀 드려도 될까요?"

"어…" 심장이 쿵쾅거려 머리가 어지러웠다. 경찰이 우리 집에 왜 온 거지? 분명 착오일 거야. 난 아무 잘못도 한 게 없는데….

"그럼요. 들어오세요."

형사는 나를 따라 집 안으로 들어왔다. 마침 아담이 계단을 내려오고 있었다. 나는 당장이라도 쓰러질 것 같았지만, 아담은 믿을 수 없을 만큼 침착했다. 오히려 형사를 향해 특유의 미소를 지었다. 사람을 매혹시킬 때 쓰는, 그 계산된 미소. 이젠 그 표정이 너무 익숙하다.

"형사님!" 아담이 환하게 웃으며 말했다. "무슨 일로 오셨죠? 뭐 도와드릴 일이라도 있나요?"

패터슨 형사가 고개를 끄덕였다. "빅토리아 바넷 씨, 당신의 친구 한 명을 찾고 있습니다."

형사가 설명을 시작하자 머릿속이 웅웅 울렸다. 맥 이야기였다. 맥은 이틀 연속 출근하지 않았다. 평소 성실한 사람이었기에 아주 이례적인 일이었다. 동료 한 명이 그의 집에 찾아갔지만 아무도 없었고, 벌써 닷새째 아무도 그와 연락이 닿지 않았다. 롱아일랜드에 왔던 그날 밤 이후로.

"캐럴 웨버 씨 말로는," 형사가 말을 이었다. "그가 빅토리아 씨를 만나러 이곳에 왔다고 하더군요. 그날 그를 보셨나요?"

나는 아담을 흘끗 보았다. 그는 여전히 미소를 띠고 있었다. 무슨 생각을 하는지 전혀 읽을 수 없었다. 그 미소조차 이제 낯설지 않았다.

"네," 내가 말했다. "그날 여기 왔었어요."

형사가 고개를 끄덕였다. "방문 목적은요?"

"맥은 제 아내의 직장 동료이자 친구였습니다." 아담이 대신 대답했다. "그냥 안부 인사하러 들른 거예요."

"그는 언제 집을 떠났죠?"

"여섯 시쯤이었어요." 나는 멍하니 말했다. "눈이 많이 와서 아담이 기차역까지 데려다줬어요."

형사가 아담을 바라봤다. "기차에 타는 걸 직접 보셨나요?"

"아뇨." 아담이 고개를 저었다. "표를 사러 갔는데, 기차가 바로 오지 않을 거라고 하더군요. 기다리지 말라고 해서 저는 그냥 집으로 돌아왔습니다. 그때 눈이 꽤 많이 와서 길이 막힐까 봐 걱정됐거든요."

나는 살짝 고개를 들어 형사의 표정을 살폈다. 그는 조금도 의심하는 기색이 없었다. "맥이 신용카드로 기차표를 산 건 확인됐습니다." 형사가 말했다. "하지만 실제로 탔는지는 확실하지 않아요. 그날 근무했던 검표원과도 연락을 시도 중입니다."

그때 문득 생각이 났다. "맥이 기차에서 저한테 문자를 보냈어요. 그러니까… 기차에 탄 게 맞아요."

"그 문자, 혹시 아직 휴대폰에 있나요?" 형사가 물었다.

"저…" 나는 입술을 깨물며 아담을 흘끗 봤다. "지웠어요."

사실 맥에게서 온 문자는 받을 때마다 바로 지웠다. 내 말에 형사의 표정이 처음으로 아주 미세하게 흔들렸다.

"별일… 없겠죠?" 나는 두 손을 꼭 쥐었다.

"그랬으면 좋겠네요." 형사가 잠시 머뭇거리다 말했다. "아무 말 없이 여행을 떠났을 수도 있습니다. 그런 경우도 있어요. 하지만 기차 안이나 역에서 누군가에게 공격당했을 가능성도 배제할 순

없습니다."

"공격이요?" 아담이 미묘하게 웃으며 말했다. "맥은 덩치가 꽤 큰데요."

"크다고 총알이 피해 가진 않죠."

총알. 그 단어에 머릿속이 순간 하얘졌다. 옷장 맨 위에 숨겨둔 총이 떠올랐다. 아담이 맥을 역에 데려다주기 전에 잠깐 위층에 올라갔었다. 설마….

"아무튼," 형사가 한숨을 내쉬었다. "맥에게서 연락이 오면 바로 알려 주세요. 가족들이 많이 걱정하고 있습니다."

나는 형사가 현관문을 나서는 모습을 멍하니 바라봤다. 속이 뒤집힐 것 같았다. 아담이 맥을 기차역까지 데려다줬고, 그 후로 아무도 그를 보지 못했다. 기차에서 맥이 보낸 문자를 받긴 했지만 정말 그가 보낸 게 맞을까?

형사가 나가자 아담은 문을 닫았다. 문을 잠그더니 잠금쇠까지 걸었다. 그 소리에 속이 뒤틀렸다. "네 친구가 실종된 모양이네." 그가 말했다.

"당신… 무슨 짓을 한 거야?" 나는 겨우 말을 짜냈다.

"맥이랑 차 안에서 꽤 흥미로운 얘길 나눴어." 아담은 내 말을 무시한 채 태연히 말을 이었다. "내가 널 함부로 대한다고 하더군. 대체 왜 그런 생각을 한 건지 모르겠어. 그래서 오해를 풀어주려고 했는데… 듣질 않더라고. 그래도 마지막엔 알겠다고 하긴 했지. 이미 늦었지만."

나는 눈을 질끈 감았다. '안 돼. 제발… 맥은…'

"형사 말이 맞았어." 그가 낮게 웃었다. "그는 총알을 피하지 못

했어."

나는 손으로 입을 막았다. "당신… 설마…!"

아담은 미소를 지었다. 세상에서 가장 끔찍한 미소였다. 한때 그 얼굴을 사랑했다는 게 믿기지 않았다.

"당신은 괴물이야…" 나는 숨을 몰아쉬며 말했다. "어떻게 그런 짓을…"

"아주 쉬웠어." 그가 한 걸음 다가섰다. "그리고 더 재미있는 게 뭔지 알아? 그 총엔 네 지문이 잔뜩 묻어 있어. 네 총이니까 당연하지. 등록도 네 이름으로 돼 있거든."

그 순간, 사격 연습하던 날이 떠올랐다. 그는 가죽장갑을 끼고 있었고, 나는 맨손이었다. 그의 말이 맞다. 총에는 내 지문이 고스란히 남아 있다.

"걱정 마." 아담이 말했다. "쉽게는 못 찾을 거야. 네가 말만 잘 들으면 말이지."

그의 입가엔 그 끔찍한 미소가 그대로 남아 있었다. 눈을 찢어 버리고 싶었지만 그제야 나는 깨달았다. 나는 갇혔다. 돌이킬 수 없이 갇혀 버렸다. 절대로 그를 떠날 수 없다. 시도라도 하는 순간, 그는 경찰에게 내가 살인자라고 말할 것이다.

나는 소파에 털썩 주저앉았다. 손이 떨렸다. 고개를 들 용기도 나지 않았다.

"내 말 알아들었어, 빅토리아?" 아담이 물었다.

나는 대답하지 않았다.

"이.해.했.냐.고, 빅토리아." 그의 목소리가 싸늘하게 가라앉았다. "대답해."

"꺼져." 나는 속삭이듯 내뱉었다.

이상하리만큼 속이 뻥 뚫리는 기분이 들었다.

아담은 순식간에 손을 뻗어 내 손목을 움켜잡았다. 맥에게는 아담이 절대 손대지 않는다고 말했지만, 오늘은 달랐다. 그가 움켜쥔 팔뚝에서 금세 멍이 올라올 것 같았다.

"다시는 날 우롱하지 마, 빅토리아. 안 그러면 평생 후회하게 해줄 테니까." 그가 손을 놓자 손목에 선명한 손가락 자국이 남았다. 문이 쾅 닫히고 그는 나가버렸다. 나는 얼굴을 파묻고 울음을 터뜨렸다.

아담이 맥을 죽였다. 나를 진심으로 아꼈던 그 사람을. 그저 나를 도와주려 했다는 이유만으로. 그리고 아담이 시키는 대로 하지 않으면, 다음은 내 차례다.

더 끔찍한 건 죽을지도 모른다는 생각이 이제는 아무 감정도 불러일으키지 않는다는 사실이었다.

2018년 2월 15일

지난 몇 주 동안 나는 최면에라도 걸린 사람처럼 살았다. 집 밖으로는 한 번도 나가지 않았다. 사실 나가고 싶어도 눈이 너무 많이 와서 불가능했을 것이다. 내 차는 눈더미에 파묻혀 꼼짝도 못했다.

내 일상은 기계처럼 흘러갔다. 정오가 다 돼서야 겨우 침대에서 기어 나와 곧장 소파에 앉아 TV를 켰다. 뭘 보는지도 모르겠고, 솔직히 상관도 없었다. 부엌에서 과자나 쿠키 같은 걸 아무거나 집어 와 하나씩 입에 밀어 넣었다. 아무 맛도 느껴지지 않았다.

이젠 아무것도 중요하지 않았다. 그냥 이렇게 썩어 가면 된다. 내가 보기에도 역겨울 만큼 망가져 버리면, 아담도 언젠가는 나를 포기하겠지.

오늘 아침, 아담이 거실로 나와 소리를 질렀다. 허리에 손을 짚고 나를 내려다보며 말했다. "네 꼴 좀 봐. 이게 뭐 하는 짓이야? 제발 일어나서 샤워 좀 해."

나는 꿈쩍도 하지 않았다.

"빅토리아." 그의 목소리가 점점 날카로워졌다. "당장 그 빌어먹을 소파에서 일어나. 내 말 안 들려? TV 그만 보고 당장 씻어. 옷도 좀 제대로 입고. 네 꼴이 말이 돼? 한심하다고."

나는 아무 말도 하지 않았다.

"빅토리아!" 그가 고함쳤다. "대답 안 해? 젠장, 대답 좀 해!"

내가 끝까지 아무 반응도 보이지 않자, 아담은 커피 테이블 위에 있던 묵직한 금속 재떨이를 집어 들었다. 순간 그걸 내 머리에 던질 거라고 생각했다. 두개골이 깨지고 눈앞이 새까맣게 꺼지는 장면이 머릿속에 그려졌다.

그리고 이상하게도 그 순간이 기다려졌다.

하지만 그는 재떨이를 TV 쪽으로 내던졌다. 화면이 산산이 깨지더니 전원이 꺼졌다. 내게서 반응을 기대했겠지만, 아마 실망했을 것이다. 나는 그저 꺼진 화면만 멍하니 바라봤다. 아담은 잠시 나를 노려보다가 결국 포기한 듯 방을 나가버렸다.

2018년 2월 22일

두 시간 동안 가방을 쌌다.

아담이 맥에게 한 짓을 떠올릴 때마다 내 삶은 순식간에 무너져 내리는 것 같았다. 머릿속도 텅 빈 것처럼 멍했다. 그런데 이상하게도 지금 이 순간만큼은, 지난 몇 주 내내 나를 짓눌렀던 안개가 걷힌 것처럼 정신이 맑았다.

오늘 아침 임신 테스트를 했다. 결과는 양성이었다.

언제부터였는지는 모르겠다. 그동안 있었던 일들 때문에 신경 쓸 겨를이 없었다. 아담과 마지막으로 관계를 가진 게 언제였는지도 가물가물하다. 아마 석 달쯤 전일 것이다. 여섯 달 후면 나는 엄마가 된다.

이제 내가 어떻게 되든 상관없다. 하지만 그 괴물이 내 아이에게 손대도록 둘 수는 없다. 그가 내 인생을 망가뜨린 것처럼 아이의 인생까지 망치게 둘 수는 없다. 나는 이제 엄마다. 그리고 엄마로서 해야 할 일은 단 하나, 아담 바넷에게서 벗어나는 것이다. 영원히.

어디로 가야 할지도 모르겠다. 가진 돈도 없다. 전당포에 팔려고 몰래 숨겨뒀던 약혼반지도 사라졌다. 아마 아담이 가져갔겠지. 내가 임신한 걸 알게 되는 순간 그는 절대로 나를 떠나게 두지 않을 거다. 그러니까 지금 떠나야 한다. 배가 불러오기 전에.

어쩌면 캐럴이 나를 받아 줄지도 모른다. 아니면 가정폭력 피해자 쉼터라도 찾아야 한다. 병원 상사는 언제든 돌아오라고 했으니 다시 일을 시작하면 돈을 모아 집을 구할 수도 있을 것이다. 아이가 태어나면 어떻게든 보육비도 감당할 수 있겠지.

참 아이러니하다. 이 일기는 원래 내 아이들에게 '엄마가 아빠를 어떻게 만났는지'를 들려주려고 쓰던 기록이었다. 그런데 이제는 '아빠를 떠나는 이야기', 그리고 '내 아이를 지키기 위한 이야기'가 되어 버렸다.

무슨 일이 있어도 이 아기를 지켜야 한다. 그러려면 이 집을, 그리고 이 남자를 떠나야만 한다. 눈도 거의 다 녹았다. 내 작은 차를 몰고 나갈 수 있을 만큼.

사랑하는 내 아이야, 네가 이 글을 읽고 있다면 기억해 줘. 엄마가 한 모든 건 다 너를 위한 거였단다.

오늘 밤, 나는 네 아빠를 떠날 거야.

51

떨림이 멈추지 않는다.

전기가 끊긴 지 한 시간쯤 됐다. 손전등 불빛 아래서 나는 빅토리아의 일기 마지막 장을 읽고 있었다. 그녀의 이야기는 거기서 끝이었다. '오늘 밤, 아담을 떠날 거야.' 그게 그녀가 남긴 마지막 문장이었다. 그리고 그 후, 그녀는 계단에서 굴러 목숨을 잃을 뻔했다.

난방도 끊겼다. 담요를 세 겹이나 뒤집어썼는데도 한기가 뼛속까지 스며든다. 방 안은 얼음장처럼 차갑고, 창밖은 온통 눈으로 뒤덮인 하얀 세상뿐이다.

며칠은 이 상태로 갇혀 있어야 할 것이다.

나는 이 집에 갇혀 있다. 총을 든 미친 남자, 아담과 함께. 그때 빅토리아의 말을 들었어야 했다. 그 총을 가져왔어야 했다.

머시 병원에 있던 그 여자가 맥을 모른다고 한 것도 당연하다.

그는 거의 1년 전부터 실종 상태였으니까.

만약 아담이 내가 빅토리아에게 약을 주지 않았다는 걸 알아챘다면? 그땐 내게 무슨 짓을 할까. 지금 이 집에는 우리 둘뿐이다. 아무도 없다.

갑자기 담요가 갑갑하게 느껴졌다. 숨이 막히는 것 같았다. 동시에 화장실이 급해졌다. 잠시 망설이다가 담요를 젖히고 손전등을 집어 들었다. 조용히 침실 문을 열고 복도로 나섰다.

손전등 불빛에 비친 복도는 끝이 없어 보였다. 한 걸음 내디딜 때마다 마룻바닥이 삐걱댔다. 나는 팔짱을 끼고 몸을 웅크렸다. 세상에, 너무 춥다. 바람이 벽을 뚫고 스며드는 것 같다. 아담의 방 앞을 지나며 숨을 죽였다.

그런데 문이 열려 있었다. 방 안은 온통 어둠 속에 잠겨 있었다.

손전등을 비춰 안을 살폈다. 침대는 비어 있었다. 그때 머리 위에서 삐걱거리는 소리가 들렸다. 다락방이었다. 아담은 아직 위에서 글을 쓰고 있는 모양이다.

그렇다면 지금이 기회다. 옷장을 뒤질 수 있다.

하지만 그러면 안 된다. 아담은 내가 이 집에서 일하는 동안 겉으로는 친절하게 대해 왔다. 내가 그의 물건을 뒤지는 걸 알게 된다면. 그땐 무슨 일이 벌어질까. 차라리 아무 일 없이 눈보라가 지나가길 기다리는 게 나을지도 모른다.

'총을 가져와, 실비.'

빅토리아의 다급한 목소리가 머릿속에서 울렸다. 그녀는 내가 모르는 뭔가를 알고 있는 걸까? 어쩌면 이번 폭풍이 그에게는 기회일지도 모른다. 빅토리아와 단둘이 남게 될 순간을 기다려 왔던 건 아닐까. 물론 둘만 있는 건 아니다. 나도 있었다.

그가 무슨 생각을 하는지는 알 수 없다. 확실한 건, 그가 이미 한 번 사람을 죽였다는 사실이다.

나는 심호흡을 하고 아담의 방으로 들어갔다. 옷장은 왼쪽에 있었다. 빅토리아의 옷장보다 훨씬 작았다. 찾아야 할 게 있다면 오히려 더 쉬울지도 모른다. 문밖을 마지막으로 한 번 살피고 조심스레 손잡이를 돌렸다.

겉보기엔 평범한 옷장이었다. 하지만 손전등 불빛 아래에서는 모든 게 더 불길해 보였다. 정장과 셔츠들이 가지런히 걸려 있었고, 바닥엔 구두가 깔끔하게 정렬돼 있었다. 총 같은 건 보이지 않았다. 나는 손전등을 이리저리 비추며 바닥을 샅샅이 살폈다.

총을 옷장 바닥에 둘 리는 없다. 휠체어를 탄 빅토리아의 손에 닿지 않도록, 가장 높은 곳에 숨겨 뒀을 것이다.

손전등으로 옷장 위쪽을 비추자 신발 상자가 하나 놓여 있었다.

나는 겨드랑이에 손전등을 끼우고 상자를 꺼내 뚜껑을 열었다. 하얀 종이에 곱게 싸인 총 한 자루가 조용히 그 안에 누워 있었다.

그때 위에서 삐걱거리는 소리가 들렸다. 심장이 덜컥 내려앉았다. 곧이어 발소리가 계단 쪽으로 다가왔다.

세상에, 그가 내려오고 있다.

이 상자를 들고 있는 나를 보면 그는 어떻게 할까? 총을 손에 쥐고 있어도 나는 쏠 줄 모른다. 빅토리아처럼 총을 잡아 본 적조차 없다. 그는 순식간에 내 손에서 총을 빼앗고 나를 쏴버릴지도 모른다.

발소리가 잠시 멈췄다. 다 내려왔다. 그가 이 층에 도착했다.

나는 총을 상자에서 꺼내 허리춤에 밀어 넣었다. 기적처럼 총은 발사되지 않았다. 떨리는 손으로 상자 뚜껑을 닫고, 서둘러 옷장 속으로 밀어 넣었다. 셔츠를 정리하는 척하며 숨을 고르는 찰나 — 문이 벌컥 열렸다.

아담이 손전등을 들고 방으로 들어왔다. 눈부신 빛이 얼굴을 덮치자 나는 본능적으로 눈을 가렸다. 잠시 뒤 시야가 익숙해지자, 그도 나를 향해 같은 동작을 하고 있었다.

"실비아?" 그가 놀란 목소리로 물었다. "여기서 뭐 하고 있어?"

"저…" 뭐 하기는 당신 총 훔치고 있었지. "담요 좀 찾고 있었어요. 방이 너무 추워서요."

즉석에서 지어낸 것 치고는 꽤 그럴듯했다.

"그래, 진짜 춥네." 그가 몸을 떨며 말했다. "미안. 담요 하나 더 가져다줄게. 복도 옷장에 있어."

아담은 담요를 가져다주고 나를 방으로 돌려보냈다. 방으로 돌아왔지만 잠이 오지 않았다. 허리춤에 총이 꽂혀 있었고, 이걸 어디에 숨겨야 할지 도무지 감이 안 잡혔다. 게다가 내 방문은 잠기지도 않는다.

아담이 총이 없어진 걸 눈치채고 내 방에서 그걸 찾아내기라도 한다면… 그다음에 무슨 일이 벌어질지는 상상조차 하기 싫다.

빅토리아에게 물어봐야 한다.

아담이 잠들었을 만큼 충분히 기다린 뒤 나는 숨을 죽이고 살금살금 방을 나와 옆방으로 향했다. 몇 주 전만 해도 이 시간이면 빅토리아는 곯아떨어져 있었겠지만, 약을 끊은 뒤로는 밤늦게까지 깨어 있다. 문을 조심스레 열고 들어가자 빅토리아는 두 눈을 또렷이 뜨고 누워 있었다. 나는 소리가 새지 않도록 문을 닫았다.

"가져왔어요." 말을 꺼내는 순간 내 목소리가 떨리고 있다는 걸 알았다. "아담 옷장에서… 총을 꺼냈어요."

허리춤을 살짝 올려 손전등을 비추자 그녀의 입가에 희미한 미소가 번졌다.

"근데… 이걸 어떻게 해야 할지 모르겠어요."

"내…" 빅토리아가 떨리는 왼손으로 옆을 가리켰다. 손끝이 향한 곳은 자신의 옷장이었다. "트…렁크."

손전등을 비추자 옷장 바닥에 트렁크 하나가 놓여 있었다. 번호 자물쇠가 달려 있었지만 잠겨 있지는 않았다.

뚜껑을 열어보니 옷가지들이 가지런히 정리돼 있었다. 나는 총을 셔츠로 감싸 트렁크 깊숙이 밀어 넣었다. 뚜껑을 닫은 후 잠금장치를 채우려다 잠깐 멈칫했다. "비밀번호 알아요?"

"9… 5… 6."

나는 고개를 들어 그녀를 바라봤다. 머리를 그렇게 다쳤는데도 정말 그걸 기억하고 있는 걸까? "확실해요?"

"응."

뭐, 틀리면 어때. 어쨌든 잠겨 있기만 하면 아무도 총에 손댈 수는 없을 테니까. 다만 한 가지가 걸렸다.

"혹시 아담도 그 번호 알아요?"

빅토리아가 비웃듯 가볍게 코웃음을 쳤다. "아니."

나는 허리를 펴고 바닥에 놓인 트렁크를 다시 내려다봤다. 이번만큼은 내가 옳은 선택을 했기를 바랐다. 아담이 총이 사라진 걸 알아채고 날뛰는 일이 없기를.

고개를 들자 빅토리아의 입가엔 여전히 작은 미소가 남아 있었다. 그녀가 겪어 온 일을 생각하면 충분히 그럴 만했다.

"잘 자요, 빅토리아."

"잘 자, 실비."

52

빅토리아의 방을 나서자마자 곧장 욕실로 갔다. 찬장을 열어 약이 든 검은 비닐봉지를 꺼내 뒤적이다가 발륨을 찾아냈다. 뚜껑을 억지로 열고 물도 없이 두 알을 삼켰다. 처음 먹어보는 약이었지만, 두 알이면 충분히 잠들 수 있을 것 같았다.

그때 주머니 속에서 휴대폰이 울렸다. 몇 시간 동안 끊겼던 신호가 다시 잡힌 모양이었다. 화면에는 모르는 번호가 떠 있었다.

프레디겠지.

평소 같았으면 받지 않았을 텐데, 이상하게 이번에는 받아야 할 것 같았다.

"실비!" 그의 목소리에는 놀라움과 안도, 반가움이 뒤섞여 있었다. "괜찮아? 눈보라 속에서 잘 버티고 있지?"

이곳에서 무슨 일이 있었는지 말로는 도저히 다 설명할 수 없었다. "괜찮아."

"목소리가 좀 이상한데?"

나는 내 방으로 들어가 문을 닫았다. "안 이상해. 진짜 별일 없어."

"정말 괜찮은 거야? 내가 거기로 갈까?"

'제발 와줘.' 그 순간 깨달았다. 지금 이 순간, 그가 여기 있었으면 좋겠다고. 아니, 그가 꼭 여기 있어야 한다고 간절히 느꼈다. 지난 7년 동안 내 곁에 남아준 사람은 프레디뿐이었다. 그런데 나는 왜 그를 밀어냈던 걸까. 그는 아무 잘못도 없었다. 그저 내가 시키는 대로 했을 뿐인데, 나는 괜히 화를 냈다. 전부 내 탓이었다. 나는 프레디가 필요했다.

하지만 지금 그에게 그런 말을 할 순 없었다. 게다가 이런 눈보라를 뚫고 오게 하고 싶지도 않았다. "괜찮아."

"정말이야? 내가 가야 될 것 같은데."

나는 침대에 누워 눈을 감았다. 발륨이 서서히 듣기를 기다리면서. "괜찮아. 올 필요 없어."

"지난번에도 그렇게 말했잖아."

그는 평생 자신을 용서하지 못할 것이다. 그날 나는 아버지를 혼자 상대할 수 있다고 했고, 그는 내 말을 믿었다. 그 한 번의 선택으로 모든 게 바뀌었다. "이번엔 정말이야."

전화기 너머로 긴 침묵이 흘렀다. 고등학교 시절, 그는 잠들기 전마다 내게 전화를 했었다. 우리는 그렇게 아무 말 없이 서로의 숨소리를 들으며 잠들곤 했다.

"필요하면 전화해." 그가 낮게 말했다. "한 시간 안에 갈게."

"그건 물리적으로 불가능해."

"방법이 있을 거야."

서서히 눈꺼풀이 무거워졌다. 기분이 이상할 만큼 평온했다. 몸이 공중에 둥둥 떠 있는 것처럼 몽롱했다. "프레디?"

"응?"

"만약 우리한테 아이가 있었다면… 어떤 아이였을까?"

보통 사람이라면 황당하게 들렸을 말이었지만, 프레디에게는 아니었다. 그도 아마 같은 상상을 해봤을 것이다. "글쎄." 그가 부드럽게 말했다. "너 닮은 여자아이일 거야. 눈은 널 닮아 파랗고, 머리는 나처럼 까맣고. 제일 좋아하는 음식은 피자고, 제일 좋아하는 동물은 유니콘일 거야."

"유니콘은 진짜 동물이 아니잖아."

"그 애는 진짜 있다고 할 걸."

그는 계속 이야기했다. 그날 내가 그를 붙잡았더라면 우리에게 생겼을지도 모를 아이에 대해. 그리고 나는 그의 목소리를 들으며 천천히 잠에 빠져들었다.

53

아침이 되어도 눈은 여전히 그칠 줄 몰랐다. 도대체 하늘에 눈이 얼마나 남은 걸까. 세상의 눈이 전부 이 집 마당으로 쏟아지는 것 같았다. 눈이 너무 쌓여서 이제는 현관문조차 제대로 열 수 없었다.

전기도 끊겼고 난방도 들어오지 않았다. 휴대폰 신호라도 잡아 보려고 집 안을 이리저리 돌아다녔지만 소용없었다.

나는 빅토리아의 아침을 준비하러 부엌으로 내려갔다. 옷을 겹겹이 껴입고 부츠까지 신었는데도 한기가 뼛속까지 파고들었다. 잠시 후 아담이 내려왔다. 그도 두툼한 옷차림이었다. 그를 보는 순간 등골이 서늘해졌다. 추위 때문만은 아니었다.

"빅토리아 일어났어." 그가 말했다. "추울까 봐 최대한 담요로 감싸고 무릎도 덮어줬어." 그는 팔을 문지르며 미안하다는 듯 웃었다. "정말 춥지? 미안해."

"괜찮아요. 당신 탓도 아닌데요." 오트밀을 데울 수 없어서 대신 아기용 이유식을 접시에 담았다. 요즘 빅토리아가 전보다 의식이 맑아졌으니 조금 더 단단한 음식도 괜찮을 것 같았다. 물론 아담에게 그 얘길 할 수는 없었다. "거의 다 됐어요."

"고마워, 실비." 그가 미소 지었다. "네가 있어서 정말 다행이야. 너 없었으면 어쩔 뻔했어."

하지만 그 미소가 어딘가 섬뜩하게 느껴졌다. 혹시 내가 총을 가져간 걸 알아챈 걸까? 그럴 리 없다. 어쨌든 이제 그도 그 총은 찾을 수 없을 것이다.

트렁크의 비밀번호를 모르는 한.

나는 조용히 침을 삼키며 창밖으로 시선을 돌렸다. "그게 제 일이죠. 눈은 언제쯤 그칠까요?"

그가 어깨를 으쓱했다. "오늘 하루 종일 올 거야. 이틀은 꼼짝없이 갇혀 있어야겠네. 왜? 어디 나갈 데라도 있어?"

장난스럽게 던진 말이었지만 마음 한구석이 불안해졌다. 이틀 동안 이 남자와 함께 이 집에 갇혀 있어야 하다니, 생각만 해도 숨이 막혔다. 게다가 무슨 일이 생겨도 경찰을 부를 방법조차 없다. 휴대폰 신호도 안 잡히니까.

나는 아무 대답 없이 그를 지나쳐 계단을 올랐다. 빅토리아 방문은 열려 있었고, 그녀는 휠체어에 앉아 있었다. 두꺼운 스웨터에 담요 세 겹을 둘러쓴 채였다.

"춥죠?" 내가 부드럽게 말을 건넸다.

그녀가 곧바로 나를 올려다봤다. "난방…, 꺼졌어?"

"네. 그래도 걱정 마세요. 제가 따뜻하게 해 드릴게요."

내 시선이 자연스럽게 어젯밤 총을 숨겨둔 옷장으로 향했다. 정말 내가 어젯밤에 아담의 옷장에서 총을 훔쳤던 걸까? 아무리 생각해도 내가 그런 일을 했다는 게 믿기지 않았다.

"그 사람이… 우리가 총 가져간 걸 눈치챘을까요?" 내가 불쑥 물었다.

빅토리아가 눈을 깜빡였다. "네가… 가져왔잖아."

"맞아요. 그런데…" 나는 다시 트렁크가 든 옷장을 바라봤다. 거기에 넣어둔 게 실수였을지도 모른다. 차라리 내 방에 두는 게 나았을까. "아무튼 아침 드실래요?"

그녀는 내가 든 접시를 바라보며 물었다. "뭐야?"

"사과 퓌레랑 복숭아 코블러요."

빅토리아가 얼굴을 찡그렸다. 그럴 만했다. 사과 퓌레는 전혀 먹음직스럽지 않았고, 복숭아 코블러는 색깔만 복숭아색이었다. 나도 맛을 봤는데 솔직히 형편없었다.

"미안해요." 내가 말했다.

"네… 아냐." 빅토리아가 힘겹게 단어를 떠올리려 했다.

"잘못?"

그녀가 고개를 끄덕였다. "맞아. 잘못."

맛은 엉망이었지만 그녀는 끝까지 먹겠다고 했다. 그리고 이번엔 거의 혼자서 다 먹었다. 왼손이 아직 떨리긴 했지만, 숟가락질은 훨씬 능숙했다. 몇 분 만에 접시가 말끔해졌다.

빅토리아가 분명 나아지고 있는데도 이상하게 마음은 더 불안했다. 집 안의 모든 게 섬뜩하게 느껴졌다. 지금 당장이라도 도망치고 싶었다.

하지만 그럴 수 없었다. 이 눈보라가 멎을 때까지 나는 이 집에
갇혀 있을 수밖에 없었다.

54

이 집에서는 할 수 있는 일이 거의 없다.

인터넷도, TV도 없다. 결국 아래층 책장에서 책 한 권을 꺼내 오전 내내 빅토리아에게 읽어주었다. 점심을 먹고 나서도 상황은 별반 다르지 않았다. 오후가 되자 그녀의 머리가 조금씩 옆으로 기울더니, 이내 꾸벅꾸벅 졸기 시작했다. 나도 마찬가지였다. 춥고 지루해서 온몸이 녹초가 된 기분이었다.

나는 빅토리아를 의자에 앉혀 두고 내 방으로 향했다. 문 앞에 거의 다다랐을 때 주머니 속에서 휴대폰이 울렸다. 하루 종일 신호가 없다가 갑자기 울려서 깜짝 놀라 소리를 지를 뻔했다. 신호가 돌아왔다는 사실에 반가움이 밀려왔다. 화면에는 '매기'라는 이름이 떠 있었다. 걱정돼서 전화한 모양이었다.

"실비!" 매기의 목소리가 들렸다. "드디어 신호가 돌아왔네!"

"방금 잡혔어. 아마 오래가진 않을 거야."

"그냥 잘 있는지 궁금해서. 별일 없지?"

지금까지 겪은 공포를 말로 다 설명할 수는 없었다. "응, 별일 없어."

"사실은, 실비." 매기가 나지막하게 말했다. "예전에 나도 눈보라가 심했을 때 거기서 하룻밤 묵은 적이 있거든. 그런데… 진짜 무서웠어. 눈이 그치자마자 겨우 빠져나왔는데, 거의 도망치듯 뛰쳐나왔어. 그 둘이 싸우는 걸 봤는데 정말 살벌했거든. 물론 지금은 둘이 싸울 수도 없겠지만, 아직도 그때 기억이 생생해."

나는 조심스럽게 문이 제대로 닫혔는지 확인했다. "아담이 화가 나면 물건을 던졌다고 들었어."

"아담?" 매기가 웃음을 터뜨렸다. "아니, 완전 그 반대야. 아담은 물건을 피했지. 던진 건 빅토리아 쪽이었어. 완전히 다른 사람 같았다니까. 꼭 무언가에 씐 것처럼."

나는 눈살을 찌푸렸다. "그게 무슨 말이야?"

"실비야." 매기가 낮은 목소리로 말했다. "빅토리아는…"

나는 휴대폰을 세게 움켜쥐었다. "빅토리아가 뭐?"

매기는 잠깐 말을 고르더니 조심스럽게 말했다. "그 여자는… 제정신이 아니야."

…뭐라고?

"그냥 미친 게 아니라…" 매기가 숨을 한 번 내쉬며 덧붙였다. "위험한 사람이야."

55

뭐라고? 도대체 무슨 소리를 하는 거지? 빅토리아가 미쳤다고?
말도 안 돼. 미친 건 아담이다. 빅토리아는 분명히 피해자였다. 매
기가 뭔가 잘못 알고 있는 걸 거다.

"그게 무슨 뜻이야?" 나는 조심스럽게 물었다.

"아, 세상에." 매기가 한숨 섞인 목소리로 말했다. "이런 얘긴 하
면 안 되는데… 어디서부터 말해야 할지 모르겠네. 빅토리아는 항
상 먼저 싸움을 걸었어. 고래고래 소리 지르고, 물건을 던지고…
한 번은 토스트기를 아담 머리 쪽으로 던졌는데, 그게 부엌 벽을
찍어놨다니까. 내가 직접 봤어. 믿어져?"

나는 부엌 벽의 움푹 팬 자국을 떠올렸다. 하지만 아니야. 그건
아담이 접시를 던져서 생긴 거였어.

"그녀가… 그랬다고?"

"그렇다니까!" 매기가 눈을 동그랗게 뜨는 모습이 눈앞에 그려

졌다. "빅토리아가 요리사였던 이리나 브루너를 병적으로 질투했거든. 싸움 절반은 그 여자 때문이었어. 이리나를 창녀라고 부르고, 아담이 그 여자랑 잤다고 몰아붙였어. 둘이 진짜 그런 사이였는지는 모르겠지만, 빅토리아는 아담이 다른 여자랑 말만 섞어도 눈이 돌아갔어. 그래서 나도 일부러 옷도 촌스럽게 입고, 최대한 눈에 띄지 않으려고 했어. 괜히 오해받기 싫어서."

"하지만…" 나는 일기의 내용을 떠올리며 말했다. "빅토리아가 그렇게 이상한 사람이었을 리 없어. 응급실 간호사로 일했잖아."

"맞아. 그러다 결국 잘렸지."

"잘렸다고?"

"응, 둘이 싸울 때마다 늘 그 얘기를 했어. 아담 때문에 직장을 잃었다고 원망했는데… 사실 그녀는 정서적으로 너무 불안정했어. 그래서 병원에서도 잘렸고 그 뒤로는 아무도 그녀를 고용하지 않았대. 듣기로는 직장에서도 감정이 폭발해서 소리 지르고 물건을 던지곤 했대."

세상에… 그게 정말일까? 아니야. 매기가 뭔가 착각하고 있는 거야.

"그리고 제일 끔찍한 건…" 매기의 목소리가 떨렸다. "어느 날, 빅토리아가 집에 총을 들고 왔어. 진짜 총 말이야. 총알까지 들어 있는. 아담은 겁에 질려서 치우자고 애원했는데, 그녀는 계속 호신용으로 필요하다고 우겼어." 매기가 잠시 숨을 고르더니 덧붙였다. "빅토리아가 사고를 당한 뒤엔… 제발 아담이 그 총을 없애버렸길 바랐어."

그랬다. 그리고 나는… 그 총을 다시 그녀에게 돌려줬다.

"그리고 또," 매기가 말을 이었다. "둘이 정말 심하게 싸운 날이 있었는데, 그다음 날 이리나가 출근하지 않았어. 출근하기로 돼 있었는데 말이야. 그런데 며칠 뒤에 경찰이 찾아와서 그녀에 대해 물었어. 너무 무서웠지."

"그게 무슨…" 말이 안 나왔다. 나는 침을 삼키고 겨우 물었다. "그게 무슨 말이야?"

매기의 목소리가 더 낮아졌다. "솔직히 말해서, 실비아… 난 빅토리아가 이리나를 죽였다고 생각해."

아니야. 그럴 리 없어. 제발 아니라고 해줘…

"사실 나도 경찰에 말하려고 했어." 매기가 조용히 덧붙였다. "하지만 곧 빅토리아가 사고를 당했고… 그래서 굳이 말할 필요가 있나 싶었지. 어차피 진실은 영영 밝혀지지 않을 테니까."

머리가 멍해지고 숨이 가빠졌다. 나는 무릎을 끌어안았다. "매기, 미안… 나 이만 끊을게."

"실비아, 괜찮아? 목소리가 이상한데."

"끊을게."

나는 대답을 기다리지도 않고 전화를 끊었다. 손끝이 저릿했고 공황발작이 금방이라도 올 것만 같았다. 떨리는 손으로 휴대폰 검색창에 입력했다.

이리나 브루너. 롱아일랜드. 실종.

검색 결과가 한꺼번에 쏟아졌다. 전부 사실이었다. 지난 2월, 22세 이리나 브루너가 흔적도 없이 사라졌다. 사라진 건 맥이 아니라 이리나였다. 맥이 실존 인물이었는지도 확신할 수 없다. 어쩌면 그의 존재 자체가 빅토리아가 만들어 낸 허상이었을지도 모른다.

그리고 나는 이리나를 죽였을지도 모르는 그 총을 빅토리아의
손에 다시 쥐여줬다. 게다가 그녀가 매일 복용하던 항정신병 약까
지 끊게 만들었다. 그 총을 되찾아야 한다. 끔찍한 일이 벌어지기
전에.

56

빅토리아는 잠들어 있었다. 방금 전, 그녀가 꾸벅꾸벅 조는 걸 내 눈으로 확인했다. 이제 내가 할 일은 간단하다. 살짝 들어가 트렁크를 열고 총만 꺼내 오면 된다. 아주 쉬운 일이다.

나는 부츠를 벗고 스타킹만 신은 발로 살금살금 빅토리아 방으로 다가갔다. 문은 열려 있었다. 안을 들여다보니 그녀는 여전히 졸고 있었다. 트렁크는 그녀에게서 두 걸음쯤 떨어진 곳에 놓여 있었다. 정말 들키지 않고 열 수 있을까?

설령 그녀가 깨어난다고 해도 상관없지 않을까. 그녀는 몸의 절반이 마비된 상태다. 어차피 나를 막을 수는 없다.

나는 트렁크 앞에 무릎을 꿇고 빅토리아가 알려 준 대로 다이얼을 돌렸다.

9, 5, 6.

자물쇠는 꿈쩍도 하지 않았다.

"실비?"

빅토리아의 목소리에 화들짝 놀라 고개를 들었다. 그녀는 내가 자물쇠를 더듬는 모습을 내려다보고 있었다. 나는 급히 몸을 세우고 억지 미소를 지었다. "그냥… 총을 제 방에 숨겨두는 게 더 안전할 것 같아서요."

그녀가 고개를 저었다. "안전해… 거기… 안전해."

"알겠어요." 나는 머리를 긁적이며 말을 이었다. "그런데 비밀번호가 9, 5, 6이라고 했죠? 그걸로는 안 열리네요."

그녀는 한쪽 눈으로 나를 똑바로 쳐다봤다. 속일 수가 없었다. 머리를 다쳤어도 그녀는 절대 바보가 아니었다. 내가 무슨 짓을 하려는지 이미 정확히 알고 있었다.

"미안." 그녀가 짧게 말했다.

"트렁크를 제 방에 두는 게 더 안전하지 않을까요?"

그녀의 눈빛이 차갑게 굳었다. "아니."

그제야 깨달았다. 내 눈앞에 있는 사람이 바로 살인자였다. 남편이 다른 여자와 바람을 피운다고 믿고, 그 여자를 죽인 여자. 그녀는 일기장에 자기가 보고 싶은 대로 세상을 써 내려갔고, 그건 전부 거짓이었다. 그 거짓으로 나를 속여 끝내 원하는 걸 손에 넣었다. 내 앞의 여자는 망상과 편집증에 사로잡힌 사람이었다. 그리고 그녀를 제어하던 약을 끊게 만든 건, 바로 나였다.

무엇보다도 그녀는 내가 자기 남편과 잤다는 사실을 알고 있다.

창밖을 보니 해는 이미 졌고, 눈은 쉴 새 없이 쏟아지고 있었다. 나는 여기서 절대 빠져나가지 못할 것이다.

그렇다고 해도 지금의 빅토리아는 예전처럼 위험하진 않을지도 모른다. 총 때문에 불안하긴 하지만, 저 떨리는 왼손으로 트렁크에서 총을 꺼낼 수 있을 것 같지는 않았다. 물론 오늘 아침엔 식사도 훨씬 잘했지만.

"그럼," 나는 억지로 밝게 말했다. "저는 저녁 준비할게요."

그녀가 나를 잠깐 바라보더니 말했다. "아기 음식 말고."

전기도 없는데 유아식 말고 뭐가 있을지 모르겠다. 하지만 상관없다. 어차피 나는 그녀의 저녁을 만들 생각이 없다.

나는 아담을 찾아야 한다. 그리고 내가 저지른 일을 그에게 말해야 한다.

57

아담을 찾는 건 생각보다 쉬웠다. 그는 자기 방에서 손전등 하나로 어둠을 헤집으며, 뭔가를 잃어버린 사람처럼 방을 뒤집고 있었다. 내가 문가에 서자 그는 깜짝 놀라 몸을 움찔했다.

"실비아!" 그가 외쳤다. "잠깐 이리 와봐."

내가 방 안으로 들어서자 그는 곧장 문을 닫았다. 희미한 손전등 불빛 아래에서도 그의 불안이 고스란히 드러났다. 이유는 이미 짐작이 갔다.

"실비아." 그가 낮은 목소리로 말했다. "혹시… 그게 어디 있는지…" 그는 초조하게 머리를 쓸어 넘겼다. "저기, 할 말이 좀 있어."

이제 더 이상 어떤 진실도 듣고 싶지 않았다. "말씀해 보세요."

"내 옷장에 총이 있었어." 그가 방안을 두리번거리며 말을 이었다. "미리 말 못 해서 미안해. 그건… 빅토리아 거야. 나는 거의 손댄 적이 없어. 딱 한 번… 나가서 연습하자고 해서 쏴본 게 다야.

사고가 난 뒤엔 그냥 옷장에 넣어두고 잊고 있었어." 그의 숨이 거칠어졌다. "그런데 지금 그 총이 없어졌어."

말해야 했다. 지금이야말로 모든 걸 털어놔야 했다. 하지만 목이 턱 막혀 아무 말도 나오지 않았다. "아…"

"정신 나간 소리 같겠지." 그가 중얼거렸다. "알아. 빅토리아랑 살 땐… 모든 게 미쳐 돌아갔어. 이곳으로 데려오면 조금이라도 나아질 줄 알았는데, 오히려 더 심해졌어."

"뭐가요?"

"편집증 말이야." 그가 침대에 털썩 주저앉았다. "병적일 만큼 질투가 심했어. 사고 후에 재활병원 의사한테 그 얘길 했더니, 의사가 그러더라. 정식으로 진단한 건 아니지만 편집형 조현병일 가능성이 크다고."

세상에. "정말요?"

"그래. 지금 와서 생각해 보면 다 설명이 돼." 그가 깊게 한숨을 내쉬었다. "그래서 의사가 항정신병약을 처방했어. 퇴원한 뒤로 계속 그 약을 먹였지. 그런데 지금 상태를 보면 효과가 있었는지는 모르겠어. 이제 와선 의미도 없겠지만."

물론 그녀는 지금 그 약을 안 먹고 있다. 하지만 그걸 굳이 말할 필요는 없었다.

"사고가 있던 날 밤…" 그가 고개를 저었다. "임신하면 뭔가 달라질 줄 알았어. 나를 좀 더 믿게 되지 않을까 했지. 하지만 아무것도 변하지 않았어. 오히려 더 심해졌어. 그녀의 의심과 불안은 끝이 없었어."

더는 듣고 싶지 않았다.

아담이 두 손을 꼭 움켜쥐었다. "그러다 어느 날 밤, 임신 3개월 쯤 됐을 때 그녀가 완전히 폭발했어. 총을 들고 날 협박하면서 내가 바람을 피웠다며 죽여 버리겠다고 했어. 정말 방아쇠를 당길 것 같았어. 그래서 순간적으로…" 그의 초록빛 눈동자가 어둠 속에서 짙게 가라앉았다. "우린 계단 위에 있었고… 난 그녀를 밀었어."

그는 두 손으로 얼굴을 감싸 쥐었다. 그가 느끼는 죄책감이 얼마나 클지 상상조차 할 수 없었다. 그는 자기 아이를 죽였고, 아내를 거의 죽음으로 몰아넣었다.

"제발 믿어줘." 그가 말했다. "다른 방법이 있었다면 절대 그러지 않았을 거야. 차라리 내가 죽는 게 낫지 않나 생각한 적도 있어. 그녀와의 삶이 너무 지옥 같았거든."

나는 그의 곁에 앉아 조용히 말했다. "당신 잘못이 아니에요."

"아니, 내 잘못이야." 그가 고개를 저었다. "그녀가 병원에서 잘렸을 때 내가 더 적극적으로 도왔어야 했어. 그럴 수 있었는데…"

심장이 미친 듯 뛰었다. "아담, 제가 총을 가져갔어요."

그의 얼굴에 분노 대신 안도감이 스쳤다. "네가? 왜 그랬어?"

"설명하자면 길어요. 어쨌든… 돌려드릴게요. 당신이 갖고 있는 게 더 안전할 것 같아요."

수많은 질문이 그의 눈에 떠오르는 듯했지만, 그는 고개를 끄덕였다. "알겠어. 어디 있어?"

"빅토리아 방 트렁크 안에요."

"뭐라고?" 그가 벌떡 일어나 소리쳤다. "빅토리아 방에? 그게 왜 거기 있어?"

"진정해요." 일어나 그의 팔을 잡으려 했지만, 그는 나를 밀쳐냈다. "거긴 안전해요. 빅토리아가 손댈 수 없어요. 몸 절반이 마비됐잖아요."

그가 나를 똑바로 봤다. "넌 빅토리아를 몰라. 그 여자는 네가 상상도 못 할 일을 저지를 수 있는 사람이야."

그는 방을 가로질러 침실 문을 벌컥 열었다. 곧장 복도로 뛰쳐나갈 줄 알았는데, 그 자리에 그대로 얼어붙었다. 무슨 일인지 물으려는 순간, 나도 직접 보고 말았다. 빅토리아가 휠체어에 앉은 채, 그의 방 앞을 가로막고 있었다.

그리고 그녀 손에는 총이 쥐어져 있었다.

58

　도대체 어떻게 한 걸까? 불과 몇 주 전까지만 해도 빅토리아는 20분 이상 눈을 뜨고 있는 것조차 버거워했다. 그런데 내가 방을 나간 사이, 그녀는 트렁크에서 총을 꺼내 휠체어를 타고 복도로 나왔다. 움직이지 않는 오른손은 여전히 팔걸이에 축 늘어져 있었다. 왼손과 왼발로만 휠체어를 움직여 여기까지 온 모양이었다.

　무릎 위에는 손전등이 놓여 있었다. 희뿌연 빛이 그녀의 얼굴에 기괴한 그림자를 드리워 마치 유령처럼 일그러져 보였다. 오른쪽 눈은 아담을 똑바로 응시하고 있었고, 왼쪽 눈은 엇나가 있었지만 그 차갑게 식은 시선 하나만으로도 충분했다. 누군가 나를 그런 눈으로 바라본다면 상상만으로도 등골이 서늘해질 것 같았다.

　아담은 한 발 뒤로 물러나며 두 손을 들었다. "빅토리아…"

　"움직이지 마." 왼손에 쥔 총은 놀라울 만큼 흔들림이 없었다. 평소엔 작은 동작에도 손이 떨렸는데 오늘 아침 혼자 식사할 때처럼 이상하리만큼 안정돼 있었다. 약을 끊은 뒤 그녀는 완전히 다른 사람이 된 것 같았다. "너… 너…" 단어를 더듬던 그녀가 마침내 내뱉었다. "널 죽일 거야."

아담은 한 걸음 더 물러서며 숨이 막히는 듯한 목소리로 말했다. "제발, 빅토리아… 이러지 마."

그녀는 코웃음을 쳤다.

"사랑해." 그는 두 손을 모으고 간절히 말했다. "빅토리아, 내가 널 얼마나 사랑하는지 알잖아. 제발 이러지 마…."

하지만 그녀의 손끝은 미동조차 없었다. "이리나…."

"이리나랑 나, 정말 아무 일도 없었어." 그의 목소리는 조심스럽고도 간절했다. "맹세해, 비키. 정말 아무 일도 없었어."

"거짓말!" 입가로 침이 흘러내렸다. "다 거짓말이야. 너랑 그 여자…."

"아니야…."

"그리고, 저 여자도!" 순식간에 총구가 나를 향했다. 눈에 띄지 않으려던 노력은 아무 소용이 없었다. "다 알아."

세상에. 빅토리아가 나도 죽이려는 거다. 아담 다음은 내 차례겠지. 아니면 내가 먼저일까. 순서 따윈 중요하지 않았다. 어차피 결말은 하나니까.

이렇게 끝나는 거다. 정신 나간 여자의 집에서, 그 손에 죽는 걸로.

아담이 나를 힐끗 보더니 고개를 숙였다. "빅토리아, 미안해. 제발… 내가 잘못했어. 뭐든 말해. 네가 원하는 건 뭐든 들어줄게."

그녀가 천천히 총을 돌려 다시 아담을 겨눴다. "원하는 건…, 너야." 아담의 얼굴에 잠깐 희망이 스쳤지만, 다음 이어진 한마디에 그대로 얼어붙었다. "죽은 너."

그녀는 정말 그를 죽일 생각이었다. 아담도 그걸 깨달았다.

그의 얼굴빛이 순식간에 창백해졌다. 금방이라도 울음을 터뜨릴 듯했다. "빅토리아, 제발… 이러지 마."

하지만 그녀의 눈빛은 확고했다. 이미 결심이 끝난 표정이었다.

그리고 그녀가 방아쇠를 당겼다.

귀를 찢는 듯한 총성이 울렸다. 총의 반동에 휠체어가 뒤로 밀리면서 빅토리아가 크게 휘청거렸다. 나는 숨을 삼킨 채 아담을 바라봤다. 그는 아직 멀쩡히 서 있었다. 총알이 빗나갔다. 그가 천천히 고개를 돌리자 뒤쪽 벽지에 박힌 총탄 자국이 선명하게 눈에 들어왔다.

총을 쏠 때 손전등이 빅토리아의 무릎에서 굴러떨어졌다. 빅토리아는 자세를 바로잡으려 안간힘을 쓰고 있었다. 지금이 내게 남은 마지막 기회였다. 지금 움직이지 않으면 다음 총알에 아담이 죽을 것이다. 그리고 그다음은 내 차례였다.

나는 그녀에게 몸을 던졌다.

어둠 때문에 미처 몰랐지만 그녀는 계단에서 불과 30센티쯤 떨어진 곳에 있었다. 내가 달려드는 순간 휠체어가 뒤로 밀리면서 뒷바퀴가 계단으로 미끄러졌다. 나보다 한순간 먼저 상황을 알아차린 빅토리아가 처절한 비명을 토해냈다.

그리고 우리는 함께 계단 아래로 굴러떨어졌다.

59

나는 계단 아래에 쓰러져 있었다.

머리가 지끈거렸다. 굴러떨어지면서 어딘가에 세게 부딪친 모양이었다. 아마 계단 모서리였겠지. 어깨도 욱신거렸다. 아직 몸을 제대로 일으키지도 못했는데 벌써 여기저기가 아팠다. 다른 데는 얼마나 더 다친 걸까 생각하니 겁이 났다. 문득, 1년 전 빅토리아도 이 계단에서 굴러떨어진 뒤 다시는 일어나지 못했다는 사실이 떠올랐다.

"실비아!" 아담의 목소리가 들렸다. "실비아, 괜찮아?"

그는 같이 떨어진 빅토리아가 아니라 나를 부르고 있었다. 나는 이를 악물고 온 힘을 다해 몸을 일으켰다. 세상이 한순간 빙글 돌더니 이내 서서히 제자리를 찾았다.

"실비아." 아담이 내 곁에 무릎을 꿇었다. 초록빛 눈을 크게 뜨고 있었다. "괜찮아? 아무 말이라도 해봐."

나는 간신히 입을 열었다. "아무… 말."

아담은 고개를 돌리더니 곧바로 손으로 입을 틀어막았다. 그의 얼굴이 잿빛으로 변했다. "세상에…."

그 시선을 따라가자 휠체어에서 떨어져 나간 빅토리아가 몇 발짝 떨어진 바닥에 누워 있었다. 그녀의 목은 사람 목이라고는 믿기 힘든 기이한 각도로 꺾여 있었다. 반쯤 열린 눈은 초점 없이 허공만 멍하니 응시했다.

"죽…죽은 것 같아요."

아니, 그건 틀림없었다. 빅토리아는 확실히 죽어 있었다. 내가 지금껏 본 사람 중 가장 확실하게 죽어 있는 모습이었다.

아담이 얼굴을 두 손으로 감쌌다. "오, 제발… 빅토리아…"

목뒤에서 날카로운 통증이 올라와 얼굴이 찡그려졌다. 큰 사고를 당하면 목을 다쳤을 수도 있으니 움직이지 말아야 한다는 건 알았지만, 이미 몸이 먼저 반응해 버렸다. "아담," 나는 숨을 고르며 말했다. "그녀가 당신을 죽이려고 했어요."

그는 바닥을 기어가 빅토리아 곁에서 멈췄다. 그녀를 내려다보는 그의 눈가에 눈물이 맺혔다. "정말 미안해, 빅토리아." 그가 속삭였다.

그는 힘없이 늘어진 그녀를 품에 안았다. 그 모습을 보자 나도 모르게 눈물이 차올랐다. 빅토리아는 좋은 사람이 아니었다. 병적인 질투, 폭력성, 어쩌면 살인까지. 그럼에도 그는 그녀를 사랑했다.

"경찰을 불러야 해요." 내가 조심스럽게 말했다.

아담은 천천히 몸을 일으켰지만 여전히 빅토리아의 차가운 손을 놓지 못했다. "그녀가 뭘 하려고 했는지… 경찰에 말하면 안 돼."

"아담…"

"안 돼, 실비아. 그녀가 그런 사람으로 기억되는 건 싫어."

몇 발자국 떨어진 곳에 빅토리아의 손에서 튕겨 나간 총이 놓여 있었다. 그 총이 우리 둘의 목숨을 거의 끝낼 뻔했다. "그럼 총은 어떻게 설명해요?"

"어디든 숨겨둘게. 아무도 모르게." 그는 빅토리아의 창백한 뺨을 조심스레 감쌌다. "제발, 실비아."

경찰에게 거짓말을 해야 한다는 건 마음에 걸렸지만 그의 심정도 이해할 수 있었다. 빅토리아가 총으로 우리를 위협했다는 사실을 말해도 상황이 달라지진 않을 테니까. 그에게는 너무도 절실한 문제였다.

"알겠어요." 내가 대답했다. "아무한테도 말하지 않을게요."

60

폭설 때문에 경찰이 도착하기까지 몇 시간이 걸렸다. 다행히 눈은 멎었고 제설차가 길을 내준 덕에 경찰과 구급차가 집 앞까지 들어올 수 있었다. 하지만 구급차가 와도 빅토리아를 살릴 수는 없었다.

나는 경찰에 진술했다. 정전으로 아무것도 안 보이는 상황에서 빅토리아를 화장실로 데려가던 중, 함께 계단에서 굴러떨어졌다고. 나는 살아남았지만 그녀는 그러지 못했다고. 아담과 나는 복잡한 이야기는 하지 않기로 했다. 단순하게 말하자. 그게 가장 안전했다.

경찰은 별 의심 없이 우리 말을 받아들였다. 혹시라도 의심해서 이것저것 캐묻거나 조사를 한다며 경찰서로 데려갈까 봐 겁이 났지만, 그런 일은 없었다. 아마 빅토리아가 전부터 몸이 아팠던 탓일 것이다. 그래서 그녀의 죽음을 대수롭지 않게 여겼을지도 모른다. 하지만 나는 그렇게 생각하지 않는다.

조사가 끝난 뒤 구급대원 드류가 다가와 내 상태를 살폈다. 그는 내 상태를 지나치게 심각하게 봤지만, 계단에서 굴러떨어진 것치고는 멀쩡한 편이었다. 그런데도 그는 병원에 가야 한다며 끈질기게 굴었다.

"적어도 뇌진탕은 있을 겁니다."

"아니에요, 괜찮아요."

그가 나를 똑바로 보며 말했다. "계단에서 굴러떨어졌다면서요. 머리 CT는 꼭 찍어야 해요."

머리가 계속 욱신거렸다. 이마엔 커다란 혹이 부풀어 오르고 있었지만, 병원에는 가고 싶지 않았다. "정말 괜찮아요."

"안 괜찮아 보여요." 드류가 말했다. "비키 일만으로도 충분히 힘든데, 당신까지 그냥 두고 갈 순 없어요. 제대로 진찰받아야 해요."

그가 아무렇지 않게 '비키'라고 부르는 게 의외였다. 나는 그를 바라보다가, 경찰과 이야기를 마무리하고 현관 쪽으로 나서는 아담을 힐끗 보았다.

"혹시 빅토리아를 원래 알고 있었어요?"

"그럼요." 드류가 씁쓸하게 고개를 저었다. "맨해튼에서 일할 때 자주 봤어요. '맥'이라는 친구랑 종종 근무를 같이했는데, 그 친구가 환자를 꼭 머시 병원으로만 데려가곤 했거든요. 거기가 빅토리아가 근무하던 곳이었어요. 그래서 제가 늘 '너 빅토리아 보러 가는 거잖아'하고 놀리곤 했죠."

순간 심장이 철렁 내려앉았다.

"맥이라고요?" 입안이 바짝 말랐다. "그 구급대원이랑 같이 일했다고요?"

"뭐, 그런 셈이죠. 본명은 글렌 맥닐이었어요. 다들 그냥 맥이라고 불렀죠. 왜요, 아는 사람이에요?"

머리가 어질어질했다. 그 말 때문인지 뇌진탕 때문인지는 모르겠다. 어쩌면 정말 병원에 가야 할지도 모르겠다. "그 사람… 지금도 연락해요?"

"아니요." 드류가 얼굴을 찌푸리며 말했다. "그게 좀 이상해요. 비키가 떠난 뒤 얼마 지나지 않아 맥이 그냥… 사라졌어요. 아무도 이유를 몰랐죠. 그리고 얼마 안 있어 비키가 사고를 당했고요. 안 좋은 일들이 한꺼번에 닥친 거예요." 그가 잠시 말을 멈췄다. "실비아, 괜찮아요? 얼굴이 창백해요."

"괜찮아요." 나는 숨을 몰아쉬었다. "정말 괜찮아요."

그가 고개를 저었다. "그래도 병원에 가는 게 좋겠어요."

"아뇨, 안 갈래요." 지금 병원에 가는 건 상상하기도 싫었다. 방금 일어난 일들을 다시 떠올리고 싶지 않았다. 의사나 간호사들이 다가와 캐묻는 것도 견딜 자신이 없었다.

드류가 몇 분째 나를 붙잡고 설득하던 중에 아담이 들어왔다. 그도 나만큼 지쳐 보였다. 그는 우리를 보자마자 걸음을 멈췄다. "무슨 일이야?"

"머리를 심하게 부딪쳤어요." 드류가 설명했다. "병원에 가야 하는데, 가지 않겠다고 하네요."

아담이 내 얼굴을 살폈다. "괜찮아?"

"정말 괜찮아요." 나는 그의 눈을 똑바로 보며 말했다. "병원엔

가고 싶지 않아요."

아담은 잠시 나를 바라보다가 고개를 끄덕였다. "괜찮을 거예요. 오늘 밤은 제가 지켜볼게요."

순간 마음이 흔들렸다. 이게 마지막 기회였던 건 아닐까. 여길 벗어날 수 있었는데, 내가 스스로 기회를 놓친 건 아닐까. 이젠 아무것도 확신할 수 없다.

드류는 우리를 번갈아 보다가 길게 한숨을 내쉬었다. "좋아요. 하지만 혹시라도 기운이 빠지거나 이상한 증상이 보이면, 바로 911에 전화하세요."

나는 그를 현관까지 배웅했다. 그가 정말 떠나는지 확인하려는 마음에서였다.

눈은 거의 그쳤지만 바깥은 여전히 희뿌옇고 시야가 엉망이었다. 이런 날씨라면 차라리 집 안이 더 안전할지도 모른다. 구급차라고 해서 사고를 피할 수 있는 건 아니니까.

"세상에, 눈이 정말 많이 왔네요." 드류가 말했다.

정말 그 말 그대로였다. 온 세상이 눈으로 뒤덮여 있었다. 구급차와 경찰차가 들어올 수 있도록 제설된 좁은 길 하나만이 바깥으로 이어지는 유일한 통로였다. 길이 열리긴 했지만, 나에겐 아무 의미가 없었다. 내가 타던 혼다는 눈더미 속에 완전히 파묻혀 있었으니까.

"창고도 다 파묻혔네요." 그가 말했다.

"그러게요." 나는 하얗게 뒤덮인 창고를 바라봤다. 문만 겨우 드러나 있을 뿐, 나머지는 전부 눈 속에 잠겨 있었다.

드류가 잠시 나를 살피더니 물었다. "정말 괜찮은 거죠?"

"괜찮아요." 나는 거짓말을 했다.

그는 구급차에 올라탔고, 나는 눈길을 따라 멀어져 가는 붉은 경광등을 멍하니 바라봤다.

이제 집으로 들어가야 했다. 바깥은 얼어붙을 만큼 추웠고, 그 대로 서 있다간 몸이 굳을 것만 같았다. 하지만 집 안도 별반 다르 지 않았다. 그냥 침대에 쓰러져 하루 종일 자고 싶었다.

그런데 이상하게 발이 떨어지지 않았다. 기억 속 무언가가 나를 붙잡고 있었다. 드류가 했던 말 한마디가 계속 맴돌았다.

창고….

심장이 쿵쾅거리며 터질 듯 뛰기 시작했다. 동시에 빅토리아의 목소리가 귓가에 울렸다.

'글렌 헤드.'

빅토리아는 그 말을 몇 번이고 중얼거렸었다. 나는 그저 오이스 터 베이에 있는 마을 이름쯤으로 생각했었다. 하지만 이제야 알 것 같았다. 그녀가 어눌한 발음으로 말하려던 건 그게 아니었다.

헤드Head가 아니라 창고Shed였다.

맥의 본명은 글렌 맥닐이었다. 그는 1년 전에 흔적도 없이 사라 졌고, 아무도 그의 행방을 찾지 못했다. 하지만 빅토리아는 그의 이름인 '글렌'과 함께 '창고'라는 말을 수없이 되뇌고 있었던 것이 다.

창고로 가야 한다. 내가 미쳐가는 건지, 아니면 빅토리아의 말이 전부 사실인지, 직접 확인해야 한다.

집 안으로 돌아오니 다행히 아담은 보이지 않았다. 아마 위층에 있는 모양이었다. 지금 그가 옆에 있었다면, 이 눈보라 속에 밖으로 나가겠다는 말을 어떻게 둘러댈지 막막했을 것이다. 나는 서둘러 부츠를 신고 모자를 눌러쓰고 코트를 걸쳤다. 이 추위를 버티기엔 턱없이 부족했지만, 그래도 가야 했다.

매서운 바람이 얼굴을 후려쳤다. 창고까지는 고작 10미터 남짓이었지만, 발을 옮길 때마다 눈이 허벅지까지 차올라 끝없이 멀게만 느껴졌다.

'조금만 더, 실비아. 할 수 있어.'

문 앞에 다다르자 숨이 턱 끝까지 차올랐다. 나무 문은 눈으로 뒤덮여 있었고, 총알이 스쳐 지나간 흔적이 희미하게 남아 있었다. 다행히 문은 바깥이 아니라 안쪽으로 열리는 구조였다. 손잡이를 잡아당겼지만 꿈쩍도 하지 않았다. 얼어붙은 모양이었다.

두 손으로 손잡이를 움켜잡고 힘껏 눌렀다. 꽁꽁 얼어 있던 문이 삐걱거리며 열렸다. 나는 거의 쓰러지듯 안으로 들어갔고, 문틈으로 눈이 와르르 쏟아져 들어왔다. 이제 문은 다시 닫을 수 없었다.

창고 안에 들어와 본 건 처음이었다. 아담은 여기가 정원 도구를 보관하는 곳이라 위험할 수도 있다고 했었다. 삽이나 갈퀴 같은 걸 구경할 생각은 없어서, 나는 그냥 모른 척하고 지냈다.

막상 들어와 보니 그의 말은 대부분 사실이었다. 창고 안은 정원 도구들로 가득했다. 갈퀴, 제초기, 잔디깎이. 그저 평범한 창고였다. 시체는 어디에도 보이지 않았다.

어쩌면 빅토리아가 말한 곳이 이 창고가 아닐지도 모른다. 아니면 그녀가 정말 제정신이 아니었을 수도 있다. 차라리 그렇게 믿고 싶었다. 이미 죽은 사람의 말을 의심하는 편이 훨씬 덜 끔찍하니

까. 하지만 만약 그녀의 일기 내용이 전부 사실이라면 차라리 그
녀가 아담을 죽이게 내버려 뒀어야 했을지도 모른다.

그때였다. 시선이 바닥에 멈췄다. 작은 문이 있었다. 창고 바닥에
문이라니, 이상했다.

자물쇠가 채워져 있었다. 발끝으로 툭 차자 금속음이 울렸다.
몸을 숙여 가까이 들여다보는 순간, 코끝을 파고드는 냄새에 온몸
이 굳었다.

…세상에.

뭔가가 썩는 냄새였다. 서 있을 땐 몰랐지만 문에 가까이 가니
분명히 느껴졌다. 죽음의 냄새였다. 아담은 알고 있었을 것이다. 정
원 일을 도맡아 하던 그가 이 냄새를 놓쳤을 리 없다.

모든 게 사실이었다. 일기 속 이야기는 전부 진짜였다. 누군가의
시체가 이 창고 안에서, 지금도 썩어가고 있다.

"뭐 하는 거야?"

뒤에서 들려온 목소리에 천천히 고개를 돌렸다. 순간 머리가 깨
질 듯 아팠다. 병원에 갔어야 했다. 하지만 나는 여기 남았다. 진실
을 알고 싶었으니까.

굳이 뒤돌아보지 않아도 알 수 있었다. 오늘 밤, 이 눈보라 속에
나 말고 남아 있는 사람은 단 한 명뿐이니까.

아담이었다.

61

그곳에 아담이 서 있었다. 내가 집을 나서는 걸 보고 따라온 게 분명했다. 하지만 바람이 거세고 어둠이 짙어서 그가 뒤에 있는지도 몰랐다. 왜 한 번이라도 뒤를 돌아보지 않았을까?

나는 천천히 한 걸음 물러섰다. 그는 아직 내가 다 알아챘다는 걸 모른다. 여전히 자기편이라고 믿고 있겠지. 어쩌면 그걸 이용해서 빠져나갈 수 있을지도 모른다.

하지만 헛간 창문에서 새어 나오는 희미한 불빛 속에서 그의 눈빛이 또렷이 보였다.

"당신, 나한테 거짓말했어!" 내가 소리쳤다. "맥을 죽인 건 당신이었어. 모르는 사람이라고 했잖아!"

"그래, 뭐." 아담은 내 얼굴에서 시선을 떼지 않았다. "맥닐은 죽을 짓을 했어. 내 아내랑 놀아났으니까."

"그건 당신 생각일 뿐이야."

"내가 모를 줄 알아?" 그의 오른손에서 뭔가 번뜩였다. …맙소사, 총이었다. 그가 이미 없앴다고 생각했던 그 총. 또 거짓말이었다. "빅토리아는 더럽고 문란한 여자였어. 아무하고나 잤지. 그런 여자를 아내로 둔 기분이 어떤지 너는 절대 몰라."

나는 말없이 고개를 저었다.

"그러다 그녀가 임신했다는 걸 알게 됐어." 그는 고개를 절레절레 흔들었다. "화장실 쓰레기통 밑바닥에 숨겨둔 임신 테스트기를 발견했지. 그런데 나한테는 한마디도 하지 않았어. 이유야 뻔하지. 내 아이가 아니었으니까."

"그건 오해야…."

"닥쳐! 오해 같은 건 없어!" 아담의 고함이 바람 속에 묻혔다. "그 여자는 날 버리고 아이랑 새 인생을 살려고 했어. 그걸 그냥 두면 사람들이 날 어떻게 봤겠어? 그래서 없애버린 거야. 내 빌어먹을 부모들처럼."

나는 얼어붙은 채 그 자리에 서 있었다. 무슨 말을 해야 할지 입이 떨어지지 않았다.

"빅토리아는 자업자득이었어." 그의 입가에 섬뜩한 미소가 스쳤다. "아, 참. 일을 잘 끝낼 수 있게 도와줘서 고맙다고 해야겠네. 사실 그녀가 집에 돌아왔을 때부터 그렇게 하고 싶었거든. 하지만 그랬다간 바로 들켰겠지. 네가 대신 해줘서 덕분에 일이 아주 깔끔하게 끝났어. 연기가 끝내주던데?"

문득 한 가지 생각이 스쳤다. "그럼… 이리나는? 혹시…?"

나는 바닥에 있는 문을 가리켰다.

"아, 그것도 꽤 골치 아팠지." 그가 한숨을 내쉬었다. "이리나는 내가 빅토리아한테 무슨 짓을 했는지 눈치챘어. 그리고 날 협박했지. 처음엔 그냥 이 집에서 살고 싶다고 했어. 비싼 옷이랑 신발도 사달라고 하고. 그런데 점점 요구가 늘어났어. 욕심이 끝이 없더군."

빅토리아의 거대한 드레스룸이 떠올랐다. 그 안의 옷 중 절반은 이리나의 것이었을지도 모른다. "그래서… 죽였다는 거야?"

"달리 방법이 없었어, 실비아."

나는 손끝이 저려 오는 걸 느끼며 그 자리에 굳어 있었다. 어떻게 끝날지 머릿속으로 그려봤지만, 내게 유리한 결말은 하나도 보이지 않았다. 아담은 총을 들고 있고 눈보라를 헤치고 도망칠 수도 없다. 나는 완전히 갇혀 있었다.

세상에… 그는 나를 죽여서 저 바닥 아래에 숨기겠지. 그리고 아무도 모를 거야.

나는 두 손을 천천히 들었다. "제발… 아무한테도 말 안 할게. 맹세해."

그가 비웃었다. "내가 그딴 말을 믿을 만큼 멍청해 보여?"

그래도 뭐라도 해야 했다.

"내가 당신을 살려줬잖아." 내가 필사적으로 내뱉었다. "빅토리아가 당신을 죽이려고 했을 때."

"그래. 하지만 이제는 내가 나를 구할 차례야."

그가 총을 들어 내 얼굴을 겨눴다. 나는 본능적으로 두 손을 들어 얼굴을 가렸다. 손가락 따위로 총알을 막을 수 없다는 걸 알면서도. 빅토리아가 방아쇠를 당겼을 때는 손이 떨려서 빗나갔었다. 하지만 아담의 손은 흔들림이 없었다. 그는 총에 익숙했고 이번엔 절대 빗나가지 않을 것이다.

빅토리아의 총성이 귀를 찢던 순간이 번개처럼 뇌리를 스쳤다. 나는 이를 악물고 그 소리를 기다렸다. 그게 내가 이 세상에서 듣는 마지막 소리가 될 테니까.

쾅!

몸이 저절로 움찔했다. 하지만 이번엔 귀가 먹먹해질 만큼 큰 소리가 아니었다. '쾅'이라기보다 금속이 부딪치는 '챙' 소리에 가까웠다.

나는 천천히 손을 내렸다. 아담은 더 이상 내 앞에 서 있지 않았다. 그는 의식을 잃고 바닥에 쓰러져 있었다.

그리고 문가에 프레디가 서 있었다. 눈발에 젖은 검은 머리카락이 이마에 달라붙어 있었고 손에는 커다란 삽이 들려 있었다. 그의 익숙한 얼굴을 보는 순간, 참았던 눈물이 북받쳐 올랐다.

"결국 내 도움이 필요했잖아." 프레디가 미소 지으며 말했다. "이번엔 제때 왔어."

에필로그

6개월 후

요즘은 다시 프레디 루지에로 옆에서 눈을 뜨는 게 조금씩 익숙해졌다.

그는 늘 한쪽 팔을 머리 위로 올리고 잤다. 마치 수업 시간에 자신 있게 손드는 학생처럼. 물론 학창 시절엔 그런 적이 거의 없었지만. 다른 손은 언제나 내 몸 어딘가에 닿아 있었다. 처음엔 나를 끌어안고 잠들지만, 자는 사이 몸이 떨어져도 결국엔 다시 손을 뻗어 내 곁을 더듬었다. 마치 내가 사라질까 봐 겁나는 사람처럼.

나는 잠시 그의 잠든 얼굴을 바라봤다. 검은 속눈썹은 그을음처럼 짙고 남자치고는 부러울 만큼 길었다. 프레디에게서 보기 드문, 어쩌면 유일한 예쁜 부분이었다.

우리가 이렇게 다시 함께하게 될 줄은 상상도 못 했다. 끝없는 싸움, 쌓여만 가는 빚, 그리고 아이를 잃은 죄책감까지. 그 모든 것이 우리를 완전히 망가뜨렸다고 생각했으니까. 다시 서로를 사랑하게 되고, 최저임금에 쫓기지 않는 미래를 꿈꾸게 될 줄은 몰랐다.

알람이 울리자 프레디의 긴 속눈썹이 가볍게 떨렸다. 그는 머리 위로 올린 팔로 눈을 비볐고, 다른 손은 여전히 내 허벅지 위에 얹어 두었다. 나는 서둘러 알람을 껐다.

"미안." 내가 말했다.

그가 낮게 중얼거렸다. "너무 이른데…"

프레디는 원래 아침형 인간이 아니다.

"벌써 여덟 시야."

"오늘 토요일이잖아!" 그가 눈을 비비며 툴툴거렸다. "어젯밤 열 시까지 수업 있었단 말이야!"

고등학교를 간신히 졸업하고 다시는 공부 따위는 안 하겠다고 큰소리치던 사람이, 컴퓨터공학 학위를 따겠다고 야간 수업을 듣고 있다니. 아직도 믿기지 않을 만큼 놀랍다. 프레디는 원래 컴퓨터를 꽤 능숙하게 다뤘다. 내 노트북이 말썽을 부릴 때마다 척척 고쳐주곤 했으니까. 그러니 이 분야가 그에게 잘 맞는 건 당연했다. 게다가 지금까지 해온 고된 일들보다 훨씬 벌이도 좋다.

더 놀라운 건 그가 나까지 설득해서 학교에 다시 가게 했다는 거다. 나는 가을부터 수업을 들을 예정이다. 믿기 어렵겠지만, 정말 기대된다. 아직 내 미래가 어떤 모습일지는 모르겠지만, 선택지가 생겼다는 사실만으로도 좋다.

나는 몸을 숙여 그의 코끝에 가볍게 입을 맞췄다. "나 다녀올게.

좀 더 자."

그는 내 허리를 잡아당기더니 깊게 입을 맞췄다. 세상에, 아침에 입 냄새가 안 나는 남자는 프레디밖에 없을 거다. "저녁 전엔 올 거지?"

"당연하지."

한 시간 뒤, 나는 지하철을 타고 맨해튼으로 향했다. 자리에 앉아 휴대폰으로 인터넷을 검색하며 시간을 보냈다. 이젠 습관처럼 제일 먼저 '아담 바넷'의 이름을 검색한다.

그날 헛간에서 아담이 내게 총을 겨누고 있을 때, 프레디가 전화로 경찰을 불렀다. 아담은 늘 하던 대로 거짓말로 빠져나가려 했지만 증거가 너무 확실했다. 결국 그는 글렌 맥닐과 이리나 브루너 살해 혐의를 인정했다. 그게 그나마 현명한 선택이었을지도 모른다. 자백을 조건으로 검찰은 빅토리아 살인 미수는 기소하지 않았고, '베스트셀러 작가 살인 사건'으로 세상이 떠들썩해지는 일도 피할 수 있었다. 그의 부모와 형의 죽음에 대해서도 추가 조사를 하지 않기로 합의했다.

아담은 지금 뉴욕주 교도소에서 최소 25년을 살아야 가석방이 가능한 종신형을 두 번 연달아 선고받고 복역 중이다. 그러니 최소한 50년은 복역해야만 가석방으로 나올 가능성이 있었다. 그때가 되면 벌써 여든다섯 살이 넘었겠지만.

아담에 관한 기사를 하나 찾았다. 짧은 기사였다. 그의 책《불여우》의 인세 전액을 가정폭력 피해 여성들을 돕는 자선단체에 기부한다는 내용이었다. 뭐, 그래도 아무것도 안 하는 것보단 낫겠지.

지하철에서 내려 맨해튼의 작은 브런치 카페로 향했다. 요즘은 일하느라 정신없이 바빴고 남는 시간은 거의 프레디와 함께 보냈다. 그래서 매기가 브런치를 하자고 문자를 보냈을 때 바로 그러자고 했다. 빅토리아의 장례식 이후로 매기를 본 적이 없었으니까. 마지막으로 들었던 소식은 매기의 남자친구가 맨해튼 근처로 직장을 옮기면서 매기도 같이 이사했다는 것이었다.

오전 9시 45분쯤, 브런치 손님들이 몰리기 전에 식당에 도착했다. 매기는 이곳 프렌치토스트가 끝내준다고 했지만 나는 오믈렛이 더 좋았다. 사실, 오트밀만 아니면 뭐든 괜찮았다. 그건 이제 다시는 먹을 수 없을 것 같다.

매기는 이미 자리를 잡고 있었다. 식당 구석의 조용한 자리였다. 붉은 머리카락을 자연스럽게 풀었고, 예전보다 훨씬 예뻐 보였다. 초록빛 블라우스가 잘 어울렸고 반짝이는 새 목걸이도 눈에 띄었다. 나를 본 매기가 반갑게 손을 흔들었다.

"실비아!" 매기가 밝은 목소리로 말했다. "여기야!"

나는 아이 넷을 데려온 한 가족과 음식 쟁반을 잔뜩 든 웨이터들 사이를 비집고 테이블로 향했다. 자리에 앉으려는 순간 매기가 벌떡 일어나 나를 껴안았다. 역시 매기답다.

"진짜 오랜만이야!" 그녀는 들뜬 목소리로 말했다.

우리는 마주 앉았고, 나는 메뉴 너머로 그녀를 슬쩍 바라봤다. 매기는 놀라울 만큼 예뻐져 있었다. 요즘 꽤 잘 지내는 모양이다. 몬토크의 그 집에는 정말 사람의 영혼을 갉아먹는 무언가가 있었던 게 틀림없다.

"새 일은 어때?" 내가 물었다.

지난번에 통화할 때 그녀는 퀸즈 쪽에서 새 청소 일을 시작했다고 했었다. "그럭저럭 괜찮아. 평범하지 뭐. 별로 이상한 집도 아니고." 그녀가 웃으며 물었다. "넌?"

"그냥 식당에서 일해." 매기가 괜히 부담스러워할까 봐 학교에 다시 다니기로 한 얘기는 꺼내지 않았다.

잠시 후 웨이트리스가 와서 주문을 받았다. 매기는 소시지를 곁들인 프렌치토스트를, 나는 웨스턴 오믈렛을 주문했다. 웨이트리스가 돌아가자 매기가 몸을 앞으로 숙이며 낮은 목소리로 물었다.

"그 사람한테 가봤어?"

"누구?"

"누구긴, 아담 말이야."

나는 고개를 저었다. "아니. 갈 리가 없잖아."

형을 선고받던 날 뉴스에서 본 아담의 모습이 떠올랐다. 그는 거의 시체 같았다. 아담 같은 남자가 감옥에서 오래 버틸 리 없다. 그의 눈에는 차라리 죽고 싶다는 기색이 짙게 서려 있었다. 뉴욕에 사형 제도가 남아 있었다면, 그는 평생 감옥에서 썩는 대신 그 길을 택했을지도 모른다.

"너는?" 내가 물었다.

매기는 목에 걸린 다이아몬드 펜던트를 손끝으로 만지작거렸다. 그 목걸이가 이상하게 낯이 익었다. 기억날 듯 말 듯, 자꾸 시선이 갔다. "한 번." 그녀가 짧게 대답했다.

"정말?" 나는 놀라서 물었다. "왜?"

그녀가 어깨를 으쓱했다. "글쎄. 오히려 네가 안 간 게 이상한데?"

"무슨 뜻이야?"

"실비아, 나한테까지 가식 떨 필요 없어." 매기가 코웃음을 쳤다.

"가식이라니, 무슨 소리야?"

내 시선이 다시 그녀의 목으로 향했다. 그제야 왜 낯익었는지 깨달았다.

눈송이 모양의 목걸이였다. 내가 빅토리아를 처음 만났을 때 그녀가 하고 있던 바로 그 목걸이. 아담이 선물해 줬던 그 목걸이였다.

매기가 그걸 어떻게 갖게 된 걸까? 그 집에서 가져온 걸까? 물론 그게 그렇게 대단한 일은 아닐 수도 있다. 빅토리아는 이제 세상에 없으니까.

하지만 매기가 그 목걸이를 하고 있는 게 묘하게 마음에 걸렸다. 첫 번째 폭풍이 몰아치던 밤, 빅토리아가 내게 했던 말이 떠올랐다.

'내 거.'

아담은 아내의 물건에 꽤 관대했던 모양이다. 특히 여자들에게는.

"있잖아, 매기." 내가 조심스럽게 입을 열었다. "뭐 좀 물어봐도 될까?"

"물론이지." 그녀가 고개를 끄덕였다. 나는 매기의 주근깨 난 얼굴을 바라봤다. 그 폭풍 이후로 내 머릿속을 떠나지 않던 질문이 있었다. 차마 입 밖에 내지 못했던 말. 오늘은 꼭 해야 했다. "그때 네가 그랬잖아. 빅토리아가 토스트기를 벽에 던져서 부엌 벽이 패었다고."

매기가 피식 웃었다. "그건 질문이 아니잖아."

나는 미간을 찌푸렸다. "그러니까 내 질문은… 그게 정말이야?"

매기의 얼굴에서 웃음기가 순식간에 사라졌다. "무슨 뜻이야?"

"네가 직접 본 거야? 아니면… 그냥 지어낸 거야?"

그녀는 물잔 속 빨대를 천천히 저었다. "무슨 말이야, 실비아. 우린 같은 편이잖아."

"같은 편?"

"무슨 말인지 알잖아." 그녀가 고개를 저었다. "사람들은 다 아담을 악마 취급했지만, 너랑 난 알잖아. 빅토리아가 어떤 여자였는지. 하루 종일 누워서 쓰레기 같은 음식이나 먹고, 아담이 그렇게 돌봐줬는데도 고마운 줄도 몰랐잖아."

"그럼… 토스트기는 안 던졌다는 거야?"

"그래." 매기가 팔짱을 꼈다. "안 던졌어."

순간 머리가 빙 돌았다. 속이 울렁거렸다.

"너… 무슨 짓을 한 거야." 내 목소리가 떨렸다.

"맥닐은 덩치가 컸어. 아담 혼자서는 시체를 창고로 옮기기 힘들었지." 그녀가 코를 훌쩍였다. "난 원래 그 집 청소하던 사람이잖아. 그래서 그가 정리 좀 도와달라기에… 도와줬어." 그녀는 잠시 나를 바라보다가 조용히 말했다. "네가 빅토리아를 처리하는 걸 도와준 것처럼."

순간 목이 메어 아무 말도 할 수 없었다. "그건… 사고였어."

매기가 비웃듯 말했다. "그래, 뭐. 네가 그렇다면 그런 거겠지."

"진짜야!"

"그래? 그럼 아담이랑 잤던 건? 그것도 사고였어?"

말문이 턱 막혔다. "아니… 그건…."

"뭐, 나도 뭐라 할 처지는 아니지." 그녀가 무심하게 어깨를 으쓱했다. "나도 너랑 똑같았거든. 에바가 우리 둘을 왜 그렇게 싫어했는지… 이제 좀 알겠지?" 매기는 손가락으로 물잔 테두리를 천천히 훑었다. "아담은 침대에서 정말 끝내주잖아, 안 그래? 게다가 다정하고. 폭풍이 올 때마다 전화해서 괜찮냐고 챙겨줬거든."

심장이 툭 내려앉았다. 첫 번째 폭풍이 오기 전, 그가 '엄마'와 통화하던 모습이 떠올랐다. 하지만 그건 불가능했다. 그의 엄마는 이미 죽었으니까.

그와 통화하던 건 매기였다.

"스티브도 좋은 사람이긴 해." 매기가 말을 이었다. "하지만 아담이랑은 비교가 안 돼. 아담이 나한테 오라고 한마디만 했어도 난 바로 스티브를 버렸을 거야." 매기가 한숨을 쉬었다. "감옥이라니… 너무 아까워. 그런 사람을 가둔 게 오히려 범죄지."

웨이트리스가 음식을 가져왔다. 웨스턴 오믈렛이 내 앞에 놓였지만, 나는 그걸 멍하니 내려다보기만 했다. 매기는 프렌치토스트를 아무렇지 않게 먹었지만 나는 한 입도 삼킬 수 없었다.

"난… 그만 가야겠어…." 간신히 입을 열었다.

매기가 고개를 번쩍 들었다. "실비아, 설마… 그런 생각하는 건 아니지? 우린… 서로 이해하잖아."

나는 의자에 걸어둔 가방을 집어 들었다. "가야 해."

일어나려는 순간, 무언가 내 손목을 꽉 조여왔다.

매기의 마르고 창백한 손이 내 손목을 움켜쥐고 있었다. 그녀가 몸을 더 기울이자 손아귀가 더 단단해졌다. "어디 가려고?"

혹시 누가 보고 있나 싶어 주변을 흘깃 살폈다. 물론 여긴 뉴욕이다. 다들 각자 할 일만 한다. 끼어들 사람은 없다. 그날 노부인이 목이 막혔을 때 내가 하임리히를 해줬던 것처럼, 나를 도와줄 사람은 아무도 없을 거다. 그때가 벌써 까마득한 옛날처럼 느껴진다.

"그냥… 바람 좀 쐬려고."

매기가 더 가까이 다가오자 프렌치토스트 냄새가 훅 끼쳤다.

"넌 빅토리아를 죽였어. 어디 가서 내 얘기 입 밖에 내면… 우린 같이 끝장이야."

그녀의 갈색 눈이 싸늘하게 빛났다. 손가락이 내 피부를 깊게 파고들어 멍이 들 지경이었다. 맥처럼 덩치 큰 사람을 들어 나르는 걸 도왔다니, 그녀가 얼마나 힘이 센지 짐작이 갔다.

"알겠어?" 그녀가 다시 물었다.

나는 고개를 끄덕였다.

"말로 해. 이해한다고."

"…이해했어."

매기는 내 얼굴을 잠시 들여다보다가 손을 놓았다. 심장이 미친 듯 뛰었다. 더 끔찍한 건, 이 상황에서 내가 할 수 있는 게 아무것도 없다는 사실이었다.

매기가 뭘 했는지 입증할 증거가 전혀 없다. 아담도 입을 닫았다. 그리고 빅토리아를 계단에서 밀어 떨어뜨린 건 나였다. 누군가 처벌받게 된다면 결국 나일 것이다.

진실은 영원히 묻혀버렸다.

매기가 마지막으로 나를 한번 훑어보더니 다시 포크를 들었다. 지금 이런 상황에 어떻게 음식이 넘어갈까? 그녀는 큼직한 소시지 한 덩이를 포크로 찍어 입에 넣고, 천천히 씹다가 삼켰다.

그런데 갑자기 매기의 눈이 커지고 입이 벌어졌다. 뭔가 말하려는 듯했지만 소리가 나오지 않았다. 그녀의 얼굴이 순식간에 공포로 일그러졌다. 그 순간, 데자뷔가 밀려왔다. 그해 가을, 목이 막혀 질식할 뻔한 여자를 구했던 순간이 떠올랐다.

매기는 숨을 못 쉬고 있었다.

찰나의 순간, 그 장면이 머릿속을 스쳤다. 매기의 얼굴이 서서히 푸르게 변하고, 폐는 산소를 찾아 비명을 질렀다. 그리고 이내 바닥에 쓰러졌다. 역시나 구급차가 도착했을 때는 이미 늦었다. 그녀는 병원으로 실려 가거나 아니면 곧장 영안실로 가게 될 것이다. 모든 장면이 진짜처럼 생생했다.

전에는 이런 상황에서 영웅처럼 행동한 적이 있었다. 그리고 그 결과가 어땠는지는 내가 누구보다 잘 알고 있다.

그래서 이번에는, 아무것도 하지 않기로 했다.

옮긴이 박지현

출판물 기획 및 번역가. 고려대학교 영어영문학과를 졸업하였고, 동 대학원에서 영어교육학을 전공하였다. 다양한 영어 교재 및 수험서를 개발하였으며, 번역한 책으로는《동물농장》,《페스트》,《데미안》 등이 있다.

THE
WIFE
UPSTAIRS
위층의 아내

초판 2026년 1월 1일 1쇄
저자 프리다 맥파든
옮긴이 박지현
편집 나다연 **디자인** 배석현
ISBN 979-11-93324-79-0 03840

발행인 아이아키텍트 주식회사
출판브랜드 북플라자
주소 서울시 강남구 학동로 329 북플라자 타워
홈페이지 www.bookplaza.co.kr